D1069584

La Rica Heredera

KARYN MONK

LA RICA HEREDERA

Titania

ARGENTINA - CHILE - COLOMBIA - ESPAÑA
ESTADOS UNIDOS - MÉXICO - URUGUAY - VENEZUELA

Título original: *The Wedding Escape*
Editor original: Bantam, Nueva York
Traducción: Elena Barrutia

Aribau, 142, pral. - 08036 Barcelona
www.titania.org
atencion@titania.org

ISBN: 84-95752-53-0
Depósito legal: B. 284 - 2004

Fotocomposición: Ediciones Urano, S. A.
Impreso por Romanyà Valls, S. A. - Verdaguer, 1 - 08786 Capellades (Barcelona)

Impreso en España - *Printed in Spain*

Para Carson
Con todo mi amor

Capítulo 1

Inglaterra
Finales de verano de 1883

Si había un infierno, seguro que estaba en él.

—Estate quieto, Jack —susurró Annabelle dándole un codazo en el costado.

Jack miró a su hermana molesto e intentó recolocar su fornido cuerpo en los bordes del antiguo banco.

—Llevamos encerrados más de una hora en este mausoleo y la maldita boda no ha comenzado aún. El olor de estas flores es asfixiante, me gustaría estrangular al coro y ya no siento el trasero.

—Ese tipo de ahí parece que está muerto —comentó su hermano Simon frunciendo el ceño.

Charlotte lanzó a sus hermanos una suave mirada reprobatoria.

—Yo creo que las flores son preciosas —respondió en voz baja—. Genevieve me ha dicho que la madre de la novia, la señora Belford, ha diseñado ella misma los arreglos florales y ha dejado vacíos casi todos los invernaderos de Inglaterra. Deben haber costado una fortuna.

—Las hojas rosas y naranjas quedan muy bien en los arcos góticos —añadió su hermana Grace observando los cuatro arcos florales del pasillo de la iglesia, que formaban un espléndido dosel bajo el cual debía pasar la novia—. Y el lienzo de lirios y crisantemos de la verja del altar es impresionante.

—Jamie, acércate a ese hombre y comprueba si tiene pulso —dijo

Simon aún preocupado por el caballero que estaba sentado unas filas más allá con los ojos cerrados—. Puede que necesite un médico.

—Sólo está dormido —le aseguró su hermano—. Le he visto rascarse.

—Qué suerte tiene ese bastardo —murmuró Jack.

—¡Jack! —Annabelle le miró indignada mientras Charlotte y Grace se reían bajo las alas de sus enormes sombreros.

—¿Por qué no sales fuera un momento para estirar las piernas, Jack?

Haydon Kent, marqués de Redmond, observó a su hijo desde el banco de al lado con expresión comprensiva y divertida. Con sesenta y un años había aprendido a soportar los tediosos deberes sociales que su estatus le exigía, pero Jack sabía que también a él le habría gustado escapar de aquella sofocante iglesia.

—Con el ritmo fúnebre que lleva esto estoy seguro de que aún falta un rato para que comience la ceremonia.

—Pero vuelve antes de que entre el cortejo nupcial —añadió Genevieve. Su madre le sonrió con cariño—. A la novia no le gustaría que un invitado díscolo se tropezara con su cola al entrar a la iglesia.

El gigantesco órgano resonó una vez más en el cavernoso templo mientras los sesenta miembros del coro se levantaban con aire cansado.

—Estaré fuera. —Sin esperar a que Annabelle se quejara, Jack avanzó por el pasillo ignorando las miradas reprobatorias de las mujeres y la cara de envidia de los hombres que sudaban profusamente a su lado.

El intenso perfume de las miles de flores que se filtraba por las puertas de la iglesia y saturaba el cálido aire estival obligó a Jack a buscar refugio en la parte lateral del edificio de piedra. Se aflojó el nudo de la corbata y respiró profundamente para librarse de ese olor empalagoso.

¿Cómo había consentido que su familia le persuadiera para asistir a esa ridícula boda? Apenas conocía al duque de Whitcliffe, y jamás había visto a Amelia Belford, la rica heredera americana con la que el anciano duque se había dignado por fin a casarse. Si no fuera porque estaba ansioso por ver a su familia después de haber estado tres meses navegando no habría accedido a aguantar la mayor tortura social que había soportado en treinta y seis años. El lujo con el que había sido decorada la iglesia no hacía presagiar lo que vendría a continuación. Tras la ceremonia el duque había invitado a quinientas personas a su finca para pasar tres días de festejos interminables. Jack decidió que los gastos debían correr a cargo de los padres de la novia, porque era bien sabido que el viejo Whitcliffe tenía problemas para mantener su decrépito patrimonio familiar. Ese día Su Excelencia ganaría una gran fortuna con la dote de la novia. Lo que los sudorosos invitados estaban a punto de presenciar era simplemente una transacción comercial, gracias a la cual la señorita Belford obtendría un título nobiliario de dudoso prestigio y Whitcliffe se embolsaría un capital que superaba con creces lo que habría esperado acumular en toda su vida.

Jack sacó una petaca plateada del bolsillo de su chaqué y bebió un trago de whisky. Le daba igual cuántas herederas malcriadas cruzaran el océano para enganchar a un severo aristócrata empobrecido con los dientes amarillentos y una calvicie incipiente.

Lo único que quería era que ésta llegara a su maldita boda antes de que él muriera de asfixia y aburrimiento.

—Dios mío —susurró entonces una vocecita sobre su cabeza—. No dejes que me mate, por favor.

Al mirar hacia arriba asombrado vio una esbelta pierna envuelta en una media de color marfil por encima de la barandilla de piedra gris que recorría el lateral de la iglesia. Le siguió una nube blanca de tela, con tal profusión de enaguas y encajes que tapaba por completo a su portadora. La estilizada pierna tanteó con la punta de su fino zapato para buscar un apoyo en la gruesa enredadera que trepaba por una celosía verde en la pared de piedra. Después de encontrar una rama que parecía resistente, el pequeño pie la probó una vez doblando el escalón improvisado al cargar más peso. Luego apareció otra pierna y una auténtica tormenta de nieve de galas nupciales comenzó a descender con torpeza por el follaje.

De repente la enredadera empezó a ceder. La indumentaria vaporosa lanzó un grito de pánico y cayó sobre unos arbustos provocando una explosión de hierba y seda. Con el pulso acelerado, Jack corrió hacia la maraña de hojas y encajes convencido de que la estúpida muchacha se había partido el cuello.

—¡Cielo santo! —exclamó ella sin aliento pero entera—. Menudo batacazo. —Tras asomar la cabeza comenzó a quitarse de encima las ramas de los arbustos.

Aliviado de que no estuviese gravemente herida y con curiosidad por ver qué haría a continuación, Jack se escondió detrás de un árbol para observarla.

Incapaz de librarse de las ataduras de su extravagante vestido, ella tiró sin piedad de la tela cosida a mano y la desgarró hasta que consiguió salir de los arbustos. Luego se enrolló la cola y el velo y fue corriendo hasta la esquina del muro de la iglesia tan rápida como se lo permitían sus elegantes zapatos. Una vez allí echó un vistazo a la fachada con cautela.

El coro había terminado de cantar el himno y el obispo estaba asegurando a los concurrentes que la ceremonia estaba a punto de comenzar. Jack pensó que era poco probable, puesto que la novia acababa de lanzarse por una balconada y estaba examinando la larga hilera de lujosos carruajes que había aparcados delante de la iglesia. El primero era el coche nupcial, un llamativo carruaje de ébano y oro adornado con grandes lazos de satén y suntuosas flores blancas. Tras decidir que no sería correcto huir de su prometido en su coche, la novia pasó junto a los del cortejo nupcial hasta el siguiente vehículo disponible.

—¡Vámonos de aquí, rápido! —consiguió decir Amelia casi sin aliento entrando en el carruaje. Después de cerrar la puerta miró con ansiedad por la ventanilla para ver si la había seguido alguien. Y recordando sus modales añadió con tono amable al conductor:

—Por favor.

Un hombrecillo arrugado con los ojos somnolientos y el pelo blanco enmarañado se dio la vuelta y la miró con incredulidad.

—Buenas tardes, señorita Belford —dijo entonces Jack abriendo la puerta del coche—. Bonito día para dar un paseo, ¿verdad?

—Perdone, caballero, pero este coche ya está ocupado. —Amelia intentaba mantener la calma mientras miraba nerviosamente por la ventanilla para ver si alguien más se había percatado de que estaba huyendo—. Me temo que tendrá que buscar otro.

—La novia quiere que la lleve —comunicó a Jack el conductor visiblemente desconcertado.

—Debo insistir en que busque otro coche —afirmó Amelia desesperada por marcharse—. Éste ya está cogido.

—Pero por desgracia es el mío —le informó Jack.

A Amelia se le cayó el alma a los pies.

—Perdone... no lo sabía. En ese caso tendré que buscar otro.

Una vez más se enrolló los voluminosos ropajes de su vestido y se acercó a la puerta. De repente cesaron los monótonos acordes del órgano y unos gritos agitados comenzaron a desgarrar el aire.

—Tengo la impresión —comentó Jack mirando hacia la iglesia— de que alguien se ha dado cuenta de que la novia ha desaparecido.

Ella se quedó tan pálida que por un momento Jack temió que fuera a desmayarse.

Sin embargo, se quitó de un tirón los pendientes de esmeraldas y se los lanzó.

—¿Con eso y el collar será suficiente para comprarle el coche? —le preguntó desabrochándose la sarta de diamantes que llevaba alrededor del cuello.

Jack la miró perplejo.

—También puedo darle este anillo —añadió intentado sacarse de la mano derecha un enorme rubí rodeado de un reluciente halo de diamantes—. Lord Whitcliffe dijo que había pertenecido a su familia durante generaciones. Claro que me han dicho que a lo largo de los años ha tenido que vender las joyas más valiosas de los Whitcliffe para pagar sus deudas, pero no creo que me lo hubiese dado si no tuviese ningún valor. Da mucha importancia a las apariencias.

—No quiero el anillo de Whitcliffe —respondió Jack nervioso.

Amelia cambió de expresión.

—Tiene razón, por supuesto... en realidad no me pertenece. Pero el collar y los pendientes son míos —declaró fervorosamente—. Me los regaló mi padre hace unos meses cuando cumplí diecinueve años. Puede estar seguro de que nadie le reclamará... ¡Entre, rápido, van a verle! —dijo agarrándole de la manga de la chaqueta mientras la gente comenzaba a salir de la iglesia gritando su nombre—. ¡Dese prisa!

En contra de su voluntad, Jack se sentó enfrente de ella y cerró la puerta del coche.

—Señorita Belford —comenzó a decir adoptando el tono que le parecía más razonable—, es evidente que está nerviosa y abrumada por la emoción. Estoy seguro de que si lo piensa bien...

—¿Cómo se llama?

Él la miró exasperado, consciente de que en cualquier momento alguien decidiría rastrear los carruajes.

—Jack —respondió—. Jack Kent.

—Dígame, señor Kent, ¿ha estado alguna vez desesperado?

Sus ojos estaban llenos de pasión. Eran del color del mar, de un azul insondable, como cuando el sol brilla sobre las olas como estrellas fugaces. Unas largas pestañas cubrían sus párpados, que de cerca estaban hinchados y enrojecidos, con unas marcas moradas debajo por la falta de sueño. Sus rasgos eran delicados y atractivos, y su cutis fino y sedoso excepto por un racimo de pecas que salpicaba su nariz, que a Jack le pareció encantadora. El pelo dorado que antes llevaba bien arreglado le caía sobre los hombros en una maraña de horquillas sueltas, jirones de velo y trozos de hojas. Esta novia fugitiva era alta, y su descenso por el muro de la iglesia sugería que también era fuerte, aunque en ese momento parecía pequeña y frágil entre las frondosas capas de su ajado vestido de novia.

—¿Ha sentido alguna vez que iban a condenarle a una terrible existencia que no podría soportar —prosiguió Amelia con tono sincero— porque el mundo quería encarcelarle simplemente por ser quien es?

Jack apretó la mandíbula. Las heridas de su pasado llevaban años enterradas gracias a los cuidados de Genevieve y Haydon, pero las palabras de la señorita Belford consiguieron herirle. Algunas heridas no se curan nunca, pensó con amargura, por mucho tiempo y dinero que se invierta en protegerlas.

Por un momento Amelia creyó que le había ofendido. Un destello de ira encendió su mirada gris, y advirtió la casi imperceptible tensión de su mandíbula. Había un punto de dureza y cautela en ese hombre que no había visto en ninguno de los tipos atildados que había conocido desde que llegó a Inglaterra. Tenía unos rasgos firmes y atractivos, con un cuerpo alto y musculoso que contrastaba con la blandura de la mayoría de sus compatriotas. Una cicatriz rasgaba la piel oscura de su mejilla izquierda, que parecía estar cada vez más blanca mientras consideraba su pregunta.

—Puede que no sepa lo que es sentirse absolutamente desesperado —añadió alejándose de la ventanilla mientras la gente seguía saliendo de la iglesia para buscarla. Su dama de honor estaba ahora en la barandilla por la que había huido, y una multitud se había congregado junto a la enredadera y los arbustos chafados—. Tan desesperado como para arriesgar cualquier cosa por la remota posibilidad de que haya otra vida esperándole en alguna parte, si tan sólo fuese libre para encontrarla.

En la luminosidad de sus ojos había una inquietante mezcla de miedo y esperanza. Jack maldijo en silencio. No tenía la costumbre de rescatar herederas fugitivas. Sólo había accedido a asistir a la boda de Whitcliffe para estar con su familia antes de volver a Escocia. Allí pasaría un día o dos poniéndose al corriente de la situación de su compañía naviera antes de partir para Ceilán. No tenía tiempo de involucrarse en el dilema sentimental de la señorita Belford, por desafortunado o urgente que fuera. Lo mejor que podía hacer era abrir la puerta del coche y dejarla en los acogedores brazos de su prometido, que sin duda alguna estaría muy preocupado por ella.

Echó un vistazo por la ventanilla. Entre la multitud vio la imponente figura de John Henry Belford, su padre, vociferando su nombre, aunque era difícil discernir si estaba alarmado o furioso. A su lado había una señora muy enjoyada con un traje de seda de color melocotón rematado con pieles, nada apropiado para un día tan caluroso, y la cara torcida en un gesto de calma aparente. La encantadora madre de la novia, pensó Jack. Y cerca de ellos estaba el pomposo viejo Whitcliffe, con su pesado cuerpo sudoroso embutido en un chaqué de color vino que le sentaba fatal y su flácido rostro morado de rabia.

Puede que los brazos de su prometido no fueran tan acogedores después de todo.

—¿Quiere eso decir, señorita Belford, que este matrimonio no lo ha elegido usted? —preguntó Jack considerando si debía abandonarla a su suerte.

Amelia movió la cabeza desolada.

—Mi madre estaba decidida a casarme con un aristócrata que tuviera como mínimo el rango de duque. Pero por desgracia no hay muchos duques por ahí, y menos aún que estén libres. Lord Whitcliffe fue lo mejor que pudo encontrar, y estaba dispuesto a casarse conmigo aunque piensa que soy ordinaria y estúpida.

—¿Le dijo eso? —Jack sintió un repentino impulso de agarrar a Whitcliffe por su casi inexistente cuello y exigirle que se disculpara.

—Se lo oí decir a mi padre. Al principio pensé que sólo lo decía porque quería que le pagara más por casarse conmigo. Quizá le sorprenda saber, señor Kent, que el matrimonio de una chica americana con un lord inglés sale bastante caro. Pero luego lord Whitcliffe citó algunos ejemplos de lo que él llamaba mi «comportamiento burdo e impropio», y me di cuenta de que realmente pensaba que era vulgar. —Después de bajar la vista intentó estirar la maraña de seda y satén que la rodeaba.

Jack pensó en su huida por el muro de la iglesia con su traje de novia. A Whitcliffe le habría dado un ataque si hubiera presenciado esa escena. Se contuvo para no sonreír.

—Si no quiere venderme su coche, señor Kent, ¿me permitiría alquilárselo un día o dos? —insistió Amelia con tono optimista—. Le prometo que cuidaré bien de él y se lo devolveré lo antes posible.

Jack evitó su mirada suplicante. Su familia había salido ya de la iglesia y andaba buscándole entre la gente. Sus hermanas estaban muy guapas con sus elegantes modelos, que había diseñado Grace. Las tres estaban felizmente casadas con hombres que habían elegido ellas mismas. Aunque a Jack le resultaba familiar la práctica de los matrimonios concertados, sobre todo entre la nobleza, Genevieve siempre había creído en la libertad de pensamiento y elección y había inculcado esos valores a sus hijos. La idea de que Annabelle, Grace o su querida Charlotte fueran ofrecidas como corderos al mejor postor le parecía abominable.

—¿Señor Kent? —dijo Amelia con voz cansada.

Un grupo de hombres se estaba desplegando para rastrear los carruajes. Jack se dio cuenta de que Simon y Jamie se dirigían hacia el suyo. Probablemente Genevieve les había pedido que echaran un vistazo, no para buscar a la novia desaparecida, sino para ver si su hermano se había refugiado allí y se había quedado dormido. En cuanto descubrieran a la señorita Belford la sacarían apresuradamente del carruaje y la llevarían a la iglesia para unirse a Whitcliffe quisiera o no.

Y él no podría hacer nada para impedirlo.

—Por favor, señor Kent —susurró Amelia.

Tras acercarse le puso una mano sobre la suya con expresión suplicante.

Él miró la mano sorprendido. Su tacto era suave y frío a pesar del calor que hacía y de la repentina proximidad del carruaje. Era una mano pequeña, que parecía más menuda aún con el ostentoso anillo que Whitcliffe había elegido para desposarla. Tenía los dedos finos y bien arreglados, como era de esperar en una novia el día de su boda. Su piel pálida y sedosa indicaba que había pasado gran parte de su existencia envuelta en guantes caros. Pero lo que más le llamó la atención fueron los abundantes arañazos que la cubrían. Debió hacérselos durante la caída, razonó Jack, mientras intentaba agarrarse desesperadamente a la enredadera antes de desplomarse sobre los arbustos. Al coger la mano y darle la vuelta descubrió un corte profundo en su palma del que salía un fino chorro de sangre que también había manchado su piel.

Poco antes le había preguntado si sabía lo que era estar desesperado. La verdad es que lo sabía muy bien. Hasta que vio esa mancha rosada de sangre en su propia piel no comprendió lo desesperada que estaba.

Y de repente se acordó con claridad de lo que era estar solo y aterrorizado.

—Oliver —dijo con una calma que no presagiaba lo que estaba a punto de hacer—, da la vuelta al carruaje y sal despacio.

El conductor abrió los ojos de par en par.

—¿Con ella?

Jack asintió.

—Pero... es la novia —replicó Oliver pensando que Jack había pasado por alto ese detalle.

—Ya lo sé.

—¡Nos perseguirán!

—Solo si creen que la señorita Belford se esconde en este coche —respondió Jack—. Si conducimos despacio y no les damos motivos para sospechar seguirán buscando por los alrededores y los demás carruajes. —Su cuerpo se tensó al ver acercarse a Simon y Jamie—. Tenemos que irnos ya, Oliver.

El hombrecillo dudó unos segundos antes de chasquear el látigo en los cuartos traseros de sus caballos. Jack se asomó por la ventanilla mientras el coche avanzaba para que sus hermanos no vieran que la desconsolada novia iba dentro.

—Es una lástima que a nadie se le haya ocurrido buscar a la novia antes —afirmó con tono malhumorado—. Podría haber salido para Escocia hace una hora —añadió fingiendo que contenía un bostezo.

—No te irás a casa ahora, ¿verdad? —Simon parecía decepcionado.

—Enseguida encontrarán a la señorita Belford —comentó Jamie—. Seguro que le ha dado un ataque de nervios.

—Me da lo mismo —repuso Jack con expresión aburrida—. De todas formas no tengo tiempo para celebraciones. Vuelvo a Inverness, y luego me voy a Ceilán. Si no os quedáis demasiado en Inglaterra puede que os vea antes de marcharme. Decidle a Whitcliffe que siento que haya perdido a su heredera —dijo despidiéndose del resto de la familia—. La próxima vez debería buscar una novia que no sea americana; tengo entendido que suelen dar problemas.

Después se recostó en su asiento, cruzó los brazos sobre el pecho y cerró los ojos. Ni siquiera miró por la ventanilla mientras el coche se deslizaba sin prisa por el camino sombrío, dejando que los demás continuaran buscando desesperadamente a la escurridiza Amelia Belford.

Capítulo 2

—*A* Londres —ordenó Amelia a Oliver agarrando nerviosamente los jirones de su deteriorado vestido—. Por favor.

—A la estación de trenes, Oliver. Vamos a Inverness.

Amelia miró a Jack confundida.

—¿Eso no está en Escocia?

—Si no lo han movido últimamente...

—Pero yo no puedo ir a Escocia —protestó—. Tengo que llegar a Londres cuanto antes; mi prometido está allí.

—Su prometido está delante de la iglesia hecho una furia. —De repente Jack se preguntó si la señorita Belford estaría desequilibrada—. Si quiere puedo decirle a Oliver que dé la vuelta para que se reúna con él.

—No estoy hablando de Whitcliffe —puntualizó Amelia—. Sólo era mi prometido a los ojos de mis padres, pero nunca ha sido mi verdadero amor. La verdad, señor Kent, es que estaba comprometida en secreto cuando mis padres acordaron mi matrimonio con lord Whitcliffe. Claro que no era un duque —añadió rápidamente.

—Claro. —Jack sintió una punzada de decepción.

Por algún motivo había pensado que en la gloriosa huida de la señorita Belford había algo más que el deseo mundano de estar con otro hombre. Durante un breve instante creyó haber visto en ella un espíritu libre y salvaje, un destello de rebeldía e independencia que la diferenciaba del resto de las mujeres bien educadas que había conocido. Cuando le habló de encontrar otra vida pensó que quería librarse de las ataduras de su condición femenina y forjarse una nueva existencia por sí misma. Pero lo que iba a hacer era cambiar un cuidador por otro. Debería haberlo sospechado, se dijo, molesto de pronto por haberse implicado en su fuga romántica. Pocas mujeres huirían de una vida llena de lujos y privilegios si no supieran que iban a encontrar otro nido dorado. La única mujer que conocía que haría algo así era Genevieve, y siempre había sabido que era especial.

—Se llama Percy Baring —prosiguió Amelia con las mejillas sonrojadas por la emoción—. Es el quinto vizconde Philmore. Seguro que ha oído hablar de él.

—No.

Ella parpadeó asombrada.

—Qué extraño. Lord Philmore conoce a todo el mundo en Londres, o eso me parecía a mí cada vez que nos veíamos. Pertenece al Club Marbury, que es muy exclusivo, y ha asistido a todos los bailes y las fiestas importantes de la temporada.

«Seguro que sí», pensó Jack malhumorado.

—Yo soy de Escocia, señorita Belford. No voy mucho a Londres.

—Ya veo —dijo Amelia—. Supongo que eso explica su acento. Me he dado cuenta de que era diferente, pero todo el mundo me suena extraño aquí —se apresuró a añadir para no ofenderle—, como sé que yo les sueno extraña a ellos. Lord Whitcliffe me dijo que tendría que trabajar en eso cuando nos casáramos. Decía que mi acento era atroz, y que no podía permitir que una duquesa de su linaje anduviese por ahí como si no supiera hablar inglés correctamente. —Torció sus pálidas cejas al fruncir el ceño—. De hecho dijo que destrozaba las palabras. Me hizo mucha gracia, porque yo pensaba que era él quien pronunciaba mal, no yo, pero jamás me habría atrevido a decírselo para no herir sus sentimientos.

La idea de que Whitcliffe se sintiera herido le parecía muy poco probable.

—¿Y a lord Philmore no le importa su acento?

—Le parece adorable.

«Por supuesto», pensó Jack con ironía. «Con una dote millonaria colgando sobre su cabeza, lord Philmore estaría dispuesto a afirmar que todo en la señorita Belford era adorable. Al fin y al cabo, un vizconde no podía permitirse el lujo de ser tan exigente como un duque.»

—¿Un vizconde no les parecía suficiente a sus padres? —preguntó con un leve tono despectivo.

—Dicho así suena horrible —reconoció Amelia—. Pero no es lo

que piensa. Mis padres provienen de familias humildes, y mi padre ha trabajado toda su vida para conseguir lo que tiene. Mientras él se ha centrado en su negocio mi madre ha intentado elevar nuestro nivel en la sociedad. El dinero compra la respetabilidad, señor Kent, y en Nueva York hay muchas reuniones sociales a las que mis padres no pueden acudir.

—Y si se casara con un duque eso cambiaría.

—No creo que mi madre sea tan ingenua como para pensar que la gente les miraría de otro modo por eso —replicó Amelia—. Está pensando en mis hermanos y en mí, y en los hijos que pueda tener. Mi matrimonio con lord Whitcliffe habría asegurado su posición en la sociedad.

—¿No le importaba que quisiera casarse con otra persona?

—Cree que soy demasiado joven para saber qué me hará feliz —explicó—. Cuando le hablé de Percy me prohibió que volviera a verle o a escribirle para decirle que estaban al tanto de nuestra relación. Negó que estuviéramos comprometidos, y dijo que puesto que mi padre no había dado su consentimiento no era un compromiso formal. Yo le dije que nos habíamos jurado amor eterno, y que dos almas unidas no se pueden separar. —Sus ojos azules brillaban con una expresión desafiante—. ¿No está de acuerdo, señor Kent?

Jack se encogió de hombros. Genevieve llevaba más de veinte años intentando quitarle ese hábito nada refinado, entre muchos otros, sin demasiado éxito.

—Supongo que sí. —No tenía mucha experiencia en uniones de almas—. ¿Qué le respondió su madre a eso?

—Dijo que era sólo una niña y que no sabía lo que era mejor para mí, pero que algún día le daría las gracias por acordar mi matrimonio con lord Whitcliffe. Después no me permitió estar sola, y ordenó a los criados que interceptaran mi correspondencia para que no pudiera comunicarle a Percy lo que había ocurrido ni me llegasen las notas que él intentara enviarme.

—¿Así que no sabe cómo reaccionó su vizconde cuando se enteró de que iba a casarse con lord Whitcliffe?

—Estoy segura de que se quedó desolado —dijo Amelia—, y de que comprendió que yo no había participado en la decisión.

Jack arqueó una ceja con aire escéptico.

—¿Qué le hace pensar que él no se ha comprometido con otra persona?

—Percy me juró que nunca habría nadie más para él. Estoy segura de que durante estos meses ha tenido el corazón destrozado, igual que yo. Se alegrará mucho de que vuelva a su lado ahora que somos libres para casarnos como habíamos planeado.

Su profundo cinismo le llevó a Jack a pensar que si lo que temía el vizconde era que desafiara públicamente a sus padres y huyera el día de su boda, la señorita Belford había destruido por completo su relación con ellos, con lo cual no había ninguna posibilidad de conseguir una dote ni una herencia. Lord Philmore podría haber pensado en un principio que con un compromiso y una boda secreta los Belford habrían acabado aceptando el matrimonio de su hija y estarían dispuestos a ayudar a la nueva pareja a mantener un estilo de vida comparable al que había tenido hasta entonces su adorada hija. Pero había una gran diferencia entre fugarse discretamente con una heredera sin compromiso y casarse con una novia fugitiva que se había convertido en el centro de un terrible escándalo.

—¿Tiene Philmore ingresos propios?

Amelia se quedó sorprendida por la pregunta.

—Perdóneme. —Jack se dio cuenta de que era muy probable que la señorita Belford no supiera nada de asuntos financieros, y no fuera consciente de que a los hombres que la habían cortejado les atrajera algo más que su extraordinaria belleza—. Lo que quiero decir es que...

—Sé perfectamente qué quiere decir, señor Kent —le aseguró Amelia contrariada—. A pesar de lo que pueda pensar de mí no soy tonta. He pasado los últimos años en el mercado matrimonial de Londres y París, y soy consciente de que la mayoría de los hombres —incluido lord Whitcliffe— me ven ante todo como una suculenta fuente de ingresos. Las fincas y las casas de Londres son caras de mantener, y muchos nobles ingleses no tienen suficiente dinero para arreglar un tejado que está a punto de caerse sobre su cabeza. Al casarse con una heredera americana, aunque tenga un acento atroz, consiguen de forma inmediata los medios para saldar sus deudas y mantener su lujoso estilo de vida, a la vez que inyectan dinero en sus antiguas mansiones decrépitas.

Tenía las mejillas rojas de indignación. Estaba claro que la había insultado.

—Puedo asegurarle que el vizconde Philmore es diferente —añadió con tono enfático—. Aunque desconozco la naturaleza exacta de sus asuntos financieros, puedo decirle que es un hombre honorable y que no le importa el dinero de mi familia. Cada vez que estábamos juntos Percy juraba que mi fortuna no significaba nada para él; era yo la que había cautivado su corazón. ¿Le parece imposible, señor Kent?

Jack pensó que era todo un enigma. En un momento parecía una niña abandonada, acurrucada entre los restos ajados de su vestido con las manos arañadas y los ojos enrojecidos. Y al siguiente era como un ángel justiciero, llenando el carruaje con su pasión mientras defendía al hombre con el que creía que había unido su alma. Si Philmore tenía una ligera idea de la mujer que había bajo el reluciente decorado con el que su familia la había envuelto, sería un idiota si no la quisiera.

Desgraciadamente, Jack sabía por experiencia que la mayoría de los hombres de alta alcurnia eran unos imbéciles.

Entonces recordó con impaciencia que no tenía tiempo para esas tonterías. Debía reunirse con el gerente de su compañía naviera para revisar sus finanzas y ultimar los detalles de las expediciones programadas para los cuatro meses siguientes. Pensaba quedarse en Inverness tres días a lo sumo antes de embarcarse para Ceilán. No tenía tiempo de ir a Londres para dejar a la señorita Belford en manos de su amante. Pero ¿qué diablos iba a hacer con ella? No podía llevarla a Inverness en contra de su voluntad para luego abandonarla. Al ayudarla a huir de su matrimonio con Whitcliffe había asumido sin darse cuenta su responsabilidad, al menos temporalmente.

Lo más lógico era entregar a la señorita Belford a alguien de confianza. Aunque eso retrasaría sus negocios un día o dos, le libraría de futuras responsabilidades respecto a su bienestar. Si Philmore se alegraba de verla tanto como aseguraba ella, Jack podría dejarla a su cargo para que hicieran lo que quisieran mientras él se ocupaba de sus asuntos.

—Oliver —dijo—, vamos a Londres.

Oliver detuvo los caballos bruscamente y se dio la vuelta con el ceño fruncido.

—¿Estás seguro, muchacho? Si quieres puedo pararme un rato a la orilla de la carretera mientras os decidís. Después de todo, no tengo nada mejor que hacer esta tarde.

—Estoy seguro, Oliver —respondió Jack sin tener en cuenta la actitud irrespetuosa del viejo conductor—. Llévanos lo más rápido que puedas.

—Muy bien, a Londres. —Y después de refunfuñar algo que Jack no pudo entender tiró de las riendas de los caballos.

—¿Es siempre tan... incorrecto? —preguntó Amelia asombrada por la rudeza con la que se había dirigido a Jack.

—Con bastante frecuencia.

—¿Y por qué no le despide?

—Porque desde hace años forma parte de mi familia.

Amelia no lo comprendía. Su madre había despedido a montones de criados por infracciones mucho menos graves. Y jamás habían considerado a ninguno ellos parte de la familia.

—¿Ha sido siempre cochero? —No podía imaginar a nadie más soportando la insolencia de ese hombre.

—En realidad era ladrón. —A Jack le hizo gracia su expresión de incredulidad—. Y bastante bueno.

Amelia miró fascinada la parte posterior de la cabeza blanca de Oliver. Nunca había conocido a ningún criminal, al menos que ella supiera.

—¿No comprobó sus referencias?

—La verdad es que no le contraté yo —dijo Jack—. Le empleó mi madre hace años. Le sacó de la cárcel de Inveraray, y no esperaba que tuviera referencias.

—¿No le preocupaba tener un criminal peligroso a su servicio?

Jack se encogió de hombros.

—Aparte de tener una lengua afilada, Oliver no es peligroso. A mi madre le gusta ayudar a la gente que se encuentra en circunstancias adversas.

—Entonces tienen algo en común. Los dos son muy amables.

Jack no respondió. No era habitual que le acusaran de ser amable.

—Perdóneme —se disculpó Amelia conteniendo un bostezo—. Me temo que ayer no dormí mucho, ni los últimos días.

—Quedan unas cuantas horas para llegar a Londres. Debería intentar dormir un poco.

—No creo que pueda dormir en este coche tan estrecho. No es por usted —se apresuró a añadir, aunque la verdad era que el fornido cuerpo y las largas piernas de Jack ocupaban gran parte del espacio—. Es este ridículo vestido tan incómodo. Mi madre se lo encargó a Charles Worth, el famoso diseñador de París. —Entonces empezó a aplastar las capas de seda y satén que la rodeaban para hacer más sitio—. Supongo que no ha oído hablar de él —comentó al recordar que no conocía al vizconde Philmore.

—Lo cierto es que ese nombre me resulta familiar. Aunque no presto mucha atención a la moda femenina, mi hermana Grace tiene una pequeña tienda de ropa en Inverness. Diseña los modelos ella misma, y alguna vez ha mencionado al señor Worth.

Amelia dejó de golpear su vestido un momento intrigada.

—¿Su hermana diseña modelos? ¿Habré oído hablar de ella?

—Lo dudo. Sólo tiene esa tienda, aunque su marido intenta convencerla para que abra otra en Edimburgo o en Londres.

—¿Su marido le permite trabajar estando casada? —Amelia estaba sorprendida.

—Grace es muy independiente, y siempre le ha gustado diseñar ropa. Su marido quiere que sea feliz y la apoya en su trabajo.

—Me encantaría conocerles. Cuando lord Philmore y yo nos casemos quizá vayamos a Escocia.

Jack pensó que era mucho más probable que su nuevo marido la encerrara inmediatamente en una casa con cortinas de terciopelo raídas y esperase que hiciese de anfitriona en una serie interminable de tés y cenas mortíferas y le acompañara a todos los tediosos actos sociales imaginables. Hasta que se quedara embarazada, momento en el cual la apartaría por completo de la sociedad.

Jack se volvió para observar por la ventanilla los tonos cambiantes de la luz vespertina, y se preguntó por qué veía tan negro su porvenir con el desconocido vizconde.

—Disculpe, señor Kent, ¿le importaría ayudarme con las horquillas del velo? —Se inclinó sobre él y agachó la cabeza.

Jack vaciló unos instantes.

Luego, sin saber qué otra cosa podía hacer, comenzó a quitar con torpeza los ganchos de alambre de la maraña de pelo rubio que tenía delante.

El velo, de la seda más fina que había visto, estaba sujeto con una reluciente diadema de diamantes. Las horquillas utilizadas para asegurarla habían evitado que saliera volando cuando se cayó sobre los arbustos. Jack las desenganchó en silencio, dejándolas caer en el suelo del carruaje, mientras observaba fascinado cómo se iba deshaciendo el elegante recogido que alguna doncella había tardado horas en componer. Y por fin la pesada diadema acabó soltándose arrastrando más de dos metros de velo.

Amelia lanzó un suspiro y se masajeó el cuero cabelludo.

—No puede imaginar lo incómodo que es tener tantas horquillas en la cabeza, y esa diadema es insufrible. —Se pasó los dedos por el pelo hasta que se deslizó como miel líquida sobre los hombros hasta la cintura.

—Tenga —dijo Jack dándole la diadema.

—Déjela en el suelo —le indicó mientras enrollaba la cola de su vestido y la encajaba en una esquina para formar una almohada—. Luego la cogeré.

Sin embargo, Jack puso el collar y los pendientes de esmeraldas que le había dado antes en el centro de la diadema, envolvió las valiosas joyas con el velo y lo dejó a su lado en el asiento.

Amelia se apoyó con aire cansado en la irregular almohada de satén que había improvisado.

—Espero que me perdone si cierro los ojos un momento, señor Kent.

—No se preocupe. —Jack se recostó en su asiento y estiró las piernas hasta donde se lo permitía el carruaje—. La despertaré antes de que...

De repente se detuvo y la miró desconcertado.

Luego esbozó una sonrisa al darse cuenta de que la encantadora y elegante Amelia Belford estaba roncando.

Jack supo que habían llegado a Londres mucho antes de apartar la cortina y ver las siluetas fantasmales de los edificios de Mayfair delante de él. Le asaltó el pestilente olor de la ciudad, una concentración caústica de la ceniza y el humo que salía de las chimeneas de las casas y las fábricas combinada con los nauseabundos efluvios del Támesis. El sucio velo que cubría siempre el nuboso cielo de la ciudad era más desagradable en verano que en invierno, cuando todas las mañanas se encendían miles de fuegos para contrarrestar el frío de la noche y preparar las comidas del día. La calma del caluroso aire nocturno había atrapado los humos diurnos, mezclándolos con el hedor de las toneladas de estiércol de caballo que regaba las calles y los residuos humanos que fluían con igual abandono por las fétidas aguas del Támesis.

Fue casi suficiente para que Jack deseara haberse quedado en la iglesia abarrotada de flores.

Movió el cuello de un lado a otro y gimió en silencio mientras aflojaba los músculos agarrotados. Luego cambió con cuidado de postura para aliviar la tensión que había acumulado en las vértebras de la espalda procurando no molestar a la señorita Belford, que llevaba varias horas profundamente dormida. La posición vertical que tenía en un principio se había ido deteriorando poco a poco, hasta que llegó un momento en el que Jack tuvo que sujetarla para que no se cayera al suelo. Entonces ella se acurrucó contra su pecho, encontrando en él un colchón más cómodo que el arrugado bulto de satén sobre el que se había apoyado. Reacio a despertarla cuando era evidente que estaba agotada, pero incapaz de sostenerla más tiempo desde el asiento de enfrente, decidió sentarse a su lado y permitir que se acomodara mejor, hasta que se tumbó por completo con el pelo extendido sobre su regazo.

Durante un rato se mantuvo rígido. No estaba acostumbrado a que una mujer se tendiera sobre él con tanta confianza. Entonces se le ocurrió que su experiencia con las mujeres era limitada en ese sentido. Había disfrutado de muchas relaciones sexuales, pero prefería la compañía de las mujeres que conocía en el extranjero, que le veían como un entretenimiento fugaz y por lo tanto tenían menos expectativas respecto a él. No les interesaba indagar en las retorcidas raíces de su pasado. Por el contrario, las jóvenes bien educadas de Escocia e Inglaterra no le permitían olvidarse de sus despreciables orígenes.

Desde que Genevieve se hizo cargo de él se esforzó por mejorar, por convertirse en un hombre que no se pareciera en nada al ladronzuelo desarrapado, analfabeto y hambriento que había rescatado de la cárcel de Inveraray veinte años atrás. Había sido una larga y ardua batalla. Genevieve y Haydon habían hecho todo lo posible para ayudarle en esa transformación. Después de instruirle ella misma durante un tiempo y fomentar su interés por aprender, oculto hasta entonces bajo una arrogante indiferencia, Genevieve decidió que tenía cualidades para ir a la universidad. A lo largo de su preparación tuvo que soportar una interminable serie de tutores mortíferos que casi consiguieron apagar la curiosidad que Genevieve había cultivado en él con tanto cariño. Era un buen estudiante, pero el hecho de que hubiera aprendido a leer y escribir a los quince años hacía que su lentitud en ambas disciplinas le resultara frustante. Odiaba el latín y el griego, y no comprendía de qué le podían servir esas lenguas antiguas. Pero era rápido con los números y le gustaban la historia y el arte, que eran las grandes pasiones de Genevieve.

Acabaron aceptándole en la Universidad de St. Andrews, donde tanto los profesores como sus compañeros le menospreciaban abiertamente. El hecho de que fuera el pupilo de los marqueses de Redmond no tenía mucho peso entre los prepotentes vástagos de la nobleza inglesa y escocesa, que habían sido educados para considerarse superiores y detestar a la escoria como él. Afortunadamente, gracias a su experiencia callejera era insensible a su desdén, al que respondía con la misma medida de frío desprecio. Era alto, fuerte y rápido con los puños, con lo que se ganó una expulsión temporal el primer año, pero de ese modo estableció su reputación de tipo duro con gran capacidad para defenderse. Después de eso pocos se atrevieron a molestarle, y le permitieron proseguir con sus estudios con relativa tranquilidad.

A Haydon y Genevieve les habría gustado que hubiese hecho amigos en la universidad, pero Jack estaba acostumbrado a que le despreciaran y no le preocupaba. Tenía unos padres encantadores, además de los hermanos, hermanas y «criados» que había conseguido al entrar en la familia de Genevieve, todos ellos con un pasado tan escabroso como el suyo.

Si por él fuera, el resto del mundo podía irse al infierno.

—Ya hemos llegado —anunció Oliver mientras el carruaje se detenía ante la elegante casa de piedra que Genevieve y Haydon tenían en Londres. Después de bajar despacio del pescante abrió la puerta del coche y escrutó la oscuridad del vehículo con los ojillos casi perdidos entre los pliegues de sus párpados.

—Sanos y salvos y no por eso peor, aunque estos viejos huesos necesitarán un rato de descanso y un buen trago antes de ponerse en camino de nuevo. —Al ver a Amelia sobre el regazo de Jack arrugó las cejas—. Parece que tu novia también necesita decansar.

—No es mi novia —objetó Jack.

—Es más tuya que del viejo Whitcliffe —repuso Oliver encogiéndose de hombros—. Lizzie y Beaton deben estar en la cama —dijo quitándose el ajado sombrero de fieltro para rascarse la cabeza—. No esperan que vuelva nadie de la boda de Whitcliffe, porque la señorita Genevieve ha decidido regresar después a Inverness. Iré a abrir la puerta. —Se frotó las nudosas manos entusiasmado—. Estoy un poco desentrenado, pero apuesto que no hay ninguna cerradura en Londres que no pueda abrir.

—Toca la campanilla, Oliver.

—¿Para qué vamos a despertar a Lizzie y a Beaton si yo puedo entrar más rápido que una rana engrasada...?

—No quiero que piensen que están robando la casa y te den un golpe en la cabeza en cuanto abras la puerta principal.

Oliver frunció el ceño.

—¿Quién ha dicho nada de la puerta principal?

—Oliver... —le advirtió Jack.

—Está bien. —Volvió a ponerse el sombrero y se encaminó hacia la puerta, visiblemente irritado porque hubieran puesto en duda su destreza.

—¿Dónde estamos? —murmuró Amelia con tono somnoliento.

—En Londres.

Ella permaneció un momento en silencio intentando reconocer esa voz profunda. Luego abrió los ojos despacio y se encontró con la cabeza recostada en las musculosas piernas de Jack y la mano apoyada en su rodilla con una intimidad ignominiosa.

—¡Oh! —exclamó poniéndose derecha y apartándose de él—. Discúlpeme, por favor... supongo que estaba muy cansada.

—Así es. —A Jack le hizo gracia su repentino sentido del decoro.

—¿Es su casa? —preguntó intentando desviar su atención del hecho de que acabara de estar tumbada sobre él—. Es muy bonita.

—Pertenece a mis padres, los marqueses de Redmond, pero ahora sólo hay un par de criados. Venga. —Bajó de un salto del carruaje y le tendió la mano—. Supongo que dentro podremos encontrar una cama más cómoda que... —estaba a punto de decir «mi regazo», pero el rubor de la señorita Belford le hizo comprender que no iba a apreciar su sentido del humor— este coche.

Ella buscó a tientas sus zapatos y se los puso antes de darle la mano. Era pequeña y suave, como un pétalo dorado por el sol sobre su piel callosa.

—Será mejor que coja también sus joyas —le sugirió señalando el envoltorio del asiento.

Amelia agarró el valioso bulto sin mucho interés, se recogió su arrugado vestido con una mano y permitió que Jack la ayudara a bajar del carruaje.

—¡Dios misericordioso, si es el señor Jack! —dijo una voz chillona. Una mujer rechoncha, con la cara colorada y un mechón de pelo plateado asomando por debajo de su gorro de dormir, les miraba con los ojos bien abiertos desde la puerta. Tenía las mejillas rollizas pero arrugadas y los ojillos redondos brillantes, como si se acabara de despertar de un profundo sueño. Al abrir la boca para decir algo mostró unos dientes torcidos y amarillentos, pero lo único que salió de ella fue un sonoro hipo.

—Buenas noches, Lizzie —respondió Jack mientras el ama de llaves se tapaba los labios—. Espero que no te causemos muchos trastornos por llegar tan tarde.

Mientras acompañaba a Amelia a la casa, de su nariz y de su boca salió un emapalagoso olor a ginebra.

—Claro que no —mascculló Lizzie esforzándose por adoptar una actitud digna. Después de hipar otra vez, parpadeó, esperando que nadie se hubiese dado cuenta—. Es que no le esperábamos, eso es todo.

—Siento no haber podido avisarles —se disculpó Jack—. No tenía intención de venir a Londres, pero mis planes han cambiado.

De repente apareció por la puerta de la cocina un hombre inmenso, que intentaba desesperadamente atarse el cinturón de su bata carmesí sobre su voluminoso vientre. Un gorro de dormir de rayas azules y blancas le colgaba de su brillante calva, y sólo había conseguido encontrar una raída zapatilla, dejando al descubierto los rechonchos dedos del otro pie. Como Lizzie, tenía el rostro lleno de arrugas, lo cual sugería que tenía más de sesenta años, pero a Amelia le pareció que había algo infantil en él mientras manipulaba con torpeza los flecos de su bata.

—Buenas noches, Beaton —dijo Jack.

—¡Cielo santo! —exclamó Beaton con los ojos vidriosos a punto de salirse de sus órbitas mientras miraba desconcertado a Amelia—. ¡El señor Jack se ha casado! —Luego se tambaleó hacia delante y rodeó con sus robustos brazos la cintura de Jack—. Felicidades, señor —gimió con emoción—. Si me permite decírselo, es una auténtica belleza —lanzó un eructo.

—Están los dos borrachos como cubas —comentó Oliver asqueado—. Ya no se pueden encontrar criados decentes.

—Eso no es verdad —protestó Lizzie indignada—. Es que necesito un poco de ginebra de vez en cuando para mi pobre corazón, eso es todo. —Volvió a hipar y luego fingió un ataque de tos flemática.

—Y yo sólo he tomado un trago para acompañarla —dijo Beaton aferrado aún a la cintura de Jack. Amelia se preguntó si le abrazaba porque le tenía afecto o porque necesitaba un apoyo.

—Tenéis una cogorza descomunal —contestó Oliver disgustado—. Debería daros vergüenza.

—No podemos culpar a Lizzie y a Beaton por tomar una copa cuando la casa estaba ya cerrada y no esperaban que llegáramos, sobre todo cuando es evidente que Lizzie necesita tomar ginebra por motivos de salud.

Los criados miraron a Amelia sorprendidos. Incluso Jack la observó con curiosidad. No esperaba que su rica heredera fuese tan comprensiva con las debilidades de sus empleados.

—Gracias, señora Kent —respondió Lizzie casi a punto de caerse al hacer una torpe reverencia—. Es muy amable —añadió hipando.

—Es una auténtica belleza. —Beaton guiñó un ojo a Jack.

—La señorita Belford no es mi mujer —dijo Jack desenganchando los brazos de Beaton de su cintura. Luego sujetó un momento al mayordomo por las muñecas y se aseguró de que se mantenía en pie antes de soltarle—. Es mi invitada, y se quedará con nosotros un día o dos mientras arreglo...

—¿La señorita Belford? —Lizzie frunció sus marchitas cejas—. ¿Amelia Belford, la heredera americana?

Amelia miró a Jack con incertidumbre.

—Dios mío, es usted, ¿verdad? —Lizzie se acercó más a Amelia para verla mejor, abrumándola con la peste a ginebra—. He visto su fotografía en las tiendas, y las páginas de sociedad han estado llenas de comentarios sobre su boda con ese viejo gordo, Whitcliffe.

—Ya es suficiente —intercedió Oliver preocupado de que Amelia pudiera ofenderse al oír hablar de su prometido en esos términos—. Whitcliffe no está gordo, sólo un poco fuerte, como todos los duques —añadió con una benevolencia inusual—. Eso es lo que pasa cuando se está bien alimentado desde la cuna hasta la tumba.

—Estoy segura de que es usted —insistió Lizzie como si Amelia necesitara que la convencieran de su propia identidad—. Su foto ha estado en todas las tiendas.

Como la mayoría de las herederas que viajaban a Londres para encontrar un lord inglés, su madre había dispuesto que la retratara uno de los fotógrafos más prestigiosos de la ciudad. Su retrato se había expuesto en muchas tiendas para que el fascinado público pudiera comprarlo. Además, la boda de Amelia había tenido una amplia cobertura en los periódicos ingleses y americanos durante varias semanas, hecho que a ella le incomodaba pero a su madre le complacía inmensamente.

—Cielo santo, es ella, ¿verdad? —preguntó Beaton con los ojos bien abiertos.

—Sí —respondió Jack. Lizzie y Beaton llevaban más de diez años al servicio de sus padres, y aunque era evidente que les gustaba beber de vez en cuando, Jack sabía que para las cuestiones importantes eran de toda confianza—. Así es.

—¡En persona es aún más guapa! —exclamó Lizzie observando a Amelia embelesada—. Aunque tenga el pelo revuelto y el vestido como si hubiese estado andando por una carbonera.

—Pero tenía que casarse hoy con lord Whitcliffe —señaló Beaton—. Lo han dicho en los periódicos, con detalles suyos y de Su Excelencia, los regalos, las flores, el menú...

—Dicen que sus ligas tienen broches de oro con diamantes —le interrumpió Lizzie entusiasmada—. ¿Es eso cierto?

—No. —A Amelia le horrorizaba que la prensa londinense hubiera llegado a describir su ropa interior con falsedades. ¿Creían realmente que podía ser tan frívola como para llevar lencería con diamantes?

—Mire cómo tiene su precioso vestido —gimió Lizzie—, y sus manos. —Cogió las manos arañadas de Amelia y chasqueó la lengua con aire compasivo—. ¿Ha tenido un accidente?

—Me caí —respondió Amelia—. En unos arbustos.

—La señorita Belford cambió de parecer en el último momento —explicó Jack.

—¡Pero su prometido es un gran duque! —replicó Lizzie—. Whitcliffe vive en uno de los castillos más fabulosos de Inglaterra.

—Sí, pero ella ha decidido que no le quiere —intervino Oliver saliendo en defensa de Amelia.

—Seguro que sabía que estaba robusto antes de acceder a casarse con él —arguyó Beaton centrado aún en el tamaño de Whitcliffe.

—He oído hablar de casos en los que a la novia no le permiten ver al novio hasta que se encuentran en el altar —comentó Lizzie—, por miedo a que cambie de opinión y cancele la boda.

—Si me obligaran a mí a casarme con el viejo Whitcliffe ya sé por dónde huiría —cloqueó Oliver olvidando que hacía unos instantes había defendido la decisión de Amelia.

—La señorita Belford está muy cansada, Lizzie —dijo Jack considerando que había soportado bastantes preguntas por una noche—. ¿Podríais prepararle un baño y buscarle ropa apropiada? Estoy seguro de que en el armario de mi madre debe haber algo. Dadle todo lo que necesite. Esta noche dormirá en la habitación de invitados azul.

—Claro que está cansada, pobrecita. —Lizzie volvió a chasquear la lengua—. Sígame, querida. Haré que se sienta tan cómoda como un gatito en una cesta.

—Es muy amable. —Amelia se sintió de repente como si estuviera a punto de derrumbarse—. Siento haberles despertado al llegar aquí sin avisar. Espero que no tengan que molestarse demasiado por mí.

Beaton y Lizzie parpadearon aturdidos. Ninguno de los dos había visto nunca a una heredera americana, pero todo lo que habían oído sobre esas bellezas malcriadas indicaba que eran tan altivas y condescendientes con los de su clase como la aristocracia inglesa en general.

—No es ninguna molestia —le aseguró Lizzie.

—No estábamos haciendo nada antes de que llegaran —añadió Beaton.

—Sólo empinar el codo —murmuró Oliver.

—Vamos arriba entonces —dijo Lizzie ignorando su comentario mientras acompañaba a Amelia hacia la escalera agarrando su deteriorada cola—. Beaton calentará agua para su baño mientras intentamos quitarle este vestido.

Jack observó cómo se ponían en marcha para atender a la señorita Belford.

Luego se aflojó un poco la corbata y se dirigió al salón para tomar una copa.

El whisky era añejo y espeso, con un leve toque ahumado que le recordó a la turba ardiente de las tierras altas. Jack lo bebió despacio, tomándose su tiempo para apreciar su cuerpo y su aroma cuidadosamente cultivado.

Hubo una época en la que no era tan exquisito.

Comenzó a beber a los ocho años, cuando tomaba tragos a hurtadillas de una garrafa desportillada escondida en un mugriento armario de la cocina. Ahí era donde la guardaba el viejo bastardo al que su madre pagaba para que le cuidara. Jack no sabía si escondía el aguardiente de él o de su esposa, una mujer de mal carácter a la que también le gustaba echar un trago de vez en cuando. Cuando se escapó de su casa a los nueve años y empezó a vivir en las calles aumentó su afición por la bebida. Para los catorce estaba orgulloso de poder tomar casi una botella entera de alcohol sin vomitarlo. Eso es lo que acababa de hacer el día que le arrestaron por robar un trozo de queso, una botella de whisky barato y un par de zapatos usados. La embriaguez se le pasó enseguida cuando le condenaron a treinta y seis latigazos, cuarenta días de cárcel y dos años en un reformatorio. En ese momento creyó que había llegado el fin de su corta y miserable vida, porque no esperaba sobrevivir a la brutalidad del sistema judicial.

Entonces apareció Genevieve en su celda y su destino cambió para siempre.

Era extraño, pensó, que algunos aspectos de la vida se pudieran alterar de forma irrevocable en un instante mientras que otros permanecían inamovibles. Se había esforzado durante años para librarse del sucio manto de sus sórdidos orígenes. Era el hijo no deseado de una puta borracha y un cliente cuya identidad desconocía, lo cual le parecía bien. De niño fue un ladronzuelo que sobrevivía gracias a su ingenio y la rapidez de sus puños. Su vida había estado marcada por la violencia y la desesperación. Y de repente se convirtió en el pupilo de los marqueses de Redmond, que le acogieron en su encantadora familia y le ayudaron a superar su oscuro pasado.

Cuando tenía quince años se dijo a sí mismo que era un superviviente nato y que se las habría arreglado de todas formas aunque Genevieve no hubiese aparecido en su vida. Pero al madurar la cruda realidad del mundo hizo que cambiara de opinión. Sólo tenía que mirar a los muchachos harapientos que deambulaban por las calles de Glasgow y Edimburgo para darse cuenta de que sin la ayuda de Genevieve se habría convertido en un joven analfabeto y amargado. La mayoría de esos tipos malvivían robando o trabajando como esclavos en las fábricas, profesiones que se desempeñaban mejor sobrio, lo cual no era frecuente. Atrapados por la pobreza y la ignorancia, lo único que esperaban era seguir vivos la semana siguiente y que no les matara el alcohol o la pieza de una sucia máquina.

No era una vida en la que mereciera la pena sobrevivir.

Qué diferentes eran las preocupaciones de Amelia Belford. Para ella, el hambre era un concepto abstracto basado en la vaga sensación que uno sentía entre la hora del almuerzo y del té. Jack no podía imaginar que le hubieran negado nada, salvo quizá un vestido tan extravagante que incluso su padre se habría visto obligado a cuestionar su necesidad, o esas ligas con broches de diamantes de las que había hablado Lizzie. Para Amelia, la vida era un glorioso repertorio de todo lo que podía imaginar y mucho más.

Sin embargo, había arriesgado todo eso al huir por el muro de una iglesia.

Sería una ingenua si pensara que el vizconde Philmore podía ofrecerle algo parecido a la lujosa vida que habría tenido con Whitcliffe a costa de su padre. Jack no conocía a Philmore, pero si era como la mayoría de los nobles estaba seguro de que sería caprichoso, arrogante y holgazán. Jack supuso que no debería juzgarle por ser un aburrido representante de su clase. Después de todo, incluso Haydon había llevado en un tiempo ese tipo de vida. Pero si a Philmore le importaba la señorita Belford tanto como ella creía, ¿por qué no se había casado con ella? Si estuviese en su lugar él no habría permitido que el compromiso de Amelia y la prohibición de sus padres a verla se interpusieran en su camino. Si hubiera sospechado por un instante que la obligaban a casarse en contra de su voluntad habría irrumpido en su casa y apartado a golpes a cualquiera que hubiera intentado impedir que se la llevara.

Luego se levantó de la silla, demasiado cansado para seguir pensando en ese asunto. Apagó la lámpara de la biblioteca y comenzó a subir la escalera desabrochándose los botones de la camisa.

Al llegar al piso de arriba vio sobre la elegante alfombra persa un haz de luz que se filtraba por la puerta entreabierta de la habitación de invitados. Con el ceño fruncido, se dirigió hacia ella preguntándose si le pasaría algo a la señorita Belford.

Estaba dormida, acurrucada sobre la cama con el suave pelo dorado extendido sobre la almohada y las sábanas blancas. Su infortunado vestido de novia y el velo revuelto descansaban sobre una silla, y en una mesa había una bandeja intacta con té, tostadas y carne fría. Había apartado las mantas de lana, pero el aire que entraba por la ventana abierta era fresco, y estaba claro que tenía frío y necesitaba que la taparan.

Llevaba un camisón de algodón de color marfil con unas delicadas flores bordadas en el cuello y una cascada de fino encaje en la parte inferior. Carecía de los relucientes adornos de su ostentoso vestido de novia, y a Jack le pareció que le quedaba mucho mejor. El holgado escote que le caía sobre el hombro y el pecho dejaba al descubierto una zona de piel sedosa, y por debajo del dobladillo de encaje que se le había subido al apartar las mantas asomaban sus pequeños pies perfectamente formados. Jack se apoyó en el poste de la cama y la observó durante un largo rato.

Después frunció el ceño al ver el brillo de las lágrimas en sus pestañas.

Y entonces pensó que debería haberle pedido a Lizzie que se quedara con ella. A pesar de la compostura que había mantenido durante su viaje a Londres, el día de su boda había estado lleno de emociones intensas, que sin duda alguna afloraron a la superficie cuando por fin recostó la cabeza en la almohada. Si no la hubiera ayudado a huir, la joven que tenía delante habría acabado en la cama de Whitcliffe, aterrada pero sin poder negarse a sus deseos. Y Whitcliffe habría deseado de ella tanto como hubiera podido tomar. A pesar de la avanzada edad del duque y de su gordura, Jack estaba seguro de que no habría podido resistirse a una belleza tan exquisita.

Le invadió la ira. Ningún hombre tenía derecho a poseer a una mujer en contra de su voluntad, aunque la ley, la iglesia y sus padres se confabularan para otorgarle ese derecho. Jack no sabía si Amelia había llorado por miedo a su futuro o de alivio por haber escapado de las garras de Whitcliffe. En cualquier caso, el rastro de las lágrimas sobre sus mejillas le llegaron al alma. Levantó las arrugadas mantas de los pies de la cama y la cubrió torpemente con ellas.

Luego apagó la lámpara y salió de la habitación, demasiado furioso para pensar en la extraña pasión protectora que le ardía en el pecho.

Capítulo 3

Amelia se encogió aún más en los oscuros confines del armario de su padre, agarrando con su mano sudorosa la raída cuerda que había atado a un clavo en una de las puertas para mantenerlas cerradas. Le gustaba ese inmenso armario sombrío, con su olor familiar a madera barnizada, cuero pulido y las bolsas aromáticas cuidadosamente colocadas entre las impecables camisas y chaquetas de su padre. La quietud de ese lugar la tranquilizaba, al igual que la ordenada disposición de la ropa. Se recostó en su cama improvisada de pantalones doblados imaginando que estaba en una tienda en Marruecos o Egipto, con tan sólo una frágil barrera de lona para protegerla de los furiosos vientos y de los animales salvajes que merodeaban por allí. O puede que viajara de polizón en un barco pirata con destino a África y hubiera tenido que esconderse en ese armario, aventurándose a salir sólo por la noche para robar un poco de comida para no morirse de hambre.

Hambrienta de repente, sacó una servilleta arrugada de su bolsillo y metió el dedo en el aplastado trozo de tarta de coco que había dentro. Con un suspiro de placer lamió el denso dulce del dedo, saboreando cada bocado. Si tenía cuidado podría durarle todo el viaje, que duraría unas seis semanas. Conseguir agua era más difícil. Para eso tendría que subir a cubierta, reptando entre los sanguinarios piratas mientras dormían. Si uno de ellos se despertaba tendría que defenderse con su espada. Agarró el palo que Freddy le había buscado en el jardín. Calculó que podría reducir a una docena de ellos, pero ¿cuántos había a bordo de aquel terrible barco? ¿Treinta? ¿Sesenta? ¿Cien?

—Salga de ahí, señorita Amelia, ¿me ha oído?

Con el corazón acelerado, volvió a meterse la comida en el bolsillo y tiró más fuerte de la cuerda. Sabía que era cuestión de tiempo que la descubrieran. ¿Qué penoso castigo le impondrían? ¿La azotarían? ¿Le cortarían el cuello? ¿La arrojarían al mar? La cuerda se le estaba clavando en la mano, cada vez más tensa mientras alguien intentaba abrir la puerta de su escondite. Amelia la sujetó con firmeza, pero su captor era mucho más fuerte que ella.

De pronto la cuerda se rompió y la puerta del armario se abrió con tanta fuerza que rebotó contra la frente de su doncella. La pobre muchacha lanzó un grito y salió corriendo de la alcoba, gimoteando que Amelia había intentado matarla.

Amelia suspiró.

Pasaron varios días antes de que le permitieran salir de su dormitorio.

En la habitación había un reloj que marcaba cada segundo diligentemente. Eso era en lo que se había centrado su mente: la constante y rítmica cadencia del tiempo. Penetraba con insistencia en sus sentidos, erosionando las difusas capas de agotamiento. Hundió aún más la cara en la almohada y apretó con fuerza los ojos. No quería despertarse. No había querido despertarse durante meses, desde que le arrebataron su vida y la pusieron en las rollizas y húmedas manos de lord Whitcliffe. Todas las mañanas le invadía una angustia paralizante, contra la que luchaba intentando refugiarse en las plácidas aguas del sueño. Pero a medida que se acercaba el día de su unión con el repelente duque ni siquiera el sueño la reconfortaba. Los recuerdos de las travesuras de su infancia habían adquirido un tono agridulce, con un final invariablemente frustrante. Siempre acababa atrapada, presa de su familia, los criados y ella misma. Muy pronto sería la prisionera de lord Whitcliffe, al menos en cuerpo, si no en alma.

Entonces sintió una terrible náusea. Apartó las mantas y se levantó de la cama tambaleándose, desesperada por llegar a la jofaina. No estaba donde se suponía que debía estar. Miró desconcertada los muebles desconocidos que había a su alrededor en la habitación sombría, atenazada de repente por el pánico.

—Buenos días, querida. ¿Cómo se encuentra esta mañana?

Una bandeja resonó sobre una mesa, y al abrirse las cortinas la habitación se llenó de luz.

—Supongo que muerta de hambre, porque anoche no tocó ni el té ni las tostadas, pobrecita mía.

Una mujer rechoncha con el pelo canoso chasqueó la lengua preocupada sobre la bandeja intacta de la noche anterior. Amelia recuperó al instante la memoria, que sustituyó la náusea por una especie de aturdimiento.

«Dios mío», pensó sintiendo una mareante sensación de júbilo y miedo. «¿Qué diablos he hecho?»

—¿Ha dormido bien? —preguntó Lizzie.

Ella asintió.

Lizzie la miró dudándolo.

—Bueno, esas ojeras no van a desaparecer tan pronto con tantas emociones. Esta noche le prepararé una taza de leche caliente con coñac que le ayudará a dormir. Si no funciona probaremos con unas compresas de rosas rojas y manzanas podridas que la dejarán como nueva.

A pesar de los desvelos de la mujer, Amelia esperaba no tener que quedarse otra noche. Si Jack lograba encontrar a Percy se reuniría con él inmediatamente. Sólo entonces estaría a salvo de lord Whitcliffe y de su familia, que sin duda alguna estaría haciendo todo lo posible para encontrarla. Su padre especialmente estaría desolado por su repentina desaparición. Aunque se habría puesto furioso, Amelia sabía que también estaría angustiado por saber si su niña estaba bien.

Tragó saliva para contener las lágrimas que le empañaban los ojos.

—No se preocupe, querida —susurró Lizzie alarmada por su desesperación—. Ahora está a salvo. Beaton, yo y el señor Jack nos aseguraremos de eso. Si viene alguien a buscarla le echaré de aquí a escobazos.

—Gracias, Lizzie —respondió Amelia conmovida por la inesperada actitud protectora de la mujer—. Es muy amable.

—Yo diría que necesita un poco de amabilidad. —Lizzie se acercó a la bandeja y echó una generosa cantidad de azúcar y leche en una taza de té.

—El señor Jack dijo que para escapar del viejo Whitcliffe bajó por el muró de la iglesia y se cayó sobre unos arbustos. ¿Qué tipo de padres impondrían a su hija un matrimonio que para evitarlo decidiera arriesgarse a romperse el cuello? —chasqueó la lengua con aire desaprobatorio.

—El principal deseo de mi madre desde que era una niña ha sido que me casara con un duque —dijo Amelia—. Y durante años a mí también me parecía una idea muy romántica, hasta que llegué a Inglaterra y conocí a los duques dispuestos a casarse.

Lizzie llenó el pequeño espacio que quedaba en la taza con un chorro de té y se la dio.

—Un hatajo de cretinos, ¿verdad?

—Eran viejos, bruscos y arrogantes, y parecía que se estaban rebajando al tener algo que ver conmigo. Estaba claro que sólo les interesaba mi fortuna.

El ama de llaves suspiró mientras apartaba una silla para Amelia y le indicaba que se sentara.

—Sé a qué se refiere.

—Durante meses todo el mundo intentaba convencerme de lo afortunada que era porque lord Whitcliffe quisiera casarse conmigo, aunque sólo accedió después de varias semanas de negociación con los abogados de mi padre —prosiguió Amelia sentándose—. Y yo intentaba decirles que aunque fuera fabuloso no quería casarme con él. Cuando ayer tuve el valor de huir sabía que no estaba abandonando sólo a lord Whitcliffe; también estaba abandonando a mi familia. —Su voz se quebró al concluir con tono desanimado—: Eso es lo que más me duele.

—Vamos, querida. —Lizzie le dio unas palmaditas en la mano para tranquilizarla—. Seguro que su familia la perdonará; el tiempo cura todas las heridas. —Extendió una espesa capa de mantequilla y mermelada sobre una tostada—. Supongo que sus padres pensaban que aunque no quisiera a Whitcliffe aprendería al menos a soportarle. Eso es lo que ocurre en la mayoría de los matrimonios, y las parejas parecen llevarse bien. —Después de mirar la tostada con el ceño fruncido añadió una gruesa loncha de queso.

—Eso esperaban ellos —reconoció Amelia—. Desafortunadamente, conocí a un hombre con el que quería casarme, pero mis padres se negaron a darme su permiso aduciendo que no era lo bastante bueno para mí. —Dejó el té sin probarlo—. El señor Kent va a buscarle, y cuando nos casemos mis padres no podrán obligarme a hacer nada. Por fin controlaré mi vida.

—Casarse no significa tener control, al menos para una dama —reflexionó Lizzie—. Sin embargo, si ha conquistado su corazón estoy segura de que será un buen hombre y la hará feliz. El señor Jack y Oliver salieron temprano esta mañana sin decir nada, así que han debido ir a buscarle. —Colocó un plato lleno de huevos fritos, jamón y un trozo de pastel de carne delante de Amelia—. Tome su desayuno y luego veremos si podemos encontrar algo que le vaya bien entre la ropa de la señorita Genevieve. Cuando llegue su prometido querrá estar guapa para recibirle.

—¿No le importará a la madre del señor Kent que utilice sus cosas? —preguntó Amelia.

—La señorita Genevieve estaría encantada de ayudarla —le aseguró Lizzie—, como el señor Jack y Oliver. Así es esta familia —añadió con entusiasmo.

Lionel Hobson miró intrigado por encima de la montura dorada de sus gafas, cuyas lentes estaban tan rayadas que necesitaban un cambio inmediato.

—Disculpe, señor Kent —dijo con tono vacilante—, ¿me ha oído?

Jack apartó su mirada de la franja de cielo azul que se divisaba sobre el tejado cubierto de hollín del almacén que había al otro lado de la calle y miró a su joven empleado con aire distraído.

—¿Qué? —Al darse cuenta de su error incluso antes de que la palabra saliera de sus labios se apresuró a añadir—: ¿Perdone?

—Me preguntaba cómo vamos a afrontar las pérdidas que hemos tenido este mes y el anterior a causa de los daños sufridos por el *Shooting Star* hace dos semanas —repitió su encargado londinense ajustándose las gafas en su larga nariz por enésima vez. Luego se pasó los dedos manchados de tinta por el pelo lacio y miró con los ojos entrecerrados las negras columnas de cifras cuidadosamente anotadas en el libro que había sobre su mesa, sorprendido por la inusual falta de atención de su patrón—. Como ya le he dicho, las reparaciones se están retrasando más de lo previsto, y por lo tanto hemos tenido que cancelar dos contratos. Según el astillero tienen trabajando a todos los hombres disponibes, pero pasarán al menos otros diez días antes de que pueda volver a navegar. Si tardan tanto tiempo nos veremos obligados a renegociar nuestro contrato con Reynolds & Sons. Y en el caso de que no nos concedan otra prórroga perderemos también ese contrato. —Se mordisqueó con ansiedad el pulgar ennegrecido.

Jack sintió una leve punzada en la base del cráneo. Hasta que Lionel le sacó de su ensueño había estado pensando en los ojos de Amelia Belford, que eran tan azules como la tira de cielo que resplandecía sobre los herrumbrosos tejados. Esa mañana había salido de casa antes de que se despertara, dispuesto a aprovechar su inesperado viaje a Londres para reunirse con Hobson. Después de ponerse al día y revisar las cuentas pensaba ir directamente al Club Marbury, que había mencionado la señorita Belford al hablar de las actividades de su prometido, lord Philmore.

—¿Señor Kent?

Jack se enderezó en su silla para demostrar que estaba prestándole atención.

—¿Podría repetir eso, Hobson?

—Si Reynolds & Sons cancela su contrato con nosotros, será el quinto contrato que hayamos perdido en los últimos seis meses.

Lionel pronunció las palabras despacio, como si pensara que su patrón tenía problemas de oído.

Jack frunció el ceño. Cada contrato representaba miles de libras, y necesitaba ese dinero para hacer los pagos al banco y a sus empleados. Si el sabotaje a sus barcos continuaba a ese ritmo, la North Star Shipping estaría en quiebra antes de acabar el año.

Y se perdería todo el dinero que Haydon y sus socios habían invertido tan generosamente en la compañía naviera de Jack.

—¿Alguna noticia de la policía sobre los autores de los destrozos?

Lionel movió la cabeza.

—El inspector Sanger, que lleva el caso en Londres, dice que está siguiendo varias pistas, pero no tiene nada concreto aún.

«Por supuesto que no», pensó Jack con amargura.

Cuando denunció por primera vez los ataques a sus barcos en Londres e Inverness la policía de ambas ciudades reaccionó con un desinterés exasperante. Accedieron a investigar de mala gana, y tras interrogar a unos cuantos marineros borrachos del puerto para ver si habían observado algo raro las noches de los sabotajes redactaron un informe en el que concluían que no había ocurrido nada. Haydon intentó convencer a Jack de que era un caso más de la ineptitud habitual del sistema judicial, pero él creía que tras la indiferencia de la policía había algo más. Era uno de los «golfillos» del marqués de Redmond, como les llamaban a él y a sus hermanos, y su pasado delictivo era bien conocido. La pasividad de las autoridades hacia sus problemas dejaba claro que no les interesaba ayudar a un antiguo criminal; les daba igual quién le hubiera acogido, cuánto dinero tenía ahora o cuánto tiempo había pasado desde su último delito.

Por mucho que lo intentara, la respetabilidad era una cualidad que no podía conseguir.

—¿Qué hay de Quinn y de los hombres que contrató para que protegieran mis barcos de los actos vandálicos?

—Aseguran que han estado vigilando los barcos atracados en Londres. Dicen que no vieron subir a nadie al *Shooting Star* la noche que fue saboteado, excepto a los miembros de la tripulación, que juran no saber cómo se produjeron los daños del casco.

Jack se contuvo para no maldecir.

—Entonces despídales —le ordenó.

Lionel frunció el ceño desconcertado.

—¿A la tripulación?

—No —respondió Jack bruscamente pensando que tal vez no fuera una mala idea despedir a la tripulación—. A Quinn y a sus hombres. No voy a pagarles para que cuiden mis barcos y acaben destrozados mientras se supone que están bajo su vigilancia. El *Viking* ha salido ya para Karachi, ¿verdad?

—Partió ayer —le confirmó Lionel.

—Lo que significa que sólo quedan atracados el *Charlotte* y el *Liberty*.

—El *Liberty* debe zarpar para Jamaica dentro de dos días, y el *Charlotte* está libre de momento. —Lionel se quedó callado unos segundos, calibrando el humor de Jack antes de añadir con tono vacilante—: Los barcos de vapor van más rápidos con cualquier tiempo, y por lo tanto son más rentables. Al ser un buque de vela, el *Charlotte* no tiene tanta demanda para transportar mercancías, a no ser que el trayecto sea relativamente corto. De momento estamos pagando para mantenerlo con una pequeña tripulación a bordo.

Jack miró por la ventana sin decir nada. Sabía que económicamente no tenía sentido mantener el *Charlotte*. Estaba generando a la compañía unos gastos que no podía compensar. Con la creciente tendencia a utilizar barcos de vapor no los compensaría nunca.

Sin embargo, no podía soportar la idea de deshacerse de él.

Fue su primer barco; lo había bautizado en honor a su querida y discreta hermana, con la que compartía un vínculo especial. No era un barco grande, y al depender del viento se había quedado obsoleto en la nueva era de los buques de vapor, pero Jack se negaba a venderlo. Después de graduarse en la universidad trabajó y navegó durante años en otros barcos antes de reunir el dinero suficiente para comprar el *Charlotte*. Cuando puso las manos en el timón, con la cubierta oscilando bajo sus pies, hizo lo que Genevieve le había dicho que haría desde que a los catorce años le enseñó por primera vez las ilustraciones de un antiguo libro de barcos. Se liberó de los límites de Escocia y salió a ver el mundo que hasta entonces sólo había imaginado.

—¿Señor Kent? —preguntó Lionel con timidez, como si temiera interrumpir de nuevo los ensueños de su patrón.

—Me quedo con el *Charlotte* —dijo Jack con tono concluyente—. En cuanto a Quinn y sus hombres, manténgales hasta que encuentre otro equipo de vigilancia. Luego despídales. Diga a los astilleros que el *Shooting Star* debe estar reparado en siete días, no diez. Que contraten a más gente para trabajar por la noche si es necesario. Si lo tienen listo en una semana les pagaremos un suplemento del veinte por ciento. Supongo que eso les dará el incentivo que necesitan para acelerar las cosas.

—Póngase en contacto con Thomas Reynolds y dígale que lamentamos el retraso con el transporte de sus mercancías, pero que si nos conceden sólo unos días más les haremos un descuento del diez por ciento. Si lo rechaza puede subir hasta un veinte por ciento. Asegúrese de que crea que es él quien ha impuesto esas condiciones. ¿Podrá hacerlo, Hobson?

Lionel levantó la vista del papel emborronado de tinta y asintió.

—¿Qué quiere que haga con nuestros reducidos ingresos y los gastos de estos dos meses?

Jack cogió el libro de la mesa y lo examinó, sumando, restando y evaluando las largas columnas de cifras rápidamente en su cabeza. Aprender a leer le resultó difícil, pero los números siempre se le habían dado bien.

—Si los marineros no cobran se irán, así que lo primero que hay que hacer es pagarles —dijo Jack—. Luego comunique a nuestros proveedores que si nos dan otros sesenta días les abonaremos un ocho por ciento adicional. Después póngase en contacto con todos nuestros clientes y dígales que si están dispuestos a pagar un cincuenta por ciento de adelanto en lugar del treinta habitual les haremos un descuento de un cinco por ciento. Si podemos aplazar los gastos y recuperar cuanto antes los costos de los envíos nuestra situación económica mejorará inmediatamente.

Lionel asintió mientras escribía febrilmente sobre una hoja de papel amarillento.

—¿Qué hay del pago que debemos hacer al banco?

Jack frunció el ceño mirando el libro con aire pensativo.

—Cuando vuelva a Inverness me reuniré con los del banco y les diré que no tardaremos en hacer el pago, pero que será en dos plazos. Cuando el *Viking* regrese y cobremos el importe de este envío podremos saldar el primer plazo. Para entonces el *Shooting Star* estará navegando de nuevo y tendremos su depósito en mano. Mientras tanto iré a Ceilán dentro de unos días para ultimar allí nuestros contratos, que también nos reportarán una inyección de fondos sustancial el próximo mes. —Revisó mentalmente sus cálculos una vez más y luego dejó el libro en la mesa de Lionel, satisfecho por tenerlo todo controlado por el momento—. ¿Hay algo más?

Lionel siguió garabateando sus notas, ansioso por apuntar todos los detalles.

—No, señor Kent.

—Si necesita ponerse en contacto conmigo, esta noche estaré en Londres en casa de mi padre. Mañana vuelvo a Inverness, y luego parto para Ceilán. Si surge algún asunto urgente esta tarde podrá encontrarme en el Club Marbury.

Lionel se quedó con la pluma paralizada.

—¿El Club Marbury? —Siempre había pensado que su patrón detestaba ese bastión de elitismo.

—Voy allí porque debo encontrar a un tal lord Philmore.

No sabía por qué sentía la necesidad de justificar sus acciones a su empleado. Quizá porque Lionel, como él, había tenido unos orígenes poco favorables. Aunque no había vivido en las calles ni le habían encarcelado por robar, Lionel Hobson había llevado una vida desprovista de lujos y privilegios. Con una disciplina y un esfuerzo considerables había conseguido un trabajo respetable como gerente, por el cual cobraba una suma de ciento cuarenta libras al año. Si la compañía no quebraba y seguía trabajando para Jack, con el tiempo podría alquilar una casa pequeña y asumir la carga de una familia.

A Lionel Hobson la idea de cenar en el Club Marbury le parecía tan inconcebible como ir a tomar el té al palacio de Buckingham.

—¿Se refiere al vizconde Philmore? —preguntó.

—¿Le conoce?

—He leído sobre él en el periódico. Asiste a casi todos los bailes y los actos sociales importantes de Londres.

«Porque es un imbécil que no tiene nada mejor que hacer», pensó Jack con acidez.

—Justo esta mañana hablaban de él en el *Morning Post* —dijo Lionel entusiasmado ante la perspectiva de que Jack fuera a ver a alguien con tanta notoriedad—. Lo tengo aquí —intentó abrir un cajón combado de su escritorio.

—¿Y qué ha hecho ese vizconde para ganarse el mérito de aparecer hoy en el *Morning Post*? —inquirió Jack con tono sarcástico.

—Va a casarse con una de las herederas americanas más ricas de Londres —respondió Lionel abriendo por fin el cajón recalcitrante. Luego despejó un poco la mesa y extendió las arrugadas páginas de su periódico—. Aquí está. —Y señaló el titular con un dedo ennegrecido.

EL VIZCONDE PHILMORE
SE CASA CON UNA BELLEZA AMERICANA

Jack frunció el ceño extrañado. Aunque era posible que la prensa supiera que la señorita Belford había dejado plantado a Whitcliffe en el altar el día anterior, ¿cómo diablos podían saber que había vuelto a Londres con la intención de casarse con lord Philmore? Leyó rápidamente la noticia.

Entonces se dio cuenta de que el periódico no se refería a la belleza americana que había dejado acurrucada en la cama unas horas antes, con las mejillas manchadas de lágrimas relucientes bajo la luz matutina.

El Club Marbury estaba situado en el exclusivo distrito londinense conocido como Mayfair. Su entrada evocaba un templo griego, con una impresionante hilera de columnas corintias coronadas por un inmenso frontispicio que albergaba un violento friso del ejército romano conquistando a un impotente enemigo. Tras reunir el aplomo necesario para atravesar las sólidas puertas talladas de roble se accedía al suntuoso vestíbulo. Más allá estaban los elegantes salones en los que los miembros del club se refugiaban todos los días. Las ventanas estaban cubiertas con cortinas de terciopelo granates, que según las normas no se debían abrir más de un palmo. Las paredes estaban revestidas con paneles de roble inglés, y sobre el suelo había kilómetros de alfombras desgastadas y mohosas. Allí era donde se reunían los ociosos caballeros de la sociedad londinense, aislándose del resto de la humanidad para poder fumar, beber, comer, leer los periódicos y cotillear en la sofocante atmósfera reservada a unos pocos privilegiados.

Cuando llevaba dentro menos de un minuto, Jack sintió una sensación de ahogo.

—Por todos los santos, si es el señor Kent.

Un hombre voluminoso, con un cigarro en una mano y una copa de brandy en la otra, se levantó tambaleándose de una butaca de cuero y se acercó a él dejando caer un trozo de ceniza sobre la alfombra.

Una espesa capa de pelo blanco le cubría la cabeza, y llevaba un bigote que parecía una cola de ratón enroscada bajo su nariz venosa.

—Buenas tardes, lord Sullivan —dijo Jack. El hombre era amigo de Haydon, y resultaba agradable en pequeñas dosis—. ¿Cómo está?

—Aún vivo y terriblemente sediento. —Bebió un trago de su copa y chasqueó sus labios morados con satisfacción—. El médico me ha dicho que tengo que moderarme, pero yo creo que es un imbécil. Beber y fumar son las dos únicas cosas que me mantienen aquí. Miren quién ha decidido honrarnos con su presencia —anunció con tono ebrio captando la atención de todos los hombres que había en la sala—. El pupilo mayor de Redmond, al que le gustan los barcos. Si no me equivoco acaba de volver de la India.

Uno de los aspectos más fascinantes de la fama de Jack era que a pesar de que frecuentaba poco el club, cuando estaba allí la mayoría de los miembros se desvivían por hablar con él y darle la bienvenida. El amargo furor que se desató cuando Haydon se empeñó en que sus pupilos ingresaran en el club fue un capítulo oscuro en la historia del Marbury, extremadamente seria por lo demás durante doscientos años. Su rara presencia suscitó una curiosidad perversa por averiguar cómo le iban las cosas al pupilo más impetuoso de lord Redmond. Las noticias de los sabotajes y las dificultades económicas que estaba atravesando su compañía habían animado mucho últimamente las insulsas conversaciones vespertinas del club.

—Encantado de verle, Kent. —Un hombrecillo reseco con una franja de pelo pajizo sobre su rosada cabeza se acercó a él y le tendió una mano escamosa—. ¿Qué tal en la India? Supongo que con un calor horroroso. —Miró a su alrededor y lanzó una carcajada.

—Así es, lord Chesley. —Jack aceptó la copa de brandy que le ofreció un camarero en una bandeja de plata y tomó un buen trago. Necesitaría refuerzos si iba a participar un rato en aquel juego de falsa cortesía—. Pero me gusta el calor.

—Claro que le gusta. —Lord Farnham, conde de Palgrave, le observó con arrogancia mientras se afilaba su corta y oscura barba—. Y seguro que también le gustan los encantos de las mujeres de allí, ¿verdad?

La sala entera estalló en un coro de risotadas masculinas, muchas de ellas medio borrachas aunque apenas era mediodía.

—Me gustan los encantos femeninos dondequiera que se encuentren, como a todos los hombres que hay aquí, incluido usted, lord Chesley. —Jack levantó su copa al hombrecillo encorvado y le guiñó un ojo, haciendo que los concurrentes se rieran a carcajadas una vez más.

—¿Qué le trae por Londres, Kent? —preguntó lord Farnham con amabilidad—. He oído que tiene problemas con unos rufianes que están saboteando sus barcos. Espero que lo haya solucionado.

—Están investigando el asunto —respondió Jack impasible—. Afortunadamente, los daños han sido mínimos y no han afectado a mis planes de trabajo.

Era esencial que diera la impresión de que su negocio iba bien. Cualquier rumor que indicase lo contrario haría que sus inversores y sus clientes se preocuparan, y si cancelaban los préstamos o los contratos sería desastroso para él.

—¿De veras? Yo he oído otra cosa. —Lord Spalding le miró atentamente sobre el marco de sus gafas con un leve gesto despectivo en su cara hinchada—. Hoy en día no se puede fiar uno de la información que recibe —añadió distraídamente dando vueltas al anillo de oro que llevaba en la mano izquierda.

La insinuación de que Jack mentía era indudable. Sabiendo que todo el mundo estaba esperando su reacción, esbozó una estudiada sonrisa.

—Tiene toda la razón, Spalding —respondió afablemente—. Por eso siempre he preferido basarme en los hechos y en las cifras. Aportan una claridad extraordinaria a las cuestiones empresariales, como sin duda alguna habrá comprobado. Algún día les hablaré de mis planes de expansión de la North Star Shipping para los próximos cinco años. Estoy seguro de que los encontrarán muy interesantes.

Con expresión incrédula, lord Spalding tomó un sorbo de su bebida.

—Desde luego.

—En realidad he venido a Inglaterra para visitar a mi familia, que ayer asistió a la boda del duque de Whitcliffe —prosiguió Jack desviando la conversación hacia el tema de la señorita Belford, y por consiguiente del vizconde Philmore—. Sólo estoy aquí para supervisar mi oficina de Londres antes de regresar a Escocia.

—Una auténtica catástrofe. —Lord Beardsley apoyó su copa sobre su voluminoso vientre, que se elevó como el lomo de una ballena sobre los brazos de su butaca—. El pobre Whitcliffe debe estar aturdido, preguntándose cómo ha podido estar tan cerca de esa fortuna para perderla poco antes de firmar los papeles.

—Es culpa suya por no atar a la chica en corto. —Lord Dunlop golpeó su bastón para enfatizar sus palabras—. Conozco a la señorita Belford, y es tan ordinaria y descarada como el resto de esas millonarias americanas. Si Whitcliffe no ha tomado medidas para controlarla, se merece que le haya abandonado el día de su boda. —Dio un bastonazo en el suelo para recalcar su opinión.

—Whitcliffe presumía de que la dote de la señorita Belford superaba el medio millón de libras —dijo lord Farnham—. Por esa cantidad de dinero un hombre puede aprender a soportar su impertinencia, y su terrible acento.

Jack tomó un trago de brandy. Si no fuera porque necesitaba averiguar algo más sobre el vizconde Philmore le habría retorcido a Farnham el cuello.

—Los periódicos dicen que la señorita Belford fue abducida —dijo lord Beardsley—. Hay una recompensa de diez mil libras por cualquier información que pueda ayudar a encontrarla para que se reúna con su familia.

—No creo que la chica fuera abducida —repuso lord Sullivan—. ¿Cómo van a abducir a una novia el día de su boda, con cientos de invitados a su alrededor? ¿No habría gritado? ¿No la habría oído alguien?

—Puede que no. —lord Chesley estrechó sus ojillos con aire intrigante—. Puede que la amordazaran, o que la drogaran.

—Entonces ¿dónde está la nota de rescate? —preguntó lord Dunlop golpeando furiosamente su bastón.

—Es posible que su familia la haya recibido después de que salieran los periódicos —sugirió lord Beardsley.

—No la han recibido porque no hay nota de rescate. —Lord Sullivan dio una larga calada a su cigarro, envolviendo su blanca cabeza en humo—. La estúpida muchacha ha huido, y la familia está demasiado avergonzada para reconocerlo.

—Ése es el problema con esas ridículas jóvenes americanas —gruñó lord Farnham—. Llegan aquí con aires de grandeza intentando comprar títulos que no se merecen, y luego empiezan a gimotear en cuanto se casan y se dan cuenta de que el trato incluye un marido. La esposa americana de lord Kemble se pasó los dos primeros meses de su matrimonio encerrada en su habitación llorando, por Dios. El pobre hombre casi se vuelve loco. Menos mal que tenía a su amante francesa para mantener la cordura.

—Parece que la reputación de las herederas americanas no le ha impedido a lord Philmore adquirir compromiso con una de ellas

—comentó Jack con tono casual—. Creo que lo he leído en el *Morning Post*.

—Ah, sí, y espero que nos lo cuente todo dentro de poco, cuando venga a comer —dijo lord Chesley—. Suele aparecer a la una.

—Por fin ha conseguido atrapar a una de esas muchachas —observó Beardsley—. Llevaba mucho tiempo intentándolo.

—Edith Fanshaw parece una joven discreta y sensata —añadió Farnham—. Si no abriera nunca la boca y revelara ese horrible acento podría parecer inglesa.

—Tiene la cara como una berza aplastada —objetó lord Sullivan con la sinceridad que provoca el alcohol—. Y por lo tanto no tiene cuello. Sus hijos parecerán gnomos.

—Puede que no sea tan atractiva como la señorita Belford —reconoció lord Farnham—, pero tampoco le dará a Philmore ningún dolor de cabeza. En cualquier caso, seguro que está aliviado. No podría haber aguantado mucho más si el padre de la señorita Fanshaw no le hubiese concedido su mano.

—¿Qué quiere decir? —preguntó Jack intentando no mostrar demasiado interés.

—Philmore ha estado al borde de la ruina durante años —explicó lord Sullivan—. Bueno, todo el mundo lo sabe —añadió frunciendo el ceño ante las miradas de desaprobación de sus compañeros—. No es ningún secreto.

—Sullivan tiene razón —afirmó lord Chesley—. Hasta que firmó ayer los papeles con el padre de la señorita Fanshaw, Philmore no ha podido empezar a cubrir los gastos de su hacienda.

—Ni sus deudas de juego —agregó lord Beardsley.

—Ni su afición por las mujeres caras —comentó lord Dunlop.

—O por los hombres caros —dijo lord Sullivan con repugnancia.

Un tenso silencio invadió la sala.

—Por el amor de Dios, lo sabe todo Londres. —Miró a los demás como si fueran imbéciles—. No creo que a Kent le sorprenda el apetito de Philmore por los jóvenes musculosos y estúpidos. Les paga por acostarse con ellos y luego les vuelve a pagar para que mantengan la boca cerrada.

Lord Chesley se rascó la nariz con su mano ganchuda.

—Parece que no les ha pagado lo suficiente.

—Hay pocas cosas que me sorprendan, excepto la extraordinaria capacidad de lord Sullivan para beber. —Jack sonrió y levantó su copa hacia él, como si sus comentarios hubieran sido una broma.

—Tiene razón. —Lord Sullivan sujetó el cigarro entre sus dientes amarillentos y extendió su copa para que se la llenaran una vez más.

—En cualquier caso, está bien que Philmore haya conseguido por fin una heredera —dijo lord Beardsley intentando reanimar la conversación—. Necesita el dinero desesperadamente.

Jack hizo una señal para que le llenaran también su copa.

—Pero con el título debió heredar también algo de dinero.

—Lo que heredara lo perdió jugando hace años —respondió lord Farnham—. Se le da fatal, pero no puede contenerse.

—No se olvide de esas terribles inversiones —añadió lord Dunlop golpeando su bastón—. La caída de Great Atlantic le ha dejado casi hundido.

—¿No heredó tierras? —insistió Jack—. ¿Alguna propiedad?

—Heredó la finca de la familia, con una casa que necesita reparaciones urgentes. Pero todos sabemos que ya no se puede vivir de la tierra.

—La maldita crisis agrícola —gruñó lord Sullivan—. Después de diez años seguimos estando con el agua al cuello.

—Esto no va a acabar nunca —predijo lord Beardsley mirando con aire malhumorado su bebida—. Los productos extranjeros inundan nuestras costas todos los días. El maldito trigo americano ha acabado prácticamente con la producción inglesa de trigo.

—Yo he reducido las rentas a mis arrendatarios tantas veces que voy a acabar pagándoles para que vivan en mis tierras —dijo lord Chesley refunfuñando.

—O reducimos las rentas o los perdemos —señaló lord Bearsdley—, y no hay gente dispuesta a sustituirles.

—Ahora los jóvenes se van a las ciudades —afirmó lord Dunlop—. En el campo no ganan dinero.

—Mientras tanto, los gastos de nuestras fincas no dejan de aumentar. Cada vez que llueve creo que mi tejado se va a desplomar —resopló lord Sullivan enojado—. Hacen falta cuarenta cubos para recoger las goteras.

Aunque Haydon había conseguido evitar las tensiones financieras de la crisis agrícola haciendo atinadas inversiones en la industria, a Jack le resultaban familiares las dificultades económicas de los terratenientes. Los costos de mantenimiento de sus casas solariegas eran exorbitantes, y sólo se podían considerar después de liquidar los incontables gastos diarios.

Estaba claro que con lo que el vizconde Philmore recaudara de sus rentas no podía afrontar el continuo goteo de su decrépita hacienda. Si a eso se añadían sus deudas de juego, sus malas inversiones y sus vicios clandestinos, no era extraño que se apresurara a buscar otra heredera en cuanto le fallaron sus planes con Amelia. Dios nos libre de que intente encontrar un empleo, pensó Jack con desdén. Ni siquiera la amenaza de la ruina económica empujaba a esos aristócratas a unirse a la clase trabajadora. Les parecía más fácil casarse con el dinero que ganarlo, aunque eso significara soportar a una novia a la que despreciaban. Casarse con una heredera le permitiría a Philmore saldar sus deudas y restaurar sus propiedades.

Todo ello mientras continuaba con su afición por los hombres.

Jack dejó su copa bruscamente.

—¿Se marcha ya? —le preguntó lord Sullivan con expresión afligida.

—Vamos, Kent —dijo lord Chesley—, si acaba de llegar.

—Enseguida servirán el almuerzo —intentó convencerle lord Beardsley—. Creo que hay pintada rellena en el menú.

—Me temo que mi visita a Londres es demasiado breve para que pueda quedarme —replicó Jack—. Tengo que atender algunos asuntos, y luego debo regresar a Inverness. Tal vez en otra ocasión.

Creyó detectar un destello de envidia, como si desearan tener algún sitio donde les esperaran para tomar decisiones importantes. Pero enseguida adoptaron de nuevo su actitud apática y resignada. Se hundieron en sus mullidas butacas e indicaron al camarero que les trajera otra ronda, dispuestos a seguir emborrachándose antes de tener que levantarse cuando sirvieran la opípara comida de seis platos.

—A casa, Oliver —dijo Jack cerrando de golpe la puerta del carruaje.

Oliver le miró con curiosidad desde el pescante.

—Entonces ¿le has encontrado?

—No estaba allí.

—¿Has conseguido su dirección?

—No.

Oliver cruzó los brazos sobre su pecho esquelético y esperó.

—¿Vas a decirme por qué estás de mal humor o nos vamos a quedar aquí contemplando el paisaje? —preguntó por fin.

—No estoy de mal humor. —La verdad era que tenía unas ganas terribles de romper algo—. Lord Philmore no estaba allí, pero llegará enseguida para comer —respondió con acritud—. He averiguado lo suficiente sobre él para saber que no es un buen partido para la señorita Belford. Eso es lo que le voy a decir.

Oliver arqueó una ceja intrigado.

—¿Ah, sí? ¿Y qué es exactamente lo que te ha llevado a tomar esa decisión?

—Lord Philmore ha encontrado otra heredera para casarse.

—¿Y qué?

—Que la señorita Belford no puede esperar que se case con ella cuando los periódicos han publicado hoy que va a casarse con otra persona.

—Yo creo que eso no es asunto tuyo —comentó Oliver—. La muchacha no te ha pedido que decidas por ella si es un buen partido o no. Simplemente te ha pedido que encuentres a su adorado vizconde y la lleves con él. Y eso es lo que le prometiste hacer.

—Eso era antes.

—¿Antes de qué?

Jack vaciló.

—Antes de que descubriera que su adorado vizconde es un hombre sin dinero ni honor —decidió ahorrarle a Oliver los detalles más sórdidos del carácter de Philmore.

Oliver se rió entre dientes.

—Me parece que has pasado demasiado tiempo en el mar. Hay más honor entre los ladrones que entre esos ricachones, ésa es la triste realidad.

—Haydon es honorable.

—Sí, pero el señor no es como los otros. Eso siempre ha estado muy claro.

—No me gusta que Philmore se diera tanta prisa para cazar otra heredera cuando se dio cuenta de que la señorita Belford no estaba ya disponible. Si le importara habría tenido al menos la decencia de esperar un poco antes de perseguir a otra millonaria.

Oliver levantó una ceja con expresión divertida.

—Así que es su prisa lo que te indigna tanto.

Jack miró por la ventanilla del carruaje sin decir nada.

—Piénsalo bien —le recomendó Oliver—. Si vas donde la señorita Amelia y le dices que no has hablado con su prometido porque te has enterado de que tiene otra novia, ¿cómo crees que va a reaccionar? ¿Crees que va a darte las gracias por decidir que es mejor que no le vea?

—Sí.

Oliver resopló exasperado.

—No estás pensando con claridad. Es más probable que te diga que te equivocas y te exija que la lleves con él inmediatamente. Si te niegas le encontrará ella misma. ¿Y cómo supones que reaccionará él si la muchacha aparece en la puerta de su casa sin avisar, mientras quizá esté allí su nueva novia?

Jack reconoció que sería un desastre. No sólo porque a Philmore le pillaría desprevenido y podría ser desagradable, sino también porque habría más gente —los criados o incluso una de las amantes de Philmore— que podría estar tentada a entregar a Amelia. Con una recompensa de diez mil libras por cualquier pista sobre su paradero, su situación era extremadamente delicada.

—Por muchas tonterías que hayas oído, no puedes saber a ciencia cierta si a ese Philmore le importa la señorita Amelia o no. ¿Quién sabe? Podría romper su compromiso para casarse con ella.

—Sólo le interesaba Amelia por su dinero —dijo Jack con absoluta certeza—. Puesto que ya no lo tiene, Philmore no se casará con ella. Si esos tipos de ahí dentro hablaban en serio sobre su situación económica no puede permitirse ese lujo.

—Me parece que no estás considerando que quizá la quiera —argumentó Oliver—. Seguro que has visto lo hermosa que es. Incluso Beaton se dio cuenta, y estaba completamente borracho.

Jack permaneció en silencio.

—Lo mejor que te puede pasar es que Philmore decida casarse con ella —prosiguió Oliver—. Si no es así, ¿qué piensas hacer con ella?

Jack se removió con impaciencia en su asiento. No podía dejar a Amelia sola en casa de Haydon y Genevieve. Pero tampoco podía quedarse en Londres cuidándola, ni llevarla a Escocia con él. Los impedimentos prácticos comenzaron a suavizar su odio hacia Philmore.

—Muy bien. Veré a Philmore, le diré que Amelia está en Londres y concertaré una cita para que la vea. Pero no debe saber quién soy. No me puedo arriesgar a que él u otra persona la sigan hasta casa de Haydon y Genevieve. Nadie debe saber dónde se aloja.

—¿Crees que Philmore puede traicionarla?

—Hay una recompensa de diez mil libras por cualquier información sobre su paradero. Aunque a Philmore no le importe eso ahora que tiene otra heredera para mantenerle, podría comentar que yo sé dónde está a alguien que encuentre la recompensa tentadora. No puedo correr ese riesgo. Además, no quiero implicar a Haydon y Genevieve en la desaparición de Amelia.

—Entonces necesitarás un disfraz, ¿no?

Jack asintió.

—Philmore no tardará en llegar para comer, así que tenemos unas dos horas para prepararlo todo. ¿Crees que será suficiente?

El viejo cochero esbozó una sonrisa.

—Conozco el lugar adecuado.

—Lo sabe. —Lord Farnham se retorció con nerviosismo la punta de su barba—. Tenemos que cancelarlo.

—No.

—Por Dios, Spalding, ¿está loco? —Farnham miró ansioso a su alrededor antes de susurrar con tono enfático—: *Lo sabe.*

—Kent no sabe nada.

Lord Spalding hizo una pausa mientras un camarero llenaba su copa de vino, pensando con aire malhumorado en la inesperada llegada de Jack al club. Aunque se sorprendió al verle, enseguida decidió que Kent estaba allí simplemente para asegurar a los miembros que su preciada compañía naviera iba viento en popa.

Las apariencias, como bien sabía Spalding, eran la mitad de la batalla.

—Puede tener sospechas, pero no sabe nada seguro —prosiguió cuando se fue el criado—. Seguiremos con el plan tal y como estaba previsto —cortó vigorosamente un grueso trozo de carne.

—Al menos podríamos esperar hasta que se marche de Londres —sugirió lord Farnham.

—Si esperamos a que se vaya podemos perder nuestra oportunidad de acabar con él. Esto es una guerra, Farnham, y en la guerra hay que golpear al enemigo una y otra vez hasta destruirle. —Spalding se metió el tenedor en la boca y arrugó la cara—. ¿Qué diablos ha hecho ese maldito cocinero francés con la carne para que esté como la suela de un zapato?

—No parece que estemos consiguiendo nada —objetó lord Farnham removiéndose en su silla—. Aunque nos estamos arriesgando mucho la North Star Shipping sigue yendo bien.

—Eso es lo que dice Kent porque no quiere que nadie sepa que su compañía tiene graves problemas —replicó Spalding con impaciencia—. Lo cierto es que ya ha perdido varios contratos, y no puede permitirse el lujo de perder más. Si se extiende la noticia sus inversores se pondrán nerviosos. —Tomó un trago de vino antes de concluir con aire misterioso—: Después de esta noche, ese advenedizo tendrá dificultades para convencer a nadie de que sus mercancías se encuentran seguras en sus malditos barcos.

La luz del sol se reflejaba en franjas de color cobrizo sobre la fachada de piedra del Club Marbury mientras Jack y Oliver sudaban dentro del sofocante carruaje.

—Por los clavos de Cristo, si no sale pronto entraré ahí y le sacaré yo mismo —refunfuñó Oliver moviéndose en su asiento—. ¿Cuánto se tarda en comer?

—Supongo que está celebrando su nuevo compromiso con sus compañeros invitándoles a beber con el dinero de su novia. —Jack retorció con las manos su tosco sombrero de lana y siguió esperando con impaciencia a que apareciera lord Philmore.

La ropa andrajosa que había comprado en una tienda barata alejada del elegante distrito de Mayfair tenía un aspecto lamentable, que era precisamente lo que quería. Los holgados pantalones y la chaqueta de lana estaban cosidos de cualquier manera, y la ordinaria camisa de algodón tenía un color amarillento. Había sustituido sus pulidas botas de cuero por un par de feos zapatos que le apretaban los pies, pero eran los más grandes que había en la tienda. Para completar su aspecto, Jack se había frotado las manos, la cara y la ropa con una generosa capa de grasa y barro. Si Philmore era el tipo de hombre que sospechaba, sólo se fijaría en su indumentaria para juzgarle y mirarle por encima del hombro.

—Puede tardar horas en salir —murmuró Oliver irritado—. ¿Por qué no entras ahí dentro y le dices que tienes otra novia esperándole y que puedes llevársela sana y salva esta noche?

—Ahí está —dijo Jack mientras un tipo delgado de escasa estatura salía del Club Marbury. Llevaba una impecable chaqueta gris sobre una camisa almidonada y una corbata, en la que brillaba un alfiler de rubíes con la luz del sol. Bajo un brazo llevaba un bastón con empuñadura de plata, y mientras bajaba por la escalera con donaire haciendo resonar sus relucientes zapatos se puso unos guantes de cuero de color crema, con la misma expresión satisfecha en la cara que Jack había visto en el periódico por la mañana.

—¿Qué estamos esperando? —preguntó Oliver impaciente—. Vete a hablar con él antes de que se marche. ¡Y no olvides lijarte la lengua!

Después de cubrirse la cabeza con el sombrero, Jack bajó del coche y corrió hacia el carruaje de Philmore.

—¿Qué diablos cree que está haciendo? —exclamó el vizconde Philmore mientras Jack abría la puerta de su coche y entraba dentro—. ¡Salga de aquí inmediatamente!

—Cierre el pico y escuche —gruñó Jack.

—¡Socorro! —gritó Philmore golpeando el tabique que le separaba de su cochero.

Malinterpretando el significado de los agitados golpes, el cochero tiró de las riendas de sus caballos y el carruaje se puso en marcha.

—¿Qué quiere? —preguntó el vizconde Philmore alejándose de Jack como una cucaracha asustada.

Apenas tenía arrugas en la cara, y era más joven de lo que pensaba; unos treinta y cinco años a lo sumo. Sin embargo, su pedantería le hacía parecer mayor, como si todo el atrevimiento de su juventud hubiera desaparecido a una temprana edad y lo hubiese sustituido por una actitud remilgada y arrogante que resultaba ridícula. Puede que siempre hubiese sido así, pero a Jack le parecía imposible que un tipo tan orgulloso fuera tan tímido. ¿Cómo se podía haber enamorado Amelia de ese maniquí asustado? Supuso que Philmore era apuesto, con su pelo rojizo bien cortado asomando por debajo de su reluciente sombrero negro y un cuidado bigote levemente enroscado en las puntas. No sabía mucho sobre lo que les atraía a las mujeres de los hombres, pero tenía que reconocer que Philmore no estaba nada mal.

Sin embargo, ese petimetre acobardado no era el tipo de hombre que Jack habría elegido para una mujer enérgica e independiente como Amelia.

—Le daré todo lo que tengo en la cartera —gimoteó lord Philmore metiendo una mano enguantada en el bolsillo de su chaqueta—. ¿Le valdrá con esto?

—No quiero su dinero —respondió Jack—. Tengo un mensaje para usted.

Los ojos de Philmore se llenaron de pánico.

—Le dije a Hawkins que le pagaría en cuanto pudiera —balbuceó desesperadamente—. Sólo debe tener un poco más de paciencia...

—No estoy aquí por eso —mascculló Jack—. Se trata de Amelia Belford.

Lord Philmore se quedó desconcertado.

—¿Amelia? Hace meses que no la veo. Pero he leído en el periódico que fue abducida ayer. ¿No creerá que tengo algo que ver con eso? —Estaba cada vez más nervioso—. Le juro que no sé...

—Me ha dado un mensaje para usted.

Lord Philmore sacó un pañuelo blanco de su bolsillo y se secó el sudor de su frente.

—¿Qué mensaje?

A Jack le repugnaba Philmore profundamente, desde su retorcido bigote hasta sus inclinaciones sexuales y sus frenéticas protestas de ignorancia. No era de extrañar que los padres de Amelia se quedaran horrorizados cuando les comunicó que se había comprometido con esa ardilla temblorosa. Al menos la arrogancia de Whitcliffe le daba cierto carácter.

Lord Philmore dejó de restregarse la frente un momento.

—¿Le ha enviado Amelia?

Jack vaciló. Luego, recordando que Amelia deseaba reunirse con su vizconde, contestó a regañadientes:

—Sí.

En los ojos de Philmore parpadeó un extraño destello.

—¿Dónde está?

A Jack le preocupó que no se interesase antes de nada por su bienestar. ¿No debería haberle preguntado cómo se encontraba?

—Está en Londres —respondió vagamente—. Quiere verle.

Ahí estaba otra vez. Algo bullía en la mente de Philmore, pero fuera lo que fuese era lo bastante listo como para ocultarlo.

—¿Cuándo?

—Esta noche.

—¿Adónde debo ir para verla?

—La llevaré a su casa. Asegúrese de que no haya nadie más, y espere hasta que lleguemos.

—Me temo que no podrá ser —afirmó lord Philmore—. Tengo un compromiso.

Jack le miró con incredulidad.

—Anúlelo.

—Por desgracia es imposible. —Con la frente bien empapada, Philmore dobló cuidadosamente el pañuelo y se lo metió de nuevo en el bolsillo—. Soy el invitado de honor. Pero eso no significa que no esté deseando ver a la señorita Belford —le aseguró a Jack—. Sólo quiere decir que tendremos que arreglarlo de otro modo. —Sacó una tarjeta del bolsillo de la chaqueta y comenzó a escribir algo en ella con una estilográfica de oro—. Si es tan amable de darle esta nota a la señorita Belford —prosiguió metiendo la tarjeta en un sobre de color crema—, sabrá exactamente dónde debemos reunirnos.

Jack manchó el sobre de grasa al cogerlo.

—Esto es para usted, por las molestias. —Lord Phimore dejó caer media corona en la mano de Jack con cuidado para no mancharse el dedo de su guante y luego golpeó dos veces el techo del carruaje para que el cochero se detuviera.

Jack miró la moneda de plata que descansaba en su mano sucia y callosa. Había hecho lo que dijo que haría. Había encontrado al prometido de Amelia y había concertado una cita para que se reunieran. Si todo iba bien, ella estaría en brazos de su amado esa misma noche, y él podría volver a Inverness y continuar con sus asuntos. Debería sentirse profundamente aliviado.

Sin embargo, se bajó del carruaje lleno de desprecio hacia sí mismo, como si acabara de traicionar a su heredera fugitiva.

Capítulo 4

—Dejen paso, por favor.

Cegado por una torre de cajas, Beaton intentó pasar por la puerta y se chocó contra Jack, a quien el impacto sólo consiguió irritarle más. Sin embargo, el pobre Beaton se cayó estrepitosamente hacia atrás mientras intentaba protegerse de una lluvia de paquetes de colores llamativos.

—¡Maldita sea! —exclamó—. ¡Qué afilados están!

—Beaton, deja de holgazanear y trae esas cosas aquí —le ordenó Lizzie con impaciencia desde lo alto de la escalera—. Ah, hola, señor Jack —añadió al ver a Jack mirándola asombrado—. Disculpe todo este lío, no le esperábamos tan pronto. ¿Qué le ha pasado? Parece que ha estado embadurnándose de grasa en los astilleros.

—¿Qué demonios está ocurriendo aquí, Lizzie? —preguntó Jack.

—Beaton y yo estamos intentando preparar un vestuario nuevo para la señorita Belford, como dijo usted. —Con expresión cansada, Lizzie cogió cuatro vestidos, dos capas de terciopelo y un chal que había sobre la barandilla y regresó a la habitación de Amelia.

—Pues parece que le estáis preparando diez vestuarios —comentó Oliver mirando las cajas esparcidas por el vestíbulo, la biblioteca y el comedor.

La mayoría de los paquetes estaban abiertos, y en ellos parecía haber suficientes prendas femeninas como para vestir a todo Londres. Sobre las sillas y las puertas había colgados de cualquier manera carísimos vestidos, capas y miriñaques, mientras que los suelos estaban cubiertos de elegantes zapatos, botas, guantes y bolsos de cuero, seda y satén de todos los tonos imaginables.

—¿Os he dicho que le compraráis ropa a la señorita Belford? —preguntó Jack volviéndose hacia Beaton.

—Por supuesto. —Beaton se levantó con dificultad del suelo—. Nos lo dijo la señorita Belford. Dijo que usted no quería que viese a su prometido con andrajos, y como no había nada adecuado en el armario de lady Redmond nos pidió que saliéramos a traerle unas cuantas cosas. Hizo una lista y nos dijo a qué tiendas debíamos ir para que todo fuera de su agrado. —Sacó un papel arrugado del bolsillo de su chaqueta con una larga lista escrita con una letra primorosa—. Me he pasado todo el día de un lado a otro trayendo y llevando cosas.

—¿Y cómo has pagado todo esto?

—Lo he cargado en su cuenta, como me dijo la señorita Belford. —Beaton rebuscó en sus bolsillos y sacó otra media docena de papeles estrujados—. Aquí tengo unos cuantos recibos. Hay más en las cajas, y Lizzie tiene un montón arriba, en la habitación de la señorita Belford. Pero no debe preocuparse —se apresuró a añadir mientras Jack se quedaba boquiabierto al ver las sumas astronómicas de las facturas—. Les he dicho a las dependientas que las prendas eran para lady Redmond para que no sospecharan. —Le hizo un guiño conspiratorio.

—No me imagino a la señorita Genevieve comprando una tonelada de ropa como ésa —dijo Oliver mirando a su alrededor—. Cuando has aprendido a calcular cuántas comidas saldrían de cada compra no puedes gastar tanto sin sentirte un poco culpable.

—Genevieve jamás compraría toda esta ropa, en primer lugar porque le parecería un exceso, y en segundo lugar porque ella y Haydon no podrían permitírselo. —Jack subió furioso por la escalera a punto de tropezarse con la cascada de cajas que cubrían los escalones.

—Me temo que éste tampoco valdrá. —Amelia frunció el ceño ante el vestido que estaba sujetando delante del espejo—. Las mangas son demasiado estrechas, es demasiado largo y esas flores son demasiado grandes. Además, el rosa es demasiado llamativo; a mi cutis le van mejor los tonos más pálidos. —Tiró la prenda ofensiva sobre la pila de modelos también descartados que había en la cama y luego fue a coger el siguiente vestido que le ofrecía Lizzie.

—Buenas tardes, señorita Belford. —Jack intentó mantener la calma mientras observaba la ropa esparcida por la habitación—. Ya veo que no ha tenido problemas para mantenerse ocupada durante mi ausencia.

—¡Gracias a Dios que ha vuelto! —exclamó Amelia corriendo hacia él.

Llevaba una bata de seda de color melocotón con el cinturón flojo alrededor de su estrecha cintura, que al caerle sobre los hombros dejaba al descubierto la parte superior del pecho y el corsé de color marfil que tenía debajo. Se había recogido el pelo en lo alto de la cabeza, pero después de probarse docenas de vestidos le colgaban sobre la cara unos mechones ondulados que le daban un aire desaliñado muy atractivo. Iba con medias pero descalza, aunque en la casa debía haber más de cien pares de zapatos, y sus preciosos pies asomaban por debajo del dobladillo de la bata.

—Cuando me desperté me quedé preocupada al ver que se había ido —confesó Amelia en voz baja—. No sabía si volvería.

Jack la miró desconcertado. ¿De verdad creía que era capaz de abandonarla? Su delicado aroma invadía sus sentidos, una suave fragancia de sol y jabón con una pizca de naranja y una flor intensa que no pudo identificar. Las sombras de sus ojos se habían reducido un poco, y los arañazos de sus manos parecían menos profundos. Estaba claro que se sentía más animada que la noche anterior, cuando la encontró acurrucada en la cama con los ojos empañados de lágrimas. Sin embargo había en ella una vulnerabilidad conmovedora, que se le clavó en el alma como la punta de una flecha.

—¿Encontró a Percy?

Jack no pudo ocultar su decepción.

—Sí —respondió con una brusquedad inexplicable.

—¡Sabía que lo haría! —exclamó ella emocionada—. Pero ¿por qué va vestido así, y por qué está tan sucio?

—Pensé que era mejor que su adorado Percy no supiera quién soy.

—¿Por qué no?

—Es evidente que no ha leído el periódico de hoy.

—He estado demasiado ocupada para leer el periódico. —Amelia señaló frustrada los montones de ropa que había a su alrededor—. Llevo todo el día intentando componer un vestuario adecuado, y me temo que no ha sido fácil.

—Ya veo. ¿Y cómo, si me permite preguntárselo, piensa pagar todo esto?

—¿Por eso está tan enfadado? —Parecía sorprendida de verdad—. ¿Porque he mandado traer algunos conjuntos?

—No son algunos conjuntos —afirmó Jack—. ¡Es la producción anual de unos doscientos sombrereros, costureras, zapateros y fabricantes de artículos de cuero, con la que se podría equipar a todo Londres durante los próximos cinco años!

—Iré a ver qué está haciendo Beaton. —Lizzie cogió unos cuantos vestidos descartados y salió por la puerta.

Amelia continuó mirando a Jack, pero el color de sus ojos se había enfriado, como cuando el mar se oscurece antes de una tormenta.

—No tengo nada que ponerme —dijo controlando su voz para dejar claro que no la intimidaba—. No puedo presentarme ante mi prometido con el ajado vestido de novia que fue diseñado para que me casara con otro hombre. ¿Quiere que vaya a ver al vizconde Philmore así? —Se pasó los dedos por la holgada bata que llevaba, que ahora estaba a punto de abrirse.

La idea de que su estúpido vizconde o cualquier otro hombre la viera de aquella manera le enfureció aún más.

—Le dije que mirara en el armario de mi madre —respondió—. Seguro que hay ropa suficiente para que pueda elegir sin necesidad de dejar vacías las tiendas de Londres para encontrar un vestido adecuado.

—Lady Redmond y yo no usamos la misma talla —señaló Amelia—, y su vestuario no es...

—¿No es qué? —le interrumpió Jack—. ¿Lo bastante caro para una heredera americana malcriada, porque la mayoría de la ropa la ha diseñado mi hermana en vez de un cursi modisto francés, y la han confeccionado en una modesta tienda de Inverness y no en un salón de París?

—No, señor Kent. —Amelia ladeó la cabeza para poder sostener su mirada—. Su madre tiene un gusto excelente, y es evidente que su hermana es una diseñadora con mucho talento. No me puedo poner su ropa porque no me queda bien. Respecto a los gastos de mi vestuario, le aseguro que tengo intención de pagarlos. En cuanto me reúna con lord Philmore me aseguraré de que le compense generosamente por todas las molestias que le he causado. Percy es un caballero, y jamás dejaría un favor o una deuda sin pagar.

—Se equivoca —gruñó Jack irritado por la insinuación de que él no era tan caballeroso como su frívolo prometido—. Su adorado Percy está lleno de deudas, y con mucho gusto permitiría que cualquiera se las pagara, incluso una joven ingenua que para él es simplemente un medio rápido y fácil de ingresar en su cuenta corriente una suma de dinero que jamás podría conseguir de otro modo, excepto jugando, que no se le da muy bien, o robándolo.

—¡Cómo se atreve! —Amelia apretó los puños como si fuera a

pegarle—. ¡En primer lugar, señor Kent, yo no soy la joven ingenua que usted imagina, y en segundo lugar a Percy no le importa el dinero, ni a mí tampoco!

—Eso es porque nunca ha sabido lo que es no tenerlo.

—Tampoco usted parece saberlo —replicó ella extendiendo los brazos por la elegante alcoba.

Jack la miró sorprendido y se dio cuenta de que no sabía nada de él. No sabía nada de su infancia, que le había marcado para siempre como un ladronzuelo ignorante por mucho que se esforzara en superar esa etapa. No tenía ni idea de lo que había tenido que hacer para sobrevivir; de las palizas que había dado y recibido, de los robos y las mentiras, de la necesidad constante de buscar comida, ropa y asilo, todo ello mientras luchaba desesperadamente para evitar que le mataran o le encarcelaran.

No sabía absolutamente nada de él.

—Disculpe —murmuró sintiéndose un poco desorientado. Luego se pasó la mano por el pelo sin saber cómo controlar la situación—. A veces digo cosas sin pensar. —Se encogió de hombros con expresión de impotencia.

Amelia le observó con el ceño fruncido. No estaba muy familiarizada con la estética de la clase baja de Londres, pero le sorprendía que Jack tuviera un aspecto tan convincente con su traje desarrapado. La mayoría de los hombres que conocía habrían tenido una pinta ridícula con un atuendo tan tosco. Percy desde luego era demasiado fino y delicado para ganarse la vida trabajando.

Con su poderoso cuerpo embutido en la mal cortada chaqueta y la afilada mandíbula manchada de grasa, Jack Kent parecía el obrero despectivo que aparentaba ser. Tenía las manos bronceadas por el sol, y sus callos indicaban que estaba acostumbrado al trabajo físico. Sus ojos estaban llenos de desdén cuando hablaba de su prometido, y Amelia intuía que no sólo despreciaba a Percy, sino a todos los de su clase. Resultaba extraño teniendo en cuenta que su anfitrión tenía una vida privilegiada. Continuó observándole, intrigada por la contradicción de sus emociones y el límite al que había llegado para asegurarse de que Percy no descubriera su identidad. Suponía que Jack lo había hecho para protegerla, aunque no lo consideraba necesario, porque Percy jamás habría permitido que le pasara nada. Pero en aquel hombre había una permanente cautela, una fría desconfianza que ensombrecía sus ojos grises. Su mirada se detuvo en la fina cicatriz blanca que tenía en la mejilla izquierda. Le apetecía tocarle, ponerle la mano en la cara y sentir su aspereza, aliviar su ira y su desprecio con el frescor de sus dedos y absorber el calor de su piel.

De repente se alejó de él y se apretó el cinturón de la bata con timidez.

—¿Qué quería decir cuando me preguntó si había leído hoy el periódico? —le preguntó.

Jack vaciló al pensar que le resultaría doloroso oírlo.

—El vizconde Philmore ha encontrado otra novia. En el periódico de esta mañana se anuncia su compromiso con la señorita Edith Fanshaw.

Ella se dio la vuelta con aire ofendido.

—Se equivoca —dijo con la voz quebrada.

—Si no me cree puedo enviar a Beaton a comprar una copia del *Morning Post*. Los miembros del Club Marbury estaban comentándolo cuando llegué. Según ellos Philmore tiene graves problemas económicos, y su compromiso con la señorita Fanshaw no puede ser más oportuno. Por lo visto también es una heredera americana.

—Conozco a Edith Fanshaw —repuso Amelia con tono tenso—. Su padre es Arthur Fanshaw, de Baltimore, y aunque tiene algunas participaciones en el mercado inmobiliario de Chicago, los Fanshaw no poseen una gran fortuna.

—Al parecer poseen lo suficiente para que el matrimonio con su hija resulte apetecible —comentó Jack—. Philmore ha accedido a casarse con ella.

—No lo ha podido hacer por voluntad propia —decidió Amelia—. Ha tenido que ocurrir algo; alguna terrible desgracia le ha obligado a hacerlo.

—Lo hace porque no tiene dinero, y cuando se case con la señorita Fanshaw resolverá ese pequeño problema inmediatamente.

—No creo que Percy no tenga dinero, y aunque así fuera no me importa. Me quiere, y yo le quiero a él. Cuando se entere de que he huido de lord Whitcliffe para estar con él romperá su compromiso con la señorita Fanshaw y se casará conmigo.

—Debería considerar la posibilidad de que no esté dispuesto a dejarla. Después de todo, señorita Belford, ahora es una heredera sin medios tras haberse alejado de la fortuna de su familia.

Sus ojos brillaron de furia.

—Dígame, señor Kent, ¿no cree que un hombre pueda quererme por lo que soy?

—No...

—Entonces no me insulte cuestionando los motivos de lord Philmore para querer casarse conmigo. ¿Le vio, o simplemente escuchó los cotilleos de sus compañeros en el Club Marbury?

—Hablé con él —respondió Jack—. Me dio una nota para usted. —Sacó el sobre de Philmore de su chaqueta y se lo dio.

—¡Lo sabía! —exclamó emocionada mientras leía la tarjeta—. Dice que está contando los minutos hasta que volvamos a vernos. Debo reunirme con él en el baile de los Wilkinson esta noche, a las nueve en punto. Allí anunciará su intención de casarse conmigo ante todos los invitados, y poco después haremos los preparativos para la boda.

Jack la miró con incredulidad.

—¿Por qué se arriesga a citarla en un lugar público cuando toda Inglaterra la está buscando?

—Es muy listo, ¿no lo ve? Mis padres no querrán provocar más escándalos intentando detener un matrimonio que ha sido anunciado formalmente en un acto público. Es brillante.

—Es una locura —replicó Jack furioso—. Quizá le interese saber, señorita Belford, que hay una recompensa de diez mil libras por cualquier información sobre su paradero. Eso significa que cualquiera que asista a ese baile puede cogerla y reclamar la recompensa; o si prefiere conseguir el dinero de su padre de un modo más discreto puede ponerse en contacto con las autoridades y comunicarles dónde se encuentra.

—Percy jamás lo permitiría.

—Percy no tendría ninguna elección —dijo Jack bruscamente—. Sólo un imbécil permitiría que fuera allí sola. No debe ir.

—Disculpe, señor Kent, pero no sabía que fuera mi guardián.

—No soy su guardián, pero sí... —Se detuvo sin saber cómo terminar.

—Le pedí que me ayudara a llegar a Londres y a encontrar al vizconde Philmore, y estoy en deuda con usted por haberlo hecho —le aseguró Amelia—. Sin embargo, no espero que me diga cómo o dónde debo reunirme con él. Percy cree que ésta es la mejor manera de hacer públicas nuestras intenciones. Si sospechara que hay algún riesgo no lo habría sugerido.

—Puede que no lo haya pensado bien —o eso o lord Philmore era un maldito idiota, lo cual era muy posible—. O que no sepa nada de la recompensa. En cualquier caso, señorita Belford, le ruego que confíe en mí. —Se acercó a ella reduciendo la distancia que los separaba—. Quédese aquí esta noche y deje que vaya yo al baile y me reúna con lord Philmore en su lugar. Le haré comprender que ese baile no es seguro para usted y concertaré otra cita para mañana por la noche. Si la quiere tanto como dice, no le importará esperar otro día. Estoy convencido de que lo entenderá.

Amelia quería negarse, decirle que no estaba dispuesta a estar alejada de Percy ni un día más, porque cada momento era como una tortura para dos amantes trágicamente separados. Pero algo en la intensa mirada de Jack la hizo vacilar. Por algún motivo no creía que pudieran conmoverle sus declaraciones de amor. Jack Kent no parecía un hombre que supiera lo que era rendirse a esa gloriosa emoción. Tampoco compartía su opinión de que Percy haría todo lo posible para que no le ocurriera nada. Ya había dejado claro que despreciaba a lord Philmore, aunque no comprendía por qué. Lo único que sabía era que intentaba protegerla, aunque ella pensaba que no necesitaba esa protección.

Él estaba observándola atentamente, esperando su respuesta. Le desconcertaba que el hombre que la había ayudado a regañadientes a huir de su boda creyera ahora que era responsable de ella. Desde luego no quería que el señor Kent pensara que era una desagradecida. Pero tampoco quería estar separada de Percy ni un minuto más, sobre todo cuando se encontraba tan cerca y su vida juntos estaba por fin a punto de comenzar.

—Muy bien, señor Kent —dijo—. Me quedaré aquí mientras prepara un plan alternativo para nuestra reconciliación. ¿Está satisfecho?

Jack la miró con cautela.

—Sí.

—Ahora si me disculpa, todavía tengo que probarme algunas cosas antes de enviar a Beaton a devolver la ropa que no voy a quedarme —añadió cogiendo un sofisticado vestido de seda de color amatista y unos zapatos de fiesta a juego.

Jack tensó la mandíbula mientras ella se ponía el vestido sobre los hombros y se daba la vuelta para mirarse en el espejo. Si lord Philmore decidía romper su compromiso con la señorita Fanshaw, no estaría en situación de pagar los extravagantes modelos a los que estaba acostumbrada la señorita Belford. Jack hizo un esfuerzo para alejarse de ella, negándose el placer de su belleza mientras desechaba el vestido y removía el montón de ropa de la cama para buscar otro.

Si el adorado vizconde de la señorita Belford decidía casarse con ella, no tardaría en descubrir la cruda realidad de sus finanzas y sus preferencias sexuales.

Capítulo 5

—Le hemos perdido.

El anciano frunció el ceño con impaciencia.

—¿Qué quiere decir?

Neil Dempsey tragó saliva y miró sus notas, preguntándose cuánto iba a costarle ese fallo. Resultaba difícil predecir el estado de ánimo de su voluble jefe, que podía enfurecerse inexplicablemente con el detalle más insignificante y luego conmoverse con una observación igualmente banal. Maldiciendo a su socio por perder de vista a Kent, consultó el breve telegrama que había recibido unas horas antes.

—Le vieron marcharse ayer de la boda de lord Whitcliffe en un coche alquilado que conducía su criado, Oliver. El señor Potter, mi socio, suponía que el señor Kent pensaba regresar a Inverness en tren. Sin embargo, parece que no llegó a la estación. No compró ningún billete, y nadie le vio subir a ningún vagón. Mi socio estuvo vigilando la estación hasta que salió el último tren de la noche. Entonces fue a la finca de Whitcliffe, donde se alojaban algunos invitados, pero el señor Kent tampoco estaba allí. —Cerró su bloc—. Me temo que eso es todo lo que tengo, señor.

El conde se incorporó de repente, lo cual provocó un violento ataque de tos flemática.

—¡Lárguese! —gritó a la mujer rechoncha que abrió la puerta—. ¡He dicho que se largue!

—Debería reservar sus fuerzas para los que están dispuestos a escucharle —replicó la mujer entrando decididamente en la habitación.

Echó un poco de agua en un vaso, añadió unas gotas de láudano de un frasco pequeño y luego le sujetó la espalda con un fuerte brazo para acercarle el vaso a los labios—. Beba esto.

El deteriorado conde Hutton tomó de mala gana unos sorbitos del asqueroso brebaje.

—¡Ya basta! —rugió Edward cuando se le pasó la tos—. ¡No pienso tomar más! ¡Está intentando envenenarme!

—Si quisiera hacerlo usaría algo que le rematara de una vez por todas —le aseguró su enfermera—. Así no tendría que escuchar sus ahogos y sus gritos a todas horas. —Le volvió a recostar en las almohadas y ajustó con energía las mantas sobre su debilitado cuerpo antes de volverse hacia Neil con gesto severo—. Le he dicho que no le alterara.

—¡Y yo le he dicho que se ocupe de sus malditos asuntos! —vociferó lord Hutton comenzando a toser otra vez.

—Lo siento, señora Quigley —dijo Neil—. Quizá sea mejor que vuelva mañana...

—Quédese donde está. —Lord Hutton lanzó a su investigador una mirada tan amenazadora como se lo permitía su débil estado—. Y usted —añadió dirigiéndose a su enfermera—, lárguese de aquí.

—Le doy cinco minutos —informó la señora Quigley a Neil ignorando a lord Hutton—. Ni un segundo más.

—Terminaré enseguida. —Neil no sabía cuál de los dos le intimidaba más.

—Yo decidiré cuánto tiempo se queda —objetó lord Hutton furioso.

—Usted verá —respondió ella—. Pero si le vuelvo a oír toser le sacaré de las orejas inmediatamente. —Salió de la habitación dando un portazo.

—Me gustaría echarla a patadas —murmuró Edward malhumorado—. ¿Cómo diablos le ha perdido Potter? —preguntó al joven asustado que tenía delante.

Neil miró preocupado su libreta.

—No lo dice en el telegrama, señor. Supongo que apartó la vista un momento, o que dejó demasiada distancia entre el coche de Kent y el suyo. A veces hay que hacerlo para que los tipos a los que vigilamos no se den cuenta de que les están siguiendo...

—Ahórrese las excusas inútiles —gruñó Edward—. Y dígale a Potter que ya no necesito sus servicios.

Neil asintió con expresión sombría.

—¿Quiere que busque a alguien para que localice a Kent en Edimburgo o en Glasgow, o quizá en Londres? Puede que haya ido allí para ocuparse de sus negocios...

—O que esté de camino hacia Bangkok. —Edward juntó las manos con aire pensativo—. Vaya al puerto e intente averiguar si todavía esperan que embarque en el *Lightning*. Si ha cambiado de planes es posible que haya avisado. Si no saben nada plántese delante de su casa y no se mueva. Aún puede aparecer por allí.

—Sí, señor —respondió Neil aliviado por tener otra misión. Lord Hutton le pagaba un buen sueldo por un trabajo regular que hasta entonces no le había exigido ningún riesgo. No quería perder su cómodo empleo.

—Si no tiene nada más para mí puede largarse.

—Sí, señor.

El joven flaco de cara plana salió apresuradamente de la habitación con miedo a que su jefe decidiera despedirle de repente en un arrebato de cólera. Entraba dentro de lo posible. Sin embargo, Edward estaba demasiado cansado para despedir a más gente. Bajó las manos y cerró los ojos, intentando ignorar el incesante dolor que le recorría todo el cuerpo y contener la tos que amenazaba con reventarle el pecho. Si se permitía toser la señora Quigley entraría corriendo con su insufrible parloteo y sus repugnantes medicinas, que le obligaba a tomar como si fuera un niño estúpido que no sabía lo que era bueno para él.

El estado en el que se había quedado cruelmente reducido a la edad de sesenta y nueve años era degradante. En su mente seguía siendo un joven robusto, pero su cuerpo se había convertido en un saco tembloroso lleno de dolores. Unos seis meses antes los médicos le habían dicho que tenía cáncer; un tumor maligno en el abdomen, el intestino o algún lugar parecido. Le dijeron que podían extirpárselo, pero que las posibilidades de que sobreviviera a la operación eran mínimas. En el mejor de los casos le podían asegurar que si se sometía a la operación le quedaría el consuelo de saber que estaba contribuyendo al avance de la medicina, y que otros se beneficiarían de su sacrificio. Él, que nunca había elegido el camino más difícil, optó por soportar el cáncer y vivir el tiempo que le quedase de la mejor manera posible.

Si hubiera sabido que iba a acabar en esas condiciones, postrado en la cama y consumido por el dolor, les habría dicho que le operasen y terminaran con el asunto.

Abrió los ojos y miró el retrato suyo que había sobre la chimenea al otro lado de la habitación. Lo había encargado su madre cuando tenía veintiocho años y la vida se extendía ante él como una alfombra dorada sobre un campo bañado por el sol. Ahora se daba cuenta de que había sido arrogante, presumido y holgazán, pero entonces se consideraba un buen ejemplo de su clase, y estaba convencido de que haría algo importante en su vida. ¿Por qué no? Al fin y al cabo tenía medios para hacer lo que quisiera. Estudios en una prestigiosa universidad, un título respetable, una bonita casa con tierras que consiguió por tener la suerte de ser el primogénito. Además había sido agraciado con un rostro atractivo y un físico musculoso que volvía locas a casi todas las mujeres que perseguía. Ahora comprendía que su dinero y su título formaban parte de su carisma, pero en aquella época era tan inmaduro como para creer que a sus conquistas les fascinaba su encanto personal.

Había sido un idiota.

Metió la mano debajo del colchón y sacó una petaca de plata. Desenroscar el tapón resultó una tarea imposible para sus debilitados dedos. Finalmente se lo puso entre los dientes mientras giraba la petaca con las manos. Su perseverancia fue recompensada con el calor del excelente brandy francés que le bañó la boca; un regalo de la escuálida doncella que le cambiaba las sábanas empapadas de sudor todos los días. Había tenido que sobornarla, por supuesto, aunque no importaba. El dinero era el único atractivo que le quedaba, pero al menos tenía lo suficiente para que no fuera un obstáculo. Enrolló el brandy con la lengua un momento antes de tragarlo y luego suspiró mientras le quemaba la garganta y el pecho. Le quedaban tan pocos placeres que si permitía que la señora Quigley o cualquiera de esos necios médicos le impidieran beber de vez en cuando estaría condenado. ¿Qué les preocupaba, que el alcohol le matara?, se preguntó con tristeza. Si así fuera sería un beneficio añadido. Tomó otro largo trago, disfrutándolo aún más al saber que era algo prohibido.

Melancólico de repente, pensó que era curioso que después de tantos años de desenfrenos ahora estuviera rodeado de médicos, enfermeras y criados cuya única función, aparentemente, era negarle los placeres que aún se podía permitir. Debería despedirlos a todos y llenar la casa de prostitutas sonrosadas que estarían dispuestas a hacer lo que les pidiera, desde servirle todos los licores que había en su bodega hasta bailar desnudas sobre su cama.

Sintió un leve hormigueo en la entrepierna, un débil y efímero recuerdo de lo que era tener el pene erecto. Se concentró en él un momento intentando revivir la sensación de estar excitado.

Después de darse por vencido tomó otro sorbo de brandy.

Aunque hubiera tenido sobre él a una mujer complaciente y ardorosa no habría sido capaz de satisfacerla. Entre su flácido pene y su hinchado vientre canceroso no era un amante muy deseable. Eso podía aceptarlo. Lo que más le dolía era que a los sesenta y nueve años sólo estaba rodeado de criados que le cuidaban para que siguiera viviendo porque su sustento dependía de ello. Su mujer había muerto hacía unos ocho años, gracias a Dios. Se casó con ella porque su madre había insistido, y como hija de un marqués había aportado una dote muy atractiva. *Cásate con ella para que lleve tu casa y tenga a tus hijos*, le ordenó. *Siempre puedes divertirte con tus amantes, mientras sean limpias y razonablemente discretas.*

Su madre era una mujer muy pragmática, sin ilusiones románticas en su pecho de acero. Si las había tenido en su juventud suponía que su padre se las había quitado, como había hecho él con su mujer.

Entonces sintió una punzada de culpa en el pecho que le obligó a tomar otro trago. Lo cierto era que al principio no comprendía lo que esperaba su mujer de él. Pensaba que había llegado a ese matrimonio como él, buscando una unión práctica que elevara su estatus social y produjera hijos medianamente inteligentes, uno de los cuales debía ser un varón. Estaba convencido de que al otorgarle el título de condesa, con todos los privilegios, los criados y las joyas que recibía como resultado de su unión, conseguía la mejor parte del trato, aunque contribuyera a pagarlo con su dote.

Se quedó realmente sorprendido el día que ella se echó a llorar al descubrir que había dormido con otras mujeres de forma regular desde el comienzo de su matrimonio. No entendía qué quería. ¿Esperaba que renunciara a todas las distracciones de su vida simplemente porque ahora estaba casado? Le dijo con claridad que era una ilusa. No se querían, le recordó, y jamás le había mentido respecto a eso. Ella le confesó entre lágrimas que esperaba que hubieran acabado queriéndose. Que a lo largo del primer año había intentado amarle, y que a pesar de sus esfuerzos para mantener la distancia en algunas ocasiones había creído que le amaba. En ese momento estaba embarazada de ocho meses, y él pensaba que era un marido considerado al procurarse los placeres carnales en otra parte. La idea de quererla le parecía completamente ridícula. No necesitaba quererla. Es más, no le interesaba la carga de su amor, y así se lo dijo.

Ella lloró con tanta violencia que comenzaron los dolores del parto. Los gritos que llenaron la casa esa noche fueron estremecedores. No había oído nada parecido en su vida.

Al día siguiente dio a luz a su primer hijo. Una niña. Cuando todo terminó el médico le dijo que su mujer había estado a punto de morir y que no podía tener más hijos. Abrumado por la emoción y los remordimientos, Edward entró en la habitación y vio a su joven esposa pálida y desecha, demasiado débil incluso para coger a la criatura que tanto le había costado parir. Se sentó junto a ella, hundido y avergonzado, intentando buscar las palabras adecuadas. Finalmente, sin saber qué decir, extendió la mano para acariciarle la mejilla.

Ella cerró los ojos y se apartó de él, eliminando para siempre la ternura que podía haber surgido de las cenizas de su relación.

Se sintió tan vacío y apesadumbrado como aquella terrible noche. Tomó otro sorbo de brandy, pero ya no podía reconfortarle. Con un gran esfuerzo consiguió cerrar otra vez el tapón y luego escondió la petaca debajo del colchón para que la señora Quigley no la viera. Demasiado cansado para apagar la lámpara que había junto a la cama, se tumbó y cerró los ojos, casi tan débil como su pobre Katherine la noche que levantó un muro entre ellos para protegerse. Tragó saliva con dificultad sintiendo el calor de las lágrimas que le empañaban los ojos.

Se arrepentía de tantas cosas que no sabía por dónde empezar.

Percy Baring, quinto vizconde Philmore, metió una mano enguantada en su elegante chaleco y sacó un fino reloj de oro. Había pertenecido a su abuelo, y tenía en la tapa dos pequeños pájaros azules rodeados de diamantes. Después de mirar la hora frunció el ceño. Las nueve y siete minutos. Se retorció la punta de su cuidado bigote con expresión enojada y cerró de golpe el reloj antes de guardarlo de nuevo en el bolsillo forrado de satén.

Sabía por experiencia que las herederas americanas no solían ser puntuales.

Edith Fanshaw era diferente, por supuesto. Su fallo era que siempre llegaba muy pronto a todos los actos a los que asistía porque sus padres creían que era esencial para su hija que la vieran el máximo tiempo posible en los eventos sociales a los que conseguían que les invitaran. Debido a este desafortunado error la tímida Edith había estado demasiado expuesta a la sociedad inglesa. Si sus padres hubieran sido más inteligentes habrían decidido que llegara tarde, se fuera pronto y mantuviera la boca cerrada, cultivando al menos un leve aire de misterio.

Sin embargo, la futura prometida de Percy tenía siempre un aspecto huraño y desvalido. Cuando alguien intentaba hablar con ella una especie de pánico se extendía por su cara, como si estuviera a punto de vomitar. Su actitud retraída había hecho que languideciera demasiado tiempo en el mercado matrimonial sin una sola proposición, lo cual era una sentencia de muerte para una joven que aspiraba a conseguir un marqués o algo mejor. Cuando la dramática situación económica de Percy le obligó a tragarse su orgullo y acercarse a ella, los padres de Edith habían decidido que no les quedaba más remedio que rebajar las expectativas que tenían para su hija. Sin belleza, gracia ni ingenio, torpe en las relaciones sociales, y sin una fortuna considerable que adornara su falta de pedigrí, Edith Fanshaw había tenido la suerte de que él pidiera su temblorosa mano.

La riqueza de los Fanshaw no se podía comparar con el vasto imperio ferroviario de John Henry Belford, pero en ese momento Percy estaba desesperado. Sus deudas habían llegado a unos límites insostenibles, y la gran inversión que había hecho en la Great Atlantic, que en teoría iba a sacarle de la miseria, había caído un tercio de su valor, dejándole casi en la ruina. Él y otros inversores estaban tomando medidas para solucionarlo, pero el mercado podía tardar meses en recuperarse, y a Percy no le sobraba el tiempo.

Además estaba el desagradable asunto de Dick Hawkins.

El brusco joven aceptó encantado cuando Percy le invitó a compartir su cama unos cuantos días. Pero él le sedujo demasiado bien, porque además de disfrutar con sus rudos juegos también le gustaba el buen vino y los caros placeres que lo acompañaban, a los que Hawkins no estaba dispuesto a renunciar. Poco después el maldito rufián le amenazó con romperle las piernas y revelar todos los detalles de sus encuentros sexuales a sus conocidos si no le pagaba una generosa suma de dinero todos los meses. Esa presión final le obligó a cortejar a Amelia Belford, que estuvo rendida a sus pies hasta que sus padres intervinieron y pusieron fin a su relación. Entonces tuvo que conformarse con Edith Fanshaw, resignado a que la llave del arca de los Belford se le hubiera escapado de las manos.

Frotándose delicadamente el bigote con los nudillos, decidió que se había equivocado.

—¿Champán, milord?

A su lado había un viejo camarero al que le temblaban los brazos mientras intentaba mantener en equilibrio una enorme bandeja de plata llena de copas de champán. Una maraña de pelo blanco le salía de la cabeza en todas direcciones, y su arrugada cara estaba casi cubierta por unas espesas cejas y una mal recortada barba. El raído traje oscuro que llevaba le quedaba ridículamente corto, lo cual sugería que había sido confeccionado para otra persona. Lord y lady Wilkinson deben estar recortando costes, decidió Percy cogiendo una copa de champán. No habían escatimado gastos en las docenas de macetas de naranjos y limoneros, las miles de flores y velas aromáticas y los kilómetros de gasas que habían transformado el salón de baile en un paraíso tropical entoldado, y la comida y la bebida eran excepcionales. Sin embargo, siempre se podía saber mucho sobre los anfitriones por el aspecto de sus criados. Cuando se casara y resolviera sus problemas económicos se aseguraría de que todos sus sirvientes fueran equipados con uniformes y zapatos nuevos.

—Bonita fiesta, ¿no cree, lord Philmore?

Percy arqueó una ceja al encorvado camarero mientras bebía su champán. No le parecía extraño que supiera su nombre, porque era muy probable que lord o lady Wilkinson le hubieran visto desde alguna esquina del abarrotado salón y le hubieran ordenado que le ofreciera una copa. Después de todo era el invitado de honor, e iba a anunciar formalmente su compromiso con Edith Fanshaw a las diez en punto. Percy sabía que no era precisamente el acontecimiento de la década. Sin duda alguna no podía competir con el anuncio del duque de Whitcliffe meses antes de que él fuera a casarse con la acaudalada Amelia Belford. Sin embargo, cualquier compromiso entre un lord inglés y una heredera americana suscitaba un gran interés en la sociedad inglesa, lo cual significaba que lady Wilkinson podía contar con que su baile se mencionara en las páginas de sociedad del día siguiente.

Lo que le resultaba incomprensible a Percy era que ese criado mal vestido estuviera allí charlando con él como si le conociera.

—Quizá debería ir a ver si alguien más quiere una copa —le sugirió inclinando la cabeza hacia las elegantes damas y caballeros que se arremolinaban alrededor de la pista de baile.

—No parece que nadie esté a punto de morirse de sed. —La firme mirada gris del criado se clavó en él con una intensidad desconcertante—. La señorita Belford no va a venir —dijo en voz baja.

Percy arrugó su pálida cara al darse cuenta de que el hombre que tenía delante no era un simple criado.

—¡Pero debe hacerlo!

—Su impaciencia por verla es conmovedora. Por desgracia, la elección del lugar no ha sido muy acertada. —Jack tenía una expresión severa bajo las capas de su logrado disfraz—. Sin duda alguna debe saber que hay una recompensa sustancial por encontrar a la señorita Belford. ¿No se dio cuenta de que la reconocerían inmediatamente y podría estar en peligro?

—Tonterías —protestó Percy manteniendo la compostura—. La señorita Belford estaría entre amigos. No permitiría que le ocurriera nada.

Jack le observó sin saber si estaba siendo sincero o no. Su intuición le decía que no confiara en lord Philmore. Pero no podía estar seguro de que no fuera simplemente por el desprecio que sentía hacia ese petimetre.

Se había colado en la casa unas dos horas antes, camuflado entre la oleada de camareros, criadas, cocineros y lacayos temporales que habían sido contratados para el baile. Nadie se fijó en él mientras recorría los pasillos de la grandiosa casa. No había señales de Whitcliffe o de los padres de Amelia, y tampoco vio policías rondando por allí dispuestos a detenerla y devolvérsela a su familia.

En cuanto a Philmore, aparte de su pomposo atuendo y su irritante tendencia a consultar su reloj de bolsillo cada pocos minutos, no veía en él nada raro.

—No vendrá esta noche —le dijo con tono categórico—. Es demasiado peligroso. Se reunirá con usted mañana.

El bigote de Percy se crispó como la cola de un ratón contrariado.

—¡Pero eso no es lo que yo había previsto!

Jack se sintió tentado a darse la vuelta y marcharse.

—Escuche con atención. Mañana a las dos en punto le recogerán delante del Club Marbury. Cuando el cochero se asegure de que no le sigue nadie le llevará a un lugar seguro donde podrá verla.

—¿Dónde? —preguntó Percy.

—No necesita saberlo.

—No voy a subir a un carruaje y permitir que un extraño me lleve a cualquier parte —objetó con tono malhumorado.

—Muy bien. —Jack se dio la vuelta para irse.

—¡Espere!

Percy vaciló.

—¿Qué ocurrirá cuando me lleven con ella?

—Eso depende de usted. Ahora no tiene nada —respondió Jack con brusquedad—. Lo dejó todo atrás cuando huyó de Whitcliffe.

Así que si piensa casarse con la señorita Belford debe saber que la tendrá sólo a ella, no la fortuna de su familia. —Le miró atentamente—. ¿Aún quiere que sea su esposa, Philmore? ¿O era sólo su dinero lo que le animó a cortejarla en contra de los deseos de sus padres?

—Váyase antes de que ordene que le echen —gruñó Percy dejando la copa vacía en la bandeja de Jack. Luego se ajustó de nuevo el bigote con los nudillos y se marchó.

Jack se dio la vuelta furioso, y se quedó atónito al ver a Amelia descendiendo majestuosamente por la gran escalera de mármol que conducía al salón de baile.

Aunque no hubiera sido la famosa heredera desaparecida, Amelia Belford habría atraído la atención de todos los hombres y las mujeres de la sala. El vestido que había elegido para reunirse con su vizconde era el de color amatista que estaba examinando cuando él la dejó. Si le quedaba bien, echado casualmente sobre los hombros, envuelto alrededor de sus delicadas curvas el efecto era exquisito. Unos bordados de oro y plata brillaban en los finos ribetes de la amplia falda y el ajustado corpiño, y por detrás de ella se extendía una cola de satén que arrastaba por la escalera como un río iluminado por la luz de la luna. Se había recogido el pelo en un holgado moño adornado con unas delicadas flores de color amatista, y en el pálido pecho que asomaba sobre el profundo escote de su vestido relucían unos diamantes. Jack se dio cuenta de que era el collar que llevaba el día de su boda, que intentó darle cuando estaba desesperada por comprar su libertad.

Un silencio sobrecogedor se extendió por el salón de baile. La orquesta continuó tocando aunque ya no había nadie bailando, pero hasta los músicos miraban a la espléndida joven que bajaba por la escalera con tanta serenidad.

En ese momento Jack vio a la Amelia Belford de la que había oído hablar pero no conocía aún. No tenía nada que ver con la joven asustada que había huido por un muro con su elegante vestido de novia antes de caerse estrepitosamente sobre unos arbustos. La muchacha que la noche anterior había estado llorando acurrucada en la cama se había desvanecido. En su lugar había una mujer radiante, que irradiaba confianza en sí misma mientras soportaba tranquilamente el implacable escrutinio de unos ochocientos aristócratas, a los que les habría gustado encontrar algún defecto en su aspecto.

Agarró la bandeja con fuerza, furibundo porque le hubiera desobedecido. Philmore iba despacio hacia ella con los brazos extendidos. Jack miró a su alrededor para buscar algún indicio de que ocurriera algo o de que alguien fuera a cogerla de repente. Los miembros del Club Marbury estaban apiñados en una esquina del salón, junto a una enorme escultura de hielo de un pez gigante, ebrios y satisfechos. Lord Sullivan parecía estar a punto de caerse de cabeza en el cuenco del ponche. Aparte de eso, todo parecía estar en orden.

Sin embargo, su instinto de supervivencia le impedía creer que Amelia estuviese segura, aunque Philmore afirmara lo contrario.

Amelia se detuvo en el segundo escalón, esperando a que llegara su prometido. El corazón le latía violentamente contra el estrecho corsé, que Lizzie había apretado tanto que apenas le dejaba respirar. A pesar del hormigueo que sentía en el estómago tenía una expresión serena, con el cuerpo erguido y relajado, como debía ser. Estaba mirando a Percy, que parecía moverse a cámara lenta con gesto contenido. No esperaba exactamente que cruzara corriendo el salón y la cogiera en brazos, pero por algún motivo le decepcionó su reacción. Se recordó a sí misma que Percy daba mucha importancia a las apariencias, desde su bigote meticulosamente recortado hasta las pulcras uñas de sus dedos lechosos.

De repente pasó por su mente la imagen de Jack repantingando frente a ella en el carruaje, con la corbata suelta y la ropa arrugada por el calor, más atractivo incluso porque era evidente que no le importaba. Jack tenía las manos grandes y bronceadas por el sol, con las palmas rugosas por los años de duro trabajo físico. Sintió un leve escalofrío. No sabía si era por el recuerdo del tacto de Jack o porque el hombre al que había jurado amor eterno estaba ahora delante de ella con una impecable mano extendida.

—Amelia —murmuró Percy con la boca apenas curvada—. Me alegro de ver que estás bien.

Ella posó su enguantada mano sobre el calor húmedo de la de su prometido, un poco molesta por la formalidad de su saludo. ¿Qué diablos le ocurría? ¿Esperaba que la besara y le expresara su amor delante de toda esa gente?

Evidentemente era una idiota.

—Ven —dijo él llevándola entre la multitud hacia el centro de la pista de baile—. Vamos a bailar.

Con una mano en la de Percy, sujetando con la otra su pesada cola, Amelia rodeó obedientemente el salón. Las demás parejas comenzaron a bailar de nuevo, pero su atención seguía centrada en ellos. Sin duda alguna estaban esperando a que Percy declarara formalmente su intención de casarse con ella.

Amelia frunció el ceño, preguntándose de repente por qué no se había dado cuenta hasta entonces de que su prometido era tan bajo.

—No sabes cuánto te he echado de menos, Percy —exclamó fervorosamente apartando esa idea de su cabeza—. Cuando mis padres me dijeron que no podía volver a verte y que debía casarme con lord Whitcliffe pensé que iba a morirme.

—Fue una lástima que tus padres no comprendieran nuestro amor —comentó Percy mirando con indiferencia a su alrededor—. Sin embargo, estoy seguro de que creían que estaban haciendo lo mejor para ti.

Amelia le miró a los ojos. No eran tan azules y profundos como los recordaba. De hecho le parecieron pequeños y acuosos. También parecían vagamente preocupados, como si estuviese ocultándole algo. Eso es ridículo, se dijo a sí misma. Se acercó a él un poco más para reducir la distancia que parecía haber entre ellos.

Percy se echó hacia atrás con gesto contrariado.

—¿Ocurre algo? —preguntó ella asombrada y un poco dolida.

—Nos está mirando todo el mundo, Amelia. Cuando se está bailando hay que mantener una distancia apropiada.

—Supongo que ya no me importa lo que los demás consideren apropiado —replicó Amelia pensando que antes adoraba que a su prometido le preocuparan esas cosas—. Después de todo, ayer salté por el muro de una iglesia y huí de mi propia boda. No creo que eso encaje en la idea que tienen la mayoría de los aristócratas de la corrección social —sonrió maliciosamente.

—Así es —respondió él con tono desaprobatorio.

—Lo hice por ti, Percy. —No le gustaba cómo se le movía el bigote. ¿Y por qué se empeñaba en llevar las puntas enroscadas?—. Abandoné a lord Whitcliffe, a mi familia y todo lo que conozco, arriesgando mi integridad física, para estar contigo. Podrías ser un poco más comprensivo en vez de actuar como si estuvieses avergonzado.

—Discúlpame, querida. No pretendía insultarte —esbozó una leve sonrisa contrita.

Ella le observó con la mirada perdida, distraída por la irregularidad de sus dientes. Los tenía manchados y amarillentos, sin duda alguna por la gran cantidad de vino y té que tomaba.

«¿Cuándo diablos ha ocurrido eso?», se preguntó con cierta repugnancia.

—La verdad es que he estado muy preocupado por ti. —Percy adoptó un aire pesaroso antes de añadir—: Igual que tus padres.

Ella se puso tensa.

—¿Cómo puedes saber tú si mis padres han estado preocupados o no?

—Amelia, querida, tus padres están desesperados desde que desapareciste ayer. Después de todo, no tenían forma de saber si habías huido por voluntad propia o te habían abducido. Estoy seguro de que comprenderás su sufrimiento.

—Si les preocupara realmente mi bienestar no habrían intentado destruir mi relación contigo ni me habrían obligado a casarme con Whitcliffe —replicó Amelia apasionadamente—. Lo único que les importa es casar a su hija con un duque, conseguir prestigio para la familia y asegurarse de que sus nietos sean aristócratas. Yo soy sólamente un medio para ellos.

—Les juzgas con demasiada dureza. Tus padres sólo quieren lo mejor para ti —dudó un momento antes de señalar con cautela—: Lord Whitcliffe puede darte una vida que yo no te puedo ofrecer, Amelia.

Un hormigueo de ansiedad le recorrió la espalda.

—Yo no quiero vivir con lord Whitcliffe. Quiero pasar mi vida contigo.

—Y yo contigo —le aseguró Percy haciéndola girar en elegantes círculos por el salón de baile—. Por desgracia, amor mío, eso no va a ser posible.

Su ansiedad se convirtió en alarma.

—¿Qué quieres decir?

—La llama de nuestro amor ardió con viveza durante un tiempo, dulce Amelia. —Percy hizo una pausa para que ella pudiera apreciar su talento poético—. Por desgracia, ese tiempo ya ha pasado. Debemos aceptar nuestros respectivos destinos, por trágicos y dolorosos que puedan ser.

Ella estuvo a punto de tropezarse con la cola de su vestido.

—¿Estás intentando decirme que piensas seguir adelante con tu compromiso con Edith Fanshaw?

—Le prometí que me casaría con ella. —Percy la miró con expresión afligida, como si el asunto fuera más desagradable para él que para ella—. No puedo faltar a mi palabra. —Tenía los ojos tan acuosos que parecía que iba a llorar.

—También me lo prometiste a mí —señaló Amelia con una mezcla de ira e incredulidad—. ¿O el amor que me profesabas era inferior al que has experimentado en los brazos de la señorita Fanshaw?

—Amelia...

—Dime, Percy, ¿la has abrazado y le has dicho que era como una orquídea que querías proteger para siempre del mundo? —preguntó—. ¿O te has saltado esa parte y le has dicho directamente que nunca habías conocido a una mujer que te conmoviera tanto como ella? ¿La has besado en la boca y le has dicho que el contacto de sus labios te ha hecho arder? ¿O no has conseguido aún apartarla de sus padres?

—Estás siendo vulgar. —sus ojos acuosos estaban llenos de furia—. Espero que lleves esto con más dignidad.

—Yo no tengo dignidad, Percy. Soy americana, ¿recuerdas? No sabemos contener nuestras emociones. Eso era lo que decías que te gustaba tanto de mí, que fuera abierta y sincera.

—Hay momentos para abrirse y hay momentos para comportarse con el decoro adecuado —respondió Percy secamente—. Con ochocientos pares de ojos mirándote deberías intentar controlarte. No querrás poner en ridículo a tu familia delante de la alta sociedad londinense, ¿verdad?

Amelia se quedó paralizada.

—¿Qué quieres decir?

Él inclinó la cabeza hacia una esquina del salón de baile.

Amelia siguió su mirada y se quedó horrorizada al ver a sus padres y a sus dos hermanos, William y Freddy, flanqueando a lord Whitcliffe. Su novio estaba mirándola, y parecía sólo un poco menos furioso que la tarde anterior cuando le vio por la ventanilla del carruaje de Jack.

Es imposible, se dijo a sí misma desesperadamente. ¿Cómo podían saber que estaba en Londres y que iba a asistir esa noche al baile de los Wilkinson?

Entonces lo comprendió de repente.

—Lo he hecho por ti, Amelia —dijo Percy viendo cómo pasaba de la incredulidad al abatimiento—. Sabía que no querías separarte realmente de tu familia, y que cuando comprendieras que no podíamos casarnos lo mejor sería que te reencontraras con tus padres y aceptaras tu compromiso con lord Whitcliffe...

—Lo has hecho para cobrar la recompensa —contestó Amelia con la voz quebrada—. Por eso querías que viniese aquí esta noche y que me reuniera contigo delante de toda esta gente. Creías que me vería obligada a volver con mi familia, que no me atrevería a montarte una escena.

—Decidí que vinieras aquí porque me parecía la mejor manera de que te reconciliaras con tu familia y con lord Whitcliffe —replicó

Percy ofendido por su acusación—, y para demostrar a todo el mundo que estás preparada para aceptar tu responsabilidad y tu lugar en la sociedad como duquesa de Whitcliffe. Sólo estaba pensando en ti, Amelia.

Ella le miró fijamente durante un largo rato.

Y luego le dio una bofetada en su pomposa cara con todas sus fuerzas.

—¿Le importa que baile con su pareja? —Jack endilgó la pesada bandeja que llevaba a Percy, que se quedó atónito—. ¿Señorita Belford? —Sin esperar a que le respondiera, Jack rodeó a Amelia con sus brazos y la llevó por la pista de baile lejos de lord Philmore.

—¿Cómo se atreve? —protestó Amelia intentando librarse de él—. ¡Suélteme inmediatamente!

—Por el amor de Dios, Amelia, deja de resistirte —gruñó Jack sujetándola con firmeza—. No me gusta bailar, y no me lo estás poniendo nada fácil.

Amelia miró asombrada el viejo rostro del hombre que la agarraba. La peluca y el maquillaje estaban muy bien aplicados, y los raídos guantes que llevaba ocultaban con eficacia las fuertes manos que ahora la ceñían. Pero esos severos ojos grisáceos eran inconfundibles.

—¡Jack!

—Supongo que estarás de acuerdo en que esto es una trampa —dijo Jack recorriendo con la mirada el salón—. Tus padres están en esa esquina con Whitcliffe, y hay otros dos tipos a los que reconozco de tu boda.

—Son mis hermanos —le informó Amelia—. William y Freddy.

—Es todo un detalle que hayan venido todos juntos a darte la bienvenida —comentó Jack con tono jocoso—. Además, hay por lo menos cuatro criados haciendo guardia en todos los accesos del salón. Quizá tengan órdenes de impedir que salgas. En cualquier caso, si intentas pasar por delante de ellos estoy seguro de que decidirán convertirse en héroes y detenerte cuando tus padres den la voz de alarma.

Ella le miró afligida, con los ojos empañados de lágrimas.

—Lo siento. —Se mordió el labio inferior para evitar que temblara.

—Amelia, si quieres salir de aquí debes ser fuerte y mantener la calma —dijo Jack bruscamente—. Pero si cambias de opinión y quieres ir con tus padres y Whitcliffe dímelo ahora.

—No hay escapatoria —se sentía como si su mundo se estuviera derrumbando—. Estoy atrapada.

—¿Quieres quedarte aquí y casarte con Whitcliffe?

—No tengo elección. —Le costaba respirar—. Ya no tengo nada, ningún sitio donde ir.

—¡Amelia! —la sacudió con fuerza—. ¿Quieres casarte con Whitcliffe, sí o no?

La estaba estrechando contra su cuerpo, protegiéndola con su poderosa musculatura mientras continuaba guiándola por el salón. Su corpulencia y su altura le obligaban a inclinar la cabeza hacia atrás para ver sus ojos plateados. Era evidente que a él no le importaba que hubiera una distancia adecuada entre un hombre y una mujer. Su intensa mirada iba más allá del pánico y la desesperación, como si intentara llegar a lo más profundo de su alma y comprender qué quería de verdad. Y en ese terrible instante, mientras estaba tan asustada que pensaba que iba a ahogarse, le sorprendió que aquel hombre al que apenas conocía la rodeara con sus brazos y le preguntara qué quería.

Como si realmente creyera que podía dárselo.

—No debes avergonzarte por volver con Whitcliffe —le aseguró Jack observando cómo se debatía—. Estará encantado de tenerte. Con el tiempo el escándalo de tu huida se olvidará. Puedes pasar el resto de tu vida entre la riqueza y los lujos a los que estás acostumbrada como una duquesa.

Amelia echó un vistazo a su familia. Su madre iba con un llamativo vestido fucsia de seda francesa con un enorme sol trazado con perlas. El cuello estaba ribeteado con diamantes y rubíes, cosidos a él sólo para esa noche, y en la repeinada cabeza llevaba una pluma negra de avestruz. El rostro de Rosalind Belford era una máscara de estudiada compostura, como si no se atreviera ni a sonreír por miedo a los rumores que pudiera suscitar. Toda una vida intentando superar la pobreza de su niñez había hecho que acabara obsesionada por mantener las apariencias.

Por el contrario su padre parecía malhumorado e incómodo. Amelia sabía que odiaba esos acontecimientos formales y que se encontraba más a gusto en Nueva York, en su oficina o, mejor aún, supervisando él mismo las vías férreas y dando órdenes a todo el mundo. Pensaba regresar a América al día siguiente de la boda, con o sin su mujer, para escapar de lo que él llamaba la idiotez de la sociedad inglesa y continuar dirigiendo su negocio. Amelia sintió lástima por él mientras estaba allí contemplando el abarrotado salón. Si no fuera por ella ya estaría de vuelta en casa.

A su lado estaba su hermano William. Con veinticuatro años se parecía mucho a su padre, desde el pelo prematuramente encanecido hasta el físico corpulento que delataba su afición por la buena bebida y las comidas copiosas. Parecía realmente enojado por el drama que se estaba desarrollando delante de él. Su hermano Freddy estaba apoyado en una columna, tomando champán tranquilamente mientras observaba con curiosidad a su hermana y al extraño anciano con el que estaba bailando. Freddy tenía veintidós años, y había sido agraciado con el pelo rubio y los mismos ojos azules que ella, que contrastaban con sus atractivos rasgos masculinos. Era un joven de buen carácter, que no había heredado ni la ambición social de su madre ni el sentido del trabajo de su padre. Dedicaba la mayor parte del tiempo a divertirse, lo cual no le resultaba difícil gracias a su aspecto y a la inmensa cantidad de dinero que tenía a su disposición.

En medio de los Belford estaba el viejo Whitcliffe, con su venosa cara retorcida en una desesperada expresión de dolor mientras observaba a su novia fugitiva bailando con un humilde criado. Amelia supuso que se estaría preguntando si estaba chiflada, y si sus hijos heredarían esa locura. Llevaba su voluminoso cuerpo embutido en un chaqué y unos pantalones muy estrechos en la cintura, y parecía que la tela iba a explotar en cualquier momento para revelar las gorduras del noveno duque de Whitcliffe. Amelia era virgen, pero no había estado tan protegida como para no saber lo que esperaba de ella como mujer. El viejo Whitcliffe querría que le diera herederos. Y eso significaba yacer sumisamente debajo de él por la noche mientras él gruñía, sudaba y la aplastaba con su enorme peso para engendrar al siguiente duque.

—Amelia, ¿quieres casarte con Whitcliffe?

Ella parpadeó y miró a Jack un poco mareada.

—Preferiría morirme.

Jack la observó pensando si era consciente de lo que estaba diciendo. En el brillo azulado de sus ojos había miedo, quizá por el camino desconocido que había elegido o por la posibilidad de que la atraparan y la obligaran a casarse con Whitcliffe después de todo.

Maldijo en silencio. Su vida sería menos complicada si Amelia accediera a los deseos de su familia y se casara con el viejo duque. Whitcliffe no la merecía, pero a Jack no le parecía tan despreciable como Philmore. En cualquier caso, era menos probable que la humillara con un incesante desfile de amantes. Podría tener una querida o dos, pero eso se consideraba totalmente aceptable entre sus congéneres. Amelia podría casarse con él y ocupar su lugar en la sociedad con su riqueza y su reputación intactas.

Y Jack podría continuar con su propia vida, sin tener que preocuparse más por ella.

—Por favor, Jack. —Amelia le miró desesperada, notando su reticencia a implicarse más en su situación—. Por favor.

Entonces le agarró con más fuerza, como si temiera que la soltara de repente y la abandonara a la suerte que sus padres hubieran decidido para ella. Y en ese momento volvió a recordar lo que era estar desesperado. Esa oscura sensación invadió todos sus sentidos, eliminando su reticencia y dejando sólo el agudo ingenio que le había ayudado a sobrevivir.

—No podemos salir por la escalera principal. Iremos hacia el pasillo que conduce a la cocina —dijo evaluando rápidamente sus escasas opciones para escapar—. Cuando lleguemos allí mantente cerca de mí.

Comenzó a guiarla en un amplio y sutil arco hacia la salida que había elegido, agradeciendo por primera vez en su vida que Genevieve hubiera insistido en que tomara clases de baile. No se le daba muy bien, pero al menos sabía cómo llevar a una mujer por un salón de baile sin caerse de bruces. En ese preciso momento su experiencia estaba resultando muy útil.

Su visión periférica le indicó que los estaban rodeando rápidamente. Después de haberse librado de la bandeja, el agraviado Philmore se abría paso entre la multitud. John Belford también se dirigía hacia Amelia con gesto severo, sin duda alguna pensando que su hija necesitaba recordar que él era el responsable de su vida. Sus dos hermanos, William y Freddy, habían tomado posiciones a los pies de la inmensa escalera de mármol, suponiendo equivocadamente que su hermana intentaría salir por donde había entrado.

Lord Whitcliffe seguía junto a la madre de Amelia con expresión contrariada terminando su copa.

«Sólo un minuto más de música», pensó Jack alargando sus pasos mientras llevaba a Amelia hacia la esquina del salón de baile. «Eso es todo lo que necesito...»

—Es suficiente, Amelia. —Percy puso su mano enguantada sobre su hombro—. Ya has avergonzado bastante a tu familia y a ti por una noche. Ahora vendrás tranquilamente conmigo para pedir disculpas a Whitcliffe y arreglarlo todo.

—Quítele la mano de encima si no quiere que se la rompa —dijo Jack con voz amenazadora.

—Mire, vejestorio, no sé quién es usted, pero esto es un asunto de familia...

Jack soltó la mano de Percy del hombro de Amelia y le torció el pulgar hacia atrás hasta sacárselo casi de la articulación.

Percy aulló de dolor y se cayó al suelo de rodillas.

—¡Mi mano! —gimió acunando el enguantado apéndice—. ¡Me la ha roto!

—¿Qué demonios está pasando aquí? —preguntó Arthur Fanshaw, que estaba en lo alto de la escalera con su mujer y su acobardada hija.

—¡Vamos! —Jack empujó a Amelia entre la multitud de parejas horrorizadas que había a su alrededor.

—¡Alto! —rugió John Belford sin saber si su hija estaba huyendo o la estaban abduciendo—. ¡Deténganles!

El salón de baile se convirtió en una explosión de gente que pugnaba por acercarse a Jack y Amelia mientras otros huían temiendo que Jack fuera peligroso.

De repente un agudo grito rasgó el aire. Amelia se dio la vuelta y vio a su madre con la pluma de avestruz temblando alocadamente, chillando con un abandono inusual. Para no ser menos, otras mujeres se unieron al coro. Algunas en cambio prefirieron desmayarse, obligando a sus parejas a sacarlas de la pista de baile.

—¡Está secuestrando a mi hija, deténganle! —bramó el padre de Amelia intentando abrirse paso entre la gente.

Al llegar al pasillo que conducía a la cocina, Jack y Amelia se encontraron de repente con un desfile de criados que llevaban un montón de bandejas de plata con comida y bebidas.

Jack cogió una bandeja de champán y se la tiró a la muchedumbre que les seguía.

Sobre la elegante multitud cayó una lluvia de vino y cristal que les hizo detenerse con más eficacia que un arma de fuego. Al sonido de los vidrios rotos le siguieron los gritos de la gente que se resbalaba y se caía al suelo mojado.

—Ese tipo es muy rápido —comentó lord Sullivan sirviéndose otra copa de whisky—. Me recuerda a mí cuando tenía sesenta años. ¡No hay que rendirse jamás! —Levantó su copa hacia Jack.

Siguiendo el ejemplo de Jack, Amelia cogió la bandeja del siguiente camarero y la lanzó por los aires detrás de ella, bombardeando a sus perseguidores con un colorido chaparrón de fruta.

—A mí no me parece que esa muchacha esté siendo abducida —dijo lord Chesley a punto de caerse—. No con la destreza que tiene arrojando cosas.

—Quinientas libras a que ella y ese tipo lo consiguen —propuso lord Beardsley.

—Mil libras a que les atrapan —replicó lord Dunlop golpeando el suelo con su bastón—. Sólo son dos, y están totalmente rodeados.

—Acepto esa apuesta y la doblo. —Lord Sullivan observó a Amelia con admiración—. Aunque todo esté en su contra, esa chica tiene coraje.

—¡Suélteme! —rugió Amelia pataleando mientras alguien la cogía por la cintura y la levantaba del suelo.

Al darse la vuelta Jack vio que un camarero había agarrado a Amelia y estaba intentando salvarla. Entonces lanzó otra bandeja sobre la desventurada cabeza del criado, cubriéndole con una avalancha de tarta de coco con nata.

Encontrándose libre de repente, Amelia corrió por el estrecho pasillo y atravesó las puertas de la cocina, donde dos docenas de cocineros y ayudantes estaban trabajando frenéticamente, ajenos al escándalo que había más allá de su humeante santuario.

—¡Por aquí! —Jack condujo a Amelia entre el laberinto de mesas, hornos y fregaderos hacia la puerta trasera de la cocina, tirando cuencos, cazuelas y bandejas al suelo a su paso.

—¡Oliver! —gritó abriendo la puerta de golpe—. ¡Vámonos!

—Dijiste que saldrías tranquilo —protestó Oliver frunciendo el ceño mientras sacaba el carruaje de las sombras—, pero has salido como un torbellino...

—¡Amelia! —Bramó William saliendo precipitadamente de la cocina—. ¡Detente! —Le sujetó el brazo con fuerza—. ¿Te has vuelto loca?

—Quítele la mano de encima —Le ordenó Jack bruscamente.

—¡No, Jack! —Aunque estaba decidida a escapar, no iba a permitir que le hicieran daño a su hermano—. Déjale.

—Suéltala, William. —Freddy apareció en la puerta con su copa de champán aún en la mano—. Está claro que quiere marcharse.

—Me importa un comino lo que quiera —resopló William—. Nos ha puesto en ridículo a todos. Ya es hora de que piense en la familia y no en ella, por el amor de Dios. Deberías estar avergonzada —le dijo a Amelia furioso—. ¿Cómo has podido humillarnos de esta manera?

—Por favor, William, suéltame. —Amelia miró a su hermano fijamente—. Sé que para ti es difícil entenderlo, porque nadie puede obligarte a hacer nada que no quieras...

—Todos tenemos que hacer cosas que no nos gustan —le informó William con tono categórico—. Incluso yo. Forma parte de la vida.

—Más bien de ser un Belford —replicó Freddy con un hilo de rencor en su voz—. Es bastante irónico, teniendo en cuenta que el resto del mundo cree que tener dinero significa tener libertad. —Terminó el champán que le quedaba.

—Para vosotros es distinto —objetó Amelia—. ¡Puede que no siempre hayáis podido elegir, pero al menos podéis decidir de alguna manera con quién queréis pasar el resto de vuestra vida!

—Mamá sólo intenta protegerte, como lo ha hecho siempre. —William suavizó un poco su voz—. ¿De verdad crees que puedes elegir a cualquier pretendiente? ¿No te das cuenta de que fue tu dinero lo que atrajo a Philmore? Al menos con Whitcliffe puedes conseguir algo sustancial a cambio.

—No quiero ser duquesa —le dijo Amelia—. No si para eso tengo que casarme con un viejo al que ni siquiera le gusto.

—Le gustarás cuando te conozca —le aseguró William—. No podrá evitarlo. Ya lo verás. —Se volvió hacia la puerta tirando de ella.

Jack vaciló, preguntándose si los argumentos de William habrían convencido a Amelia. No sabía si debía intervenir ahora que estaban allí sus hermanos.

—No, William. —Amelia se soltó la muñeca de un tirón—. No voy a ir contigo. Me marcho.

—Si huyes no tendrás nada, Amy. —Freddy estaba preocupado—. ¿Lo comprendes?

—Tendré mi libertad —respondió furiosa—. Prefiero morirme antes que casarme con Whitcliffe.

—Esta tontería ha ido demasiado lejos —gruñó William agarrándola de nuevo por la muñeca—. ¡Vas a volver conmigo ahí dentro, así que deja de actuar como una niña y empieza a comportarte como una duquesa!

—Suéltala, William. —Freddy cogió a Amelia por el otro brazo—. Eso lo tiene que decidir ella, no tú.

—Lo que tienes que decidir tú es si la ayudas o no —comentó Oliver a Jack—. ¿O esperas que cambie de opinión de repente y vuelva con Whitcliffe como un corderito?

—Para mí sería mucho más sencillo —murmuró Jack.

—Eso no lo niego —afirmó Oliver—. Pero yo creo que la muchacha lo tiene claro, y si esperas mucho más no podrás hacer nada para ayudarla. —Inclinó la cabeza hacia el estruendo de voces agitadas que salía de la casa.

Jack blasfemó.

—¡Suéltame, William! —ordenó Amelia a su hermano intentando librarse de él—. ¡Ahora!

—Yo creo que debería hacer lo que le pide.

William miró a Jack furiosa.

—No sé quién diablos es usted, pero si no quiere dormir esta noche en la cárcel le sugiero que suba a su carruaje y se largue. —Se dio la vuelta arrastrando a Amelia detrás de él.

En ese momento Jack levantó el faldón del chaqué de William sobre su cabeza, aprisionándole bajo la tela negra.

—¡Sube al coche! —le dijo a Amelia.

—Será mejor que conduzca rápido —aconsejó Freddy a Oliver—. Se oye cada vez más gente. —Miró a su hermana con cariño—. No te preocupes por papá y mamá, Amy —añadió animadamente—. Enseguida se tranquilizarán.

—Gracias, Freddy. —No podía imaginar que sus padres le perdonaran jamás la terrible escena que acababa de provocar.

—Vamos, Oliver. —Jack se sentó en el coche junto a Amelia y cerró la puerta de golpe.

—¡Agarraos! —Oliver chasqueó el látigo sobre los caballos y el carruaje desapareció en la noche.

—¡Alto! —gritó Percy saliendo por la puerta de la cocina con John Belford, lord Whitcliffe y una alborotada muchedumbre detrás de ellos—. ¡Vuelva!

—Se han ido por ahí —dijo Freddy señalando alegremente en dirección contraria.

—¡No le hagan caso! —La voz de William sonaba amortiguada debajo de su chaqué—. ¡Está mintiendo!

—No deberías beber tanto, William —le regañó Freddy—. Dices demasiadas tonterías. Estoy completamente seguro de que el coche se ha ido por ahí. —Señaló la ruta opuesta a la que acababa de indicar.

Lord Whitcliffe estaba a punto de estallar de furia.

—¿Por dónde han huido, maldito idiota?

—Por ahí. —Freddy volvió a señalar el camino equivocado—. Estoy seguro.

—Estás borracho —dijo John Belford indignado.

—No tanto como me gustaría estar. —Freddy hipó ruidosamente antes de darse la vuelta y abrirse paso entre la multitud de curiosos, dejando a su padre, su hermano y los pretendientes de Amelia mirando con frustración la oscuridad.

Capítulo 6

El carruaje avanzó por la noche sedosa a toda velocidad por delante de las mansiones iluminadas de Mayfair y Belgrave Square, con los acordes de Mozart y el aroma de las flores y la sabrosa comida flotando en el apacible aire estival. Al cabo de un rato las casas señoriales dejaron paso a los edificios de viviendas, por cuyas paredes se filtraban los duros sonidos y el hedor de la miseria humana. El llanto de los niños y los gritos de las parejas borrachas que discutían resonaban entre el olor a cañerías, berza cocida y carne podrida y el humo de miles de braseros y lámparas grasientas.

Amelia estaba encorvada entre los pliegues de su vestido de noche. No se atrevía a mirar a Jack, que iba frente a ella en silencio, quitándose los mechones de pelo blanco que le cubrían la cabeza, las cejas y las mejillas antes de limpiarse el maquillaje de la cara con un trapo húmedo. Iba mirando por la ventanilla del coche, abrumada por las consecuencias de lo que había hecho y el mundo desconocido al que debería enfrentarse ahora.

Aunque era tarde las calles por las que Oliver conducía el carruaje rebosaban actividad. Hombres y mujeres borrachas salían tambaleándose de las tabernas con gruesas botellas pegadas a sus infectas bocas. Las risas y los rugidos de furia llenaban la noche mientras los hombres se abalanzaban con torpeza sobre sus acompañantes femeninas, que consentían que les sobasen los pechos y babeasen contra sus labios con expresión fatigada.

«Prostitutas», pensó Amelia escandalizada.

Tragó saliva. El día anterior iba a casarse con lord Whitcliffe. Si lo hubiera hecho habría tenido que acostarse en su cama esa misma noche a cambio del título y los privilegios que habría conseguido al convertirse en su esposa. Había llorado amargamente por su compromiso, pero hasta que no decidió huir por el muro de la iglesia había aceptado en cierta manera su destino. Por desesperada que fuera su situación no se podía comparar con la de las mujeres desarrapadas y hambrientas que había en esas calles.

Al mirar su elegante vestido se sintió pequeña y avergonzada. Nunca había sabido lo que era pasar hambre de verdad, o temblar de frío sin ninguna esperanza de encontrar un refugio, o estar enferma sin la comodidad de una cama suave y limpia y la atención de los criados y un prestigioso médico. No sabía nada sobre las terribles vidas que debían soportar esas mujeres. Aunque se había atrevido a huir de su matrimonio, lo había hecho pensando en casarse con Percy y llevar una vida acomodada como esposa de un lord inglés.

¿Cómo podía juzgar a esas mujeres si no comprendía el carácter miserable de sus vidas?

—Métete en ese callejón, Oliver. —Jack estaba mirando por la ventanilla trasera hacia la calle por la que avanzaban.

—Es mejor que sigamos —gritó Oliver sobre el traqueteo de las ruedas del carruaje—. No han podido salir muy rápidos detrás de nosotros, y no esperarán que llevemos a la señorita Amelia por un nido de escoria como éste. Lo más probable es que anden aún por Mayfair, creyendo que van a encontrarla escondida en una de sus mansiones.

—Si nadie nos está siguiendo no importará que perdamos unos minutos —insistió Jack—. Para el coche por ahí.

Chasqueando la lengua con indignación, Oliver entró de mala gana en el callejón que Jack había indicado.

—Ya está. —El viejo cochero frunció el ceño—. Ahora nos arriesgamos a que nos corten el cuello aquí sentados con esos lustrosos diamantes que lleva la señorita Amelia. Deberíamos seguir...

De repente se detuvo al ver un elegante carruaje negro que pasaba por la calle que acababan de dejar. Entonces resonó un torrente de juramentos mientras los borrachos se apartaban dando tumbos para no acabar aplastados bajo las ruedas del lujoso vehículo.

—¡Percy! —jadeó Amelia.

—Me parece que está con tu fiel hermano William —dijo Jack secamente.

—Pero ¿cómo se les ha podido ocurrir buscarme por aquí?

Jack se encogió de hombros.

—Es probable que él y Percy salieran a toda prisa y preguntaran a la gente si habían visto un carruaje como éste. Después de decidir qué dirección hemos tomado, habrán llegado a la conclusión de que la forma más rápida de salir de Londres es en barco. Por eso van hacia el puerto.

—¿Y adónde vamos nosotros?

—Eso depende. ¿Tienes parientes aquí aparte de tu familia inmediata, Amelia? ¿Alguien que esté dispuesto a acogerte?

Ella movió la cabeza de un lado a otro.

—No tengo familia aquí, sólo mis padres y mis hermanos. Están todos en América.

Jack se lo imaginaba.

—Si regresas a América, ¿hay alguien con quien puedas quedarte? ¿Una tía, un tío, o quizá una prima cercana?

—Ninguno de mis parientes se atrevería a agraviar a mi padre permitiendo que me quede con ellos en contra de sus deseos. No es que no quisieran ayudarme —se apresuró a añadir—. Es sólo que mi padre ha sido muy generoso con todos; les ha comprado a muchos de ellos sus casas, o les ha dado trabajo en su empresa. Tienen un gran sentido de la lealtad hacia él...

—Y podrían perderlo todo si te acogen —concluyó Jack.

—Sí.

—Bien. ¿Y tus amigas? ¿Tienes alguna amiga a cuyos padres no les haya comprado la casa el tuyo, y que además no trabajen para él? ¿Alguien que pueda darte cobijo durante un tiempo hasta que decidas lo que quieres hacer?

Amelia estuvo pensando unos instantes.

—Me parece que no. Las únicas amigas que tengo las he conocido en los actos sociales que mis padres han organizado o a los que me han llevado, y eso significa que en la mayoría de los casos sus padres tienen alguna relación con los míos. Podrían estar dispuestas a arriesgarse, pero no puedo saberlo con certeza. Si pido ayuda a alguna de ellas quizá se sientan obligadas a ponerse en contacto con mis padres y decirles dónde estoy. Entonces mi madre haría que me embarcaran en el primer barco para Londres.

Jack se recostó en su asiento. Estaba empezando a notar un dolor sordo en la base del cráneo.

—¿No podría quedarme unos días aquí en casa de tus padres? —Amelia le miró esperanzada. Al menos Londres le resultaba familiar, y se encontraba a gusto con Beaton y Lizzie, que habían sido muy amables con ella al ayudarle a preparar su malogrado encuentro con Percy—. Te prometo que no causaré problemas...

—Es demasiado peligroso que te quedes en Londres, Amelia —dijo Jack con tono rotundo—. Tu fotografía estará en la portada de todos los periódicos mañana por la mañana, con todos los detalles de la enorme recompensa que tu familia ofrecerá por tu rescate. No podrás asomar la cabeza por la ventanilla del carruaje ni abrir la boca y revelar tu acento americano sin que alguien te persiga. Tenemos que sacarte de aquí.

—¿Por qué no llevamos a la muchacha a casa? —preguntó Oliver.

—No.

El viejo cochero frunció el ceño.

—¿Por qué no? Acabas de decir que no puede quedarse aquí, y tampoco puede volver a América. Estoy seguro de que la señorita Genevieve estaría encantada de ayudarla.

—No va a ir a casa de Genevieve, Oliver. No quiero implicarles a ella y a Haydon en esto.

—Entonces puede quedarse en tu casa. De todas formas apenas estás allí. —Oliver guiñó un ojo a Amelia, satisfecho por haber resuelto el problema.

—¿Dónde vives? —preguntó Amelia.

—Tengo una casa pequeña en Inverness —admitió Jack de mala gana—, pero no es muy...

—Es lo bastante cálida y confortable, si no le importa ver un montón de barcos, espadas y máscaras extrañas a su alrededor —intervino Oliver—. Cuando encendamos la chimenea y limpiemos un poco el polvo estoy seguro de que la encontrará acogedora.

—Claro que sí, Oliver —dijo ella esforzándose por parecer animada—. Suena muy bien.

No quería ir a Inverness. Nunca había estado en Escocia, pero en Londres todo el mundo decía que era un lugar frío y gris, y que la gente era ruda y nada refinada. Lo único que quería en ese momento era ir a casa. A la bonita mansión de su padre en la Quinta Avenida de Nueva York, cubierta de terciopelo y mármol y equipada con los últimos adelantos en agua caliente y luz eléctrica. O a la finca que tenía su familia en Newport, donde sus hermanos y ella habían jugado todos los veranos desde que podía recordar. En agosto el tiempo era allí espléndido, y había todo tipo de picnics, bailes y fiestas muy divertidas. Se echó a temblar a pesar del calor de la noche y del grueso manto de su vestido. Había sido una estúpida al pensar que iba a conseguir su libertad al huir de aquel salón con Jack.

Estaba descubriendo rápidamente que sin dinero no había libertad.

—No abusaré mucho tiempo de tu hospitalidad —le aseguró al darse cuenta de que no le agradaba mucho ser su anfitrión—. Intentaré buscar otro sitio para alojarme tan pronto como pueda.

Jack no dijo nada. La verdad era que no tenía ni idea de lo que iba a ser de ella. Amelia se encontraba en una situación muy delicada. Ya no tenía ninguna perspectiva de matrimonio. Siempre había vivido muy protegida, y no podía imaginar que fuera capaz de encontrar un trabajo para ganarse la vida. En unas horas toda Inglaterra y Escocia estarían buscándola por la gran recompensa que representaba su captura. La vida de Amelia Belford había dado un vuelco total, y él había participado en ese proceso.

¿Qué se suponía que iba a hacer ahora?

—Puedes quedarte en mi casa todo el tiempo que necesites —respondió—. No es muy lujosa, pero sí lo bastante cómoda.

—Gracias.

Jack se frotó las sienes para aliviar el dolor que le martilleaba la cabeza.

—Supongo que tu padre tendrá ya a la policía controlando todas las carreteras de Londres y registrando todos los trenes —reflexionó con gesto serio—, así que lo mejor será que vayamos en uno de mis barcos.

Ella le miró sorprendida.

—¿Tienes una flota?

—El muchacho tiene su propia compañía naviera. —Oliver sonrió con orgullo—. Seguro que ha oído hablar de la North Star Shipping Company.

Amelia movió la cabeza.

—Creo que no.

—¿No? —El viejo cochero parecía decepcionado—. Bueno, es cuestión de tiempo. Nuestro Jack ha amado el mar desde que era un mozalbete, y se está haciendo un nombre en la industria naviera británica.

—¿En serio? —Amelia miró a Jack con admiración—. Eso no lo habías mencionado.

Jack se encogió de hombros, disgustado por el modo en que Oliver estaba exagerando. Poseía un total de cinco barcos, uno de los cuales estaban reparando, y por lo tanto no podía navegar, y otro que al ser un buque de vela no tenía mucha demanda.

—No me has preguntado a qué me dedico.

—Cuando le pregunté a lord Whitcliffe cómo había hecho su familia su fortuna se quedó atónito —explicó Amelia—. Me dijo que en Inglaterra las damas no se interesan por esas cuestiones. Se considera vulgar. En América es diferente, por supuesto. Los hombres hablan de sus negocios y de sus inversiones con cualquiera que esté dispuesto a escucharles. A mi padre le encanta contar a la gente que era un humilde granjero antes de llegar a la ciudad y montar su empresa ferroviaria, que ahora es una de las más grandes del país —sonrió con ternura—. Tiene los dedos de los pies torcidos por llevarlos apretados en los zapatos viejos de su hermano mayor. Con nueve hijos que alimentar no se podían comprar zapatos nuevos. Cuando bebe más de la cuenta se quita los zapatos para enseñar los pies a la gente, y mi madre tiene que ir corriendo para impedírselo. Ella odia que cuente esa historia. Le gusta fingir que los dos provienen de familias acomodadas, lo cual no es cierto. Era hija de un pobre verdulero, pero preferiría morirse antes de reconocerlo.

—Ser pobre no es ninguna vergüenza —afirmó Oliver—. Suele ser más vergonzoso ser rico.

—Yo creía que las cosas eran diferentes en América —comentó Jack—. Que la gente no te medía por tus orígenes sino por lo que conseguías hacer en la vida.

—Allí es diferente —le aseguró Amelia—. Pero la gente también da importancia a la antigüedad de tu fortuna; no por cientos de años, desde luego, pero se tiene en cuenta si es la primera, la segunda o la tercera generación. Aquí los hombres hablan de sus antiguas propiedades y de sus ilustres linajes. Incluso presumen de tener algún antepasado que supuestamente era hijo ilegítimo de un rey. Pero si les preguntas por sus negocios reaccionan como si estuvieses intentando descubrir algún terrible secreto familiar.

—Eso es porque muchos tienen problemas económicos —respondió Jack—. Y muy pocos están dispuestos a trabajar y a ganar dinero con su esfuerzo. Prefieren quedarse en el Club Marbury emborrachándose y esperando que caiga una fortuna sobre su regazo.

—Por ejemplo casándose con una heredera. —Amelia movió la cabeza con aire apesadumbrado—. Debes pensar que soy una idiota por haber confiado en Percy.

Jack no dijo nada.

—He sido una idiota —reconoció con una franqueza conmovedora—. Pero mi padre dice que no hay que avergonzarse por cometer errores siempre que aprendas de ellos.

—Un tropezón te ayuda a amortiguar la caída —añadió Oliver con tono filosófico—. Y si no te tropiezas nunca, ¿cómo vas a aprender a andar? —Se rió entre dientes—. Nuestro Jack se tropezaba tanto que la señorita Genevieve temía que acabara en la cárcel o algo peor. Gracias a su fuerza de voluntad y a la suerte el muchacho consiguió mantenerse un paso por delante de la ley; a eso y a la increíble rapidez de sus pies. Una vez, cuando tenía quince años, él y otros chavales decidieron desvalijar una tienda en Inveraray...

—Ya es hora de que continuemos —le interrumpió Jack bruscamente—. Lord Philmore y tu hermano ya han debido darse cuenta de que no hemos ido al río y estarán buscándonos por otra parte.

Amelia se mordió el labio.

—¿Y si aún están allí?

—No se preocupe. Puedo dar la vuelta a este viejo carruaje y ocultarla en las sombras tan rápido como un rayo —le aseguró Oliver—. ¿No la he traído sana y salva a este callejón?

—Así es. —Amelia sonrió—. Ha sido una maniobra muy hábil, Oliver.

—Muchas gracias —respondió complacido—. Cuando lleguemos a Inverness le enseñaré a escapar de cualquier problema. Se me da muy bien, y se lo digo yo. ¿Quién cree que ayudó al muchacho a buscar un disfraz tan bueno?

—Era muy convincente —reconoció Amelia—. Cuando Jack me cogió la mano y comenzó a bailar pensé que uno de los criados de lord Wilkinson se había vuelto loco.

—No irá a ningún sitio del que necesite escapar —afirmó Jack.

Oliver se rascó la cabeza.

—Muy bien. Pero tampoco pasa nada por que aprenda un par de trucos de los míos. —Después de guiñar un ojo a Amelia tiró de las riendas y puso el carruaje en marcha antes de que Jack pudiera responder.

El Támesis era una inmensa franja negra de agua encrespada con las orillas cubiertas de barcos que crujían al tirar de las gruesas cuerdas que los mantenían amarrados a los muelles. El río era un profundo abismo de oscuros secretos, un agitado embalse de agua turbia y vida marina que luchaba por sobrevivir entre el fétido flujo de las alcantarillas que arrastraban los desechos de la población de Londres por un pútrido laberinto de ladrillo carcomido y desagües atascados. Varios pretendientes de Amelia la habían llevado a pasear en sus carruajes por el Támesis en tardes luminosas, cuando el sol se reflejaba sobre sus aguas ahumadas como una lluvia dorada. Entonces le había parecido hermoso. Esa noche le pareció siniestro y amenazador, con su salobre hedor penetrándole por la nariz y la garganta hasta provocarle náuseas.

—Ya hemos llegado —dijo Oliver deteniendo el coche—. Sólo están los dragadores trabajando. —Señaló un desvencijado bote que se balanceaba sobre la superficie del agua. En la parte trasera de la embarcación había dos hombres lanzando una red de arrastre a las oscuras profundidades.

Jack bajó de un salto del carruaje y miró a su alrededor. Esparcidos por los muelles, entre los gruesos muros de cajas y barriles, había durmiendo grupos de hombres, mujeres y niños que no habían encontrado cobijo en uno de los miles de albergues de la ciudad. Hacía una noche tan cálida que dormir al aire libre era preferible a estar apiñado en una sórdida habitación con más de treinta cuerpos malolientes. Allí había que pagar por el privilegio de compartir una cama infestada de pulgas con tanta gente como pudiera caber en ella, o por tumbarse en el suelo sobre un grasiento montón de harapos entre los estrechos huecos de las camas. En cada habitación había un cubo oxidado con una repugnante mezcla de orina, vómitos y heces en el que se aliviaban los ocupantes nocturnos.

Cuando Jack vivía en las calles de Inveraray los albergues de Devil's Den eran muy parecidos. En verano siempre dormía fuera, a no ser que encontrara refugio en un establo o un cobertizo. El olor del estiércol de los animales era preferible al terrible hedor que generaba la pestilente aglomeración de seres humanos encerrados en un cuartucho.

—¿Por qué están esos hombres pescando tan tarde? —preguntó Amelia.

Jack miró a los tipos que echaban la red al río.

—No están pescando. Están dragando.

—¿Dragando?

—El lecho del río.

Amelia frunció el ceño desconcertada.

—¿Qué están buscando?

—Cualquier cosa que haya tenido la desgracia de acabar ahí abajo —le informó Oliver bajando con dificultad del pescante.

—¿Qué esperan sacar del río?

—Principalmente cadáveres —respondió Oliver con tono animado—. Algunas noches el río está cargado de ellos.

Amelia se quedó boquiabierta.

—¿Se cae la gente al agua?

—Si van muy borrachos, sí —replicó Oliver tranquilamente—. Algunos se tiran porque quieren, y a otros les dan un pequeño empujón. Los dragadores los sacan para ver si hay una recompensa por encontrarlos. Pero antes les vacían los bolsillos. No creen que tenga nada de malo coger lo que llevan encima, sobre todo cuando la policía hace lo mismo si se le presenta la oportunidad.

—¿Roban a los muertos? —Le parecía una idea atroz.

—No lo ven como un robo —explicó Oliver para ayudarla a comprenderlo—. Es una especie de gratificación por encontrarlos y ponerlos en manos de las autoridades. Y como los pobres desgraciados ya no necesitan lo que tienen no les hacen ningún daño. Esto es un negocio, y esperan cobrar por su trabajo.

—Ten cuidado. —Jack tendió la mano a Amelia para ayudarla a bajar del carruaje. Quería llevarla a su barco sana y salva antes de que los dragadores sacaran un cuerpo del agua, si tenían la suerte de encontrar alguno.

—¿Ése es tu barco? —Amelia miró asombrada el desvencijado buque de carga que estaba amarrado al final del muelle. La pintura del oxidado casco se caía a pedazos, y de la destartalada chimenea salía un negro penacho de humo grasiento—. Parece muy viejo.

—El *Liberty* ha llevado mercancías a Singapur, Hong Kong, la India y las Indias Occidentales —le informó Jack con tono crispado—. Puede que no sea el tipo de embarcación en el que estás acostumbrada a viajar, pero tendrá que valer. —Se dirigió hacia el barco dejando atrás a Amelia.

—Perdóname, no quería insultarte. —Se disculpó ella al darse cuenta de que le había ofendido—. Estoy segura de que es un buen barco —añadió poco convencida mientras intentaba alcanzarle.

—Parece que está echando mucho humo —Oliver frunció el ceño al ver la humareda cada vez más espesa que cubría el buque.

Jack continuó andando mientras observaba el velo negro que se estaba formando en el cielo estrellado.

—No debe zarpar hasta pasado mañana. El viaje a Inverness retrasará su carga, pero después de dejarnos puede volver a...

De repente estalló una bola de fuego que iluminó la oscuridad con una ardiente tormenta de oro y cobre. El intenso calor de la explosión les azotó con una fuerza abrasadora. Jack agarró a Amelia y se lanzó al suelo, protegiéndola con su cuerpo de la deflagración.

—¡Agáchate! —gritó a Oliver.

Oliver se tumbó sobre el muelle y se tapó la cabeza con las manos mientras en el *Liberty* resonaba otra explosión. Una reluciente lluvia de chispas inundó el cielo antes de caer sobre las negras aguas del río.

—Alabado sea Dios —exclamó Oliver arriesgándose a echar un vistazo.

Amelia tenía la cara hundida en el musculoso pecho de Jack. Era plenamente consciente de todo lo que le rodeaba, desde el picor del aire cargado de humo hasta el áspero roce de la chaqueta de lana de Jack contra su mejilla. Él estaba tendido sobre ella, con las piernas entrelazadas con las suyas y los poderosos brazos sujetándola al suelo. Durante un largo rato se quedó paralizada, sintiendo el latido de su corazón contra su pecho y el cálido aliento en su pelo.

—¿Estáis bien? —Jack se incorporó sobre los codos sin dejar de proteger a Amelia por si acaso había otra explosión.

—Yo estoy perfectamente —dijo Oliver levantándose con dificultad—. No te preocupes por mí.

—Yo también estoy bien —respondió Amelia con un leve temblor en su voz.

Jack la observó un momento, como si no la creyera. Tenía el pelo extendido en mechones dorados sobre las rugosas tablas del muelle, con el pecho asomando por el cuello de su vestido. No intentó librarse de su abrazo, aunque tenía una pierna apoyada entre sus muslos y las manos sobre sus hombros. Las luces y las sombras se reflejaban en su piel cremosa, iluminándola con ráfagas de ámbar y coral. Jack se dio cuenta de que el *Liberty* estaba en llamas, pero no se molestó en darse la vuelta para mirarlo. Aunque su barco estaba casi destruido parecía algo distante comparado con las extraordinarias sensaciones que le invadían. Sólo podía pensar en lo pequeña y suave que era Amelia mientras estaba tendida debajo de él, con su esbelto cuerpo contra el suyo, llenándole, acariciándole, removiendo su sangre hasta que sólo deseó probar sus labios mientras sus manos recorrían sus exuberantes curvas.

Se apartó horrorizado y se puso de pie. La tripulación. Echó a correr hacia el barco incendiado.

—Permítame ayudarla —dijo Oliver ofreciendo su mano a Amelia.

—¡Oh, no! —exclamó ella—. ¡Mira!

Unas dos docenas de hombres habían subido a la cubierta del *Liberty* desde los niveles inferiores, y estaban mirando el fuego desconcertados preguntándose si debían intentar apagarlo.

—¡Bajad del barco! —vociferó Jack debajo de ellos—. ¡Rápido!

Los hombres corrieron hacia la popa del *Liberty*, donde una rampa unía el buque al muelle, pero un ardiente muro de fuego y humo les bloqueó el paso.

—¡Saltad al agua! —gritó al ver que resultaba imposible atravesar las llamas.

Las explosiones habían despertado a los hombres, mujeres y niños que unos momentos antes estaban durmiendo tranquilamente en los muelles. Los dragadores también habían dejado su miserable trabajo, y remaban hacia el barco para intentar sacar del río cuerpos vivos en vez de muertos.

La tripulación del *Liberty* comenzó a trepar al pretil de la parte delantera del barco, dudando apenas un segundo antes de lanzarse a las frías aguas. La caída podía ser dolorosa, pensó Jack, pero no mortal.

—¡Echadles algo a lo que se puedan agarrar! —ordenó a los hombres, mujeres y niños harapientos que se habían acercado a ofrecer su ayuda—. ¡Cuerdas, barriles, cajas, lo que podáis encontrar!

Todo el mundo se puso a trabajar inmediatamente arrastrando pesados rollos de cuerda y barriles y lanzándolos al agua. Amelia y Oliver dieron la vuelta a un barril antes de hacerlo rodar por el borde del muelle. Uno de los marineros fue nadando hasta agarrarse a él mientras otros intentaban alcanzar las cuerdas que les tiraban desde arriba.

—Vosotros dos, venid conmigo —indicó Jack a un par de jóvenes corpulentos—. Vamos a coger ese bote para sacarlos del agua.

—¡Mira, Jack! —gritó Amelia señalando.

En la cubierta del *Liberty* había un muchacho de unos trece años que estaba intentando desesperadamente reunir el valor necesario para lanzarse del barco.

—¡Salta! —Jack corrió al borde del muelle para que el muchacho pudiera verle—. ¡Salta sin pensarlo!

El chaval se encaramó al pretil y miró aterrorizado las encrespadas olas.

—¡Venga, Charlie! —le animó uno de los marineros desde el agua.

—¡No está tan lejos! —gritó otro.

—Te cogeremos en cuanto caigas al agua —añadió un tercero.

Gimoteando, el muchacho cerró los ojos.

De repente hubo otra explosión que sacudió el barco violentamente. El muchacho lanzó un grito al caerse hacia delante, moviendo desesperado las piernas mientras intentaba agarrarse de nuevo al pretil. Con un esfuerzo colosal se levantó y regresó a la cubierta.

—¡No sé nadar! —dijo aterrado.

—¡No importa! —respondió Jack—. ¡Te sacaremos del agua, te lo prometo!

Charlie miró las oscuras profundidades y movió la cabeza.

—No puedo —sollozó.

—¡Dios mío! —A Amelia se le encogió el corazón.

—Tiene que saltar —afirmó Oliver—. Si no lo hace morirá abrasado.

—Acercad ese bote y empezad a sacar hombres del agua —ordenó Jack a los dos jóvenes que había elegido mientras se aflojaba el pañuelo del cuello—. Enseguida vuelvo.

Amelia observó cómo se ataba el pañuelo alrededor de la nariz y la boca.

—¿Qué estás haciendo?

—Voy a buscar a ese chico.

—No estarás pensando en atravesar el fuego, ¿verdad?

—Si no voy a buscarle morirá —se limitó a responder.

Subió corriendo por la rampa a la cubierta del barco mientras se quitaba la chaqueta. Un terrible calor le abrasó los pulmones al acercarse al humeante infierno del *Liberty*. Examinó el fuego unos instantes para ver si había algún hueco entre las llamas, o al menos un lugar donde ardiera con menos furia. Inhalando una bocanada de aire caliente levantó su chaqueta para protegerse la cara y luego se adentró en la espesa nube de humo y llamas.

—Está loco —dijo un hombre que había en el muelle.

—No lo conseguirá —vaticinó otro—. Si no le atrapa el fuego lo hará el humo.

Amelia estaba con los puños apretados a los lados del cuerpo esperando a que apareciera Jack. El corazón le latía atropelladamente contra el pecho, y se había quedado sin aliento. Lo único que podía hacer era observar angustiada las inmensas llamaradas que se elevaban con una belleza grotesca sobre el barco.

Y entonces, cuando estaba convencida de que Jack había muerto, salió de repente del valle de fuego.

Tirando al suelo su chaqueta, Jack se encogió y tosió con dificultad, intentando expulsar el humo y el calor de sus pulmones. Luego se arrancó el pañuelo de la cara y aspiró unas bocanadas de aire un poco más fresco antes de correr hacia el muchacho que estaba acurrucado en la proa del barco.

—Hola, Charlie —dijo con una calma que contrastaba con la gravedad de la situación—. Ya es hora de que salgamos de aquí, ¿no te parece?

—¡No voy a pasar por el fuego!

—Yo tampoco. Acabo de hacerlo y no me ha parecido una experiencia muy agradable.

—¡Tampoco voy a saltar! ¡No sé nadar!

—No dejaré que te ahogues. Te doy mi palabra.

Charlie le miró desesperado, con los ojos llenos de pánico.

—Intentará empujarme —dijo con tono acusatorio.

—No lo haré —le prometió Jack—. Eres un hombre, Charlie, no un niño. Puedes morir si quieres. Si prefieres quedarte aquí y quemarte vivo respetaré tus deseos. ¿Es eso lo que quieres?

El muchacho movió la cabeza de un lado a otro.

—Entonces dame la mano.

Charlie gimoteó antes de coger la mano de Jack.

—Bien. —Jack le sujetó con firmeza—. Ahora vamos a subir juntos al pretil, y luego saltaremos del barco. Eso es todo lo que hay que hacer.

Muerto de miedo, Charlie dejó que Jack le condujera al pretil. De repente se quedó paralizado, agarrando con una mano la barandilla y con la otra a Jack.

—Me ahogaré —susurró mirando hacia abajo.

—No. Durante unos segundos volarás por los aires, y luego caerás al agua. Contén la respiración y mantén la boca y los ojos cerrados. Yo te cogeré y te sacaré. ¿Estás listo?

Charlie le miró aterrado, pero asintió.

—Muy bien. Entonces vamos allá.

Amelia contempló impresionada cómo saltaban del barco con las manos agarradas. Charlie lanzó un grito desgarrador que quedó ahogado por la sacudida del agua. Los dos desaparecieron durante unos segundos interminables, dejando la noche en un silencio sobrecogedor.

Luego Jack salió de golpe del agua con Charlie, que jadeaba con dificultad.

Los hombres y mujeres que estaban apiñados en los muelles y aferrados a cajas y barriles en el agua estallaron en una clamorosa ovación. Sujetando con firmeza al chico, Jack fue nadando hasta el bote que iba a recogerlos y ayudó a los hombres que lo llevaban a subir a Charlie a bordo. Luego subió él y se puso a trabajar inmediatamente para sacar del río al resto de la tripulación.

—Has hecho algo magnífico, muchacho —dijo Oliver con voz ronca cuando Jack volvió por fin al muelle calado hasta los huesos—. Estoy muy orgulloso de ti.

Amelia, que había estado ayudando a los hombres y a las mujeres a repartir sus raídas mantas entre los miembros de la tripulación, se acercó corriendo y le miró con ansiedad.

—¿Estás bien?

El bonito pelo que antes llevaba bien recogido le caía enmarañado sobre los hombros, tenía las manos y las mejillas manchadas, y su elegante vestido estaba hecho jirones. Sin embargo, a Jack le pareció que estaba extraordinariamente bella.

—Estoy bien.

—La tripulación está a salvo, señor Kent —dijo un hombre delgado de unos treinta y cinco años con el pelo gris—. Pensábamos que faltaban Evans, Lewis y Ritchie, pero los acabamos de encontrar; estaban por las tabernas cuando el *Liberty* se incendió.

—¿Dónde estaba todo el mundo cuando comenzó el fuego, capitán MacIntosh? —preguntó Jack.

—La mayoría se había retirado a dormir —respondió el capitán—. Como el *Liberty* debía zarpar pasado mañana, estos días hemos trabajado muy duro para cargar las mercancías y prepararlo todo. La mayoría de los hombres estaban demasiado cansados para ir a... —miró con incomodidad a Amelia al ver sus joyas y su caro vestido— divertirse —concluyó delicadamente.

—¿Quién estaba de guardia?

—Davis y Patterson. Ya he hablado con ellos. Dicen que hace alrededor de una hora pasó un carruaje con dos tipos muy elegantes. Le preguntaron a Davis si había visto otro coche por delante del suyo. Él les dijo que no y siguieron su camino. Aparte de eso no ha pasado nada raro.

Al ver que Amelia se ponía pálida Jack se dio cuenta de que tenía que sacarla enseguida de allí. Aunque dudaba que los marineros y los hombres y mujeres que habían estado durmiendo en los muelles fueran capaces de leer un periódico, era posible que alguien hubiera visto su foto y supiese que había una recompensa por su captura. Con su vestido de noche y las relucientes joyas que llevaba, sin duda alguna estaba despertando su curiosidad, sobre todo ahora que la tripulación del *Liberty* se encontraba a salvo.

—Es muy probable que el fuego se iniciara en la sala de máquinas —señaló el capitán MacIntosh—. Debe haber explotado la caldera.

—Es difícil que la caldera explote con el barco atracado —comentó Jack.

—Entonces ha tenido que ser el cargamento de carbón —afirmó el capitán—. Suele soltar gases peligrosos cuando se apila en las bodegas. A veces comienza a arder y de repente estalla.

—O una lámpara que se ha prendido fuego con los gases —sugirió Oliver.

Jack no dijo nada. Sabía bien que los incendios provocados por el carbón destruían una gran cantidad de barcos británicos todos los años. Por eso no le gustaba mucho transportar carbón. Pero era uno de los productos británicos que más se exportaba, y como propietario de una compañía naviera emergente no podía permitirse el lujo de seleccionar demasiado las mercancías. Sin embargo, no creía que fuera la causa del incendio del *Liberty*.

Alguien estaba intentando hundir su compañía, y con la pérdida del *Liberty* había estado a punto de conseguirlo.

—Estará ardiendo casi toda la noche —dijo Oliver—. No podemos hacer nada por él.

—Es una lástima. —El capitán MacIntosh miró el barco con tristeza—. No tenía muy buen aspecto, pero era un buen buque. Le quedaban por lo menos otros diez años de vida.

Jack echó un vistazo a la gente que estaba concentrada en los muelles y se preguntó si alguno de ellos habría participado en la destrucción de su barco. Incluso era posible que los saboteadores estuvieran entre la tripulación. Buscó alguna señal de Quinn o sus hombres, pero no los vio. Había ordenado a Lionel Hobson que despidiera a Quinn, pero sólo después de encontrar otro equipo. No era muy probable que hubiera podido hacerlo en tan poco tiempo, pero ya no importaba. Con o sin vigilancia, el *Liberty* había sido destruido junto con su mercancía.

Era un golpe terrible.

—¿Qué piensas hacer ahora, muchacho? —preguntó Oliver.

—Podríamos volver a casa de tus padres —propuso Amelia esperanzada.

Jack movió la cabeza.

—El *Charlotte* está anclado cerca de aquí. Iremos en él. Capitán MacIntosh, necesito que elija a un hombre de confianza que sepa conducir un carruaje para que venga con nosotros y vuelva a llevar el coche a casa de mis padres —prosiguió—. El resto de la tripulación se puede marchar. Mañana por la mañana vaya a mi oficina y dígale a Hobson lo que ha ocurrido. Debería ponerse en contacto con nuestro cliente y decirle que nuestra compañía de seguros cubrirá la pérdida de sus mercancías. También debería informar a las autoridades para que hagan un informe —«aunque no sirva de nada», pensó para sus adentros—. Dígale a Hobson que me llevo el *Charlotte*. Me pondré en contacto con él en cuanto esté disponible otra vez por si acaso alguien quiere contratarlo.

—Sí, señor. —El capitán MacIntosh miró el barco en llamas durante un largo rato—. Lo siento, señor —se disculpó con tono grave—. El *Liberty* estaba bajo mi responsabilidad. Les he fallado a él y a usted.

—Superaremos esto, capitán —dijo Jack animadamente para atenuar la gravedad de la situación. El capitán MacIntosh era un buen hombre y un excelente marino, y no creía que hubiese tenido nada que ver con la destrucción del *Liberty*—. No ha habido bajas en la tripulación, y eso es lo más importante. Por desgracia, no hay ninguna vacante de capitán en el resto de mis barcos. Pero en cuanto encuentre un buque para sustituir al *Liberty* me pondré en contacto con usted.

—Gracias, señor.

Ni remotamente se podía permitir el lujo de comprar otro barco, y el seguro del *Liberty* no era suficiente para reemplazarlo. Pero Jack no quería que nadie supiera que esa pérdida podía arruinarle. Si se extendiera la noticia estaría definitivamente hundido.

—Aquí tiene algo de dinero. —Sacó unos billetes mojados de su cartera—. Si alguno de los hombres no tiene dónde ir esta noche encárguese de que les den cobijo y comida caliente. Me aseguraré de que reciban una compensación por perder su trabajo, pero mientras tanto tendrán que buscar otro empleo. Desgraciadamente no tengo otro barco para recolocarlos.

—Lo comprenderán, señor. Gracias.

Jack se dio la vuelta y ofreció su brazo a Amelia.

—¿Vamos?

Ella miró a los hombres, mujeres y niños harapientos que seguían apiñados alrededor de la tripulación, compartiendo con ellos sus raídas mantas y unos tragos de sus preciadas botellas de alcohol barato.

Entonces se quitó uno de sus pendientes de esmeraldas y se lo dio al capitán MacIntosh.

—¿Cree usted que vendiendo esto podrá conseguir suficiente dinero para proporcionar a esta gente algo de comida y mantas limpias?

El capitán MacIntosh la miró asombrado.

—No es necesario... —comenzó a decir Jack.

—No me iré hasta que el capitán me asegure que mañana por la noche esta gente tendrá pan y mantas —insistió Amelia—. Si no lo hace me quedaré aquí y me ocuparé de ello yo misma.

Oliver torció la boca con expresión divertida.

—Yo no discutiría, muchacho. Ya sabes cómo es la chica cuando se le mete algo en la cabeza.

Jack suspiró.

—Lleve el pendiente a Hobson y dígale que venga aquí mañana por la noche para repartir mantas, pan, queso y carne seca a todo el mundo. —No especificó lo que debía hacer Hobson con el pendiente. Recordó que era un regalo del padre de Amelia, y no quería que perdiera una de las pocas cosas de valor que le quedaban de su antigua vida. Pagaría él mismo las provisiones.

—Y fruta —añadió Amelia—. Los niños deben comer fruta.

—Y fruta —repitió Jack.

—Los niños necesitan también zapatos nuevos —prosiguió Amelia—. Y calcetines para que no se les formen ampollas.

Jack la miró con incredulidad. En el muelle había por lo menos cincuenta niños. Equiparlos a todos con calcetines y zapatos nuevos costaría una fortuna.

—Tenga. —Amelia se dio cuenta de que lo que estaba pidiendo podría costar más que un pendiente—. Le darán más por ellos si los vende juntos. —Dejó caer el otro pendiente en la mano del capitán—. Las piedras tienen un color excelente, y a mí me complacerá saber que han servido para vestir y dar de comer a esta gente. —Le miró ilusionada—. Quizá le llegue también para comprar a las mujeres chales nuevos.

—Gracias, señora —dijo el capitán MacIntosh estupefacto—. Estoy seguro de que apreciarán su generosidad. ¿Quién les digo que es su benefactora?

—La señora prefiere mantenerse en el anonimato —terció Jack

rápidamente. Luego cogió a Amelia del brazo y comenzó a llevarla hacia el coche antes de que le dejara totalmente arruinado.

—Dígales simplemente que esta noche se ha cruzado un ángel en su camino —repuso Oliver riéndose—. Un hermoso ángel.

Después se dio la vuelta para seguir a Jack y Amelia, dejando a todos los demás perfilados contra el resplandor del barco en llamas.

Capítulo 7

—Un paso más y te lleno de agujeros para que las ratas te roan hasta los huesos.

Al mirar hacia arriba Jack vio a un hombrecillo con el pelo rojo enmarañado apuntándole con un rifle.

—Buenas noches, Henry. He venido a sacar el *Charlotte* a pasear.

El hombrecillo le miró con los ojos entrecerrados empuñando aún su arma.

—¡La madre que me parió! —exclamó—. ¡Drummond! ¡Finlay! ¡Venid aquí cagando leches y poned la plancha! ¡Ha venido el capitán Kent, y también Oliver por lo que parece!

—Cuidado con ese lenguaje, Henry —le regañó Oliver con el ceño fruncido mientras bajaba del coche—. Hay una dama presente.

—¿Una dama? —Henry parecía sorprendido—. No estaréis pensando subirla a bordo, ¿no?

—Así es —dijo Jack.

Henry se quedó asombrado al ver a Amelia descender del carruaje y fijarse en su singular belleza y la extravagancia de su vestido y sus joyas.

—La madre que...

—¡Ya basta! —rugió Oliver—. ¡Una blasfemia más y te restriego la lengua con jabón!

—Perdóneme, señora —se disculpó Henry avergonzado—. He pasado demasiado tiempo navegando para recordar que debo morderme la lengua cuando hay cerca una dama.

—No se preocupe. —Amelia sonrió divertida al hombre diminuto de mediana edad—. No es la primera vez que oigo ese lenguaje pintoresco, y no me molesta.

Jack la miró con curiosidad.

—¿Dónde has oído ese tipo de lenguaje?

—No olvides que mi padre es de origen humilde —le recordó Amelia—. Siempre lanza una blasfemia o dos cuando ponen a prueba su paciencia.

—A juzgar por la forma en que habéis salido de ese baile, apuesto a que esta noche ha soltado unos cuantos tacos —dijo Oliver riéndose entre dientes.

—Buenas noches, señora. —Henry hizo una torpe reverencia mientras Jack ayudaba a Amelia a subir a bordo—. Yo soy Henry, éste es Drummond y ése es Finlay —dijo señalando a dos hombres de aspecto rudo que estaban inclinados junto a él mirándose solemnemente las rodillas.

—Buenas noches, caballeros —respondió Amelia como si le acabaran de presentar a tres lores en un baile—. Lamento las molestias que les hayamos podido ocasionar al llegar sin previo aviso.

—No es ninguna molestia —le aseguró Finlay levantándose. Era un tipo alto y larguirucho de unos veinticinco años, que llevaba el grasiento pelo negro atado con una cinta de cuero.

—No estábamos haciendo gran cosa. —Más pequeño de estatura y cinco veces más ancho, Drummond resultaba impresionante con sus brazos musculosos, la cabeza rapada y un grueso aro de oro colgando de una oreja—. Sólo estábamos viendo el fuego que hay río abajo.

—Ha estallado como un petardo. —Henry movió la cabeza afligido—. Es terrible perder un barco en un incendio.

—Desgraciadamente es el *Liberty* —les dijo Jack.

—¡No! —Finlay abrió los ojos de par en par—. ¿Qué ha pasado?

—No está claro cómo ha comenzado el fuego, pero sospecho que ha sido otro ataque de esos vándalos.

—¡Malditos canallas! —exclamó Henry agarrando su enorme rifle—. ¡Como se les ocurra acercarse al *Charlotte* les vuelo la tapa de los sesos! —Su cara se iluminó de repente—. ¿Quiere que vaya a buscarlos?

—Lo más probable es que se hayan ido, Henry —respondió Jack.

El hombrecillo parecía decepcionado.

—¿Y si disparo unas cuantas veces al aire como advertencia?

—No es necesario.

—¿Está seguro?

—Sí.

Henry murmuró algo en voz baja.

—¿Ha habido heridos? —preguntó Drummond.

—Todo el mundo está a salvo, pero el barco ha quedado destruido —respondió Jack—. Por eso vamos a ir en el *Charlotte* a Inverness esta noche. Espero que esté la tripulación a bordo para hacer el viaje.

—Por supuesto —le aseguró Henry entusiasmado—. Y llevan varias semanas impacientes por salir a navegar.

—Están abajo roncando como bebés, pero en cuanto toque esa campana vendrán corriendo. —Finlay se acercó a una enorme campana de cobre.

—Preferiría que los despertaras tranquilamente, Finlay —dijo Jack—. No quiero llamar la atención cuando salgamos.

Henry arqueó una ceja intrigado.

—¿Vamos a zarpar de incógnito?

—Entonces ¿les están siguiendo? —preguntó Drummond.

—A la muchacha —afirmó Oliver—. Mientras hablamos hay unos canallas que la están buscando, y ella no quiere que la encuentren.

—No tema, señora. —Henry levantó de nuevo el rifle—. Si se atreven a asomar sus feas caras por aquí mandaré a esos cabrones a...

—¡No! —jadeó Amelia.

Él la miró desconcertado.

—¿No quiere verlos muertos?

—La verdad es que no. Pero se lo agradezco —añadió cortésmente para que no pensara que no apreciaba su gesto—. Es muy amable.

Henry bajó su arma una vez más de mala gana.

—¿Me lo dirá si cambia de opinión?

—Lo haré.

—Finlay, despierta al resto de la tripulación y diles que ocupen sus puestos —dijo Jack. Aunque no creía que Percy y William volvieran a los muelles, era posible que a esas horas el padre de Amelia tuviera a las autoridades rastreando la ciudad. Y lo último que necesitaba era que Henry disparara a un policía asustado—. Drummond, suelta las amarras. Nos vamos.

—¡Sí, capitán!

Los somnolientos marineros del *Charlotte* subieron corriendo a cubierta y se pusieron a trabajar. Jack les iba dando órdenes desde el timón, guiando hábilmente su barco por el oscuro paso del Támesis mientras Londres dormía. Amelia se acomodó en una esquina para no molestar a nadie y le observó en silencio desde las sombras.

Estaba con sus largas piernas separadas y las manos en el timón, imperturbable ante el frío viento que agitaba su ropa mojada. Lo único que le quedaba del uniforme de criado que se había puesto para colarse en el baile de los Wilkinson eran los pantalones oscuros y la camisa blanca, que llevaba abierta y remangada, mostrando sus brazos musculosos y el fuerte pecho bronceado. El húmedo pelo negro se le había rizado en el cuello, y el vello del pecho le bajaba por el vientre antes de desaparecer bajo la estrecha cintura de sus pantalones. Tenía una expresión enérgica mientras conducía su magnífico barco por las oscuras aguas bañadas por la luna, moviendo el timón con una seguridad que demostraba tanto su destreza como marino como el amor que sentía por su barco.

Era un hombre capaz de disfrazarse de obrero o criado, y de adoptar con una gran facilidad las maneras y la forma de hablar de los personajes que emulaba. Había disfrutado de una vida privilegiada como hijo de los marqueses de Redmond, y sin embargo despreciaba a los nobles, una dicotomía que Amelia no comprendía. Además tenía una compañía naviera, lo cual significaba que se ocupaba de los contratos y las negociaciones necesarias para dirigir una flota de barcos. Pero era evidente que también gobernaba esos barcos de vez en cuando, y a juzgar por el respeto que le mostraba la tripulación cumpliendo inmediatamente sus órdenes no lo hacía nada mal. Por otro lado, era un hombre que a pesar de sus modales bruscos se preocupaba por el bienestar de los demás, aunque apenas los conociera. Amelia lo supo desde el momento en que la ayudó a escapar.

Pero no comprendió lo profunda que era su generosidad hasta esa noche, cuando atravesó el fuego para dar la mano a un muchacho y saltar de la cubierta de un barco en llamas.

—¿Has comido algo esta noche? —dijo al darse cuenta de que Amelia estaba allí.

—No tengo hambre.

Él frunció el ceño.

—¿Has comido algo hoy?

—Esta mañana tomé un té con tostadas.

—¿Eso es todo?

—Es suficiente —le aseguró ella.

—¿Tienes algo que ofrecer a nuestra invitada, Henry? —preguntó Jack volviéndose hacia el hombrecillo.

—Hay manos de cerdo cocidas con berza. Finlay y Drummond han dicho que son las mejores que han probado en su vida.

A Amelia se le revolvió el estómago.

—Estoy segura de que estará riquísimo —contestó amablemente—, pero la verdad es que no tengo hambre.

—Llévale un plato después de acompañarla a mi camarote —ordenó Jack ignorando las protestas de Amelia—. Allí hay un armario con ropa —le dijo a ella—. No son prendas de mujer, pero puedes coger lo que quieras.

—Gracias.

—Por aquí, señora. —Henry hizo una reverencia apuntando su rifle hacia los camarotes.

Amelia echó un último vistazo a Jack, que parecía más cómodo en la cubierta de su barco de lo que lo había estado desde que le conocía.

Luego se dio la vuelta y siguió a Henry por la escalera.

Unas franjas de color rosado se extendían por el cielo plomizo, tiñendo la noche con un glorioso espectáculo de luz y color. Jack flexionó los brazos y movió el cuello de un lado a otro, gimiendo con los crujidos de su columna y la tensión de sus músculos doloridos. Había estado al timón del *Charlotte* toda la noche, llevándolo por las aguas oscuras hacia el Mar del Norte. Hacía mucho tiempo que no experimentaba el placer de manejarlo, porque ahora su negocio le obligaba a viajar en los buques de vapor más rápidos. Aunque podía haber cedido el timón a Henry en cualquier momento se quedó donde estaba, sintiendo el calor de la madera pulida en sus manos callosas y el suave balanceo de la cubierta bajo sus pies. Sabía que para que su negocio prosperara debía estar al tanto de la nueva tecnología e invertir en más buques de vapor, sobre todo ahora que el *Liberty* había sido destruido. Pero ningún buque de vapor se podría comparar jamás con los suaves crujidos de su viejo y bello clíper, y con la sensación de navegar en él por el océano con sus velas hinchadas por el limpio aire marino.

—No te has acostado, ¿verdad? —Oliver frunció el ceño saliendo de los camarotes.

Jack se encogió de hombros.

—No estoy cansado.

—Tienes una pinta horrorosa. Será mejor que busques un sitio para echar una cabezada antes de que te tropieces y te caigas al mar.

—Estoy bien, Oliver.

—Bien o mal has estado mucho tiempo al timón —replicó Oliver—. Si la señorita Genevieve supiera que has estado navegando toda la noche con la ropa calada sin comer ni dormir se pondría furiosa. Si no quieres que te tire de las orejas cuando vuelvas a casa será mejor que bajes y duermas un rato.

—Eso es un chantaje.

—Sí, y si te extraña que a un viejo ladrón como yo le guste chantajear un poco de vez en cuando es que llevas demasiado tiempo alejado del mundo.

Jack suspiró. Para Oliver siempre sería un muchacho de catorce años, lo cual significaba que no había paz cuando el viejo criado andaba por allí.

—Muy bien. Ahora puedes sustituirme, Henry —indicó al hombrecillo que estaba sentado en un barril limpiando cuidadosamente su rifle—. Llámame si hay algún problema.

—Estoy seguro de que Henry podrá hacerse cargo del *Charlotte* unas horas mientras duermes —afirmó Oliver dejando claro que no debía molestar a Jack por cualquier tontería—. ¿Verdad que sí?

—Por supuesto. —Henry parecía ofendido—. He estado navegando desde que él se hacía pis en los pañales.

—¿Lo ves? —repuso Oliver—. No hay nada de qué preocuparse.

—Procura no disparar a nadie mientras esté abajo —dijo Jack pasándole el timón a Henry.

—Sólo dispararé si es necesario —respondió—. Por ejemplo si unos piratas intentan asaltar el barco, o si esos granujas vienen a buscar a la señora.

—Llámame antes.

—Lo haré —prometió Henry solemnemente observando cómo bajaba la escalera.

—Si hay tiempo —añadió sonriendo para sus adentros.

El pasillo de la bodega estaba tranquilo, salvo por los susurros del barco y los pacíficos ronquidos de los miembros de la tripulación que habían vuelto a sus camarotes. El *Charlotte* no iba lleno, y estaba seguro de que encontraría una cama vacía en alguna parte. Se quitó la camisa húmeda mientras recorría el estrecho corredor tenso y cansado, con ganas de tumbarse y dejarse mecer por los suaves movimientos de su barco.

Al pasar por la puerta de su camarote creyó oír un sonido apagado. Se detuvo dudando si habría oído algo. Durante un largo rato sólo hubo silencio.

Luego comenzó otra vez el llanto triste y débil. Llamó a la puerta.

—Amelia.

Se produjo un brusco silencio. Jack se quedó un momento escuchando. Sabía que se había callado deliberadamente. Estaba indeciso. ¿Debía insistir y hablar con ella o dejarla sola y respetar su privacidad? Al cabo de un rato siguió andando, pero antes de llegar al final del pasillo oyó de nuevo el tenue sonido del llanto.

Mandando al infierno las normas de corrección social, volvió sobre sus pasos y abrió la puerta.

El camarote estaba en penumbra, iluminado tan sólo por la pálida luz que se filtraba por la escotilla. Cuando sus ojos se acostumbraron a la oscuridad vio a Amelia acurrucada en la cama, bajo las mantas, sin moverse ni un ápice. Era evidente que esperaba que su sueño fingido le convenciera de que se había equivocado y se fuese.

Sin embargo, él entró y cerró la puerta.

—¿Qué ocurre? —le preguntó.

Ella permaneció inmóvil otro largo rato antes de incorporarse y mirarle con los ojos empañados de lágrimas.

—Lo siento —se disculpó con una voz muy débil—. No quería molestarte.

—No me has molestado. ¿Qué pasa?

—Nada.

Jack no hizo ningún ademán de marcharse.

—Estoy un poco cansada, eso es todo.

Él no dijo nada.

—Me imagino que es por todo lo que ha pasado últimamente —añadió Amelia al darse cuenta de que no le satisfacía su respuesta—. Un día soy una rica heredera que se va a casar con el duque de Whitcliffe en la boda más espectacular de la década, y al siguiente no soy nadie en un barco de mercancías que va a Inverness, con un precio por mi cabeza y sin saber lo que será de mí. Supongo que se me ha venido todo encima de repente.

Tenía la barbilla erguida y una expresión aparentemente animada. Pero en sus ojos había un brillo de dolor, y Jack sabía que estaba intentando ocultar su preocupación.

—No es cierto que no seas nadie, Amelia.

De su garganta salió una pequeña carcajada.

—Claro, soy la famosa heredera americana Amelia Belford, la díscola hija de John Henry Belford, recientemente excluida del redil familiar. No tengo dinero. No tengo familia a la que recurrir. No tengo casa, planes ni perspectivas. Lo único que pensaba que tenía era mi encanto personal, que según lord Philmore le hizo enamorarse de mí y a lord Whitcliffe le parecía vulgar. En su opinión era «demasiado americana», lo cual significa que tengo demasiadas pecas, mis dientes son muy grandes, me atrevo a opinar sobre cuestiones importantes y no comprendo las normas que rigen todos los movimientos que uno hace en la sociedad británica. Por no hablar de mi terrible acento —concluyó amargamente.

—Philmore y Whitcliffe son unos idiotas —comentó Jack irritado acercándose a la cama—. Estás mejor sin ellos.

—¿Tú crees? —Se mordió el labio y miró el grisáceo velo de luz que entraba por la escotilla—. No lo sé. Ya no sé quién soy. Huí de lord Whitcliffe pensando que era muy valiente, pero mientras tanto creía que iba a vivir con Percy. Pero Percy no me quería por mí misma, como decía tan a menudo; sólo quería mi dinero. Supongo que cuando una proviene de una familia adinerada es inevitable que la gente no vea más que eso. —Con las rodillas abrazadas parecía pequeña y perdida—. Esta noche, cuando descubrí que Percy me había traicionado, sentí como si se muriera algo dentro de mí —confesó con la voz quebrada—. De repente me di cuenta de que todas las relaciones que he tenido en mi vida han sido por la fortuna de mi familia. Que todas las chicas que me han ofrecido su amistad, todos los criados que me han atendido y todos los hombres que han hablado conmigo, se han reído conmigo o me han dicho que me amaban no lo han hecho por mí, sino porque soy la hija de uno de los hombres más ricos de América. De algún modo todos los que me conocen esperan beneficiarse de eso —afirmó antes de añadir con un débil susurro—: Es una lección cruel.

—Te equivocas.

Ella le miró sorprendida por la ira de su voz.

—Yo no te ayudé a escapar de tu matrimonio con Whitcliffe por tu dinero, Amelia —le dijo bruscamente—. Y no te protegí de Philmore, quien por cierto no se merece ni limpiar el estiércol de los establos de tu padre, y mucho menos casarse contigo, por ese motivo. Tampoco te saqué del baile de los Wilkinson y te escondí en uno de mis barcos porque pensara que podía beneficiarme económicamente de esa aventura. Me importa un comino que tengas dinero o no, y estoy seguro de que hay más gente en tu vida a la que tampoco le importa.

—No hay nadie más —susurró con una dolorosa certeza.

—Entonces te buscaremos nuevos amigos. Ahora que no tienes dinero puedes estar segura de que quien te ofrezca su amistad lo hará por lo que eres, no por la fortuna de tu padre.

—Eso podría haber ocurrido si mi padre no hubiera ofrecido una enorme recompensa por mi rescate. Con diez mil libras colgando sobre mi cabeza nunca podré confiar en nadie.

—Puedes confiar en mí —afirmó con tono categórico.

Amelia le miró asombrada. Estaba de pie junto a ella, con su cuerpo medio desnudo perfilado en las decadentes sombras de la noche y la suave luz aterciopelada que se filtraba por la ventana. Tenía un aspecto impresionante en la oscuridad, llenando el pequeño camarote con su fuerza y su resolución, envolviendo las desnudas paredes y los escasos muebles con la intensidad de su ira. Le pareció increíblemente atractivo, tan sencillo y honesto como su barco y su camarote. Tenía los músculos del pecho y los brazos tensos, como si estuviera dispuesto a luchar por ella, y los ojos clavados en los suyos con una determinación inquebrantable.

En ese momento llegó a pensar que haría cualquier cosa por ella. Podía sentir su compromiso a través del silencio, además de las extrañas sensaciones que le recorrían el cuerpo y le hicieron darse cuenta de la pequeña distancia que le separaba del hombre que le había ofrecido su ayuda una y otra vez desde que la encontró intentando robar su carruaje.

—¿Por qué me estás ayudando, Jack? —susurró manteniendo su mirada.

Él la miró un momento sin decir nada. Al caerse las mantas que la cubrían vio que llevaba una de sus camisas. Era demasiado grande para su fino cuerpo, y la hacía parecer más pequeña y suave. El pelo de color champán le caía sobre los hombros, y por el escote abierto se le veía el cuello de marfil, que desaparecía en sombras en la base de su garganta. Esa noche había pensado que estaba espléndida cuando la vio en la escalera de mármol, irradiando elegancia a su alrededor como una explosión de luz, eclipsando al resto de las mujeres que había en el salón. Pero le parecía más hermosa como estaba ahora, sin sus joyas ni su vestido, con el pelo revuelto y una sencilla camisa de lino, cuyo único defecto era que le quedaba muy holgada, negándole el placer de ver las curvas de su cuerpo sedoso.

Tragó saliva y se alejó un poco, intentando ignorar la repentina rigidez de su entrepierna.

Ella estaba sentada en la estrecha cama esperando su respuesta. ¿Qué podía decirle?, se preguntó. ¿Que comprendía muy bien la desesperación de estar sentenciado a una vida que uno no cree poder soportar? Si le decía eso le haría más preguntas, y prefería no responderlas. Una vez que comenzasen no podrían parar, y entonces tendría que reconocer que no era el hombre que parecía. Que no siempre había sido el hijo mimado de los marqueses de Redmond, como ella creía, sino el bastardo abandonado de una puta borracha. Que había pasado la mayor parte de su infancia recibiendo palizas del viejo canalla a quien le había confiado su fracasada madre, hasta que un día no lo soportó más. Que cogió una pala para defenderse y le dio un golpe en la cabeza con tanta fuerza que lo mató, convirtiéndole en un asesino con sólo nueve años. Que después vivió en las calles defendiéndose con sus puños y su ingenio, robando a cualquiera lo bastante estúpido para dejarse desvalijar, e incluso tragándose su orgullo y pidiendo limosna cuando se encontraba demasiado débil para robar. Ése era su terrible legado, y aunque era más o menos conocido entre los mentideros de la sociedad escocesa e inglesa, la extraordinaria mujer que estaba acurrucada en su cama no sabía nada de él. Desde la ignorancia Amelia Belford creía que eran del mismo rango. Para ella era el hijo de un aristócrata, miembro del exclusivo club de su adorado Percy e invitado a su propia boda. ¿Qué tenía de malo mantener esa ilusión, se preguntó airadamente, aunque sólo fuera por unos días?

—Te estoy ayudando porque me gustas, Amelia —se limitó a responder.

—¿Por qué?

Él se encogió de hombros.

—Por muchos motivos.

—¿Por qué? —insistió ella.

Tenía una expresión suplicante. En ese momento Jack se dio cuenta de lo mucho que necesitaba que la reconfortaran.

—Porque te arriesgaste a romperte el cuello bajando por el muro de una iglesia para evitar una boda espectacular con un hombre al que no querías. Porque no tienes miedo a enfrentarte a tu familia, aunque eso signifique provocar la escena más increíble que ha presenciado la sociedad inglesa en muchas décadas. Porque cuando ves gente necesitada haces algo para ayudarles, desde arrastrar sucios barriles por un muelle hasta ofrecer tus preciadas joyas a cambio de mantas y comida. Porque no te da miedo reconocer que te has equivocado. Y porque no te molesta lo que tú denominas «lenguaje pintoresco». ¿No te parecen motivos suficientes?

Amelia le miró sobrecogida.

Luego se levantó de la cama, le rodeó los hombros con sus brazos y le dio un ardiente e inexperto beso en los labios.

—Gracias, Jack —susurró con la cara iluminada mientras le soltaba y volvía a la cama—. Eres un buen amigo.

Él asintió, conteniendo el irresistible impulso de seguirla a la cama y tomar su boca, de deslizar sus manos por debajo de su camisa y sentir sus pechos contra su piel, de tenderse junto a ella y abrazarla con fuerza hasta que sólo hubiera calor, deseo y la suavidad de su cuerpo latiendo bajo el suyo.

—Buenas noches —dijo por fin abriendo la puerta del camarote. Después de salir la cerró de golpe, ansioso por poner una barrera entre ellos. Luego se alejó tambaleándose por el pasillo, excitado hasta sentir dolor y completamente seguro de que no podría dormir.

Enseguida descubriría la verdad sobre su pasado, pensó amargamente.

Y cuando lo hiciera no volvería a ver la tierna confianza que había visto en sus ojos mientras le besaba.

Capítulo 8

Amelia se apoyó en la gruesa barandilla del *Charlotte* y respiró profundamente, llenando sus pulmones con el frío viento que soplaba en el Moray Firth. Las olas que azotaban el casco de madera del barco lanzaban chorros de espuma al aire, mojándole la piel y haciendo que su pelo se enredara en el cuello de la suave chaqueta de lana que Jack le había dejado. Suspiró complacida y cerró los ojos, despejando su mente mientras el barco surcaba las encrespadas aguas del océano.

Habían tardado casi tres días en llegar a la costa este de Escocia a través de las gélidas aguas del Mar del Norte. Al principio Amelia estaba inquieta, porque con cada milla se sentía más aislada del resplandeciente mundo en el que había vivido hasta entonces, y le daba más miedo la vida desconocida que le esperaba en las tierras altas escocesas. Todo el mundo a bordo había notado su ansiedad, y Oliver y Henry habían hecho todo lo posible para distraerla.

—¿Le gustaría disparar otra vez? —le preguntó Henry, que acababa de limpiar su preciado rifle.

Amelia sonrió.

—No, gracias, Henry.

—¿Está segura? —El hombrecillo parecía decepcionado—. No tendrá muchas oportunidades de hacerlo cuando lleguemos a Inverness, y está claro que se le da muy bien.

—Es muy amable teniendo en cuenta que sólo he disparado a las nubes. No sé cómo puede saber si tengo buena puntería o no.

—Cuando uno lleva disparando tanto tiempo como yo sabe esas cosas —afirmó Henry sin ninguna modestia—. Coge el rifle con seguridad, y su ojo se funde con el cañón. Si le pide al capitán que le dé una pistola podrá llenar de agujeros a cualquier granuja que le moleste.

—No le voy a dar ninguna pistola, Henry —repitió Jack por enésima vez.

—Son demasiado grandes y ruidosas —señaló Oliver—. No son adecuadas para una dama. Lo que necesita es un pequeño puñal como éste. —Sacó un afilado cuchillo de su bota—. Y no tendrá que preocuparse por nada. Aquí tiene —dijo dándole a Amelia la reluciente arma—. Demuéstrele lo bien que ha aprendido a lanzarlo.

—¿Le has enseñado a lanzar un puñal? —preguntó Jack horrorizado.

—Sí, y es muy rápida aprendiendo. Le ha cogido el truco mucho antes que tú. Vamos —indicó a Amelia—. Demuéstrele lo que es capaz de hacer.

Amelia rodeó con los dedos la fría empuñadura del puñal. Volviéndose hacia la pila de cajas que ella y Oliver habían colocado como diana improvisada, apuntó con cuidado y levantó el puñal hasta la oreja. Luego dio un paso hacia delante y lanzó el cuchillo con todas sus fuerzas.

Oliver sonrió con orgullo al ver que el arma se clavaba en el centro de la caja de en medio.

—Y eso en apenas dos días. Imagínate lo que será capaz de hacer cuando pase un poco más de tiempo con ella.

—No necesita saber lanzar un puñal ni disparar un rifle —dijo Jack con tono firme.

—¿Por qué no? —Henry se rascó la cabeza perplejo—. Dijo que había una gentuza persiguiéndola.

—Esa gentuza es casualmente su familia —puntualizó Jack—. No creo que quiera dispararles ni apuñalarles si la encuentran.

—No le vendrá mal estar preparada —argumentó Oliver.

—Si acaba matando a alguien, sí.

—Tienes razón, Oliver —intercedió Amelia—. Aunque no creo que dispare ni apuñale a nadie he disfrutado mucho con tus lecciones. A veces está bien aprender algo sin más, aunque no pienses utilizarlo nunca.

—¿De verdad? —exclamó Henry arrugando las cejas.

—Yo no he aprendido nada que no haya usado en algún momento —reflexionó Oliver.

—Pero seguro que has aprendido cosas sin saber que algún día te resultarían útiles —repuso Amelia—. Por ejemplo, cuando yo era una niña mis clases diarias incluían todo tipo de cosas que jamás pensé que me servirían para nada. Idiomas como el alemán, el italiano o el latín, que no parecían necesarios cuando todo el mundo habla inglés en Nueva York, y asignaturas como historia y literatura, que resultaban mortalmente aburridas. Pero lo peor de todo eran las clases de conducta.

Oliver frunció el ceño.

—¿Conducta?

—Clases para aprender a sentarse, estar de pie y caminar —explicó Amelia—. Por mucho que lo intentara, no podía mantener la cabeza alta y la espalda recta todo el tiempo. Así que mi madre mandó hacer un aparato horroroso, que debía llevar durante las clases. Era una barra larga de acero que me apretaba la columna y se ataba con correas a la cintura y los hombros. Había otra correa que iba alrededor de la frente y sujetaba mi cabeza a la barra. De esa manera no me quedaba más remedio que tener la espalda recta todo el tiempo. Si quería leer tenía que levantar el libro a la altura de los ojos, y tuve que aprender a sentarme en mi mesa y a escribir sin inclinarme hacia delante. Era terriblemente incómodo, y muchos días lloraba cuando mi institutriz me lo ponía. Pero ahora tengo un porte casi perfecta da igual lo que esté haciendo. Cuando era pequeña no entendía por qué era importante, pero mi buena postura acabó siendo muy útil cuando mi madre me presentó en sociedad. La gente se fija en ese tipo de cosas.

Los hombres la observaron aturdidos durante un largo rato.

—Bueno —dijo Oliver rompiendo el incómodo silencio—, es una forma curiosa de verlo.

—Sí —añadió Henry.

Jack apretó los puños con rabia.

—¿Cuántos años tenías cuando tu madre te obligó a ponerte ese aparato por primera vez?

—Alrededor de ocho años —respondió Amelia—. ¿Por qué?

Él la miró con impotencia, odiando a su madre por infligir a su hija una tortura tan cruel, preocupándose ya desde entonces por su futuro valor en el mercado matrimonial.

—Estaba pensando en lo que le diría si tuviese el placer de conocerla.

Amelia observó su dura mirada gris y se dio cuenta de que su historia le había disgustado.

—No debes pensar mal de mi madre, Jack —replicó—. Siempre ha hecho lo que consideraba mejor para mí. Sabía que estaba creciendo en un mundo en el que la gente me juzgaría por lo que era y lo que representaba. Sólo quería que estuviese bien preparada para soportar su escrutinio.

—¿Y dónde estaba tu padre mientras tu madre te *preparaba*?

—A mi padre no le interesan las apariencias. Pero también es el primero en reconocer que no sabe qué hacer con las chicas, así que dejó mi educación en manos de mi madre.

—Si yo tuviera una hija y alguien se atreviera a ponerle un aparato así le... —Jack se detuvo—. No se lo permitiría —concluyó con una furia contenida.

—Bueno, después de haber tenido que soportarlo tampoco yo haría eso con mi hija —reconoció Amelia—. Pero no creo que mi madre lo hiciera porque fuera cruel. Yo creo que lo hizo porque me quería.

Él movió la cabeza, incapaz de comprender que defendiera las acciones de su madre.

—No creo que en Inverness a nadie le importe cómo lleve la espalda —especuló Oliver—. Pero estoy seguro de que la señorita Genevieve podrá enseñarle un par de cosas para defenderse en la vida.

—¿Te refieres a la madre de Jack?

—Sí. Ella se las arregló muy bien antes de conocer al señor, con un poco de ayuda por mi parte, desde luego —añadió—. Y convirtió a Annabelle, Charlotte y Grace en unas jóvenes estupendas capaces de cuidarse a sí mismas. Ahora está trabajando con una nueva hornada, pero estoy seguro de que encontrará tiempo para usted.

—Me encantaría conocerla —declaró Amelia entusiasmada.

—Amelia no verá a Genevieve ni a nadie de la familia —dijo Jack.

Oliver le miró sorprendido.

—¿Por qué no?

—Porque no quiero implicarles en esto —respondió—. Ya hemos causado bastante escándalo huyendo de su boda y del baile de los Wilkinson. Hace días que no vemos un periódico, pero sabemos que sus padres afirman que la han secuestrado para proteger su reputación. Si la policía decide buscarla en Inverness no quiero que asocien a mi familia con su desaparición.

—Los conoces muy bien para saber que estarían dispuestos a ayudar. Además, necesitas que alguien se ocupe de ella.

—No voy a decirles nada, Oliver.

Oliver le miró con impaciencia.

—No estarás pensando que puedes quedarte solo con la señorita Amelia sin destruir su reputación, ¿verdad?

—También te quedarás tú.

—Ah, bueno —comentó Oliver con tono sarcástico—. ¿Llevas tanto tiempo en el mar para no darte cuenta de lo que es correcto?

—Muy bien —dijo Jack irritado—. ¿Qué sugieres tú?

—Les pediremos a Doreen y Eunice que se queden con nosotros —decidió Oliver.

—¿Y qué le diremos a Genevieve?

—Ya se te ocurrirá algo.

—¿Quiénes son Eunice y Doreen? —preguntó Amelia.

—Forman parte de mi familia —explicó Jack—. Eunice fue hace tiempo la cocinera de Genevieve, y Doreen solía ayudar con la limpieza de la casa, pero en realidad son más que eso. —No quería que pensara que eran unas simples criadas.

—Son como dos viejas tías —añadió Oliver—. La señorita Genevieve las sacó de la cárcel, igual que a mí, y desde entonces han vivido con ella.

Amelia abrió los ojos fascinada.

—¿De verdad? ¿Por qué estaban en la cárcel?

—Por robar, pero no eran ladronas profesionales como yo —precisó como si él tuviera una carrera ilustre—. Eran simplemente aficionadas.

—Podrá aprender unas cuantas cosas de ellas —señaló Henry—. No a disparar. —Estaba claro que se consideraba su único maestro en esa materia—. Pero otras cosas seguro que sí.

—Llegaremos a Inverness en menos de una hora —calculó Jack observando el viento en las velas del *Charlotte*—. Será mejor que bajes a cambiarte. Te he dejado algo de ropa sobre la cama.

Amelia le miró sorprendida. Llevaba tres días con su vestido de noche, con la chaqueta de Jack por encima, porque no había sido capaz de encontrar nada adecuado en su camarote.

—¿Tienes ropa de mujer a bordo? —Se preguntaba por qué no se la había ofrecido antes.

—Tengo un disfraz para ti —respondió Jack—. Como es posible que hayan llegado hasta aquí las noticias de tu desaparición y la recompensa, tenemos que procurar que pases desapercibida cuando bajes del barco. Tu vestido de fiesta atraerá demasiado la atención, incluso con mi chaqueta sobre los hombros.

—También debería taparse el pelo —reflexionó Oliver frunciendo el ceño—. Haría que unas cuantas cabezas se dieran la vuelta antes de que podamos alquilar un coche.

—Ya había pensado en eso.

—Muy bien. —Amelia estaba deseando ponerse algo que no fuera tan pesado e incómodo como su vestido de noche y cubrirse el pelo con un bonito sombrero—. Iré a cambiarme.

—Si me viera mi madre ahora se desmayaría.

—La camisa y los pantalones le quedan un poco largos —reconoció Oliver—, pero por lo demás tiene un aspecto estupendo.

Los gruesos pantalones y la chaqueta oscura que Jack le había dejado eran demasiado grandes, al igual que la camisa blanca de lino que llevaba por debajo. Tenía el pelo recogido bajo un gorro de lana que lo ocultaba por completo, pero quedaba un poco ridículo con el resto de su atuendo. Les había suplicado que la dejaran llevar sus zapatos de tacón, aduciendo que con unos pantalones tan anchos nadie le vería los pies. De esa manera había evitado al menos ponerse las enormes botas que Jack le había dado, con las que estaba segura de que se habría tropezado al cruzar el muelle para ir al carruaje que habían conseguido.

—No estamos lejos de casa, y allí podrá ponerse otra vez su vestido si quiere —le prometió Oliver.

—Nos sigue un coche —dijo Jack con la voz tensa.

Oliver echó un vistazo por la ventanilla trasera.

—Sí, y por detrás hay otro, y otro. Te estás preocupando por nada —le reprendió—. No nos esperan, y nadie puede saber que la señorita Amelia está aquí.

—Oliver tiene razón, Jack —afirmó Amelia—. Nadie sabe que he venido en el *Charlotte*, así que de momento estamos seguros.

Jack siguió observando el pequeño carruaje oscuro que les seguía, intentando ver con claridad al conductor. Al cabo de un rato el vehículo giró en una bocacalle y desapareció. Se recostó de nuevo en su asiento y estiró las piernas intranquilo. Oliver tenía razón, pensó malhumorado. Se estaba volviendo paranoico.

—Inverness no es una ciudad muy grande, ¿verdad? —preguntó Amelia mientras el coche iba traqueteando por las calles de piedra.

—No comparada con Londres o Nueva York —respondió Jack—. Pero es muy importante económicamente para las Highlands por su acceso al Mar del Norte a través del Moray Firth. Casi todas las mercancías que entran y salen de las Highlands pasan por aquí.

—¿Eres de aquí?

Él negó con la cabeza.

—Soy de Inveraray, que está hacia el sudeste.

—¿Qué te trajo a Inverness?

—Genevieve se trasladó aquí cuando se casó con Haydon. Tiene una finca no lejos de aquí. Cuando mis hermanos y hermanas crecieron se instalaron también en esta zona.

—¿Les ves a menudo?

—Cuando no estoy fuera por negocios. Por eso estaba en Inglaterra. Acababa de llegar de la India, y pensaba volver a irme la semana siguiente. Como mi familia había planeado ir a tu boda decidí unirme a ellos para verles unos días antes de marcharme.

—Debe ser maravilloso tener una familia tan unida. —Amelia suspiró—. Si me hubiese casado con lord Whitcliffe mi familia habría vuelto a Nueva York. Aunque supongo que mi madre me habría venido a visitar de vez en cuando, no creo que hubiese visto mucho a mi padre y a mis hermanos, a no ser que hubiese ido a Nueva York a verles. A mi padre no le gusta Inglaterra, y estaba deseando regresar a casa. Y William está siempre muy ocupado trabajando con mi padre, así que no habría tenido tiempo de viajar.

—¿Qué hay de Freddy?

—Por desgracia no le gustaba mucho lord Whitcliffe, y el duque lo detestaba a él, así que sus visitas habrían resultado bastante embarazosas. Lord Whitcliffe pensaba que Freddy era un inútil.

—Es un poco irónico teniendo en cuenta que Whitcliffe tampoco ha trabajado nunca.

Amelia centró su mirada en la hilera de casas que pasaban por la ventanilla. No sabía si volvería a ver a Freddy.

—Ya hemos llegado —anunció Jack mientras el coche se detenía.

Había empezado a llover, y la ciudad estaba cubierta con un espeso velo gris. Jack pagó al chófer y luego ayudó a Amelia a descender del carruaje. Cuando estuvo en el suelo le soltó la mano.

—¿Puedes seguir sola a partir de aquí? Los vecinos pueden estar mirando, y resultaría extraño que te llevara del brazo.

—Estoy bien —le aseguró Amelia.

La casa que tenía delante era bastante más pequeña de la que poseían los padres de Jack en Londres, pero era bonita y estaba bien conservada. En la fachada principal había dos filas de ventanas que daban a la calle, y en la sólida puerta negra una reluciente aldaba de cobre con forma de cabeza de león. Amelia y Oliver se acurrucaron bajo la lluvia mientras Jack rebuscaba en el bolsillo de su chaqueta y sacaba una llave. Al principio la cerradura no cedía, y tuvo que empujar el pomo varias veces, pero la puerta permaneció obstinadamente cerrada.

—Se debe haber hinchado con la humedad. —Dio un paso hacia atrás y luego cargó todo su peso contra la puerta justo cuando se abría.

—¡Madre de todos los santos! —exclamó Doreen apartándose mientras Jack entraba en la casa como una exhalación—. Tienes suerte de que no te haya dado un golpe en la cabeza con el cepillo. —Tenía la cara llena de arrugas en tensión, como si Jack tuviera la culpa de que casi le matara—. ¿Qué haces aquí? —preguntó dejando caer su fibrosa arma en un cubo.

—Vivo aquí —respondió Jack—. ¿Qué estás haciendo tú?

—Fregar el suelo, como todos los martes.

—Por el amor de Dios, Doreen, ya te he dicho que no es necesario...

—¡Si han vuelto! —Eunice sonrió complacida asomando su rechoncho cuerpo por la puerta de la cocina—. Entra rápido antes de que te mueras de frío, Ollie, y tú también, muchacho —añadió haciéndole un gesto a Amelia—. No os preocupéis por el suelo. No os esperábamos, así que no hay mucho en la despensa, pero acabo de hacer un buen puchero de té y tengo tortitas con mantequilla y mermelada, que os sacarán del apuro hasta que podamos traer algo más.

—Ah, Eunice, sabes cómo llegar a mi corazón —declaró Oliver.

Amelia entró agradecida al cálido vestíbulo. El dulce aroma del fuego que ardía en la cocina se mezclaba con el olor a jabón y aceite de limón.

—Gracias —dijo a Eunice mientras la mujer de pelo blanco le quitaba la chaqueta—. Eso suena muy bien.

—Tiene un acento diferente —comentó Doreen mientras recogía las chaquetas mojadas de Oliver y Jack—. ¿De dónde eres, muchacho?

—De América —respondió Amelia.

—¡América! —exclamó Eunice—. ¿Y qué haces en Inverness? ¿Trabajas en uno de los barcos de Jack?

—La señorita Belford se quedará conmigo durante un tiempo —explicó Jack—. Como invitada.

Las dos mujeres miraron a Amelia sorprendidas. Ella se quitó el sombrero gustosa, liberando su grueso manto de pelo rubio.

—¡Lo sabía! —afirmó Doreen con tono triunfante olvidando que acababa de llamar a Amelia «muchacho»—. Estos viejos ojos siguen siendo tan agudos como siempre. ¿Por qué va vestida así? ¿Está huyendo de la policía? —La idea parecía agradarle.

—La señorita Belford está intentando evitar a ciertas personas —dijo Jack—. Cambió de parecer poco antes de su boda, y Oliver y yo la ayudamos a escapar.

Eunice se quedó boquiabierta.

—¿Ésta es la chica que desapareció de la boda del viejo Whitcliffe?

—Sí —cloqueó Oliver—. Subió a mi carruaje con sus galas nupciales y me dijo que arrancara, sin más.

—Tendría que haberme imaginado que estábais implicados en esto. —Doreen apoyó las manos en sus estrechas caderas—. Cuando la señorita Genevieve y los chicos regresaron sin vosotros, diciendo que os habíais ido después de que desapareciera la novia, me pareció extraño que no volviérais directamente a casa como estaba previsto.

—Tuvimos que hacer antes una parada en Londres —explicó Jack.

—Deberíais haber visto los disfraces que se puso mientras estuvimos allí —añadió Oliver riéndose—. Os aseguro que una noche parecía más viejo que yo.

—Ya nos lo contaréis todo cuando la pobre muchacha tome un baño y se ponga una ropa decente —dijo Eunice—. Venga conmigo, querida —susurró llevándola hacia la escalera antes de detenerse de repente—. ¿Qué le vamos a dar? No puede volver a ponerse eso. —Miró con aire reprobatorio la chaqueta y los pantalones salpicados de barro que llevaba Amelia.

Doreen echó un vistazo al reloj del salón.

—Las tiendas están todavía abiertas. Iré a buscar unas cuantas cosas para la chica mientras tú le preparas el baño.

—¡Estupendo! —Amelia estaba cansada de llevar la ropa de Jack o su vestido de noche, y tenía ganas de ponerse algo bonito y cómodo. —Si me dan un poco de papel, una pluma y tinta anotaré mis medidas y haré una lista con todo lo que necesito.

—Nada demasiado lujoso —le advirtió Oliver acordándose del espectacular vestuario que había encargado en Londres—. Recuerde que el secreto para escapar no es correr muy rápido, sino caminar despacio sin llamar la atención.

—¿Crees que el viejo Whitcliffe vendrá a buscarla aquí? —preguntó Eunice.

—Whitcliffe no, pero puede venir la policía o algún agente enviado por su familia —respondió Jack—. También está el asunto de la recompensa de diez mil libras que ofrecen por encontrarla, que no tardará en llegar a los periódicos de Inverness, si no lo ha hecho ya.

Doreen miró a Jack asombrada.

—¡Diez mil libras!

—Su familia debe estar ansiosa por recuperarla —comentó Eunice.

—Necesita tres modelos sencillos. —Esta vez Jack estaba decidido a poner límites al vestuario de Amelia—. Y un par de zapatos y zapatillas, y lo que deba llevar por debajo. Eso es todo.

—Pero ¿qué me pondré pasado mañana?

Jack la miró con severidad.

—Con tres modelos sólo tengo para un día —señaló ella—. ¿Qué voy a ponerme después?

—Mientras esté aquí no tendrá que cambiarse tres veces de vestido —le explicó Eunice—. En esta casa no es necesario.

—Pero no esperarán que baje a cenar con el mismo vestido que he llevado todo el día —protestó Amelia—. No sería adecuado.

—Esto no es Londres, Amelia. —Jack estaba intentando ser paciente—. Aquí las mujeres llevan el mismo vestido todo el día y nadie las mira mal.

—Oh. —Hasta que se embarcó en el *Charlotte*, Amelia había estado acostumbrada a cambiarse por lo menos tres veces al día, y eso si no había salidas o fiestas especiales. Su vestuario habitual consistía en unos ochenta vestidos nuevos por temporada y cientos de pares de guantes, que en total ascendía a más de doscientos cuarenta modelos al año, sin incluir lo que había dejado en Nueva York—. Ya veo.

—Por ahora valdrá con tres vestidos —insistió Jack notando su desconcierto y su decepción. No iba a dejar vacía su cuenta bancaria para proporcionar a Amelia el tipo de ropa al que estaba acostumbrada—. Si necesitas algo más siempre podemos comprarlo más adelante.

—Por supuesto. Eres muy generoso. Gracias. —Con una dignidad extraordinaria, se levantó el dobladillo de los pantalones manchados de barro y se dio la vuelta, intentando no tropezarse mientras seguía a Eunice por la escalera.

—Tres vestidos no es demasiado —reflexionó Doreen cuando se marchó apiadándose de ella.

—Deberías haber visto el traje que llevaba la otra noche —comentó Oliver—. Parecía una reina.

—Que pagaré yo cuando llegue la factura —murmuró Jack—.

Con todo lo demás que Beaton y Lizzie no hayan devuelto. Por desgracia no tengo dinero para comprarle un vestuario nuevo.

—Estoy segura de que la señorita Genevieve y las chicas estarán dispuestas a dejarle unas cuantas cosas —dijo Doreen—. Cuando vaya a la tienda de Grace le preguntaré si puede darme un par de modelos.

—No puedes ir a la tienda de Grace. Nadie debe saber que está aquí, ni siquiera mi familia.

Doreen frunció el ceño.

—¿Por qué no?

—Es demasiado peligroso. Amelia ha provocado un terrible escándalo con su huida. No quiero implicar a mi familia en esto. Haydon y Genevieve no necesitan más escándalos en su vida.

—El señor y la señorita Genevieve sólo han conocido escándalos desde que pueden recordar —replicó Doreen—. No les importará afrontar uno más, sobre todo si es por una buena causa.

—No deben saberlo, Doreen —afirmó Jack con tono concluyente.

Ella resopló con impaciencia.

—No me estarás diciendo que piensas tener a la muchacha aquí como un perrito contigo y con Oliver únicamente, ¿verdad?

—No, necesito que os quedéis también Eunice y tú mientras decido qué voy a hacer con ella.

—¿Y qué le digo al cochero cuando venga esta noche con el carruaje para llevarnos a Eunice y a mí a casa?

—Dile que les explique a Haydon y Genevieve que he vuelto y que necesito vuestra ayuda para poner la casa en orden —sugirió Jack.

—Les parecerá raro, porque venimos todos los martes a limpiar y asegurarnos de que no haya ratas ni ladrones mientras tú no estás.

—Entonces di que no hay nada para comer y que vais a quedaros unos cuantos días para hacer algunas compras y cocinar para mí. Dile al cochero que me has visto muerto de hambre y que no quieres dejarme solo.

—Eso se lo creerán —vaticinó Oliver riéndose.

Doreen resopló enojada.

—Muy bien. Entonces nos quedaremos.

La lluvia caía en regueros oscuros por los cristales de las ventanas, convirtiéndolos en relucientes cuadros negros. Amelia estaba sentada en la impresionante cama de Jack, con los brazos alrededor de las rodillas, contemplando ese entorno desconocido. Jack había insistido en que ocupara su habitación, aunque ella le había asegurado que prefería dormir en el cuarto de invitados. Oliver señaló que Jack no tenía un cuarto para ese propósito, al menos amueblado en condiciones, porque nunca recibía invitados. Amelia no supo qué decir a eso. Jamás había conocido a nadie que no tuviera algún dormitorio libre por si acaso venían de visita la familia o los amigos. Jack murmuró algo así como que no estaba mucho en casa y dio el asunto por concluido.

Después de apoyar la barbilla en las piernas suspiró. La cama era de caoba tallada, y dadas sus enormes dimensiones sospechó que se la habían hecho a medida. Su diseño era sencillo, pero dentro de su sencillez era muy elegante. El inmenso armario que había al otro lado de la habitación tenía un estilo similar, al igual que la cómoda que había junto a las ventanas. Las paredes estaban desnudas, salvo por un cuadro de un bonito velero que había colgado sobre la chimenea. Era evidente que incluso cuando no estaba navegando le gustaba acordarse del mar.

Apagó la lámpara de aceite de la mesita de noche y se recostó en las almohadas. El colchón de Jack era muy duro comparado con los suaves colchones de plumas a los que estaba acostumbrada, y no le resultaba nada cómodo. Mientras la lluvia arreciaba con más fuerza contra las ventanas se dio cuenta de que tenía hambre. Llevaba varios días sin comer apenas. Aunque el té y las tortitas de Eunice le habían parecido suficientes unas horas antes, ya no podían aliviar la sensación de vacío que tenía en el estómago. Dándose por vencida, apartó las sábanas y se levantó de la cama. Quizá hayan sobrado unas cuantas tortitas, pensó envolviéndose en una suave manta de cuadros. Encendió una vela y salió al pasillo descalza, decidida a buscar algo para comer.

La casa estaba tranquila, excepto por el sonido de la lluvia que caía sobre el tejado. Amelia bajó la escalera en silencio, intentando no despertar a nadie. Al llegar al piso de abajo vio un haz de luz que salía de una de las habitaciones del pasillo inferior. Se acercó con curiosidad y echó un vistazo.

Jack estaba encorvado sobre una mesa al fondo de su despacho, con la cabeza entre los brazos, roncando.

Ella entró sigilosamente en la pequeña estancia, fascinada por los objetos que había traído de sus viajes. Era evidente que le apasionaban las armas antiguas, porque en una de las paredes había una impresionante colección de dagas y puñales, espadas y sables, escudos, cascos, picas y ballestas. Otra pared reflejaba su afición por el arte en una pequeña pero magnífica muestra de frisos griegos y egipcios, combinados con lustrosas máscaras africanas y coloridos fragmentos de mosaicos orientales. La tercera pared estaba cubierta por una serie de intrincados mapas.

La pared que veía desde su mesa parecía desentonar con el resto de la habitación. Sobre la chimenea había un retrato de una hermosa niña de unos once años, con el pelo castaño, que estaba sentada en una silla leyendo un libro con una rosa de color marfil en el suelo junto a su falda. El cuadro era bonito, pero su tono romántico contrastaba con el resto de las cosas que había a su alrededor.

La superficie de su mesa estaba llena de papeles, y había más esparcidos en la alfombra estampada sobre la que estaba apoyada. Había tirado descuidadamente la chaqueta y el chaleco en una silla y se había enrollado las mangas de la camisa, dejando al descubierto los musculosos antebrazos que le servían de almohada. Unas ondas de pelo oscuro le caían sobre la atractiva curva de su mandíbula, y las arrugas de su frente se habían suavizado un poco. Tenía una vulnerabilidad casi infantil mientras dormía sin saber que le estaban observando. Amelia se acercó un poco más, preguntándose qué podía ser tan urgente cuando era evidente que estaba agotado. Dejó la vela en la mesa y echó un vistazo a los contratos, facturas y balances con los que había estado trabajando. Frunciendo el ceño ante su letra casi ilegible, cogió uno de los documentos.

—Suéltalo antes de que te mate —gruñó agarrándola por la muñeca con una fuerza increíble.

—¡Oh! —exclamó ella asustada—. ¡Perdóname!

Jack la miró aturdido, intentando librarse de la niebla del sueño. En su mente volvía a ser un muchacho desesperado y hambriento de doce años, sin nada que pudiera llamar suyo excepto su ropa raída y un par de botas mugrientas. Era peligroso quedarse dormido. Siempre había alguien dispuesto a robarle lo poco que tenía. Pero era rápido con los puños y fuerte para su edad, y no iba a permitir que ningún canalla le quitara ni un botón.

—Por favor, Jack —suplicó Amelia—, me estás haciendo daño.

Tras recobrar la claridad bruscamente la soltó horrorizado.

—Dios santo, Amelia —dijo con una voz áspera—. Lo siento. Creía que había vuelto a... —Se detuvo de repente—. Estaba dormido.

Recortada contra la luz de color ámbar, su cara parecía una máscara de desesperado remordimiento. Amelia le observó desconcertada. Durante un instante había tenido miedo. Pero era evidente que el hombre que tenía delante estaba dolido, y ahora sentía un profundo deseo de reconfortarle. Tenía las manos enredadas en el pelo con la cabeza agachada, como si no se atreviera a mirarla. La pálida cicatriz que le rasgaba la mejilla izquierda contrastaba con la aspereza de su oscura barba. Debió ser una herida terrible. Siempre había pensado que se la había hecho en un accidente, pero por alguna razón ya no estaba tan segura.

—¿Qué te pasó en la mejilla?

Jack levantó la cabeza y la miró con cautela.

—Me peleé.

—¿Cuándo?

—Hace mucho tiempo.

—¿De mayor —insistió sin saber por qué le parecía tan importante—, o de pequeño?

Se quedó mirándola con una calma fingida. Lo sabía, pensó sintiéndose hundido y derrotado. No todo, pero sí lo suficiente. Sabía que no era lo que aparentaba ser. En un momento de descuido se había mostrado tal y como era. Sólo un hombre que había soportado una violencia insufrible en su vida se despertaría como lo había hecho él. Amelia era joven e inexperta, pero no era tan ingenua como para no comprender el miedo frío y cruel cuando lo veía.

—De pequeño —decidió ella observando cómo se debatía con la respuesta.

Él se encogió de hombros, intentando adoptar una actitud de indiferencia.

—No fue nada. —Se incorporó y empezó a ordenar los papeles de su mesa—. Una pelea de chavales —dijo como si sólo hubiese sido una escaramuza infantil—. Apenas me acuerdo de cómo ocurrió.

Mentía. Amelia lo sabía. También lo veía en el modo con que evitaba su mirada mientras se centraba en su trabajo. El hecho de que le ocultara la verdad le dolía profundamente. No comprendía por qué no podía ser sincero cuando ella había sido tan sincera con él.

—Si no quieres que lo sepa dímelo. Pero no me mientas, por favor. Necesito saber que me respetas lo suficiente para decirme la verdad, aunque creas que no me va a gustar. —Su voz comenzaba a quebrarse—. Me dijiste que podía confiar en ti. Necesito saber que es cierto.

Jack la miró sorprendido. Estaba agarrando los extremos de la manta de cuadros sobre su pecho, formando una capa improvisada que apenas le cubría el camisón. Con un presupuesto limitado, Doreen había elegido un sencillo camisón de algodón sin ningún adorno en los puños o el cuello. No era el tipo de prenda al que Amelia estaba acostumbrada, pensó sintiendo una punzada de culpabilidad. Una mujer de su estatus tendría por lo menos una docena de camisones de seda con abundantes lazos de satén, intrincados bordados y encaje francés. Y sin embargo estaba allí, con un simple camisón de algodón y una vieja manta, el pelo suelto y los pies descalzos.

En ese momento le pareció la mujer más hermosa que había visto en su vida.

Se levantó de su mesa y se acercó a ella. Quería decirle que lo sentía. Quería decirle que no pretendía hacerle daño, ni con su violencia ni con sus mentiras, o con el pasado que intentaba ocultarle mientras fuera posible. Quería cogerla entre sus brazos y borrar el dolor que brillaba en sus ojos, fundirse con ella e inhalar su delicada fragancia, sentir la suavidad de su cuerpo dulce y cálido. Quería hablarle de él, del sórdido pasado del que tanto se avergonzaba, y quería que le escuchara con esa confianza que había visto tan a menudo cuando le miraba. Quizá fuera eso lo que le atraía tanto de ella, esa aceptación incondicional, desprovista de la superioridad despectiva que había soportado toda su vida. Las mujeres con las que se había acostado no le miraban así, al menos mientras gozaba con ellas. Pero sabía que en un nivel perverso les excitaba la idea de que fuera un hombre prohibido, e incluso peligroso. Lo podía ver en sus caras contorsionadas mientras jadeaban y se retorcían debajo de él, lo podía oír en sus voces desgarradas cuando le suplicaban que les diera placer. Lo podía sentir en el modo en que se alejaban al terminar y se vestían apresuradamente, como si de repente hubieran recuperado su integridad y no pudieran estar con él ni un minuto más. Ninguna de ellas le había considerado nunca un amigo.

Pero Amelia sí.

Se acercó más a ella y la rodeó con sus brazos.

—Lo siento, Amelia —susurró sintiéndose incómodo con su mejilla apoyada en su pecho.

Entonces se dio cuenta de que no debía hablarle de su pasado. Amelia había crecido en un mundo seguro y protegido. ¿Cómo iba a comprender de dónde venía, la vida que había llevado, las cosas terribles que había tenido que hacer? ¿Cómo le miraría después? Se alejaría horrorizada, y no podría culparla. Quería que fuese sincero con ella. Pero no tenía ni idea de lo que significaba su sinceridad. Destruiría los frágiles cimientos de su amistad. La asustaría y la confundiría, y de repente la dejaría sola y desamparada. No iba a permitir que eso ocurriese.

Estaba empezando a importarle demasiado para abandonarla de esa manera.

—De pequeño solía pelearme a menudo —dijo intentando ser sincero sin dar muchos detalles—. Y en una de esas peleas mi contrincante me cortó con una navaja y me hizo esta cicatriz.

—¿Por qué os peleásteis?

—Intentó quitarme algo que era mío —respondió vagamente.

—¿Qué era?

—La verdad es que no me acuerdo. —Al menos eso era cierto—. Puede que fueran mis botas.

—No deberías haber arriesgado tu vida por algo tan insignificante —comentó Amelia—. Siempre podías haberte comprado otro par de botas.

Él no dijo nada.

Ella levantó la vista con una expresión de arrepentimiento.

—Perdóname. No quería juzgarte. Sólo siento que te hiriera, y que no fueras lo bastante fuerte para defenderte.

Él arqueó una ceja perplejo. En ningún momento había sugerido que no se hubiera defendido. De hecho, le había roto al otro la nariz y varios dientes, que debieron dolerle más que a él el corte. Pero no se lo aclaró.

Amelia le miró fijamente. Los rasgos esculpidos de su rostro estaban suavizados por la luz tenue, y en sus ojos grises había preocupación, que le daba un aire de inseguridad. Levantó la mano y la apoyó en su mejilla, cubriendo con ternura la marca de su cicatriz.

Jack se puso tenso. En un primer momento sintió el impulso de apartarse. Pero la caricia de Amelia era tan pura, tan llena de cariño, que se quedó donde estaba. En realidad estaba intentando consolarle, reconoció asombrado, aliviar el dolor de un suceso que había ocurrido hacía más de veinte años. Y lo estaba consiguiendo. No es que le doliera la mejilla, ni que se sintiera agraviado por aquella reyerta. El incidente se había desvanecido en su memoria, perdiendo fuerza al fundirse con los cientos de batallas, grandes y pequeñas, que había tenido que librar para sobrevivir. Pero la suavidad de la mano de Amelia en su mejilla era muy agradable, tan reconfortante como un paño frío sobre una frente febril. Le pareció increíblemente hermosa mientras estaba allí, con su esbelto cuerpo entre sus brazos, llenándole con una especie de frágil esperanza mientras le acariciaba la cara.

Incapaz de contenerse, unió su boca contra la suya y la atrajo hacia él mientras su lengua recorría el umbral de sus labios y saboreaba su húmedo calor. Sólo un beso, se dijo a sí mismo desesperadamente. Sabía que estaba mal. Pero al ponerle la mano en la mejilla había desatado una necesidad que ya no podía negar.

Sólo un beso, y no volvería a tocarla.

De la garganta de Amelia salió un pequeño jadeo. Creía que tenía cierta experiencia con los hombres después de haber disfrutado de las atenciones de un largo desfile de aristócratas ansiosos por llevarla a una esquina a la primera oportunidad para declararle su amor incondicional. Había estado comprometida dos veces, y aunque afortunadamente el viejo Whitcliffe nunca se había sentido inclinado a poner su boca morada sobre sus labios, Percy sí lo había hecho. Pero nada se podía comparar con el intenso deseo que sentía ahora. No sabía cómo reaccionar ante aquel asalto erótico. Así que se quedó allí, agarrada a Jack, mientras su boca tomaba posesivamente la suya.

Luego él comenzó a apartarse.

Sin pensarlo, Amelia le rodeó el cuello con los brazos y le hizo agacharse una vez más. Jack se quedó paralizado sin saber qué hacer. Ella gimió y pasó la punta de su lengua por sus labios. Durante unos segundos interminables él no hizo nada.

Y de repente la atrajo hacia él y le ofreció su boca.

En el fondo de su mente Jack sabía que lo que estaba haciendo no estaba bien. Pero las razones parecían vagas y distantes mientras devoraba la dulzura de la boca de Amelia y la abrazaba con fuerza contra el poderoso muro de su cuerpo. Ella le devolvió el beso fervorosamente, enlazando su lengua con la suya, haciendo que se sintiera como si estuviese perdiendo la cabeza mientras sus manos surcaban las exuberantes curvas de su cuerpo.

La capa de lana se le resbaló de los hombros y cayó a sus pies, dejándola sólo con su fino camisón. Pero incluso esa frágil barrera le parecía excesiva mientras las manos de Jack recorrían su cuerpo, trazando ávidos círculos por su espalda y sus caderas antes de pasar a sus pechos. Puso una mano en uno de ellos y lo apretó con suavidad, haciendo que gimiera de placer. Él gruñó con satisfacción y rozó la delicada punta con el pulgar, excitándola antes de trasladar su atención al otro pecho sin dejar de reclamarla con su boca. Amelia se sentía como si estuviese ardiendo, y empezaba a notar un misterioso dolor entre las piernas. Entonces le arañó la espalda y los hombros mientras se apretaba contra él, deseando más, pero sin saber exactamente qué quería.

Jack deslizó la mano hacia abajo y levantó la tosca tela de su camisón. Antes de que Amelia se diera cuenta de sus intenciones comenzó a acariciar el oscuro triángulo de sus muslos. Luego introdujo un dedo en su calor húmedo, haciendo que jadeara de emoción, vergüenza y placer. Ella sabía que debía detenerle, pero se hundió aún más contra él y le besó con más fuerza. Él la acarició una y otra vez trazando círculos con sus dedos, explorando sus pliegues íntimos con una suave persistencia, persuadiéndola, intensificando las sensaciones que le invadían. Amelia se agarró a él desesperadamente y abrió más las piernas sin dejar de devorarle con su boca. Después comenzó a besar apasionadamente la piel áspera de su mejilla, la escarpada curva de su mandíbula y la nudosa columna de su cuello. Al abrir su camisa y ver los músculos bronceados de su pecho deseó sentirle más, pero tenía la respiración entrecortada y ya no podía concentrarse. Los dedos de Jack se movían arriba y abajo dentro de ella, buscando, palpando y tejiendo una red dorada de placer que acabó atrapándola en una maravillosa sensación. Entonces se aferró a él mientras la acariciaba, sujetándola con un poderoso brazo a la vez que la satisfacía con un ritmo insistente y le besaba la oreja y la sien, su delicada garganta y los suaves huecos de su clavícula. Ella sentía que se ahogaba mientras su cuerpo se deshacía. Pero lo único que importaba eran las sensaciones que la invadían, cada vez más intensas e incontenibles. No podía respirar, no podía hablar, sólo podía pensar en el tacto de Jack, y sin embargo no era suficiente. Gimió y apretó sus labios contra los suyos suplicándole, implorándole, aunque no tenía ni idea de lo que quería. De repente comenzó a quebrarse como un glorioso estallido de fuego en la oscuridad de la noche. Jadeó extasiada y hundió la cara en su pecho, sintiéndose gloriosamente libre mientras él la rodeaba con sus brazos y la mantenía a salvo.

Jack apoyó la mejilla en el pelo enredado de Amelia y cerró los ojos, llenando sus sentidos con su suavidad y su aroma. Le apetecía tumbarla sobre la alfombra y hundirse en ella, levantar la tela de su camisón y sumergirse en su calor sedoso, sentir su piel aterciopelada contra él mientras la hacía suya. Nunca había amado a una mujer tan extraordinaria y hermosa, una mujer cuya belleza iba más allá de la fachada de su rostro y su cuerpo. Deseaba a Amelia más que a nada, y la intensidad de su deseo le asustaba.

No era suya, se recordó a sí mismo, y nunca lo sería. Aunque había conseguido soportar su educación sin sufrir las típicas aflicciones de arrogancia y superioridad, tenía unas cualidades muy superiores a las suyas. Él jamás podría librarse de la odiosa crudeza de su propia creación, o de la vida repugnante que había llevado antes de que le rescatara Genevieve. No se arrepentía de sus primeros años, pero tampoco estaba orgulloso de ellos. No podía esperar que Amelia compartiera su vida con un hombre como él; un bastardo y un criminal cuya herencia incluía innumerables robos, actos violentos y un asesinato. No tenía ni idea de quién era realmente. Por eso le había permitido que la besara. Por eso se echó sobre él cuando intentó apartarse, anulando la poca fuerza de voluntad que le quedaba al ofrecerle su boca.

Horrorizado por su falta de control, la soltó y fue a mirar por la ventana, odiándose a sí mismo.

En cuanto Jack deshizo su abrazo protector, Amelia sintió en la boca del estómago una vergüenza que extinguió las llamas que habían ardido allí unos segundos antes. Al sentir frío de repente, recogió la manta del suelo y se envolvió con ella.

Un tenso silencio se extendió entre ellos.

—Lo siento —susurró por fin.

Jack se dio la vuelta para mirarla despreciándose profundamente.

—Soy yo el que debe sentirlo, Amelia. No tenía derecho a tocarte.

Ella le miró en silencio debatiéndose con sus emociones. No, suponía que no tenía derecho a tocarla, si tener ese derecho significaba firmar un contrato de compromiso seguido de una opulenta ceremonia nupcial presenciada por ochocientos invitados. Entre ellos no había eso. No había nada en absoluto.

Excepto una pasión que la había llenado con un deseo maravilloso del que había creído que iba a morir.

—No volverá a suceder —le prometió Jack desesperado por que le creyera. De repente le daba miedo que le dejara. Descubrir al despertarse a la mañana siguiente que había huido, demasiado asustada por su comportamiento para pasar otra noche bajo su techo—. Te lo juro.

En lugar de sentirse reconfortada por su promesa Amelia se sintió traicionada. ¿Qué esperaba de él? ¿Que se pusiera de rodillas y le declarara su amor incondicional como había hecho Percy? ¿Qué le jurara que nunca habría otra mujer para él y le concediera el honor de ser su esposa? No tenía nada, se recordó a sí misma. Ni familia ni dote, nada. Y aunque así fuera sabía que a Jack no le interesaba la institución del matrimonio. Estaba dedicado por completo a su compañía naviera y al mar. ¿Para qué iba a querer una esposa cuando apenas estaba en casa para preocuparse por ella?

—Comprendo. —Se dirigió hacia la puerta incapaz de mirarle un segundo más. Luego, para que no supiera cuánto la había herido, añadió amablemente—: Buenas noches.

Jack observó cómo salía de la habitación, llevándose con ella toda su alegría y su calor. Se sirvió un vaso de whisky y se volvió hacia la ventana. La luz de las lámparas de aceite que iluminaban el despacho reflejaban su imagen en los relucientes cristales. Se miró asqueado, levantando los dedos para trazar la marca de la cicatriz que le rasgaba la mejilla.

Después vació el vaso y lo arrojó con un rabia desesperada contra la chimenea.

Capítulo 9

Durante los dos días siguientes Amelia no vio a Jack. Se levantaba al amanecer y salía de casa antes de que ella se despertara, y regresaba mucho después de que se fuera a la cama. Oliver le dijo que estaba muy ocupado con los asuntos de la North Star Shipping, que había sufrido un duro golpe con la destrucción del *Liberty*. Amelia comprendía que las exigencias de su compañía absorbieran toda su atención, porque muchas veces ella apenas veía a su padre durante varias semanas. Sin embargo, tenía la sensación de que la estaba evitando. Con lo humillada que se había sentido tras el arrebato de pasión que había estallado entre ellos debería sentirse aliviada de que le ahorrara la incomodidad de verle.

Pero en cambio sentía como si hubiera perdido a su único amigo.

—Ahora que la carne y el hueso han hervido puedes quitar la espuma —le dijo Eunice dándole una espumadera—. Ten cuidado si no quieres quemarte con el vapor.

Amelia frunció el ceño mientras cogía con cuidado la espuma grisácea y la depositaba en un plato.

—¿Para qué hemos puesto el hueso si no queremos toda esta grasa?

—Para que le dé sabor —respondió Eunice—. El cordero no tiene suficiente porque el verdadero sabor está en los huesos. Eso pasa con cualquier carne, sea de vaca, pollo o liebre. Hay que hervir siempre los huesos para que el caldo quede suave y sabroso.

—Eunice hace el mejor guisado de toda Escocia —comentó Oliver, que estaba echando varias pintas de vinagre en un viejo puchero negro.

—Esto es lo que llamamos cordero con verduras —explicó Eunice a Amelia.

—Eso y sus asadurillas son famosas en Inverness —le informó Oliver.

—Bueno, eso no lo sabía. —El color de las mejillas de Eunice dejó claro que le había agradado el cumplido—. Al señor no le gustan las asadurillas, así que sólo las hago cuando vienen los chicos a cenar. Crecieron con asadurillas y guisantes, y siguen apreciando una buena comida cuando vienen a casa.

—¿A qué casa? —preguntó Amelia centrada aún en la espuma.

—El señor y la señorita Genevieve tienen una finca a unas diez millas de aquí —dijo Doreen, que estaba rallando un nabo enérgicamente—. Cuando se casaron nos trasladamos todos allí desde Inveraray, y los seis niños creían que estaban en el cielo al vivir en un sitio tan grande. Para ellos fue un cambio terrible después de todo lo que habían pasado. Durante casi un año siguieron durmiendo en tres habitaciones, aunque había más que suficientes para que cada uno tuviera la suya.

—Se sentían mejor estando juntos —cloqueó Oliver.

—Excepto Jack —señaló Eunice—. Era mayor que los demás, y le gustaba tener su propia habitación.

Amelia dejó de quitar la espuma desconcertada. Pensaba que Jack y sus hermanos eran hijos de lord y lady Redmond, pero por lo visto no era así.

—Entonces ¿la madre de Jack estuvo casada antes de conocer a su padre?

—Estaba a punto de casarse —replicó Oliver echando taza y media de negro de marfil y melaza en el puchero—. Pero cuando llegó Jamie el maldito canalla rompió su compromiso. No se atrevía a hacerse cargo de un bastardo, y creía que la señorita Genevieve había perdido el juicio por querer mantenerlo.

Amelia se quedó boquiabierta.

—¿La madre de Jack tuvo un hijo fuera del matrimonio?

—Jamie no era hijo de la señorita Genevieve —repuso Eunice—. Era el hijo ilegítimo de su padre, el vizconde Brynley, y una criada. Su padre murió sin saber que Cora estaba embarazada, y la madrastra de Genevieve la echó. La pobre murió en la cárcel al dar a luz, y para que su hermanito no fuera a un orfanato la señorita Genevieve le llevó a casa para criarlo ella misma.

—¿Cuántos años tenía?

—Apenas dieciocho, sin nada que pudiera llamar suyo excepto

una vieja casa —dijo Doreen—. Cuando el conde Linton se negó a casarse con ella no tenía nada, excepto al pequeño Jamie, por supuesto.

—Entonces lo he debido entender mal —razonó Amelia intentando recomponer el orden familiar—. Creía que Jamie era el hermano pequeño de Jack.

—Lo es —afirmó Oliver.

—Pero no puede ser. Jamie llegó antes.

—Sí, y luego llegamos todos los demás —dijo Eunice—. Primero la señorita Genevieve me sacó a mí de la cárcel, donde me habían encerrado por robar...

—Porque vivía con un sueldo miserable —terció Doreen.

Eunice esbozó una sonrisa.

—Bueno, después de estar en la cárcel pensaba que nadie me contrataría, porque no tenía referencias y me consideraban una criminal peligrosa. Pero llegó la señorita Genevieve y me dijo que si iba a vivir con ella tendría un techo sobre mi cabeza y comida en la mesa, y que si necesitaba algo más sólo tenía que pedírselo.

—Luego le seguimos los demás —dijo Oliver mezclando media taza de aceite en su oscuro brebaje—. Después de ver los horrores de la cárcel y enterarse de que metían allí a mucha gente sólo por robar un trozo de pan la señorita Genevieve decidió ayudar. Primero llegó Grace, luego Annabelle y Simon...

—Después vino la pobre Charlotte —añadió Eunice—. Era una criatura desamparada, hambrienta, con la pierna casi tullida por el bestia de su padre.

—Y por último nos sacó a Doreen y a mí —prosiguió Oliver—. Doreen estaba en la cárcel por robar en la taberna donde trabajaba...

—Porque me pagaban un sueldo miserable —resopló Doreen enojada mientras reducía a tiras otro nabo.

—... y yo era el mejor ladrón del condado de Argyll —afirmó con orgullo—. No hay cerradura en Escocia que se me resista, y si Jack me hubiera dejado lo habría hecho también en Inglaterra. También soy un buen carterista, aunque no puedo practicar mucho. —Flexionó sus viejas manos y suspiró—. A la señorita Genevieve no le gusta que coja nada a sus invitados.

—No me extraña —refunfuñó Eunice echando a su puchero unas ramitas de perejil y tomillo y una hoja de laurel—. Desde que le robaste a lord Healey un pañuelo perfumado no ha vuelto a venir por aquí.

—Se lo devolví —protestó Oliver.

—Sí, delante de su mujer, a la que no le hizo ninguna gracia que no fuera suyo.

—Nunca he visto a una mujer tan colorada —comentó Doreen—. Pensaba que iba a morirse del susto.

—No se morirá antes que él —cloqueó Oliver—. Está demasiado furiosa con él para dejarle vivir en paz.

—¿Queréis decir que lord y lady Redmond no son realmente los padres de Jack ni de sus hermanos? —Amelia los miró asombrada.

—En ningún momento hemos dicho eso —respondió Eunice.

—Puede que la señorita Genevieve no los haya parido, pero no hay ninguna duda de que es su madre —añadió Oliver con tono enfático.

—Y el señor los quiere y los trata exactamente igual que a los niños que llegaron después de que se casaran —concluyó Doreen.

—La señorita Genevieve sigue yendo a la cárcel de Inveraray de vez en cuando para contratar a alguien —dijo Eunice sonriendo—. Sabe ver el lado bueno de la gente. Así es como conoció al señor; estaba con Jack en la misma celda, acusado de asesinato.

Amelia abrió bien los ojos.

—Pero finalmente se demostró que sólo se estaba defendiendo de los rufianes a los que habían contratado para matarle —se apresuró a añadir Oliver—. Si la señorita Genevieve no hubiera creído en él le habrían colgado.

—¿Por qué estaba Jack en la cárcel?

—Por robar, como el resto de los niños. —Eunice chasqueó la lengua—. Viviendo en las calles no les quedaba otra opción.

—Jack tenía un talento extraordinario para eso —señaló Oliver con orgullo—. Consiguió mantenerse fuera de la cárcel hasta los catorce años.

—Menos mal que la señorita Genevieve le encontró entonces, porque si no habría acabado muerto —predijo Doreen.

—En las calles siempre hay alguien dispuesto a matarte por un mendrugo de pan —agregó Oliver—. Y los que más sufren son los niños, porque son los más débiles.

Amelia se acordó de lo que había ocurrido dos noches antes, cuando Jack reaccionó con tanta violencia al despertarse sobresaltado.

Los oscuros días de su niñez habían quedado atrás hacía mucho tiempo, pero le habían dejado una profunda huella.

Volvió a centrar su atención en los charcos de grasa que flotaban en el puchero, abrumada por la historia de Jack y de su familia. Y se preguntó por qué no le había contado nada de eso.

¿Pensaba que si sabía la verdad sobre su pasado le menospreciaría?

—Ahora vamos a dejar que hierva hasta que la carne esté blanda. —Eunice tapó el puchero—. Gracias, querida.

—¿Hay algo más en lo que pueda ayudarte? —preguntó Amelia.

Había estado muy pocas veces en la enorme cocina de su mansión de Nueva York, con armarios con puertas de cristal, amplias encimeras de mármol y el equipamiento más moderno para cocinar. Preparar la comida no había formado parte de su educación, porque su madre esperaba que tuviera siempre criados que cocinaran para ella. Si la hubiese visto entonces, con un sencillo vestido de lana y un delantal manchado de grasa, sacando espuma de un puchero, seguro que se habría desmayado. Pero a Amelia le gustaba aquella cocina tan cálida, que olía a pan de jengibre, hierbas y la misteriosa mezcla negra que Oliver estaba removiendo.

—Si no te da miedo coger una plancha caliente te puedo enseñar a quitar la grasa de una camisa —le propuso Doreen.

—No he planchado nunca —reconoció Amelia—. ¿Es muy difícil?

—No si tienes cuidado. Primero hay que estirar bien la camisa. —Doreen comenzó a extender la camisa en la mesa—. Luego ponemos un trozo de papel de estraza sobre la mancha y colocamos la plancha encima, subiéndola y bajándola hasta que comience a salir la grasa. Después ponemos otro trozo de papel de estraza y seguimos apoyando la plancha hasta que no salga más grasa.

—¿De esa manera se quita completamente la mancha? —preguntó Amelia sorprendida.

—La mayoría de las veces sí. Si se resiste te enrollas un pañito en el dedo, lo mojas con alcohol, frotas un poco y acaba saliendo del todo.

Oliver frunció el ceño.

—¿Está llamando alguien?

—Es sólo el viento —le aseguró Eunice mientras tamizaba harina en un cuenco grande.

—Entonces este viento tiene nudillos —dijo Doreen—. Será mejor que vayas a ver quién es antes de que decidan…

—¡Hola! —gritó una voz emocionada.

—¿Hay alguien en casa?

—¿Jack?

—¡Dios mío! —exclamó Eunice cubriéndose con una nube de harina al dejar el tamiz en el cuenco—. ¡Son los chicos!

—¿Dónde puedo esconderme? —Amelia miró desesperada alrededor de la pequeña cocina.

—No hay tiempo para eso. Baja la cabeza y sigue trabajando —le ordenó Doreen dándole la plancha—. Y no abras la boca; en cuanto oigan tu acento se darán cuenta de que pasa algo. —Cogió el cuchillo y comenzó a cortar de nuevo las zanahorias mientras se abría la puerta y los hermanos de Jack entraban en la cocina.

—Hola a todos —dijo Jamie.

—Hay un olor delicioso —comentó Grace acercándose al fuego—. ¿Qué estás preparando, Eunice?

—Huele a cordero. —Annabelle arrugó la nariz—. Debe ser guisado.

—Estoy muerto de hambre —afirmó Simon mirando con ansiedad el puchero—. ¿Está listo para comer?

—No pensábamos quedarnos a cenar. —Charlotte sonrió mientras entraba cojeando por la puerta—. Sólo hemos venido a ver a Jack. —Se sentó en una silla y estiró su pierna rígida.

—No está aquí —dijo Oliver removiendo su brebaje con tanto vigor que acabó con la cara llena de manchas negras.

—Le diremos que habéis pasado a verle —señaló Doreen machacando furiosamente las zanahorias.

—Si volvéis mañana quizá le pilléis —agregó Eunice tamizando una tormenta de harina en el aire.

—No tardará en llegar, ¿verdad? —Jamie se mostró bastante decepcionado—. Son casi las cinco.

—Dijo que volvería tarde —respondió Doreen animadamente—. No le esperamos hasta las tantas de la mañana.

—Si no va a venir a casa, ¿para qué estáis preparando toda esa comida? —preguntó Grace.

—Es para mañana —mintió Eunice mezclando mantequilla derretida con un poco de melaza.

—¿Estás haciendo tortas de melaza para mañana? —Charlotte la miró con curiosidad—. ¿No dices siempre que sólo están buenas recién salidas del horno?

—Sí, bueno, éstas son para nosotros —balbuceó Eunice.

—Estupendo, me encantan las tortas de mezala. —Simon se acercó a la cocina y levantó la tapa del puchero—. ¿Cuándo estará listo este guisado, Eunice?

—Pondré la tetera al fuego para hacer un poco de té —dijo Annabelle llenando la tetera de agua.

Jamie sonrió a Amelia.

—Me parece que no nos conocemos. Soy James Kent, éste es mi hermano Simon y éstas son mis hermanas Annabelle, Grace y Charlotte. Somos la familia de Jack.

—Ella es la señorita Maisie Wilson —intervino Oliver para que Amelia no tuviera que presentarse.

—La hemos contratado sólo hoy para que nos ayude con la colada —explicó Doreen.

—Es un poco tímida —subrayó Eunice.

—Encantado de conocerla, señorita Wilson. —Jamie observó a Amelia con interés—. La verdad es que necesito a alguien que se ocupe de mi ropa. ¿Le interesaría venir a mi casa?

Mirando hacia abajo, Amelia apoyó la plancha con fuerza sobre la camisa de Jack y movió la cabeza.

—Yo iré a ayudarte —afirmó Doreen intentando desviar la atención de Jamie.

—Oliver, ¿para qué te molestas en hacer betún cuando es mucho más fácil comprarlo? —preguntó Annabelle.

—Si tú te puedes permitir el lujo de comprar betún es cosa tuya —replicó Oliver—. Esto se hace enseguida y deja las botas como una patena.

—Se está quemando algo —comentó Grace olfateando el aire.

Eunice echó un vistazo a la cocina.

—Debe ser la madera que está ardiendo…

—¡Diantres! —exclamó Amelia de repente—. ¿Qué es esto?

Todo el mundo se dio la vuelta para mirar el humeante agujero negro que había hecho en la camisa de Jack.

—No te preocupes —dijo Doreen rápidamente—. De todas formas ya basta de plancha por hoy.

—Es americana, ¿verdad? —preguntó Jamie intrigado por el acento de Amelia.

Ella le miró indecisa.

—Sí.

—¿Qué hace en Inverness? —inquirió Simon—. Está muy lejos de América.

—La muchacha ha venido a visitar a su familia —respondió Eunice.

—Viven cerca de aquí —añadió Oliver.

Annabelle observó a Amelia con renovado interés.

—Perdone, señorita Wilson, pero ¿no nos conocemos?

—No lo creo. —Amelia tenía la voz tensa—. No llevo aquí mucho tiempo.

—Estoy seguro de que la he visto en algún sitio. —Jamie también estaba mirándola—. Su cara me resulta muy familiar.

—Debe estar pensando en alguien que se parece a mí. —Amelia comenzó a doblar con torpeza la camisa quemada de Jack.

—¡Por todos los santos! —exclamó Annabelle—. ¡Es Amelia Belford!

—Por eso me resultaba tan familiar —dijo Grace asintiendo—. Aunque no la vimos el día de su boda, su fotografía ha estado en los periódicos durante mucho tiempo antes y después de su desaparición.

—No me extraña que Jack tuviera tanta prisa para irse de su boda. —Los ojos de Annabelle brillaban con picardía—. ¡Pensábamos que se había puesto terco, pero no sabíamos que estaba huyendo con la novia!

—En realidad no huyó conmigo —puntualizó Amelia—. Me descubrió intentando coger su carruaje y me ayudó a escapar.

Jamie sonrió.

—Muy propio de Jack.

—Los periódicos dicen que la secuestraron —reflexionó Grace—, pero la gente que presenció la escena en el baile de los Wilkinson dice que peleó contra todos los que intentaron salvarla del anciano que la capturó.

—¿Eras tú, Oliver?

—¿Me estás llamando viejo? —preguntó Oliver ofendido—. Era Jack disfrazado, y parecía el doble de viejo que yo.

—El disfraz de Jack era genial —reconoció Amelia—. Cuando me cogió y empezó a bailar pensé que era un criado que se había vuelto loco.

—¿Jack bailó contigo? —Annabelle parecía asombrada.

—Sí... ¿Por qué?

Los cuatro hermanos se miraron desconcertados.

—A Jack no le gusta mucho bailar. —Charlotte miró a Amelia con curiosidad.

—Sólo bailó conmigo para alejarme del vizconde Philmore —explicó Amelia—. En ese momento la situación era muy confusa, y nadie sabía quién era Jack.

—Cuando salieron corriendo les llevé al *Liberty*, pero se incendió, así que vinimos en el *Charlotte* —prosiguió Oliver.

—Afortunadamente, Eunice y yo estábamos aquí cuando llegaron —añadió Doreen—. Si no la pobre muchacha todavía andaría con la ropa de Jack.

—¿Por qué no nos dijo que la señorita Belford estaba aquí? —preguntó Grace—. Podríamos haberle ayudado.

—No quiere implicaros en este escándalo —respondió Oliver.

—Eso es ridículo —comentó Simon.

Jamie asintió.

—Estamos acostumbrados a los escándalos, Oliver.

—Siempre hemos vivido con ellos —señaló Grace.

—No nos pasará nada por uno más —le aseguró Annabelle.

—Y debería saber que estamos dispuestos a ayudarle. —Charlotte sonrió a Amelia—. Somos su familia.

—Por eso no quiere mezclaros en esto —insistió Oliver—. Todos sabemos lo que es que la gente te desprecie, y ahora tenéis unas vidas respetables.

—Vosotras estáis casadas y tenéis hijos, Jamie es un médico respetado, y Simon se está haciendo un nombre como inventor —añadió Eunice—. Es mejor que no os impliquéis.

—Ahora que conocemos a la señorita Belford, me temo que estamos implicados —declaró Jamie con tono enfático—. Y queremos ayudarte —le dijo a Amelia—. Si nos dices qué planes tienes haremos todo lo que esté en nuestras manos.

—Sois muy amables. —Amelia se sentó en la silla que Jamie le había acercado—. En un principio pensaba casarme con el vizconde Philmore, pero intentó entregarme a mi familia a cambio de la recompensa.

—¡Maldito canalla! —exclamó Annabelle furiosa—. ¡Se merece que le despellejen vivo, le corten en trozos y le echen al fuego!

Amelia sonrió.

—Yo no había pensado en un castigo tan sangriento.

—Al menos se merece tener un matrimonio desgraciado —afirmó Grace.

—Pero entonces su mujer también sería desgraciada —comentó Charlotte—. Deberías alegrarte de haber descubierto su verdadera naturaleza antes de casarte con él, porque no habrías sido feliz con un hombre como ése.

—Tienes razón. —A Amelia le gustó Charlotte inmediatamente por su suave sabiduría—. Ahora tengo que cuidarme a mí misma, y no sé cómo voy a hacerlo. Como podéis ver no soy muy habilidosa —señaló con aire pesaroso la camisa quemada de Jack.

—Jamás podrías ganarte la vida como lavandera —se burló Doreen—. Cualquiera puede ver que eres demasiado fina para eso.

—Doreen tiene razón —dijo Simon—. Tenemos que pensar en otra cosa para que puedas mantenerte.

—Antes deberíamos evaluar tus capacidades —sugirió Annabelle—. Sabes leer y escribir, ¿verdad?

—Por supuesto.

—¿Y has estudiado historia, matemáticas y ciencias?

—Sí.

—Teniendo en cuenta que eres joven, presentable y soltera, con un sólido conocimiento de las materias básicas, serías una institutriz fabulosa.

—No creo que sea una buena idea, Annabelle —repuso Grace.

—¿Por qué no?

—En primer lugar está la cuestión de su marcado acento americano. A cualquier familia que la contratara le preocuparía que sus hijos lo terminaran adoptando. No tiene nada de malo —se apresuró a aclarar Grace—, pero no creo que a muchos padres les agrade que sus hijos lo imiten.

—Me temo que tienes razón. —Amelia suspiró—. Lord Whitcliffe pensaba que mi acento era horrible. También decía que no sabía comportarme correctamente. No creo que con esos rasgos fuera una buena institutriz.

—Lord Whitcliffe es un idiota —gruñó Jamie.

—Podrías ser escritora —propuso Simon—. De esa manera nadie oiría tu acento, ni sabría quién eres.

Amelia consideró intrigada esa posibilidad.

—¿Sobre qué escribiría?

—Sobre tus experiencias —respondió Annabelle—. Podrías escribir una novela sobre una rica heredera que viaja por el mundo, o libros de viajes sobre los lugares maravillosos que has visitado.

—Eso no es muy práctico, Annabelle —objetó Jamie—. Tardaría mucho tiempo en escribir un libro, y no hay ninguna garantía de que encuentre un editor. Tú has tenido mucha suerte con tus libros, pero para publicar hay mucha competencia y no siempre es un trabajo lucrativo.

Amelia miró a Annabelle fascinada.

—¿Qué has publicado?

—Annabelle ha escrito una serie de libros de misterio para niños que se titula *Los huérfanos de Argyll.* —Simon guiñó un ojo a su hermana—. Charlotte hace los dibujos para la portada de cada capítulo. Sus libros son muy populares aquí en Escocia.

—Es fantástico. Me encantaría leerlos.

—La próxima vez que venga te traeré algunas copias —prometió Annabelle.

—Debe ser estupendo tener un talento especial para escribir, pintar o diseñar modelos —comentó Amelia—. Me temo que lo único que sabría hacer yo es llevar una casa y organizar grandes cenas y fiestas.

—¡Eso es! —exclamó Grace—. Amelia, ¿a cuántos bailes, tés y cenas has asistido en París y en Londres mientras te presentaban en sociedad?

—No tengo ni idea. A cientos.

—Y antes de venir a Inglaterra, ¿organizaba tu madre acontecimientos similares en Nueva York?

—Por supuesto. Durante años su objetivo ha sido que la aceptaran a ella y a mi padre en todos los niveles de la sociedad neoyorquina, que al principio los despreciaba. Es famosa por dar las fiestas más lujosas de Nueva York y Long Island, y sus invitaciones se cotizan mucho.

—¿Podrías organizar una cena formal o una boda?

—Soy capaz de preparar cenas y bailes para un grupo pequeño o quinientas personas. No sé cocinar la comida —precisó sonriendo a Eunice—, pero sí organizarlo todo, hasta los cubiertos y los cuencos para enjuagarse los dedos.

—¡Es perfecto! Hay un bonito hotel en Inverness donde la hija de una de mis clientas va a celebrar su boda —explicó Grace—. Yo estoy diseñando los vestidos para la madre y las damas de honor. Habrá trescientos invitados, y la señora MacCulloch quiere que todo sea grandioso y elegante. Por desgracia no tiene ni idea de lo que es elegante hoy en día, y los del hotel tampoco.

—¡Grace, eso es genial! —exclamó Annabelle—. ¡Nadie sabe más de elegancia que Amelia; su boda iba a ser el acontecimiento más espectacular de la década!

—Exactamente. El hotel Royal ha servido la misma comida y ha decorado las mesas con las mismas flores durante más de cincuenta años. Pero en ese tiempo Inverness ha cambiado mucho, como los gustos de la gente que vive aquí.

—Amelia podría ayudarles a organizar recepciones tan refinadas como las de Londres, que potenciarían su negocio —concluyó Charlotte—. Es una idea estupenda.

—Conozco a Walter Sweeney, el director del hotel Royal —dijo Jamie—. Pasaré por allí mañana por la mañana para hablarle de Amelia y concertaré una entrevista para mañana por la tarde.

—Sólo hay un problema.

Grace miró a Amelia desconcertada.

—¿Cuál?

—Mi cara y mi acento. Todos creíais que me habíais visto en alguna parte, pero no supisteis dónde hasta que oísteis mi acento americano.

—En realidad fueron tus manos las que te delataron —afirmó Annabelle—. Son demasiado suaves para ser las manos de una criada, y al ver los arañazos recordé que te habías caído sobre unos arbustos junto a la iglesia.

—Puedes llevar guantes hasta que se te curen las heridas —sugirió Grace.

—Pero seguro que alguien me reconoce —insistió Amelia—. Mi fotografía está en los periódicos.

—No te preocupes por tu aspecto. —Oliver la estaba observando con los ojos entrecerrados—. Puedo hacer que parezcas tan vieja y ojerosa que ni siquiera tu madre te reconocería.

—No nos interesa que parezca demasiado vieja y fea —objetó Grace—. Se supone que debe vender una imagen más fresca y joven de hacer las cosas.

—Muy bien —accedió Oliver con impaciencia—. La dejaré como si tuviera unos cuarenta años.

—Tengo algunos vestidos en la tienda que te irán muy bien —dijo Grace—. Si quieres convencerles de que puedes dar un toque de estilo y elegancia al hotel no puedes ir a la entrevista con un vestido tan sencillo como ése.

—No debería ser muy lujoso —le advirtió Annabelle—. Si va a representar el papel de una mujer que busca trabajo no debe parecer que tiene más dinero que el director.

—¿Qué hay de mi acento? —preguntó Amelia.

—Si tuviésemos tiempo te enseñaría a hablar con acento escocés —respondió Annabelle—. Cuando era más joven fui actriz durante una época, y me encantaba cambiar de acento. Pero necesitaríamos varias semanas de práctica para que fuera convincente.

—No tenemos tanto tiempo —dijo Grace—. Si queremos que consiga el trabajo para organizar la boda de la hija de la señora MacCulloch tiene que hacer la entrevista inmediatamente.

—¿Podrías suavizar un poco tu forma de hablar? —preguntó Doreen—. Ya sabes, para que no suene tan americana.

—No lo creo. —Amelia miró al grupo desesperada.

—¿Y si intentaras hablar con acento inglés? —propuso Oliver—. Ya sabes, como hablaban en los bailes a los que ibas.

Amelia se quedó pensativa un momento.

—Hemos tenido un tiempo espléndido últimamente, ¿no creen? —gorjeó con su mejor acento inglés.

—No valdrá. —Simon movió la cabeza—. Suena ridículo.

Oliver se encogió de hombros.

—Como los ingleses.

—Quizá no tengamos que ocultar que es americana —comentó Annabelle—. Aquí hay muchas familias que tienen parientes en América.

—Podemos decir que viene de algún sitio que no sea Nueva York —sugirió Charlotte—. Así la gente no supondrá que conoce a Amelia Belford.

—Muy bien, diremos que es la señora Marshall Chamberlain, nuestra prima viuda de Boston —dijo Annabelle—. Le diremos al señor Sweeney que es hija de la tía de Genevieve.

—¿Genevieve tiene una tía? —preguntó Charlotte.

—No, pero el señor Sweeney no lo sabe.

—¿Por qué tiene que ser viuda? —inquirió Jamie.

—Ser viuda le dará un grado de respetabilidad y dignidad —explicó Annabelle—. Y habrá menos posibilidades de que los caballeros del hotel la molesten.

—No os preocupéis, para cuando acabe con ella nadie le pondrá la vista encima más de una vez —prometió Oliver.

—No puede parecer un monstruo, Oliver —le recordó Grace—. Si tiene un aspecto horrible nadie aceptará sus consejos.

—¿Queréis que la disfrace o no? —preguntó irritado.

—Lo primero que hay que hacer es cambiarle el pelo. —Jamie frunció el ceño mientras la observaba—. En todas las descripciones se menciona que es rubia.

Eunice cogió un mechón del pelo sedoso de Amelia entre sus dedos rollizos.

—Puedo hacer un tinte especial que lo dejará marrón hasta que se lo vuelva a lavar.

—Y podemos oscurecerle las cejas con clavos quemados —añadió Annabelle examinando los pálidos arcos sobre los ojos de Amelia—. Era lo que solía hacer yo cuando actuaba.

—Con unos polvos cubriremos esas pecas para que parezca más mayor —decidió Oliver.

—Lo que necesita son unas gafas —afirmó Doreen—. Harán que sus ojos parezcan más pequeños.

—Y yo le traeré algunos modelos que no le queden muy ajustados para que nadie se distraiga con su figura. —Grace sacó una cinta métrica de su bolso—. Amelia, si me haces el favor de ponerte de pie te tomaré unas cuantas medidas. Ten, Annabelle, sujeta el extremo a su cintura mientras Simon anota…

—*¿Qué diablos pasa aquí?*

Al darse la vuelta vieron a Jack en la puerta de la cocina, con una expresión en su rostro que iba de la ira al asombro.

—Estamos ayudando a Amelia a buscar trabajo —respondió Simon animadamente.

—Jack, ¿cuánto tiempo pensabas que podías tener aquí escondida a la pobre Amelia sin que nos enterásemos? —le regañó Annabelle.

—Tendrías que haber supuesto que vendríamos a verte en algún momento —añadió Grace.

—Sobre todo después de largarte de la boda de lord Whitcliffe de ese modo —se rió Jamie—. No nos imaginábamos que habías huido con la novia.

Jack se pasó la mano por el pelo completamente aturdido.

—No es lo que creéis…

—Lo único que creemos es que eres amigo de Amelia y estás intentando protegerla de un matrimonio que no le interesa —dijo Charlotte tranquilamente—. ¿No es así?

Jack adoptó una actitud de cautela. De toda su familia, su hermana Charlotte era la que mejor le comprendía.

—Sí —respondió manteniendo su mirada—. Eso es lo que estoy haciendo.

Charlotte le observó unos instantes, como si hubiera algo en él que le desconcertara. Al darse cuenta Jack miró hacia otro lado.

—Amelia no puede trabajar —informó a todos los que estaban reunidos en la cocina.

—¿Por qué no? —preguntó ella—. Yo quiero trabajar.

—La ambición es buena. —Eunice asintió con gesto aprobatorio.

—En primer lugar es muy peligroso —argumentó Jack—. Hay una enorme recompensa por tu captura, y si sales de esta casa corres un gran riesgo.

—No la reconocerá nadie —le aseguró Oliver—. No cuando termine con ella.

—Claro que no puede salir de esta manera —reconoció Simon—.

Por eso vamos a transformarla en la señora Marshall Chamberlain, nuestra prima segunda de Boston, que ha enviudado recientemente.

—De esa forma no tendrá que disimular su acento —explicó Jamie.

—Y al ser viuda los hombres mantendrán más las distancias y respetarán su privacidad —añadió Grace.

—Es una caracterización brillante —concluyó Annabelle emocionada.

—Amelia no ha trabajado ni un solo día en toda su vida —replicó Jack con brusquedad—. ¿A qué pensáis que puede dedicarse? ¿Creéis que hay algún trabajo en el que pueda estar sentada mientras encuentra la manera de gastar grandes cantidades de dinero?

Sus hermanos le miraron sorprendidos, asustados por su rudeza.

—De hecho, tu familia cree que tengo algunas habilidades más allá de mi talento para gastar dinero. —Amelia levantó la barbilla y le miró indignada, ocultando su dolor bajo una máscara de fría ira—. Y puesto que no tengo intención de quedarme aquí y ser una carga para ti más de lo necesario, lo mejor será que encuentre un trabajo cuanto antes. Si nos disculpáis, creo que deberíamos terminar con las medidas en mi habitación.

Sin esperar a que sus nuevos amigos respondieran salió majestuosamente de la cocina, temiendo que las lágrimas que le empañaban los ojos comenzaran a caer si se quedaba un segundo más.

—¿Cómo puedes ser tan mezquino, Jack? —Annabelle le miró exasperada al pasar por delante de él.

—Estoy segura de que no pretendías ser tan duro —comentó Grace siguiendo a su hermana.

Charlotte se levantó de la silla y le puso una mano en el brazo.

—Dile que lo sientes, Jack —le aconsejó con suavidad—. Necesita saberlo. —Luego le sonrió antes de darse la vuelta y salir cojeando de la cocina.

—Bueno, está claro que has pasado demasiado tiempo en el mar. —Eunice le lanzó una mirada reprobatoria mientras golpeaba la masa para sus tortas.

—Antes no te gustaba hablar mucho —afirmó Doreen—. Es una pena que no hayas podido morderte la lengua.

—¿Qué diablos te pasa? —le preguntó Oliver enfadado—. La muchacha está dispuesta a trabajar, y en vez de animarla te pones furioso porque ha tenido la suerte de no necesitarlo hasta ahora. No lo entiendo.

—Sólo intentaba protegerla —respondió Jack con tono defensivo—. Amelia no puede trabajar. Es demasiado peligroso.

—No pretenderás tenerla aquí escondida para siempre, ¿verdad? —le increpó Simon—. A no ser que decidas mantenerla indefinidamente, tiene que aprender a ganarse la vida.

—O eso o tenemos que buscarle un marido. —Jamie observó divertido cómo fruncía su hermano el ceño—. Lo cual no sería difícil teniendo en cuenta lo hermosa que es —añadió animadamente.

—No necesita un marido —espetó Jack—. Después de huir de un matrimonio concertado descubrió que al hombre del que creía estar enamorada sólo le interesaba entregarla a su familia para cobrar la recompensa. No creo que en este momento le atraiga mucho esa idea.

—Si no puede casarse y tú no quieres que trabaje, ¿qué esperas que haga? —Doreen se cruzó de brazos y le miró con expectación.

—Puedo hacerme cargo de ella —insistió Jack.

—Estoy seguro —afirmó Simon—. Pero no creo que Amelia espere eso de ti, ni quiera que lo hagas. No puede quedarse en esta casa para siempre, quemando tus camisas y haciendo guisados.

—Si la muchacha no quiere casarse con el viejo Whitcliffe tiene que comenzar una nueva vida —razonó Eunice.

—Y para eso necesita encontrar un trabajo y aprender a cuidarse por sí misma —agregó Oliver—. Eso es precisamente lo que hizo la señorita Genevieve.

¿Por qué diablos no podían mantenerse al margen del asunto?, se preguntó Jack furiosamente. ¿Por qué no podían aceptar que quisiera hacerse cargo de ella?

—Muy bien, ayudadla a buscar un trabajo, o diez trabajos si así os quedáis contentos. Pero si alguien la reconoce y se la lleva la culpa será vuestra. Al menos aquí estaba a salvo. Me habría asegurado de ello.

Salió dando zancadas de la cocina, sin darse cuenta de que había revelado mucho más de lo que pretendía al cerrar la puerta de golpe.

Capítulo 10

Walter Sweeny se agarró al borde de su mesa, sintiendo una necesidad desesperada de aferrarse a algo mientras soportaba el incesante asalto de las cuatro mujeres emocionadas que gorjeaban como pájaros delante de él en el borde de sus asientos.

Las hermanas Kent, como seguían llamándolas a pesar de su estatus matrimonial, habían irrumpido en su despacho con un ruidoso despliegue de sombreros de plumas, perlas relucientes y elegantes vestidos acompañando a su discreta prima, la señora Marshall Chamberlain. Su hermano, el doctor James Kent, había pasado por allí unas horas antes y le había pedido que concediera una entrevista a su encantadora prima de Boston, que había enviudado recientemente y ahora buscaba un empleo para instalarse en Inverness. El doctor Kent le había explicado que la señora Chamberlain era una gran experta en lo que estaba de moda actualmente en Boston, Nueva York, París y Londres, sugiriendo que el hotel Royal podría beneficiarse de su experiencia en dicho ámbito.

Walter había accedido a realizar la entrevista únicamente para mantener unas relaciones cordiales con la familia Kent, que tenía un gran peso en la economía local. Los marqueses de Redmond y sus hijos eran conocidos por su apoyo a la industria y los negocios locales, incluido su hotel, que había organizado numerosas cenas y fiestas para ellos durante años. Aunque Walter quería complacer a la familia, francamente no veía la necesidad de contratar a alguien que le asesorara en cuestiones de servicio o presentación. Se las había arreglado muy bien en esos aspectos durante casi treinta años. No tenía tiempo de viajar a lugares ajetreados como París o Londres para ver las tonterías que hacían en otros hoteles, ni lo consideraba necesario. Sabía reconocer una buena comida escocesa tradicional cuando la veía, y ésa era la base sobre la que su hotel había construido su sólida reputación. Pensaba escuchar con atención lo que la señora Chamberlain tuviera que decir antes de informarle amablemente que no tenía ninguna plaza en el hotel que se ajustase a sus admirables cualidades. Tras cumplir con la familia Kent habría continuado con su agenda diaria.

Lo que no había previsto era que la señora Chamberlain llegaría con sus tres primas y se vería sometido a un vertiginoso asalto de encanto femenino. Se agarró a su mesa desesperado, intentando soportar la avalancha de críticas y sugerencias que las cuatro mujeres lanzaban de un lado a otro. Había comenzado la reunión convencido de que el servicio y la reputación de su hotel eran intachables. Sin embargo, después de casi una hora de agotadora ofensiva, de repente ya no estaba tan seguro.

—La señora MacCulloch manifestó en la última prueba de su hija que espera que su próxima boda sea un acontecimiento de gran elegancia desde el momento en que los invitados entren en la sala de recepción —estaba diciendo Grace con tono enérgico—. Mencionó algunos de los platos que le ha propuesto para el menú nupcial, señor Sweeney. Aunque son unas opciones excelentes, estoy segura de que mi querida prima, la señora Chamberlain, podría preparar un menú que haría que todos los invitados hablaran durante años de la comida del hotel Royal.

—El menú ya ha sido acordado —dijo Walter—. No se le pueden hacer cambios.

—Pero aún faltan tres semanas para la boda —protestó Grace.

Annabelle lanzó una carcajada burlona.

—¿Han empezado ya a preparar la comida?

—No se puede cambiar —insistió Walter—. Ya he informado a los cocineros. El menú es definitivo.

—¿Qué piensa servir? —preguntó Amelia con curiosidad.

Walter sonrió a la mujer delgada con el pelo parduzco y gafas que estaba sentada enfrente de él. No se parecía a sus atractivas primas, con el pelo bien arreglado, la tez pálida y los estrechos labios sin brillo. Tenía una edad indeterminada, quiza unos veintisiete, aunque había momentos en los que parecía más joven. En su cara no había arrugas, pero tenía sombras bajo los ojos, que podrían haber sido un rasgo importante para ella si no los llevara ocultos tras la montura dorada de sus gafas. Su ropa era elegante pero sencilla, y no pudo decidir si la ausencia de ornamentos femeninos se debía a que aún estaba de luto por la pérdida de su marido o a que no le gustaban los adornos personales. Lo que estaba claro es que era una mujer de considerable aplomo y energía. Se movía con una gracia que hablaba de una educación refinada, y a pesar de su extraño acento americano la descripción de lo que había visto en otros hoteles y actos formales indicaba que era inteligente y bien educada.

—Serviremos lo habitual en nuestras recepciones nupciales —respondió Walter—. Sopa de puerros con trucha, seguida de falda de cordero y liebre estofada con asadurillas, guisantes y patatas. Después salmón cocido y rodaballo frito, y por último pudin de dátiles con crema de caramelo y alfajor.

—¿Qué es alfajor? —preguntó Amelia.

—Es un postre tradicional escocés —explicó Charlotte—. Se hace con avena tostada, nata, frutas, miel y whisky, todo ello mezclado para que se espese.

—Suena muy bien —dijo Amelia sinceramente—. Y el resto del menú también suena muy... —Hizo una pausa para encontrar la palabra adecuada—. Sustancioso.

—Ninguno de nuestros invitados se ha quejado nunca de nuestro menú de boda —le aseguró Walter.

—Y eso dice mucho a su favor —repuso Amelia—. Pero teniendo en cuenta que la señora MacCulloch ha indicado que espera algo más de lo que la gente de Inverness conoce y aprecia de su encantador hotel, yo creo que debería ampliar un poco el menú.

—Con lo que hay será más que suficiente —objetó Walter—. No me gusta despilfarrar.

—No estoy sugiriendo que aumente la cantidad de comida —se apresuró a aclarar Amelia—, sino que puede ofrecer una variedad más amplia para que la gente pueda probar algo un poco diferente.

—¿Cómo qué?

—Bueno, podría empezar con una sopa caliente o fría —sugirió Amelia—. Ésta resulta especialmente adecuada para las noches de verano, en las que la gente prefiere comenzar con algo más ligero. La sopa fría puede ser de pepino o de algún tipo de baya, decorada con una pequeña flor en el centro, o quizá con un chorrito de crema y un ramito de hinojo.

—¿Quiere que ponga flores en la sopa? —Walter pensó que debía estar de broma.

—No son para comer —señaló Amelia—. Son para que los platos resulten más atractivos.

—Los invitados pensarán que estoy intentando envenenarles.

—De hecho hay muchas flores que son comestibles. Podríamos elegir algo que no sea nocivo por si acaso alguien decide probarlo.

—A mí me parece una idea excelente —dijo Charlotte—. Muy creativa.

—Después de la sopa podría servir los platos de pescado, para que vaya aumentando la solidez de la comida de forma gradual, en vez de ir directamente a las carnes —prosiguió Amelia—. La langosta es ahora muy popular, ya sea con curry o cortada en dados y servida con crema de limón. Los langostinos son también muy sabrosos, como la trucha al horno con almendras. La idea es ofrecer platos apetitosos y atractivos, no lo que la gente podría preparar en su casa.

Walter frunció el ceño con aire pensativo, y al cabo de un momento comenzó a tomar notas.

—Luego se debería servir una cucharadita de sorbete de limón, en una copa de cristal o en un cuenco, para refrescar el paladar y dar a los invitados la oportunidad de descansar antes del siguiente plato —añadió Amelia—. Respecto a los platos de carne, es importante equilibrar los sabores y las texturas. El cordero y la liebre están bien, pero también debería ofrecer jamón cocido, pollo asado, quizá un poco de lengua y un buen trozo de ternera. Debe haber salsas acompañando a cada plato, pero se deberían servir por separado, para que cada invitado pueda decidir cómo quiere comer la carne.

—Eso tiene mucho sentido —declaró Annabelle con entusiasmo—. Cuando estuve en París lo servían todo con unas pesadas salsas de nata, que a mí no me gustaban nada.

—En cuanto a las verduras, yo creo que debería ir más allá de las patatas y los guisantes, aunque sean las opciones preferidas —sugirió Amelia—. ¿Por qué no prueba con puntas de espárragos al vapor, zanahorias confitadas, tiras de remolacha y judías verdes con mantequilla? De esa manera habrá más color en el plato, sobre todo si algunos invitados quieren probar un poco de todo.

»Además de los postres que ha elegido, yo le sugeriría una selección de pasteles y tartas y al menos dos helados, uno de fresa o vainilla y otro un poco más exótico, por ejemplo de jengibre o melón, servidos con barquillos o corteza confitada. Por último debería haber pirámides de fruta con melocotones, ciruelas, albaricoques, nectarinas, frambuesas, peras y uvas, que se sirven con queso, galletas y champán. Al final de la comida habría que animar a la gente a levantarse y caminar un poco, y entonces yo serviría el café, el té y el oporto en otra sala, y si no es posible en unas mesas al fondo del comedor para que todo el mundo tenga que andar un poco para tomarlos.

Walter dejó de escribir y miró hacia arriba.

—¿Algo más?

—Bueno, no he considerado aún el tema de la sala, la decoración de las mesas, las flores, la mantelería, la orquesta o la música que debería tocar —reflexionó Amelia—. Además, puede que los MacCulloch quieran obsequiar a los invitados con un pequeño recuerdo, y eso es algo en lo que también el hotel podría participar. Podría crear una nueva reputación para su establecimiento basada en los temas originales que se le ocurran para las recepciones y en la forma espectacular de ejecutarlos.

—¿Temas? —Walter frunció el ceño confundido—. ¿Qué quiere decir?

—Una idea o premisa que unifique el acontecimiento de un modo ameno y divertido —explicó Amelia—. Por ejemplo, podría convertir la sala en un paraíso tropical con palmeras y limoneros, o en un jardín inglés a medianoche con estrellas y una fuente. Aunque los padres de la novia prefieran una boda sencilla, al menos hay que considerar los colores y las flores que se van a utilizar. Para eso debemos consultar a la novia y averiguar cuáles son sus gustos, o qué es importante para ella y su prometido. De ese modo, aunque algunos invitados asistan a una docena de bodas y cenas en su hotel, siempre estarán deseando ver qué novedades ha introducido. Todos los invitados se deben considerar clientes potenciales que pueden organizar un acontecimiento en el futuro, así que debemos aprovechar cualquier oportunidad para impresionarles con nuestro impecable servicio y creatividad.

—Sí, desde luego —afirmó Walter, que estaba otra vez tomando notas febrilmente—. Dígame, señora Chamberlain, ¿qué sugeriría usted para...?

—¡Dios mío! —exclamó Annabelle de pronto levantándose de su silla—. Cómo se ha pasado el tiempo. Me temo que debemos marcharnos, señor Sweeney.

—¿Adónde?

—Hemos concertado otra entrevista para la señora Chamberlain en el hotel Palm Court, al otro lado del río. No es tan antiguo como el hotel Royal, por supuesto, pero tiene los últimos adelantos en fontanería y electricidad, y esperan contar con una clientela muy distinguida. Vamos, Mary —le dijo a Amelia—. Tenemos que irnos si no queremos llegar tarde.

—Sí, claro. —Amelia se levantó obedientemente—. Ha sido un placer conocerle, señor Sweeney —dijo sonriendo con serenidad—. Le deseo todo lo mejor para su hotel...

—¿Puede comenzar hoy? —preguntó Walter—. ¿Ahora?

Amelia tuvo que hacer un esfuerzo para contener la emoción que la invadió de repente.

—¿Está diciendo que quiere contratarme?

—Sí, sí —agitó su pluma con impaciencia—. Estoy deseando seguir escuchando sus ideas para poder concertar una reunión con la señora MacCulloch y su hija y hablarles de nuestras nuevas propuestas para la boda. No nos queda mucho tiempo. Apenas tres semanas. Si vamos a cambiar el menú y crear un tema tenemos que empezar a prepararlo todo inmediatamente. ¿Estaría de acuerdo con un salario de cien libras al año?

Amelia le miró con incredulidad. No sabía muy bien cuánto ganaba la gente, pero su padre solía quejarse de las enormes facturas que recibía del salón parisino del señor Worth, que ascendían a más de veinte mil dólares por temporada. Aunque no creía que necesitara un vestuario tan exquisito, ¿cómo iba a vivir con cien libras al año?

—¿Ciento veinticinco? —sugirió Walter al notar su actitud reticente.

Amelia miró a Annabelle, Grace y Charlotte, que a su vez miraron con expectación al señor Sweeney.

—Puedo subir hasta ciento cincuenta, pero me temo que ésa es mi oferta final —comenzó a latirle un tic en la mejilla.

—Estoy segura de que está ofreciendo todo lo que puede —dijo Amelia ajustándose los guantes—, y le agradezco su consideración...

—Ciento setenta y cinco libras, con todas las comidas incluidas —le interrumpió Walter.

—Pero tendré que probar la comida que hagamos para degustarla y saber qué puedo recomendar —señaló Amelia razonablemente—. Por lo tanto comer aquí será esencial para mi trabajo, y no creo que se pueda negociar como parte de mi compensación. Si acaso me deberían pagar más por el tiempo que me lleve.

—Señora Marshall, puedo pagarle doscientas libras al año, y me temo que ésa es mi última oferta —dijo Walter con voz débil.

—La aceptamos —respondió Grace antes de que Amelia pudiera negarse.

—Muy bien. —Amelia confiaba en que Grace supiera más de esas cosas que ella—. Con doscientas libras valdrá...

Walter suspiró aliviado, sintiéndose como si hubiera ganado una batalla.

—... de momento.

Jack estaba revisando el contrato que tenía delante, descifrando aquellas palabras. Leer siempre había sido un reto para él, y aunque Genevieve había trabajado muchas horas para que aprendiera, no había llegado a dominarlo hasta el punto de que le resultara fácil o agradable. Había ocasiones en las que las palabras se burlaban de él con su arrogante superioridad, enfureciéndole, hasta que acababa lanzando los libros contra la pared, y una vez a las llamas de la chimenea. Ésa fue una de las pocas veces en que Genevieve se enfadó realmente con él. Los libros eran demasiado valiosos para maltratarlos o destruirlos, le dijo con firmeza. Era mejor que canalizara su frustración con algo constructivo, por ejemplo golpeando la masa para el pan o cortando leña. Jack salió fuera y cortó suficiente leña para mantener encendidas las veinte chimeneas de la mansión de Haydon durante dos días.

Nunca le había gustado trabajar en la cocina.

—¡Jack! ¡Jack! ¿Dónde estás? —preguntó Annabelle con entusiasmo—. ¡Hemos vuelto!

Le invadió una extraña sensación de anticipación. Se puso de pie y se estiró con torpeza la camisa y el chaleco. No había visto a Amelia desde que el día anterior había hecho ese imperdonable comentario sobre sus habilidades en la cocina. Aunque Charlotte le había dicho que debía pedirle disculpas aún no había encontrado la oportunidad de hacerlo. Esa noche Amelia se quedó encerrada en su habitación, y por la mañana él tuvo que salir pronto para ir a su oficina de Inverness y ocuparse de su negocio. Por lo tanto no pudo ver a Amelia antes de que Oliver y sus hermanas transformaran su aspecto y la arrastraran a su entrevista en el hotel Royal. Sintiéndose inseguro de repente, salió al pasillo deseando reparar el daño que había causado y ver sonreír a Amelia una vez más.

En el pasillo estaban Annabelle, Charlotte y Grace con cara de satisfacción.

—¿Dónde está Amelia?

—No lo adivinarías jamás —le dijo Annabelle en broma.

—No quiero adivinarlo. —¿La habrían dejado por ahí sin darse cuenta de lo peligroso que era?—. ¿Dónde está?

—Está bien, Jack —le aseguró Charlotte—. Se ha quedado en el hotel Royal—. Hemos enviado a Oliver para que la recoja cuando termine.

—¿Cuando termine qué? —Eunice apareció en la puerta de la cocina secándose las manos con el delantal.

—¿Ha conseguido un empleo? —Doreen salió detrás de ella.

—Jack, deberías dejar que te compre algunos muebles decentes —comentó Annabelle entrando en su despacho—. Estos son horrorosos.

—¿Por qué habéis dejado a Amelia en el hotel? —preguntó.

—Porque estaba trabajando. Al menos deberías retapizar este viejo sofá de Genevieve —sugirió Grace mirando la tela rasgada del brazo—. Tiene un aspecto lamentable.

—¡Por amor de Dios, olvidaos de los malditos muebles! ¿Qué habéis hecho con Amelia?

—Le hemos conseguido un trabajo. —Annabelle sonrió—. Como dijimos que haríamos.

—En realidad lo ha conseguido ella misma —precisó Charlotte—. No ha necesitado mucha ayuda por nuestra parte.

—Excepto a la hora de hablar de su salario —dijo Grace riéndose—. Se quedó tan aturdida cuando el señor Sweeney le ofreció cien libras al año que estuvo a punto de rechazarlas.

Doreen arrugó la frente desconcertada.

—Eso es más que suficiente para una joven soltera.

—Me temo que Amelia desconoce lo que gana la mayoría de la gente —explicó Charlotte—. Con el lujo al que está acostumbrada, la oferta del señor Sweeney le pareció ridícula.

—Pero eso fue una ventaja para ella. El señor Sweeney tenía tanto miedo de perderla que al final accedió a pagarle doscientas libras —concluyó Grace con aire triunfante.

Eunice juntó las manos emocionada.

—¡Madre mía!

—¿Qué va a hacer para que le paguen doscientas libras? —preguntó Doreen con suspicacia.

—Es genial, Doreen —respondió Annabelle—. Va a ayudar al hotel a organizar los acontecimientos especiales, desde la decoración de las salas hasta la disposición de las mesas y la planificación de los menús.

—Y va a introducir temas para que los actos sean siempre distintos, amenos y muy elegantes —añadió Charlotte.

—Es perfecto para ella —comentó Grace—. Nadie sabe más de elegancia y diversión que Amelia.

—No puede hacerlo —afirmó Jack con tono tajante.

—Claro que puede —Annabelle le miró con impaciencia—. Tiene más talento del que crees, Jack.

—No estoy diciendo que no tenga cualidades. —En realidad le sorprendía que Amelia hubiera conseguido un empleo en algo tan apropiado para ella—. Lo que quiero decir es que es demasiado peligroso.

—Deberías olvidarte de esa idea de que debe estar encerrada en una habitación el resto de su vida —dijo Grace.

—Hay una enorme recompensa por su captura, y su familia está buscándola. —Le parecía increíble que no lo comprendieran—. No puede trabajar en un hotel donde la verá un montón de gente todos los días. Cualquiera podría reconocerla y entregarla a la policía.

—Nadie va a reconocerla —le aseguró Charlotte amablemente—. No tienes por qué preocuparte.

—No la has visto antes de que saliera hoy de casa. —Grace sonrió—. Ni siquiera tú la habrías conocido.

—Desde luego, nadie que esté buscando a una bella heredera que ha hecho darse la vuelta a todos los nobles de París y Londres va a relacionarla con la discreta viuda que ahora trabaja en un hotel escocés para ganarse la vida —señaló Annabelle.

—Además la señora Chamberlain no ha salido de repente de la nada —añadió Charlotte—. Al presentarla como prima nuestra le hemos dado un pasado y una conexión creíble con Inverness.

—La mayoría de la gente no esperará encontrar a una rica heredera americana trabajando en un hotel —argumentó Grace—. Todo el mundo opina lo mismo que tú, Jack, que es una malcriada incapaz de hacer nada que valga la pena.

—Yo no he dicho eso.

—No con esas palabras, pero lo has insinuado. Amelia está muy dolida, y no la culpo.

Charlotte le miró con curiosidad.

—Te has disculpado con ella, ¿verdad?

Él se encogió de hombros un poco incómodo.

—Lo haré.

—Bueno, será mejor que lo hagas en cuanto vuelva a casa —le recomendó Annabelle—, porque después quizá no la veas durante un tiempo.

—¿Por qué?

—Porque he invitado a Amelia a quedarse conmigo y ha aceptado.

Jack miró a su hermana con incredulidad.

—¿Qué?

—Es lo más adecuado para todos, Jack. Teniéndola aquí no puedes viajar, y sé que estás deseando marcharte. Odias quedarte en ningún sitio más de unos días.

—Amelia se quedará con Annabelle, tú seguirás con tus asuntos y Oliver, Eunice y Doreen podrán volver por fin a casa —concluyó Grace.

—¿Quién ha dicho que queramos ir a casa? —preguntó Eunice como si la idea fuera ridícula.

—Nos gusta cuidar de Jack y la muchacha —añadió Doreen con tono enfático—. No es ninguna molestia.

—Sois muy amables, pero estoy segura de que el trabajo que hacéis aquí es excesivo —insistió Annabelle—. En casa no tenéis que hacer nada. Podéis sentaros a descansar.

—Yo no necesito descansar —respondió Eunice apoyando sus robustas manos en sus formidables caderas—. Tengo la fuerza y la energía de una mujer con la mitad de mis años, y Dios me la ha dado para utilizarla.

—Igual que yo —resopló Doreen irritada—. El día que no pueda fregar el suelo o pasar un trapo por los muebles podéis meterme en un ataúd y cerrar la tapa.

—¿Lo veis? —dijo Jack—. Eunice y Doreen están bien aquí, y yo no tengo prisa por volver a navegar. De hecho, he dado órdenes para que el *Lightning* zarpe mañana sin mí.

—Pero ahora que Amelia va a vivir conmigo no hace falta que te quedes —insistió Annabelle—. Puedes ir a Egipto, África o donde sea sin preocuparte más por ella.

Jack miró desesperado a su hermana. La generosa oferta de Annabelle le libraría de la responsabilidad de cuidar a Amelia, y le permitiría continuar con las exigencias de su vida. Podría marcharse al día siguiente en el *Lightning* sabiendo que su familia haría todo lo posible para que estuviese a salvo. Era una solución muy razonable. Debería sentirse aliviado.

Pero en cambio sentía un gran vacío.

—Gracias por tu oferta, Annabelle —dijo con tono tenso—, pero Amelia se quedará aquí conmigo.

—Jack, no estás siendo razonable...

—Estoy siendo perfectamente razonable —contestó—. Fui yo el que la ayudó a escapar. El responsable de Amelia soy yo, y se quedará conmigo.

—¿Y qué pensará la gente?

—Me trae sin cuidado lo que piense la gente.

—Pero puede que a Amelia sí le importe.

—No, no le importa —Se acordó de ella descendiendo por el muro de la iglesia con su vestido de novia, y dando a Percy una bofetada en la cara delante de ochocientas personas. No eran las acciones de una mujer a la que le preocuparan mucho las apariencias—. Amelia es americana. Hace lo que quiere hacer.

—¿Y si no quiere quedarse aquí?

La pregunta de Charlotte le pilló por sorpresa.

—¿Ha dicho que no quiere quedarse aquí?

—No con esas palabras. —Charlotte le miró fijamente—. Pero estaba muy disgustada por el modo en que le hablaste ayer.

—Si no quiere quedarse aquí es libre para ir donde le plazca —replicó con brusquedad—. Me importa un comino.

Se dio la vuelta y salió airadamente de la habitación, dejando a sus hermanas mirándole asombradas.

Amelia abrió la pesada puerta y entró fatigosamente en el vestíbulo débilmente iluminado. El dulce olor de las manzanas asadas con canela se mezclaba con el persistente aroma del guisado con cebolla. Era tarde, y sabía que la comida ya había sido retirada, pero su recuerdo flotaba aún en el aire, llenando sus sentidos con una sensación reconfortante. Suspiró y se quitó los guantes.

Era agradable estar en casa.

Luego se desenganchó el sombrero mientras iba hacia la escalera, ansiosa por lavarse y meterse en la cama. Había sido un día muy largo, y aunque el señor Sweeney se había disculpado profusamente por tenerla allí hasta esas horas, le había pedido que al día siguiente fuera a trabajar a las ocho de la mañana. Había al menos una docena de acontecimientos que quería revisar con ella, para los cuales debían concertar reuniones con los clientes y preparar todo lo necesario para crear una atmósfera única y deslumbrante. Amelia estaba segura de que se le ocurrirían ideas para todos ellos, porque a lo largo de su vida había asistido a una gran cantidad de bailes, tés y almuerzos en los que podría inspirarse para organizar un montón de celebraciones. Sin embargo, el trabajo administrativo necesario para llevar a cabo esos actos era otro asunto. Tenía que redactar las cartas y hacer los encargos, y luego asegurarse de que todo llegara a tiempo de acuerdo con el presupuesto. No se le daban mal los números, y no creía que tuviese problemas para controlar los gastos de cada acontecimiento. Lo que le resultaría más difícil sería establecer un presupuesto para cada espectáculo y ajustarse a él. Eso era algo en lo que no tenía mucha experiencia.

—Has vuelto —dijo una voz cansada con tono acusatorio.

La impresionante figura de Jack estaba recortada contra la tenue luz de su despacho. Estaba demasiado oscuro para distinguir su cara, pero vio que no llevaba chaqueta y que su arrugada camisa se había salido de los pantalones.

—Me has asustado. —Bajó la mano que se había llevado al cuello.

Él se recostó contra la pared y acercó una botella a los labios.

—¿De verdad? Es algo habitual en mí. Claro que tú no estás acostumbrada a estar con alguien tan vulgar y despreciable. —Se limpió la boca con el dorso de la mano.

Amelia frunció el ceño, sorprendida por su evidente hostilidad.

—Estás borracho.

—Supongo que sí. —Se encogió de hombros—. Ven a tomar un trago para que podamos emborracharnos juntos.

—Estoy cansada —respondió con una tensa cortesía—. Debería retirarme a mi habitación.

—Ésas son las palabras de una auténtica duquesa. —Su voz estaba cargada de desprecio—. Pensaba que eras más valiente, Amelia. Después de abofetear a un vizconde en un salón de baile lleno de aristócratas y de dejar a un duque sudoroso plantado en el altar, no creía que te diera miedo tomar un trago con un humilde marinero como yo.

—No me da miedo.

Mientras lo estaba diciendo sabía que no era cierto. Se acordó de lo que había ocurrido unas noches antes cuando le despertó inadvertidamente. La había agarrado por la muñeca con una fuerza terrible, mirándola con los ojos llenos de pánico y furia. En ese momento se dio cuenta de que podía ser violento. No hacia ella, sino hacia los demonios que le atormentaban. En el pasado de Jack había fantasmas, crueles recuerdos que aún acosaban a un muchacho hambriento que había tenido que soportar una vida insufrible que apenas podía imaginar.

—Así que la pequeña americana no tiene miedo. —Levantó la botella y bebió otro trago antes de añadir con tono siniestro—: Pues deberías tenerlo.

—¿Por qué? —preguntó incapaz de comprender por qué estaba resentido con ella—. ¿Qué he hecho para que estés tan enfadado conmigo?

Jack la miró durante un largo rato, sopesando su pregunta. De algún modo le parecía diferente, como la bella heredera que había subido a su carruaje pero muy distinta a la vez. No era su austero traje lo que explicaba su cambio, puesto que la había visto con todo, desde el vestido de novia más lujoso hasta la más sencilla de sus camisas. La ropa no podía disminuir su singular belleza. No, era algo más. Frunció el ceño mientras la recorría con su mirada, observando sus cejas y su pelo castaño, las gafas de matrona que le oscurecían los ojos, las sombras hábilmente pintadas que acentuaban las leves arrugas de su frente y sus profundas ojeras. El maquillaje de Oliver, pensó inexplicablemente enojado por su eficacia. El viejo ladrón y sus hermanas habían dicho que la transformarían para que nadie pudiera reconocerla. La habían cogido y la habían convertido en otra persona.

Y de ese modo se la habían robado.

—Vete a la cama, Amelia —dijo bruscamente—. Necesitarás descansar para hacer el equipaje por la mañana —se dio la vuelta y volvió tambaleándose a su despacho.

Amelia le miró aturdida. Le había desafiado al salir a buscar trabajo, y la estaba castigando rompiendo los lazos de su amistad y echándola. Aunque en un principio había aceptado la invitación de Annabelle para quedarse con ella y con su familia, se había dado cuenta de que en el fondo no quería abandonar a Jack, Oliver, Eunice y Doreen. Al día siguiente pensaba dar las gracias a Annabelle por su amabilidad y decirle que prefería quedarse donde estaba. Pero ahora Jack la había echado.

Puedes confiar en mí, le había dicho. Cómo se había aferrado a esas palabras. Pensaba que era su amigo. Creía que era el primer hombre que la apreciaba por lo que era y lo que podía llegar a ser, no por ser una fuente de riqueza como para el resto de los hombres que había conocido. Pero detrás de eso estaba el hecho de que seguía dependiendo de él, como un pájaro perdido que jamás aprendería a defenderse por sí mismo. Era algo inaceptable. Era ruin y prepotente. A su manera Jack Kent era tan dominante como su familia, como Percy y lord Whitcliffe. En otro momento lo habría aceptado, habría encontrado el modo de soportarlo en silencio, como había soportado tantas cosas en su vida. Pero ya no era la Amelia Belford que había permitido que la manipularan durante tantos años. Estaba cambiando, y no pensaba decírselo.

—Me has mentido —susurró quitándose las gafas y tirándolas al suelo mientras entraba en el despacho detrás de él—. Me dijiste que podía confiar en ti, que eras mi amigo. Pero en cuanto hago algo que no apruebas me echas a la calle. ¿Qué te parece tan mal, Jack? —le temblaba la voz de furia—. Lo único que he hecho ha sido buscar un trabajo para tener un poco de independencia por primera vez en mi vida y no depender siempre de la generosidad de los demás, incluida la tuya. ¿Es eso tan terrible?

—Me importa un comino el maldito trabajo —gruñó Jack—. Sal y busca diez trabajos si quieres, cada uno con un disfraz diferente si eso te complace.

—Si no te importa el trabajo, ¿por qué estás tan enfadado?

—¡No estoy enfadado!

Ella le miró desconcertada. Tenía el cuerpo rígido mientras la miraba con una terrible mezcla de ira y resentimiento en su rostro.

—Estás enfadado —insistió. ¿Por qué?

¿Qué podía decirle?, se preguntó desesperadamente. ¿Que estaba furioso porque iba a dejarle? ¿Qué nada había sido igual desde que entró en su vida y que ahora no quería perderla? Era ridículo. No podía quedarse con él. No tenía ningún derecho sobre ella, y jamás lo tendría. Daba igual que Oliver y sus hermanas intentaran ocultar su belleza, que estuviera adornada con la riqueza de su padre o sólo se tuviese a sí misma. En cualquier caso era tan inalcanzable para él como la luna. Amelia había crecido en un mundo de privilegios y protección, y seguía siendo lo que siempre había sido: una mujer pura y extraordinaria. Era tan maravillosa como una estrella resplandeciente, tan hermosa y deslumbrante como la luz del sol que se reflejaba en el mar. Era un tesoro que estaba fuera de su alcance.

A pesar de todo lo que Haydon y Genevieve habían hecho por él, a pesar de las clases odiosas, la ropa cara y los intentos de refinarle, nunca podría librarse de lo que era realmente. El hijo ilegítimo de una unión obscena y repugnante, un muchacho abandonado sin apellido ni hogar. Si cerraba los ojos y se esforzaba un poco le venía a la mente una imagen borrosa de su madre, suave y redonda, oliendo a lana sucia, perfume barato y whisky. Pero entonces no sabía que era barata y sucia, no comprendía que el colorete y los polvos de sus mejillas eran las armas de una mujer que levantaba la falda a cualquier hombre que abriera la cartera. Entonces pensaba que era guapa, y estaba deseandodo que fuera a verle a la mugrienta choza en la que vivía con ese viejo bastardo y su mujer. Le prometió que iría a recogerle, que sólo estaría allí hasta que ahorrara lo suficiente para comprar una casa en la que pudieran vivir los dos. Y él la creyó como un estúpido. Se agarró a su cuerpo encorsetado, aspiró su aroma y escuchó sus palabras mientras le acariciaba el pelo, suplicándole que no le dejara. Pero siempre lo hacía. Le dejó una y otra vez, haciendo que casi muriera de desesperación cada vez que la veía desaparecer por el camino que la llevaba al sitio de donde venía. Hasta que no volvió más.

Entonces pensó que simplemente se retrasaba, durante meses y meses y luego más de un año. Y el día que se defendió, cuando por fin mató al viejo bastardo y huyó, estaba seguro de que la encontraría. Que si iba al pueblo más cercano estaría allí, con los labios pintados y las manos suaves, dispuesta a acogerle entre sus brazos y protegerle. Con nueve años no tenía ni idea de lo grande que era el mundo, ni de lo insignificante y despreciable que era su lugar en él.

Intentó contener un sollozo que le subía del pecho.

—¿Jack?

Miró aturdido a Amelia, preguntándose cuánto tiempo había estado observándole. Tenía los ojos bien abiertos, como si hubiera atravesado las capas de su cultivada indiferencia y hubiera vislumbrado el dolor que había allí. No quería que se compadeciera ni se preocupara por él. Se suponía que era él quien debía cuidarla, no al revés. Intentó adoptar una actitud sarcástica que ocultara lo que creyera que había visto y le dejara con la impresión de que era simplemente un bastardo rudo e insensible.

—Abandóname si quieres —masculló—. Me importa una mierda.

Amelia hizo un gesto como si la hubiera abofeteado.

Pero algo le impidió darse la vuelta, salir de su despacho y llamar a Oliver para que la llevara inmediatamente a casa de Annabelle. Estaba oscurecido por las sombras de su mirada, pero Amelia podía verlo. Era una emoción tan profunda y desesperada que cuando la aisló del resto de su burda actuación le sorprendió no haberla reconocido antes. Su comportamiento y sus palabras le decían que no significaba nada para él, y que debía marcharse.

Sin embargo, en el fondo de sus angustiados ojos grises le estaba suplicando que se quedara.

Se acercó a él con resolución manteniendo su mirada. Y cuando estuvo tan cerca como para sentir el poderoso latido de su corazón contra su pecho, levantó la mano y la apoyó con firmeza en la blanca cicatriz de su mejilla.

—No voy a abandonarte —se limitó a decir—, a no ser que tú lo quieras.

Jack la miró fijamente, fascinado por sus palabras, su tacto y su aroma. Le estaba prometiendo que se quedaría con él. Pero ¿por qué? En ese instante no le importaba en absoluto. Creía que iba a perderla, y de repente ya no era así. Su mente estaba demasiado alterada por la rabia para pensar en ello. Deseando sellar su promesa, unirse a Amelia para que no pudiera cambiar de opinión, dejó caer la botella y la rodeó con sus brazos, aprisionándola contra él.

Luego, con una desesperación que creía que iba a destruirle, sollozó y apretó sus labios contra los suyos.

Amelia apartó la mano de la mejilla de Jack para ponerle los brazos alrededor del cuello, haciendo que se agachara mientras le ofrecía su boca. Su cuerpo se estrechó contra el suyo con un gemido delirante, sintiendo que su calor y su fuerza la rodeaban como un escudo impenetrable. Le invadió un intenso deseo, que hizo arder su sangre y su piel hasta que sólo pudo pensar en el dulce sabor a whisky de su boca, el escarpado perfil de su mandíbula contra su mejilla y la presión de su virilidad sobre el sensible triángulo de sus muslos. En lo más profundo de su mente sabía que estaba mal, pero una asombrosa necesidad nubló su razón, hasta que sólo deseó abrazarle, tocarle y besarle, llegar a su alma y hacerle comprender que no le abandonaría como habían hecho otros en el pasado. Metió las manos entre su oscuro pelo y exploró su boca con su lengua, saboreándola apasionadamente, entregándose a él mientras la hacía suya, sin importarle que estuviera bien o no, sin importarle nada excepto que le deseaba con una desesperación que lo anulaba todo. Sólo era consciente del calor granítico de su cuerpo fundiéndose con el suyo, de las caricias de sus manos que recorrían sus pechos y sus caderas, de la rigidez de su erección contra su cuerpo, que la llenaba con una necesidad irresistible. Quería eliminar el dolor de lo que le atormentaba, limpiar su mente y aliviar su corazón hasta que ya no necesitara perderse en el alcohol y la rabia. Por eso no le detuvo mientras tanteaba los botones de su chaqueta; sólo articuló una débil protesta cuando él gruñó de frustración y rasgó la injuriosa prenda. Luego se desintegró la tela de su blusa, pero lo único que pudo hacer fue echar la cabeza hacia atrás mientras él hundía la cara entre sus pechos y lanzar un suave grito felino mientras sus manos agarraban la fría seda de su corsé.

Jack deslizó su lengua por los pechos de Amelia, ahogando sus sentidos con su calor y su dulzura. Cuando un pezón rosado asomó por el borde de su corsé lo rodeó ávidamente con su boca, succionándolo y envolviéndolo con la lengua hasta que la presión de los dedos de Amelia en sus hombros le indicó que no lo resistía más. Entonces pasó al otro, sacándolo de su cautiverio y estrechándolo entre sus labios hasta que brotó ardorosamente contra su lengua. Al deslizar los dedos con impaciencia por el intrincado lienzo de su espalda encontró el broche de su falda, que soltó con una mano experta. Después cayeron sus enaguas, una complicada estructura de encajes y aros de acero recubiertos de seda, que formaron alrededor de sus tobillos un charco de marfil. Lo único que quedaba ya además de su corsé eran las medias y las bragas, una delicada confección de volantes y rosetas que le pareció terriblemente seductora. Metió la mano por debajo de la tela y acarició el montículo satinado de su entrepierna, sujetándola con firmeza con un brazo mientras la besaba apasionadamente, asaltándola con una tormenta de caricias y sensaciones mientras la atraía hacia él, sintiendo cómo disminuía su resistencia mientras deslizaba los dedos por sus suaves pétalos. Cuando sintió un calor dulce y húmedo en su mano gruñó complacido, satisfecho de que pudiera excitarla de esa manera.

Luego introdujo sus dedos para explorar sus pliegues íntimos, sin dejar de acariciarla, mientras su boca probaba el delicioso sabor de sus labios. Puso una rodilla entre sus piernas y le separó un poco más los muslos, abriéndola a su suave tacto mientras comenzaba a besarle los hombros desnudos, los finos brazos y la llanura de su vientre encorsetado, hasta que acabó arrodillado delante de ella. Amelia jadeó asustada, pero era demasiado tarde, porque él cogió sus muñecas y las sujetó con fuerza contra la pared mientras metía la lengua en su cálida hendidura de coral. Ella apretó los muslos intentando susurrar una protesta desesperada, pero él siguió trazando sensuales círculos con su lengua por la delicada piel sedosa. Sus caricias, cada vez más intensas, avivaron pacientemente su llama hasta que soltó el aliento que había estado conteniendo y la tensión de sus muslos se relajó.

Amelia se apoyó contra la pared para mantenerse en pie, abrumada por las maravillosas sensaciones que la invadían. Al ver a Jack de rodillas lamiendo el oscuro pozo de su feminidad se estremeció de placer. Pensó que era una depravada al disfrutar con un asalto sexual tan indecente. Y sin embargo no podía resistirse a su gloriosa tortura. Se quedó paralizada, sin aliento, horrorizada por lo que estaba haciendo, pero más aterrada aún de que se detuviera. Podía haberse apartado si hubiera querido, porque le había soltado una mano para explorar su pasaje más íntimo con el dedo, metiéndolo y sacándolo mientras su boca recorría la suya con un ritmo insistente. En cambio le atrajo más hacia ella mientras se abría, moviéndose y arqueándose contra él mientras seguía devorándola con su boca. El increíble placer que iba creciendo dentro de ella en oleadas cada vez más intensas apenas la dejaba respirar. Era insoportable sufrir esa tortura, rozar el umbral del éxtasis sin poder alcanzarlo. Era angustioso y extraordinario. De repente notó un extraño dolor en su interior que hizo que se sintiera desesperada y quisiera aún más. Entonces se quedó rígida mientras intentaba llenar sus pulmones de aire y soportar el tormento de las caricias de Jack. Jadeó durante un largo rato hasta que por fin se quedó sin aliento, y sólo se oyó el débil sollozo que salió del fondo de su garganta mientras se arqueaba contra él.

Después su cuerpo estalló en mil pedazos, temblando y estremeciéndose mientras se desintegraba en una lluvia dorada.

Jack cogió a Amelia cuando se derrumbó sobre él, abrazándola mientras la tumbaba en el suelo. Se quitó la camisa y luego se desabrochó los pantalones y la ropa interior, deshaciendose a patadas de los zapatos y los calcetines. La deseaba con una desesperación increíble, una necesidad tan intensa que no creía que pudiera soportarla. Era suya, se dijo a sí mismo. Se había entregado a él, le había besado y le había rodeado con sus brazos, ofreciéndole su calor, su ternura y su confianza. Sabía que no era adecuado para ella, como ella sabía que no era adecuada para él. Ninguna mujer con el pedigrí, la gracia y el romanticismo de Amelia podría vivir con un criminal despreciable como él. Sin embargo, en ese momento sólo importaba el resplandor de las llamas de la chimenea que se reflejaba en sus mejillas, y los suaves jadeos que salían de su garganta mientras estaba tumbada a su lado, mirándole con los ojos ardientes. *No voy a abandonarte*, le había dicho en una fervorosa e inocente promesa. Pero le abandonaría, y al darse cuenta sintió que se le clavaba un puñal en el pecho, que le dejó vacío y desgarrado. Ya le estaba abandonando, aunque no lo sabía, con su creciente independencia y el descubrimiento de sus recursos y habilidades. Ya no le necesitaba, y cada día le necesitaría menos aún. *Quédate conmigo*, le suplicó en silencio mientras se tendía sobre ella, rodeándole la cara con las manos y acercando la boca a la suya. *No me dejes*, rogó febrilmente con su dureza apoyada en su húmedo calor, sintiéndose como si estuviese a punto de llorar. *Te necesito*, confesó con voz quebrada, esperando que lo comprendiera aunque ni él mismo lo entendía. Quería decirle todo eso y mucho más, convencido de que si comprendía cuánto la necesitaba jamás sería capaz de marcharse. Respiró profundamente mientras la miraba con desesperación, decidido a hacerla suya y sabiendo a la vez que era imposible.

Luego susurró su nombre y se hundió dentro de ella, perdiéndose para siempre en sus profundidades mientras estrechaba su boca.

Entonces notó que se quedaba paralizada, con el cuerpo contraído en un espasmo de miedo y dolor. Maldijo en silencio, odiándose a sí mismo por ser tan egoísta y no recordar que era virgen y necesitaba un trato especial.

—No te preocupes, Amelia —dijo con brusquedad—. Agárrate con fuerza a mí; el dolor se pasará enseguida.

En realidad no tenía ni idea si sería así o no, porque nunca se había acostado con una mujer sin experiencia. Era una tortura sentir tan cerca su calor aterciopelado sin poder moverse, pero se quedó quieto, jurando que prefería morir antes de causarle más dolor. Para aliviar su ansiedad comenzó a besarle con ternura los ojos, las mejillas, la elegante curva de su mandíbula y su delicada garganta. Le acarició el oscuro pelo sedoso, que se había librado de las horquillas y estaba derramado en ondas relucientes sobre la alfombra. Y cuando empezaba a temer que nunca experimentaría el placer que quería darle, ella suspiró y se movió un poco, rodeándole con sus brazos mientras se relajaba su tensión.

Comenzó a moverse despacio dentro de ella, entrando y saliendo con suavidad de su estrecho calor, llenándola, uniéndola a él con cada embate. Luego deslizó una mano entre ellos y acarició su flor nacarada, excitándola una vez más con sus besos, sus caricias y sus suaves embestidas, haciendo su placer más intenso cuando comenzó a retorcerse debajo de él. *Quédate conmigo*, le suplicó mientras ella le agarraba con más fuerza y comenzaba a lamerle los labios, la mandíbula y el cuello. *Te mantendré a salvo*, le prometió moviéndose cada vez más rápido dentro de ella, queriendo perderse en sus gloriosas profundidades. Se habría quedado así para siempre, hundido en el maravilloso cuerpo de Amelia, con su suavidad agitándose contra él y su aroma inundando sus sentidos. Empujó con más fuerza intentando fundirse con ella, deseando ser parte de ella, no sólo en ese instante, sino para siempre. La poseyó y se entregó a ella hasta que por fin se movieron con un solo cuerpo y un solo corazón. Quería ir más despacio, hacer que durara eternamente, pero su cuerpo era traicionero y se movía cada vez más rápido. De repente comenzó a caer en un abismo y gritó extasiado, estrechando su boca mientras se derramaba dentro de ella. Se hundió en su interior una y otra vez, intentando seguir complaciéndola, hasta que no pudo resistirlo más. Entonces la cogió entre sus brazos y se puso de lado, besándola con una esperanza quebrantada mientras mecía su cuerpo con el suyo.

No me abandones, imploró preguntándose cómo podría soportarlo.

Deshizo el beso y cerró los ojos, incapaz de mirarla por temor a que pudiera ver su alma desgarrada.

Amelia apoyó la mejilla en el pecho de Jack, notando los rápidos latidos de su corazón. No estaba preparada para lo que había ocurrido entre ellos. Se quedó totalmente quieta, escuchando su respiración, preguntándose si él estaría sintiendo unas emociones tan intensas y descorcentantes como las que sentía ella. Esperaba que le dijera algo, que le explicara qué iba a pasar ahora.

Él no dijo nada.

Entonces le invadió una melancolía que borró la dicha que había sentido unos momentos antes. Jack nunca se casaría con ella. Para él era poco más que una heredera malcriada, incapaz de comprender el mundo del que provenía o la terrible vida que había tenido que soportar. Por eso no le había hablado de su pasado. Por primera vez en su vida su alcurnia la desacreditaba. Si aún tuviera una dote le habría parecido más atractiva, porque al menos podría haberle ayudado a financiar su compañía naviera. Sin embargo, tal y como estaban las cosas no tenía nada, excepto a sí misma y unos precarios ingresos de doscientas libras al año, siempre que no hiciera nada para que la despidieran mientras surcaba las aguas desconocidas del mercado laboral.

Si hubiera sido suficiente, ése habría sido el momento para que se lo dijera.

Pero no dijo nada.

Su mirada empañada de lágrimas se detuvo en el retrato de Charlotte que había sobre la chimenea. Cuando Amelia lo vio por primera vez no sabía que la niña que estaba sentada en la silla era la hermana de Jack, con cuyo nombre había bautizado su precioso velero. Ahora que conocía a Charlotte el cuadro tenía más significado para ella. Si

Charlotte intentaba coger la rosa que había a sus pies se haría daño con sus espinas, pero si la dejaba allí la flor moriría. En su vida, si Charlotte intentaba caminar todo el mundo la juzgaría por su aflicción, con lástima, por supuesto, pero también con la convicción de que había muchas cosas que no podía hacer. Pero si no intentaba caminar su vida sería aislada y pequeña. Amelia pensó en lo encantadora que era Charlotte mientras andaba por allí con torpeza, en cómo había insistido en acompañarla a la entrevista, aunque para ello tuviera que subir muchas escaleras y soportar las miradas de los demás. Pero sonrió a todos los desconocidos con los que se cruzó para que no se sintieran incómodos. Aunque no tenía la vivacidad de Annabelle y el sentido práctico de Grace, Charlotte había superado muchos retos y se había creado una vida plena y satisfactoria.

Quizá ella pudiera hacer lo mismo, reflexionó Amelia temblando.

Unos sonoros ronquidos rompieron el silencio del pequeño despacho. Jack había relajado su abrazo, permitiendo a Amelia salir del cálido refugio de su cuerpo. Sintiendo frío y vergüenza, recogió rápidamente su ropa y se vistió. La mezcla de alcohol y cansancio habían sumido a Jack en un profundo sueño. Moviéndose con cuidado para no despertarle, Amelia le tapó con sus pantalones y su arrugada camisa y luego se inclinó para apartarle un mechón de pelo oscuro de la frente.

Después de salir de la habitación cerró despacio la puerta, desconsolada al darse cuenta de que tenía que dejarle antes de que le destrozara del todo el corazón.

Capítulo 11

—Se ha ido.

El anciano se dio unos golpecitos en la barbilla con un dedo artrítico.

—¿Adónde?

Neil Dempsey se movió con incomodidad sobre sus pies doloridos. Temía que lord Hutton le hiciera preguntas para las que no tenía respuesta. Furioso consigo mismo por no comprender la importancia potencial de la misteriosa joven que había aparecido de repente en la vida de Jack Kent, consultó las notas de los días anteriores en su libreta de cuero.

—Se fue en el carruaje ayer por la mañana, y que yo sepa no ha vuelto. El viejo cochero, Oliver, regresó sin ella hacia las nueve y cuarto de la mañana. Alrededor de las diez y cuarto volvió a salir cargado de cajas de ropa, que parecían las mismas que la vieja criada, Doreen, había llevado unas noches antes. Las puso en el coche antes de marcharse y volvió otra vez una hora más tarde aproximadamente. A las once y diez salió de casa con el señor Kent y le llevó a su oficina, donde estuvo hasta las dos de la madrugada. Cuando el señor Kent apareció por fin necesitaba ayuda para andar, y Oliver se la proporcionó con cierta dificultad, puesto que es un hombre muy corpulento.

—¿Qué le pasaba? —preguntó lord Hutton intentando incorporarse—. ¿Estaba enfermo?

—Devolvió a un lado de la carretera...

—¿Le llevaron a casa? ¿Llamaron a un médico?

—... y luego Oliver le hizo caminar junto al coche durante una milla más o menos para que se despejara con el aire fresco de la noche.

El conde resopló con impaciencia.

—Continúe.

—Hoy al mediodía salió de casa y fue al Royal Bank of Scotland, donde estuvo reunido durante casi dos horas con el director del banco, un tal señor Stoddart. Después de eso bajó a los muelles, donde supervisó la carga del *Lightning*, que partió para Ceilán a las cinco y media en punto.

Lord Hutton suspiró.

—Con él a bordo, supongo.

—No. Regresó a casa poco después, y seguía allí cuando yo me marché a las once. —Neil cerró su libreta—. Parece que ha cambiado de planes.

—Así es.

Edward se hundió de nuevo en las húmedas sábanas de su cama y juntó las manos con aire pensativo. Sabía que Jack siempre estaba ansioso por navegar, y era raro que se quedara en Inverness o Londres más de una semana. También sabía que su compañía naviera tenía graves problemas económicos como consecuencia de la reciente pérdida del *Liberty* en Londres. ¿Había impedido la necesidad urgente de conseguir ayuda financiera que Jack embarcara en el *Lightning*? ¿Creía que sería más útil para su compañía si se quedaba en Inverness negociando más préstamos con el banco o intentando conseguir nuevos contratos? ¿O había renunciado a su viaje por razones personales? Edward tenía poder para averiguar el carácter de las negociaciones de Jack con el banco, pero hacer algo así sería peligroso. Sólo provocaría curiosidad y cotilleos, y eso era algo que estaba decidido a evitar.

—Muy bien —dijo cansado de repente—. Mañana continuará vigilándole.

—Si vuelve la chica, ¿quiere que la siga también a ella? —preguntó Neil—. ¿Que averigüe adónde fue?

—Si la sigue a ella no podrá seguir a Kent.

—Podría buscar a alguien...

—No.

—Tengo un amigo de toda confianza, señor. Muy discreto. Jamás diría una palabra...

—Si tengo que decir que no otra vez nuestra asociación habrá terminado.

—Sí, señor —respondió Neil ansioso por aplacar al viejo cascarrabias—. No le perderé de vista.

—Asegúrese de que así sea.

De repente se abrió la puerta de golpe y entró en la habitación la voluminosa señora Quigley.

—¿Qué está haciendo él aquí? —preguntó lanzando a Neil una mirada glacial—. Le he dicho que hoy no había visitas.

—Y yo le he dicho que llame a la maldita puerta antes de entrar en mi habitación. —Edward la miró fijamente, pero el aire amenazador que podía haber tenido se desintegró bajo la repentina punzada de dolor que le recorrió el vientre. Sintiéndose como si le hubieran clavado un puñal en la tripa, se agarró el estómago con las manos escuálidas y apretó la boca, intentando contener el grito que le subía del fondo de la garganta.

—Está bien, se le pasará enseguida —la voz de la señora Quigley se suavizó un poco mientras mezclaba agua y láudano en un vaso y lo acercaba a sus débiles labios—. Beba esto. —Le pasó un fuerte brazo por detrás de los hombros y le levantó un poco, hasta que su demacrada mejilla acabó apoyada en su almohadillado pecho—. Si lo toma y duerme un rato se sentirá mucho mejor, se lo prometo.

Edward tragó el amargo elixir. No le alivió el dolor, pero la posibilidad de que pudiera reducirlo o al menos le ayudara a dormir era suficiente. Cuando el vaso se vació apretó los labios una vez más, intentando combatir el agudo dolor que le desgarraba el pútrido vientre. Permitió que la señora Quigley le recostara de nuevo sobre las almohadas como si fuera un niño, demasiado débil para protestar. Habría preferido que Dempsey no estuviera allí para presenciar su fragilidad. Quería que la señora Quigley echara al estúpido joven antes de que sus entrañas hicieran algo más para humillarle.

—Debería irse —informó la señora Quigley a Neil mientras arropaba a Edward enérgicamente—. El señor necesita descansar.

Neil miró a lord Hutton con incertidumbre, temeroso de marcharse sin su permiso.

—Si no hay nada más...

Una sonora explosión de gas salió del cuerpo de Edward.

—*¡Lárguese!* —vociferó mortificado hasta lo más profundo de su ser—. *¡Ahora!*

Neil salió por la puerta tan rápido como se lo permitieron sus pies, y estuvo a punto de tirar un sofisticado jarrón de porcelana por el camino.

—Usted también, señora Quigley. —Si sus intestinos iban a hacer algo más, estaba decidido a soportarlo solo.

—No creerá que voy a asustarme por un poco de viento —comentó la señora Quigley mientras abría las ventanas—. Todos tenemos que aliviarnos cuando nos lo pide el cuerpo, así nos ha hecho Dios. Aunque yo suelo usar el retrete para eso. —Fue a la jofaina y escurrió un paño.

—Al menos usted puede llegar al maldito retrete —refunfuñó Edward.

—Y usted también si descansara cuando se lo digo y dejara de beber ese alcohol que tiene escondido debajo de la almohada —le dijo limpiándole el sudor de la cara—. Estoy pensando en decirle a esa doncella que voy a despedirla si se lo vuelve a traer.

—Ese alcohol es lo único que hace que sea relativamente civilizado —le advirtió Edward—. No querrá saber cómo soy sin él.

—No crea que va a ahuyentarme con gritos y amenazas cuando las cosas no funcionan a su manera —respondió ella lavándose las manos—. Puede que no sea tan fuerte como antes, pero aún le queda más de un soplo de vida. Mientras sea así pienso quedarme con usted.

—Si cree que eso me tranquiliza se equivoca.

—Si cree que me da lástima el que se equivoca es usted —repuso ella—. Ahora descanse —le ordenó enjuagando el paño en la jofaina—. Enseguida le traeré algo para comer.

—No tengo hambre.

—La tendrá después de dormir un poco.

—No.

—Pues es una pena, porque estaba pensando en traerle una copita de oporto con la comida para que haga mejor la digestión.

—Puede traer el oporto y dejar el resto.

—Sólo podrá tomar el oporto si come.

Edward suspiró y cerró los ojos, demasiado cansado para seguir discutiendo.

—Muy bien —murmuró con los sentidos nublados por el efecto de la medicación—. Ahora déjeme.

Ella salió de la habitación con aire satisfecho.

Él se quedó allí desmoralizado, esperando a que el sueño le invadiera. Durante todos los meses que le había cuidado, la señora Quigley nunca le había permitido tomar una copa.

O se estaba volviendo más transigente, o le quedaba aún menos tiempo del que pensaba.

* * *

Amelia metió unas cuantas hojas con notas en su bolso mientras bajaba corriendo por la escalera del Hotel Royal. Eran ya las seis y media, y sabía que Oliver llevaría casi una hora esperándola. Aún le quedaba mucho trabajo para preparar la boda de los MacCulloch, pero tendría que dejarlo para más tarde, después de la cena.

Desde que se había trasladado a casa de Annabelle y su marido hacía una semana, Oliver se había ofrecido a llevarla y traerla del trabajo todos los días. Al principio ella alegó que sería un gran trastorno para él, pero Oliver insistió. Finalmente Annabelle acabó convenciendo a Amelia de que debía resignarse, puesto que Oliver no iba a cambiar de opinión. Además era más cómodo para Annabelle, puesto que ella y su marido tenían cuatro hijos, y con tanta gente su cochero estaba ya muy ocupado. Y de ese modo podía seguir en contacto con la casa de Jack y preguntar a diario por Eunice y Doreen. Después de escuchar atentamente qué hacían y por qué se quejaban las dos mujeres, se quedaba callada un momento. Luego, fingiendo el mínimo interés, preguntaba por Jack amablemente mientras devoraba con avidez las noticias que Oliver tuviera para ella.

Se había ido de su casa al día siguiente de su vergonzoso encuentro íntimo sin despedirse de él. Había intentado escribirle una carta para explicarle los motivos de su apresurada partida, pero una abrumadora sensación de bochorno y confusión le impidió encontrar las palabras adecuadas. Así que acabó yéndose sin decirle nada. Aunque Eunice, Doreen y Oliver se quedaron decepcionados, parecieron aceptar la explicación de que le venía mejor quedarse con Annabelle y su marido. Amelia señaló que con su marcha liberaba a Jack de su responsabilidad, con lo cual podía seguir navegando y ellos podían volver a la mansión de Haydon y Genevieve.

Sin embargo, Jack se había quedado en casa con los tres viejos criados. Amelia no podía imaginar qué le retenía en Inverness cuando había dejado claro que su negocio le exigía viajar de inmediato, pero intentó no pensar en ello. Le había librado de su papel de protector, y al hacerlo estaba descubriendo unos límites desconocidos de libertad y responsabilidad. Annabelle y su marido le proporcionaban un sitio para vivir, pero en su papel de la señora Chamberlain estaba experimentando una autonomía completamente nueva para ella.

Todos los días se aplicaba cuidadosamente el maquillaje y se arreglaba el pelo como Oliver, Eunice, Annabelle y Grace le habían enseñado antes de ir al Hotel Royal. Aunque trabajaba muchas horas y debía afrontar muchas dificultades, su incipiente carrera le resultaba muy gratificante. La señora MacCulloch estaba encantada con las innovadoras sugerencias de Amelia para la boda de su hija, que prometía ser uno de los acontecimientos sociales más importantes del año en Inverness. Faltaban aún dos semanas para la boda, pero la señora MacCulloch ya había hablado de la elegancia y el estilo de Amelia a sus amigos y conocidos, que estaban encargando cenas y celebraciones para el siguiente año con la condición de que las organizara ella. El señor Sweeney estaba tan emocionado con las perspectivas de su negocio que le había ofrecido un aumento de veinte libras adicionales al año. A Amelia no le parecía mucho, pero Annabelle le dijo que doscientas veinte libras anuales era un salario excepcionalmente generoso para una mujer joven, y suponía que debía confiar en ella. Estaba muy lejos de su opulenta existencia como Amelia Belford, la prometida del duque de Whitcliffe. Por primera vez sentía que controlaba de alguna manera su vida, y que estaba haciendo algo interesante y útil, en lo que era famosa no sólo por su riqueza, sino por sus propias habilidades.

Era una sensación maravillosa.

—Buenas noches, señora Chamberlain —dijo Oliver mientras le abría la puerta del carruaje por si acaso había alguien cerca.

—Buenas noches, Oliver. Siento haberte hecho esperar...

Sus palabras se desvanecieron en una expresión de sobresalto cuando alguien le quitó el bolso de un tirón.

—¡Mis notas! —gritó Amelia horrorizada mientras una pequeña figura corría por la calle—. ¡Al ladrón! —Se recogió la falda y las voluminosas enaguas y corrió detrás del crío tan rápida como pudo.

—¡Vuelve aquí! —Al darse cuenta de que no podía seguirles, Oliver subió de nuevo al pescante y tiró de las riendas para poner en marcha el carruaje.

Un caballero rechoncho cogió al ladronzuelo cuando pasaba a su lado.

—¡Te pillé, rufián! —proclamó con tono triunfante agarrando al muchacho de su sucia chaqueta.

—¡Suéltame, cabrón! —El chaval le dio una patada con la rodilla en la entrepierna.

—¡Cielo santo! —Con aspecto de estar a punto de desmayarse, el hombre le soltó—. Maldito...

El muchacho siguió corriendo, moviéndose con habilidad de un lado a otro mientras evitaba las manos extendidas del resto de la gente que ahora intentaba capturarle. Amelia observó derrotada cómo entraba en un estrecho callejón, y se dio cuenta de que jamás podría pillarle. Había perdido sus preciadas notas, y tendría que trabajar durante horas para volver a componerlas.

De repente salió un grito de rabia del callejón, seguido de una sarta de agudas blasfemias. Rezando para que este captor fuera capaz de protegerse mejor que el primero, Amelia comenzó a correr de nuevo. Le costaba respirar, y el corsé le hacía daño en las costillas mientras corría por el estrecho pasaje y doblaba una esquina.

—¡Suéltame, viejo bastardo! —exclamó el chaval forcejeando violentamente.

Se retorció con furia en un intento desesperado de lanzar un golpe, pero Oliver no iba a permitírselo. Agarrándole el pelo con una mano y doblándole un brazo detrás de la espalda con la otra, el anciano parecía tener al ladronzuelo bajo control.

—Deja de moverte, porque no te voy a soltar hasta que devuelvas el bolso a la señora y le pidas disculpas —le informó Oliver con severidad—. No voy a entregarte a la policía, ¿lo oyes?

—¡Estás mintiendo!

—Sólo quiero que me devuelvas el bolso —le aseguró Amelia—. De todas formas no te servirá para nada. No hay dinero ni joyas ni nada parecido.

El muchacho dejó de forcejear de repente y lanzó a Amelia una mirada de indignación.

—¿No hay nada de eso?

—Me temo que no.

La miró visiblemente enojado, como si le hubiera hecho perder el tiempo.

—Está bien —respondió mirando a Oliver—. Suéltame para que pueda sacarlo de mi chaqueta.

—Yo lo cogeré —dijo Oliver, que sabía que no podía fiarse del pequeño ratero. Luego le soltó el pelo sin dejar de sujetarle el delgado brazo detrás de la espalda—. Y como intentes darme una patada te desollaré el trasero y no podrás sentarte en una semana. —Con esa improbable amenaza entre ellos, Oliver metió la mano en la chaqueta del muchacho y sacó el bolsito de seda y terciopelo.

—Aquí tienes —se lo entregó a Amelia—. Ahora pide disculpas a la señora.

—¿Por qué? —resopló el chaval con desprecio—. Seguro que tiene un centenar de bolsos en casa. No iba a echarlo de menos.

—Discúlpate antes de que cambie de opinión y te lleve a la policía.

El muchacho lanzó una mirada furiosa, pero estaba claro que la amenaza de Oliver le había impresionado.

—Lo siento —farfulló con tono despectivo.

—¿Ves cómo no era tan difícil? Ahora los ladrones no tenéis ni tacto ni honor —se quejó Oliver agarrándole aún por la muñeca—. Cuando yo era joven...

—Si ya hemos terminado me voy —le interrumpió el muchacho con rudeza.

—¿Adónde vas? —preguntó Amelia mientras Oliver le soltaba.

El chaval la miró con una profunda hostilidad.

—¿Para qué lo quiere saber? ¿Para decirle a la policía que me persiga en cuanto se vaya en su lujoso carruaje?

El odio que sentía era tan intenso que Amelia se quedó sorprendida. Tenía unos bonitos ojos verdes oscuros, la única parte de su cuerpo que no estaba cubierta de suciedad. ¿Serían así Jack y sus hermanos cuando Genevieve los rescató de la cárcel? ¿Estarían tan desesperados y endurecidos por su terrible existencia como para odiar a cualquiera que tuviera más que ellos?

—Sólo me preguntaba si te gustaría venir a casa y cenar conmigo.

Oliver y el muchacho la miraron asombrados.

—Debe pensar que soy imbécil para creer que una dama como usted me llevaría a su casa —resopló el chaval—. ¿O pensaba darme sobras grasientas en el jardín como si fuera un perro? —Escupió en el suelo dejando claro lo que opinaba de esa idea.

—Te estoy invitando a tomar una cena caliente conmigo y con el resto de la familia —le dijo Amelia.

—Claro —respondió con tono sarcástico—. Cree que estaría bien que sus hijos compartieran un plato conmigo. Como una especie de lección en la vida. Que se vayan al infierno. No necesito que nadie me mire por encima del hombro.

—La verdad es que no tengo hijos —dijo Amelia recordando de repente que Annabelle sí tenía. ¿Cómo se sentirían sus anfitriones si apareciera con aquel ladronzuelo tan agresivo en su bonita casa? ¿Pensaría Annabelle que era un gesto noble y generoso? ¿O le preocuparía que el muchacho blasfemara delante de sus hijos y pudiera asustarles?

—En casa de Jack no hay niños —afirmó Oliver intuyendo su preocupación—. Podemos llevarle allí.

Amelia se mordió el labio sin saber qué hacer.

—No quisiera molestar a Jack. —En realidad ni siquiera quería verle, pero no podía decírselo a Oliver.

—No lo harás —le aseguró Oliver—. Trabaja hasta muy tarde todos los días. Esta noche no tengo que recogerle hasta pasadas las doce, y estoy seguro de que entre Eunice, Doreen y tú podéis darle de comer e incluso lavarle un poco para esa hora.

—¿Qué tonterías estáis diciendo? —preguntó el muchacho—. No me pienso lavar nada. O me lleváis como estoy o me dejáis en paz —declaró enérgicamente—. Puedo ir a otros sitios en los que a nadie le importa la pinta que tengo.

—Eso es porque allí la gente huele peor que tú —repuso Oliver con impaciencia—. Si quieres disfrutar de la mejor comida que has probado en tu vida tendrás que cerrar la boca y dejar que te quitemos esa porquería.

El muchacho cruzó los brazos sobre su flaco pecho con aire desafiante.

—Al cuerno.

—No es necesario que lo decidas tan rápido —dijo Amelia—. ¿Por qué no vamos a casa y vemos qué han hecho Eunice y Doreen para cenar antes de decidir si merece la pena o no? Eunice hace un fabuloso cordero asado con ajo y hierbas, y un delicioso pudin de dátiles con crema de caramelo. También prepara las mejores tortitas que has probado nunca, muy suaves y tiernas, que sirve con mantequilla fresca y queso. Estoy segura de que te gustarán.

El chaval abrió bien los ojos mientras Amelia describía aquel festín.

—¿Sin trucos? —preguntó con desconfianza—. ¿Puedo comer y marcharme?

—Sin trucos —le aseguró Amelia con expresión solemne—. Lo único que te pido es que nos dejes lavarte un poco antes de sentarte a la mesa. No creo que Eunice y Doreen te permitan tocar nada sin lavarte al menos las manos y la cara.

—Muy bien —resopló como si fuera un gran sacrificio por su parte. Fue hacia el carruaje, abrió la puerta bruscamente y entró dentro.

—¿Les importará a Eunice y a Doreen? —preguntó Amelia a Oliver pensando de repente que podría abusar de ellas al aparecer con aquel golfillo maloliente.

Oliver soltó una carcajada.

—Se alegrarán tanto de verte que les dará igual a quién lleves —vaticinó—. Además están acostumbradas a tratar con críos rebeldes como éste.

—Espero que tengas razón. —Amelia aceptó la mano de Oliver mientras la ayudaba a subir al carruaje.

—¿Cómo te llamas? —preguntó animadamente a su joven invitado.

—Alex.

—Es un nombre muy bonito —comentó Amelia intentando que se sintiera cómodo—. ¿Es el diminutivo de Alexander?

El muchacho la miró despectivamente.

—¿De dónde es que habla tan raro? —dijo ignorando su pregunta.

—Soy americana —respondió Amelia sin molestarse por su rudeza—. De una preciosa ciudad llamada Nueva York.

—¿Allí es donde compró las gafas? —preguntó con tono sarcástico—. ¿En Nueva York?

—¿Por qué lo dices?

—Estoy pensando que la engañaron cuando se las compró —afirmó con tono ácido—, porque cualquier idiota puede ver que soy una chica.

Con eso la invitada de Amelia cruzó los brazos sobre su pecho plano y miró con aire taciturno por la ventanilla, llenando el carruaje con un incómodo silencio.

—No hace falta que te eches comida en el regazo —dijo Eunice cortando otra loncha de cordero para Alex.

—No estoy haciendo eso —protestó con inocencia.

—Déjalo aquí. —Doreen puso un plato vacío delante de ella.

—No hay nada que dejar —insistió Alex frunciendo el ceño.

—No podrás con estas dos —comentó Oliver untando la salsa de su plato con un trozo de pan negro—. Será mejor que cedas si quieres tener un poco de paz.

—No tengo nada en el regazo.

Eunice movió la cabeza, asombrada de que tantos años después de que Genevieve comenzara a llevar huérfanos a casa los niños hubieran cambiado tan poco.

—Voy a prepararte una cesta llena de cosas para que puedas llevártela cuando te vayas —le dijo a Alex—. Así que no hace falta que robes comida de la mesa y ensucies el bonito mantel de Doreen.

—Si se mancha de grasa te pondré a quitarla después de cenar —le advirtió Doreen con severidad—. Y no habrá pudin con crema de caramelo hasta que lo dejes bien limpio.

Alex lanzó una mirada furiosa a los tres ancianos, como si la estuvieran acusando injustamente. Cuando Amelia estaba a punto de ir a rescatarla y sugerir que Eunice podía equivocarse, Alex resopló irritada y empujó la silla hacia atrás, mostrando el batiburrillo de comida que tenía en la servilleta.

—Gracias. —Doreen echó el envoltorio grasiento en el plato vacío y lo llevó al fregadero.

—Ahora come un poco más de cordero —susurró Eunice poniéndole un trozo grande en el plato—. Y más guisantes —le sirvió un montón junto a la carne.

—Si comes demasiado rápido te dolerá la tripa —le advirtió Oliver.

—Eso son tonterías —protestó Alex atiborrándose de comida.

Amelia observó que estaba comiendo como si tuviera miedo de que le robaran la comida, descansando sólo de vez en cuando para beber agua o limpiarse la boca con su sucia manga. Era evidente que Alex no estaba acostumbrada a que le ofrecieran tanta comida de repente, y estaba dispuesta a ingerir todo lo posible antes de encontrarse de nuevo en la calle.

—¿Dónde vives, Alex? —A Amelia le preocupaba qué sería de ella.

—Donde quiero —respondió con las palabras amortiguadas por sus bocados.

—Entonces ¿no tienes padres ni parientes que cuiden de ti?

—Puedo cuidarme sola —le aseguró Alex furiosamente.

—Sí, eso lo has dejado claro hoy. Pero me gustaría saber si tienes algún sitio donde vas normalmente a pasar la noche.

—Tengo muchos sitios. —Miró a Amelia con cautela, reacia a darle más detalles.

—¿Cuántos años tienes?

Alex resopló con desprecio.

—¿Cuántos años tienes tú?

—Diecinueve —contestó Amelia ignorando su impertinencia.

Alex la miró indecisa.

—¿Estás segura? Parece que tienes cuarenta.

—Son esas gafas —explicó Oliver divertido—. Le añaden unos cuantos años a la cara —dijo lanzando a Amelia una mirada significativa para recordarle que estaba disfrazada.

—Deberías tirarlas —le recomendó Alex sirviéndose otra cucharada de puré de patatas—. Con ellas pareces una vieja gruñona. Y también deberías cambiarte el pelo —añadió evaluando a Amelia con ojo crítico—. Aunque no puedas hacer nada con ese feo color, podrías arreglártelo para no parecer un vejestorio.

—Gracias por tus consejos —respondió Amelia—. ¿Cómo es que sabes tanto de esas cosas?

—Me gusta observar a la gente.

—De eso estoy segura. —Doreen frunció la boca con gesto reprobatorio—. Observas a todo el mundo para decidir a quién merece la pena desplumar.

—Forma parte del trabajo —afirmó Alex con tono de superioridad, como si Doreen fuera demasiado ignorante para comprenderlo.

—Pero no te salió tan bien cuando le robaste el bolso a la señora Chamberlain —comentó Oliver—. Creías que estaba lleno de dinero, y lo único que tenía eran unos papeles que no te servían para nada.

Alex se encogió de hombros.

—Me pareció bonito.

Amelia la miró sorprendida. Con sus pantalones harapientos y una chaqueta andrajosa, no podía imaginar para qué quería su bolso de seda y terciopelo, con su borla de color marfil y un suave cordel. La idea de que aquella chiquilla lo fuera a utilizar era absurda.

—Si te gusta te lo daré —dijo—. Es tuyo.

Alex adoptó una actitud de indiferencia despectiva, sin levantar apenas la cabeza del plato.

—Bien. Conozco un sitio donde puedo venderlo.

—No vas a vender ningún regalo de la señora Chamberlain —objetó Eunice con firmeza—. Si lo que necesitas es dinero podemos reunir un poco y ponerlo con tu comida y tu ropa.

—Cuando le dé el bolso a Alex podrá hacer con él lo que quiera. —A Amelia le fascinaba que la niña intentara ocultar que no le importaba el bolso—. Sólo ella puede decidir si quiere conservarlo o no.

Alex continuó atiborrándose de comida sin inmutarse. Cuando ya no pudo más apartó el plato, se restregó la boca con la manga por última vez y eructó ruidosamente.

—Aquí no permitimos esas cosas —le regañó Doreen moviendo un dedo venoso—. Y si vuelves a nuestra mesa espero que uses la servilleta para limpiarte la boca en vez de llenarla de comida cuando crees que no te ve nadie.

—¿Dónde está el pudin? —preguntó Alex.

—Ya va. —Eunice sonrió, siempre complacida de dar de comer a alguien con buen apetito—. Un rico pudin de dátiles con crema de caramelo; uno de los postres favoritos de Jack.

Alex miró a Amelia.

—¿Es tu marido?

—No.

—Entonces ¿quién es?

—No estoy casada.

—Entonces ¿por qué llevas ese anillo?

Amelia miró la fina alianza de oro que Annabelle le había dado para completar el disfraz de la señora Chamberlain.

—Soy viuda. —Se sentía terriblemente culpable por tener que mentir—. Mi marido murió hace poco, y vine aquí para comenzar una nueva vida.

Alex la miró con escepticismo. Al vivir en las calles había desarrollado una gran perspicacia, y sabía que Amelia estaba mintiendo.

—¿Y cómo es que vives aquí?

—En realidad no vivo aquí —reconoció Amelia—. Pero estuve aquí hasta hace una semana, y por eso ha sido agradable volver a visitar a Oliver, Eunice y Doreen.

Alex puso los ojos en blanco, como si pensara que la visita había sido cualquier cosa menos agradable.

—Entonces ¿quién es Jack? —Hundió la cuchara en el cuenco humeante de pudin que Eunice le había puesto delante.

—El señor Kent es el primo de la señora Chamberlain —intervino Oliver pensando que Amelia había mentido más que suficiente por un día.

Alex comenzó a devorar el pudin, interrumpiendo momentáneamente sus preguntas. Cuando terminó abrió la boca para eructar, pero se lo pensó mejor y la cerró.

—¿Te ha gustado? —le preguntó Eunice retirando el cuenco.

—¿Hay más?

—Sí, pero sería demasiado para tu estómago. No queremos que te pongas enferma.

—¿Puedo llevármelo?

—Claro que sí —le aseguró Eunice—. Lo pondré con todo lo demás.

Alex apartó la silla de la mesa y se puso de pie.

—Entonces supongo que debo irme.

Unas oscuras sombras se cernían sobre las ventanas de la cocina. Aunque Alex no había revelado su edad, Amelia suponía que no tenía más de diez años. ¿Cómo podría sobrevivir en las calles sin nadie que la cuidara?, se preguntó. Ese día había evitado que la arrestaran porque ni Amelia ni Oliver harían algo así a un niño. Pero ¿qué ocurriría mañana, cuando Alex tuviera que robar de nuevo? ¿Le perdonaría su siguiente víctima y la invitaría a cenar? ¿O insistiría en que fuera a la cárcel, donde sufriría un trato horroroso antes de que la soltaran y acabara otra vez en la calle?

—Alex —comenzó a decir—, ¿qué te parece si...?

Antes de que pudiera terminar, Alex se agarró al respaldo de su silla y se dobló, gimiendo de dolor.

—¿Qué pasa? —Amelia se acercó a ella—. ¿Estás mal?

—Mi tripa —jadeó Alex apretando los ojos.

—Llévala al despacho para que podamos tumbarla en el sofá —dijo Doreen.

—Pon el brazo alrededor de mi cuello, Alex —le indicó Amelia.

Quejándose de dolor, Alex echó un delgado brazo sobre Amelia y fue tambaleándose por el pasillo mientras Oliver y Doreen iban al despacho para encender las lámparas. Amelia ayudó a Alex a tumbarse en el sofá y Eunice la tapó con una suave manta de cuadros.

—Ha comido demasiado —comentó Oliver—. Se ha inflado como un pavo de Navidad, y su estómago no está acostumbrado a comer tanto.

—El pudin de dátiles con crema de caramelo era demasiado pesado para ella —añadió Doreen.

—Le daré una cucharada de mi jarabe —decidió Eunice—. El opio aliviará el dolor y la ayudará a dormir.

Alex abrió los ojos de repente.

—Lo que necesita es un buen laxante de agua de violetas —sugirió Doreen—. Le producirá retortijones y calambres, y luego soltará un montón de porquería, pero después se sentirá como si la hubiesen lavado por dentro.

Alex se incorporó milagrosamente.

—Me encuentro mucho mejor...

Eunice, Doreen y Oliver intercambiaron una mirada cómplice.

—Ahora deberías tumbarte —dijo Amelia con tono suave.

—No voy a tomar ningún laxante. —Alex se cruzó de brazos con gesto obstinado—. No podéis obligarme.

—Claro que no. —A Amelia le sorprendía lo bien que parecía estar de repente, y empezó a entender lo que estaba ocurriendo—. Pero aunque te sientas mejor deberías dormir aquí esta noche para que podamos asegurarnos de que no tienes nada grave.

Alex resopló.

—¿Dormir aquí? —preguntó como si le hubiera dicho que se metiera en una carbonera.

Amelia se volvió hacia los tres ancianos. Sabía que lo que estaba proponiendo era una imposición, pero no se le ocurría otra cosa. No quería que Alex pasara la noche en la calle, y a juzgar por el dolor de estómago que había fingido ella tampoco. Pero no podía aparecer en casa de Annabelle con aquella chiquilla insolente diciendo que iba a pasar allí la noche. Aunque Annabelle pudiera comprenderlo, cabía la posibilidad de que no lo hiciera pensando en sus hijos. Así pues, la casa de Jack era la única opción.

Estaba segura de que cuando regresara sería capaz de hacérselo ver.

—Puede dormir en la habitación que preparamos para Jack cuando estuviste tú aquí —sugirió Oliver.

—No es gran cosa, pero está caliente y limpia, que es mucho más de lo que se puede decir del sitio donde pensabas dormir esta noche —comentó Eunice.

—Estará bien —dijo Amelia—. ¿Verdad que sí, Alex?

Alex se encogió de hombros.

—Entonces vamos arriba. —Doreen la llevó hacia la escalera—. Te prepararé un buen baño y te buscaré ropa decente para...

Alex se quedó quieta.

—No voy a tomar un baño —informó a Doreen con tono categórico.

—Ya lo creo que sí. —Doreen apoyó sus escuálidas manos en sus huesudas caderas—. No vas a dormir en mis sábanas limpias con toda esa porquería y el pelo grasiento lleno de piojos. Tomarás un baño caliente con jabón y agua de lavanda, te lavarás los dientes, te cepillarás las uñas hasta que estén impecables, te pondrás un camisón limpio para dormir y te pondrás de rodillas para decir tus oraciones. Si no estás de acuerdo con alguna de estas cosas Oliver volverá a llevarte donde te encontró, y allí podrás estar tan sucia como quieras.

Alex blasfemó mientras iba hacia la puerta principal.

—Pero entonces te perderás el desayuno —comentó Amelia.

La niña se detuvo y la miró con gesto resentido.

—¿Qué hay para desayunar?

—Lo de siempre —respondió Eunice—. Cereales, huevos, tostadas con jamón, arenques, lengua, panecillos calientes, mermelada, café, té y chocolate.

—Me está entrando hambre sólo de pensarlo —dijo Oliver—. ¿A ti no?

Alex se quedó callada un momento.

—Nada de agua de lavanda. Apesta.

—Muy bien. —Doreen sabía que para ella era importante creer que había conseguido una pequeña victoria—. Nada de agua de lavanda.

Como si fueran a ejecutarla, Alex se dio la vuelta y subió a regañadientes por la escalera.

Para cuando Jack llegó a la puerta de su casa era ya noche cerrada. Le había dicho a Oliver que le recogiera en su oficina pasadas las doce, pero el hambre le obligó a salir del decrépito edificio alrededor de las nueve. Fue a una taberna para comer y beber algo, pero una copa le llevó a otra, y a otra... hasta que perdió la cuenta. No importa, pensó. Ahora que Amelia se había ido sólo era responsable de sí mismo.

Buscó a tientas la llave y con cierto esfuerzo consiguió abrir la puerta principal. Luego entró tambaleándose y la cerró de golpe con torpeza. Tras asegurarse de que todos estaban dormidos, se quitó la chaqueta y la dejó caer al suelo. La única persona con la que temía encontrarse en ese estado era Oliver, que se enfadaría con él, pero al menos no podría obligarle a volver andando a casa, puesto que ya estaba allí. Satisfecho consigo mismo por haber conseguido burlar al viejo criado esa noche, fue dando tumbos hacia la escalera.

—¿Qué diablos estás haciendo aquí cuando estaba a punto de ir a buscarte? —preguntó Oliver apareciendo de repente por el pasillo que conducía a la cocina. Parecía que le incomodaba no tener que salir.

—Terminé pronto y alquilé un coche en la calle. Pensé que así te ahorraría la molestia de ir a recogerme.

Oliver estrechó los ojos.

—¿Ah, sí? ¿Y cuantas copas has tomado antes de decidir honrarnos con tu presencia?

Jack se encogió de hombros.

—Una o dos.

—Por el olor yo diría que cinco o seis.

—¿Y qué? Soy un hombre, Oliver, no un niño. Si quiero emborracharme es asunto mío.

—¿Eso es lo que haces cuando viajas a esos lugares exóticos como Grecia y Egipto? —preguntó el anciano indignado—. ¿Beber toda la noche hasta que no te tienes en pie? No me extraña que no puedas volver a casa y llevar una vida decente. Si la señorita Genevieve supiera lo que has estado haciendo te daría una bofetada y te diría que empezaras a comportarte como el hombre que afirmas ser.

—Genevieve no me ha pegado nunca —dijo Jack.

—Quizá debería haberlo hecho —replicó Oliver—. Está claro que su paciencia y su trato amable no te han ayudado mucho para aprender a controlarte.

Jack le miró con recelo. ¿Sabía Oliver cuánto daño le había hecho a Amelia antes de que se marchara? ¿O se refería a que había estado borracho todas las noches desde entonces para intentar olvidar que le había robado la virginidad y había destruido para siempre su relación con ella?

—Esperaba que hoy estuvieras sobrio, porque la señorita Amelia te espera para hablar contigo. —Oliver sabía que no servía de nada reprenderle cuando ya estaba borracho.

Jack abrió bien los ojos.

—¿Amelia está aquí?

—Sí, y quiere hablar contigo, pero...

—¿Dónde está?

—Arriba, en la habitación libre, pero no puedes...

Jack subió corriendo por la escalera. Amelia había vuelto. Después de una semana angustiosa pensando que nunca volvería a ver su radiante sonrisa, ni a oler su delicada fragancia, ni a sentir la suavidad de su mano en la cicatriz de su mejilla, había regresado. Sintiéndose como si le envolviera un reluciente rayo de sol, entró precipitadamente en la habitación.

Y se quedó atónito al ver a una niña durmiendo en la pequeña cama.

—Chsss... —Amelia se llevó un dedo a los labios mientras se levantaba de la silla que había en una esquina.

Después de ajustar la manta de cuadros con la que había tapado a Alex, le indicó a Jack que la siguiera al pasillo. Luego cerró con cuidado la puerta de la habitación y se volvió hacia él.

Su rostro estaba recortado contra la suave luz de color ámbar. Intentó buscar las profundidades plateadas de sus ojos, pero sólo encontró cautela y expectación. Teniendo en cuenta que se había ido de su casa sin despedirse era comprensible que reaccionara de aquel modo. Sin embargo le dolía su frialdad. ¿Cómo era posible, se preguntó, que dos personas pudieran experimentar una pasión tan intensa, compartir la intimidad más profunda de su cuerpo y sus emociones, y luego acabar mirándose la una a la otra con un silencio tan incómodo?

—Lo siento —murmuró finalmente para romper la tensión que había entre ellos—. No quería abusar de ti trayendo aquí a Alex, pero Oliver aseguró que no te importaría.

Jack asintió, buscando en su mente empapada de whisky algún recuerdo de una niña llamada Alex. No encontró ninguno, pero en ese momento no parecía importar. De algún modo la niña que dormía en el que Eunice llamaba ahora riéndose «el cuarto de invitados» le había devuelto a Amelia. Eso era lo único que sabía.

—Conocí a Alex hoy cuando intentó robarme el bolso —prosiguió Amelia—. Oliver consiguió cogerla con mucha habilidad, y cuando vi lo hambrienta y desesperada que estaba supe que no podía dejarla allí. Así que la invité a cenar, pensando que le gustaría tomar una buena comida, pero no recordé que sólo soy una invitada en casa de Annabelle. Aunque no creo que se opusiera a que invitara a alguien a cenar, pensé que quizá no le agradase mucho que llevara a alguien como Alex, aunque tengo entendido que también vosotros habéis tenido unos orígenes humildes.

Lo dijo como si todos ellos hubieran pasado su infancia en una bonita casa de campo, donde se habrían dedicado a pescar en el lago y a jugar con juguetes de madera. *Sí*, pensó Jack, preocupado de repente por lo que podía haberle contado su familia, *mis orígenes son bastante humildes.*

—También estaba la cuestión de los niños de Annabelle. —Amelia esperaba desesperadamente que Jack dijera algo—. El comportamiento de Alex no es muy ortodoxo, y me preocupaba que Annabelle lo considerara inapropiado para sus hijos. Así que la única opción era traerla aquí. Oliver dijo que últimamente trabajabas hasta muy tarde y que no te importaría. Después de cenar pensaba llevar a Alex donde pasara normalmente la noche para no molestarte. Pero no tiene ningún sitio adonde ir, aunque asegura que puede cuidar de sí misma. Es muy resuelta e independiente.

«Por supuesto.» Las heridas del pasado de Jack comenzaban a abrirse. «Si no fuera así no podría sobrevivir.»

—Bueno, aunque sabía que no tenía ningún derecho iba a invitarla a pasar la noche aquí para que estuviera segura. —Amelia miró a Jack indecisa—. Pero antes de que pudiera hacerlo comenzó a dolerle el estómago. Cuando Eunice y Doreen dijeron que le darían un laxante ella insistió en que se sentía mejor, lo cual sugería que había fingido estar enferma para no tener que marcharse. Entonces le pedí que se quedara y ella aceptó, y por eso está durmiendo aquí.

—Naturalmente, no espero que le permitas quedarse aquí más de una noche. —Amelia decidió que le había disgustado su intromisión—. Sé que no puedes hacerte cargo de una niña huérfana. Pero tampoco puedo dejar que vuelva a las calles, donde puede acabar en la cárcel o algo peor. Así que mañana la llevaré a casa de Annabelle y le preguntaré si puede quedarse conmigo hasta que ahorre suficiente dinero para alquilar una casa en la que podamos vivir las dos. Ahora que está limpia tiene un aspecto presentable, y si le explico algunas normas básicas de comportamiento como por ejemplo a no blasfemar y a no eructar en la mesa, no causará demasiadas molestias en casa de Annabelle.

Jack se dio cuenta de que le estaba abandonando. ¿Qué podía hacer para que se quedara? ¿Qué podía decir para que le perdonara por haberse aprovechado de ella? Su mente comenzó a dar vueltas. Amelia estaba allí porque le preocupaba una niña llamada Alex. Era increíble que en su situación actual, con una recompensa sobre su cabeza, mientras intentaba adaptarse a una nueva vida y aprender a cuidarse a sí misma, también llevara a casa huérfanos abandonados. No tenía nada que ver con la heredera caprichosa que había creído que era mientras esperaba con impaciencia a que apareciese en su propia boda. Llevar a casa a una pequeña ratera que había intentado robarle el bolso sólo era lógico para una mujer que había insistido en alimentar y vestir a toda una comunidad de gente sin hogar con sus preciosos pendientes de esmeraldas.

No quería que fuese a casa de Annabelle. No quería que fuese a ninguna parte. Eso era lo único en lo que podía pensar mientras la miraba con angustia y una vaga esperanza de que tal vez, sólo tal vez, pudiera llegar a perdonarle por lo que era y lo que le había hecho.

—Puede quedarse aquí.

Amelia frunció el ceño desconcertada.

—¿Quieres decir esta noche?

—Todo el tiempo que sea necesario.

La sorpresa que iluminó su bello rostro se convirtió rápidamente en resignación.

—Eres muy amable, Jack, pero no creo que sea una buena idea. Tú tienes que viajar mucho, y no podrías cuidar solo a la niña.

—No estoy diciendo que vaya a cuidarla —puntualizó Jack—. Estoy diciendo que podéis quedaros aquí las dos hasta que encuentres un sitio para vivir. Yo me iré dentro de poco para varios meses —añadió para que no temiera que podía volver a forzarla—. Pero les diré a Oliver, Eunice y Doreen que se queden para ayudarte a cuidar a Alex. Necesitarás su ayuda, porque si tienes que trabajar todo el día en el hotel no podrás llevarla contigo.

Amelia se dio cuenta de que tenía razón.

—Estoy seguro de que a Annabelle le gustaría ayudarte con Alex, pero tiene ya un marido y cuatro hijos, además de sus libros —prosiguió—. Con tantas obligaciones no sería justo pedirle que asuma una más. —En realidad sabía que cualquiera de sus hermanos estarían encantados de acoger a Amelia y su protegida, pero no pensaba decírselo.

—Supongo que no —reconoció Amelia—. Pero ¿qué hay de Oliver, Eunice y Doreen? ¿No les apetecerá volver a casa?

—Si fuera así ya se habrían ido y me habrían dejado en paz —murmuró—. Yo creo que se lo pasan muy bien aquí, cocinando, limpiando y regañándome. Genevieve y Haydon tienen tantos criados jóvenes que estos tres no tienen mucho que hacer de todas formas. Con Alex y contigo aquí se sentirán útiles, y no me prestarán a mí tanta atención.

—Esta noche han disfrutado mucho dando de comer a Alex —Amelia sonrió—. Y sabían todos sus trucos, como cuando estaba escondiendo comida en la servilleta o fingió estar enferma para no tener que irse.

—Conocen bien a los niños.

«Sobre todo a los golfillos que han tenido que robar y mentir para sobrevivir.»

Amelia observó a Jack durante un largo rato. Él mantuvo su mirada con resignación, como si no le importara lo que decidiera. Pero tenía la mandíbula tensa y los puños apretados a los lados del cuerpo, lo cual indicaba que sí le importaba.

—Quédate, Amelia —le pidió en voz baja temiendo que fuera a rechazarle—. Déjame al menos que haga esto por ti.

Sus palabras se quedaron suspendidas en el aire en una torpe e inadecuada disculpa. *Perdóname*, era lo que quería decir. *Por todo.*

Considerando cómo se había aprovechado de ella, sabía que tenía todo el derecho a rechazarle. Pero algo la había llevado a él esa noche, y no creía que fuera simplemente que una niña abandonada necesitara una buena comida. No, Amelia había vuelto a su casa porque pensaba que era un lugar seguro. En cierto sentido aún confiaba en él, a pesar de todo lo que había hecho para destruir esa confianza.

Amelia le miró en silencio, tan atraída hacia él en ese momento como una semana antes. Pero ya no era la muchacha insegura e inexperta de aquella noche. Aunque sólo había pasado una semana había cambiado. Había asumido el papel de una mujer madura e independiente, con responsabilidades, plazos y un salario, y además la gente pensaba que era buena en lo que hacía. Si seguía trabajando duro acabaría labrándose una exitosa carrera, que le permitiría tomar sus propias decisiones respecto a su vida. Aunque Jack se había opuesto a que trabajara sabía que debía darle las gracias por su nueva vida. Si no hubiera sido por él se habría casado con Whitcliffe, y lloraría todas las noches amargamente atormentada por su destino. Jack la había ayudado a escapar de eso. Había hecho por ella algo que nadie había hecho nunca: le había preguntado qué quería.

Y después había intentado dárselo.

—Muy bien. Nos quedaremos, pero sólo hasta que consiga ahorrar el dinero suficiente para alquilar una casa. —No quería que Jack pensara que iba a abusar de su generosidad indefinidamente.

Le invadió una profunda sensación de alivio.

—Podéis quedaros todo el tiempo que queráis. Alex puede quedarse en esta habitación, y tú te instalarás en la mía otra vez. —Avanzó por el pasillo y le abrió la puerta—. Le diré a Oliver que vaya mañana a recoger tus cosas a casa de Annabelle.

—¿Y dónde dormirás tú?

—En el sofá del despacho.

—Pero no estarás muy cómodo.

—Puedo dormir en cualquier parte, Amelia —le aseguró encogiéndose de hombros—. Estoy acostumbrado. Además, sólo serán unas cuantas noches. Enseguida volveré a marcharme.

Por supuesto. Una sombra de desasosiego empañó su corazón.

—Bien —dijo sintiéndose incómoda de repente—. Entonces buenas noches.

—Buenas noches, Amelia. —Tras observar cómo cerraba la puerta se apoyó contra la pared y respiró profundamente.

Había vuelto. Y seguían siendo amigos.

No quería pensar en nada más.

Capítulo 12

Comenzó con una extraña sensación.

Había estado girando la cabeza para ver si le seguían desde el momento en que Amelia apareció en su vida. Desde que había vuelto con Alex hacía casi dos semanas el hábito se había agudizado tanto que tenía el cuello rígido. Miraba con suspicacia a todos los hombres, mujeres y niños, hasta el punto de que estaba seguro de que sus vecinos pensaban que se había vuelto loco.

Nunca se había sentido a gusto en la pequeña calle de elegantes casas restauradas, habitadas por familias respetables con niños mofletudos y criados arrogantes. No tenía dudas de que preferían que estuviese fuera, siempre que sus tres viejos criados fueran una vez a la semana para que la casa no se llenara de bichos. Cuando no estaba no suponía ninguna amenaza para sus apacibles vidas. Ahora que vivía con una viuda americana y una niña arisca que decían que era una ladrona, sus vecinos habían empezado a mirarle con desdén. Aunque intentaba ignorarles, hacían que se sintiera como siempre se había sentido en el mundo privilegiado en el que Genevieve le había introducido.

Despreciado e indigno.

—Creo que nos están siguiendo —dijo mirando por la ventanilla trasera del carruaje.

Oliver puso los ojos en blanco.

—Siempre crees que nos están siguiendo —se burló—. Ayer tuve que impedir que abordaras al señor Anderson porque estabas seguro de que nunca le habías visto en tu calle, cuando el viejo cabrón lleva treinta y cinco años viviendo allí.

—Tenía un aspecto diferente —respondió Jack con tono defensivo—. Se ha afeitado la barba.

—Sí, hace tres años.

Jack frunció el ceño.

—Antes de ayer querías interrogar a la nueva criada de la señora Ingram porque estabas seguro de que la habías visto en Londres, y querías averiguar por qué extraña casualidad estaba en Inverness...

—Me pareció reconocerla.

—Cuando lo que recordabas era su sombrero nuevo, pero en la cabeza de otra mujer.

—No deberían hacerlos todos iguales.

—Por no hablar del día que le diste al crío de los Rafferty un susto tan grande que su madre tuvo que darle un calmante y meterlo en la cama.

—No fue culpa mía —objetó Jack—. Vino corriendo hacia Amelia con una cuerda en la mano...

—Estaba persiguiendo a su perrito —resopló Oliver indignado—. Y acabó en el suelo contigo encima de él acusándole de asesinato.

—Para empezar no debería haber permitido que se escapara. ¿Cómo iba a saber que no era una amenaza?

—Apenas tiene doce años.

—Es muy alto para su edad.

—Es más bajo que Doreen.

—En ese momento me pareció más alto.

—No sé cómo pudiste verle con lo rápido que te lanzaste encima.

—Gira a la izquierda en la siguiente calle —ordenó Jack—. Y luego otra vez a la izquierda. Quiero ver qué hace el carruaje que viene detrás de nosotros.

—¿Y qué harás si el conductor gira también? —preguntó Oliver—. ¿Le acusarás de seguirte desde Londres?

—No sé cómo puedes estar tan tranquilo respecto a la seguridad de Amelia. Los periódicos hablan de ella todos los días. Esta mañana alguien ha dicho que la han visto en Inverness.

—Sí, y otros la han visto en París, Roma, Atenas y Nueva York. Nos lo leyó mientras desayunaba antes de ir a trabajar. Dijo que le parecía increíble que los barcos de vapor fuesen ahora tan rápidos, y que quizá este sábado se iría a China, porque siempre ha querido verla —se rió entre dientes.

—No tiene gracia, Oliver —dijo Jack con tono serio—. La recompensa que ha ofrecido su familia es enorme. Toda Europa está buscando a una mujer que responda a su descripción con la esperanza de hacerse ricos.

—Bueno, gracias a mí Amelia ya no parece ella misma —señaló Oliver haciendo girar el coche por segunda vez—. Así que no hace falta que...

—Está girando.

El viejo cochero chasqueó la lengua irritado.

—Sí, como el carruaje que va delante de nosotros. Antes de que nos demos cuenta nos acusarán de seguirles.

—Vete hasta el final de la calle y continúa hacia el oeste fuera de los límites de la ciudad. Si no nos está siguiendo sería muy raro que también decidiera ir al campo.

—Si llegamos tarde a cenar Eunice se pondrá furiosa.

—Haz lo que te digo, Oliver.

Oliver lanzó un bufido de frustración y tiró de las riendas.

El día comenzaba a decaer mientras el carruaje dejaba atrás las bulliciosas calles de Inverness. Jack se contuvo para no mirar por la ventanilla mientras Oliver conducía el vehículo por la carretera de acceso a la ciudad. *Dale unos minutos.* Que un coche viajara por la misma ruta que él no quería decir que estuviera siguiéndole. Durante las últimas semanas su intuición le había dicho muchas veces que le estaban observando, pero nunca podía estar seguro del todo, porque la persona o el vehículo sospechoso siempre desaparecía en el último momento.

—Hay un pequeño camino que va hacia el sur detrás de ese grupo de árboles. Acelera y cógelo, y luego para el carruaje cuando pasemos la cima de la primera colina.

—Cuando Eunice proteste porque se ha estropeado su asado yo no quiero saber nada —refunfuñó Oliver chasqueando el látigo.

Jack esperó hasta que se adentraron en el valle más allá de la primera colina. En cuanto Oliver detuvo el coche se bajó de un salto.

—Espera aquí. Voy a la cima a mirar.

—Llámame si necesitas que vaya a salvarte —bromeó Oliver.

Ignorando el comentario sarcástico del anciano, Jack fue corriendo por la creciente oscuridad hasta lo alto de la colina, donde se escondió entre las sombras de los pinos que bordeaban el camino.

Al cabo de un largo rato divisó el mismo carruaje que había visto en Inverness. Tras avanzar a toda prisa por la desierta carretera rural dejó a un lado el desvío que habían cogido Oliver y él.

Oliver tenía razón. Se estaba volviendo paranoico. Se dio la vuelta furioso. Ahora tendría que soportar las burlas de Oliver todo el camino de vuelta a casa.

El sonido de los cascos de un caballo le hizo detenerse.

Entonces vio que el carruaje había dado la vuelta e iba a toda velocidad por la estrecha franja de la carretera. El conductor debía haberse dado cuenta de que había perdido a su presa y ahora corría para encontrarla. Jack tensó la mandíbula cuando pasó por delante del desvío, que no se veía bien con la escasa luz. Poco después el coche volvió a pararse.

«Vamos. Estoy aquí.»

El carruaje comenzó a avanzar de nuevo hacia el pálido resplandor de Inverness.

«Mierda.»

El carruaje se detuvo una vez más, vacilando en la oscuridad.

Por último giró y se movió despacio por la carretera, buscando un sitio para dar la vuelta.

—¿Qué sucede? —preguntó Oliver, que se había aburrido de esperar y había decidido subir a la colina con Jack—. ¿Alguna señal de él?

—El conductor ha encontrado el camino —respondió Jack—. Quédate aquí; yo iré al otro lado. Cuando reduzca la velocidad en la cima yo cogeré las riendas del caballo mientras tú haces mucho ruido y abres la puerta del coche. No sabemos cuánta gente hay dentro, así que debe parecer que somos más de dos.

—No te preocupes, muchacho. —Los ojos de Oliver brillaban de emoción—. Les meteré tanto miedo que creerán que están a punto de exhalar el último suspiro.

Jack atravesó corriendo la carretera y se quedó esperando entre las sombras.

Finalmente el carruaje rodeó la colina.

Entonces Jack dio un salto y cogió las riendas del caballo, haciendo que el asustado animal se encabritara.

—¡Dios mío! ¿Qué está haciendo? —preguntó el conductor sorprendido.

—Si os quedáis quietos con la boca cerrada puede que no os rajemos el cuello —rugió Oliver dramáticamente mientras abría la puerta del carruaje con el reluciente puñal en su marchita mano. Luego, parpadeando en la oscuridad, echó un vistazo dentro.

—Está vacío —informó a Jack visiblemente decepcionado.

Jack obligó a bajar al conductor, y antes de que pudiera reaccionar le retorció un brazo detrás de la espalda.

—Voy a hacerle algunas preguntas —susurró con tono amenazador—. Y quiero que me diga la verdad.

—¡Váyase al infierno!

—Debería pensarlo mejor —le aconsejó clavándole la punta de su puñal en el cuello—. Porque no quiero que haya ningún problema. Lo que quiero decir es que si descubro que me ha mentido en cualquier detalle, por insignificante que sea, mis hombres y yo le encontraremos y le romperemos todos los huesos de su flaco cuerpo. ¿Está claro?

El hombre le miró con hostilidad.

—Si necesita una prueba para saber lo que es un hueso roto estaré encantado de demostrárselo. —Agarró el dedo meñique del conductor y comenzó a doblarlo hacia atrás.

—¡Está bien! —gritó—. ¡Le diré lo que quiera saber!

—Le agradezco mucho su colaboración. —Jack le soltó el dedo—. ¿Cómo se llama?

—Neil. Neil Dempsey.

—¿Y qué está haciendo aquí, señor Dempsey?

—Le estaba siguiendo.

—¿Por qué?

La mente de Neil empezó a dar vueltas.

—¿Por qué? —repitió Jack retorciéndole el brazo con fuerza.

—¡Porque me han contratado para que le vigile! —confesó.

Jack intentó disimular su sorpresa. ¿Vigilarle? ¿Para qué diablos iban a vigilarle a él? Debía tener algo que ver con Amelia.

—¿Quién le ha contratado?

—Por favor... No puedo decírselo —gimoteó Neil.

—Claro que puede —le aseguró Jack retorciéndole el brazo un poco más—. Pero si quiere que le ayude a recordarlo sacándole el hombro...

—¡Lord Hutton! —chilló.

Jack aflojó un poco la tensión.

—¿Quién?

—El conde Hutton —dijo Neil con voz temblorosa.

—¿Y qué quiere de mí el conde Hutton?

—¡No lo sé! ¡Se lo juro! —gritó mientras Jack seguía apretando—. Lo único que sé es que me contrató para que le siguiera mientras estuviese aquí y le informara de todo lo que hiciese.

Dios santo.

—¿Y cuánto tiempo ha estado siguiéndome?

—Casi cuatro semanas. Desde que regresó a Inverness.

—Me imagino que eso le ha mantenido muy ocupado, ¿verdad?

Jack no sabía quién era el conde Hutton, pero si había contratado a alguien para vigilarle era evidente que también conocía a Amelia. Entonces ¿por qué no la había capturado para reclamar la recompensa? ¿A qué estaba jugando?

—¿Dónde vive Hutton?

—En una finca a unas doce millas de aquí.

—Qué oportuno. Nos llevará ahora mismo.

—No me obligue a hacer eso —le suplicó Neil—. Si le llevo allí el señor se pondrá furioso.

—¿Cree que le matará? —preguntó Jack con tono amable.

Neil parecía asustado.

—Por supuesto que no...

—Entonces tiene menos que temer llevándonos allí que negándose. ¿Está claro? —deslizó el puñal por su palpitante cuello.

Neil asintió gimoteando.

—Ahora llene esto y volveré enseguida a recogerlo —dijo la señora Quigley dándole el orinal—. ¿Está seguro de que no necesita ninguna ayuda?

—Todavía puedo mear solo —afirmó Edward con acritud.

—Pues es algo por lo que debería estar agradecido —le bajó las sábanas bordadas para que no tuviera que pelearse con ellas.

—Intentaré acordarme de dar gracias a Dios por esa bendición cuando rece esta noche —replicó con tono sarcástico.

—También podría darle las gracias por concederme la paciencia necesaria para aguantarle —sugirió colocando con cuidado las sábanas sobre sus escuálidos pies para que no se le enfriaran mientras se aliviaba—. Yo rezo por eso todas las noches.

—Cuando se la conceda dígamelo.

La señora Quigley apoyó las manos en las caderas y movió la cabeza.

—Es increíble que un hombre con su inteligencia y su posición social se dedique a insultar a la mujer que le da su medicina.

Edward se encogió de hombros.

—Si no me la da moriré. Y si me la da también. La única perspectiva atrayente es que un día me dé más de la cuenta para que me muera antes.

—No espere que ocurra tan pronto —respondió animadamente abriendo la puerta—. Me esforzaré para mantenerle aquí mientras pueda, porque sé que Dios necesita descansar todo lo posdible antes de que vaya usted a amargarle la vida —cerró la puerta de golpe detrás de ella.

Con un humor de perros, Edward se levantó el camisón y esperó con impaciencia a que su hinchado cuerpo colaborara. Odiaba mear en un orinal tumbado en la cama. Resultaba humillante realizar las funciones corporales de esa manera. Cerró los ojos y respiró profundamente para intentar relajarse y olvidar lo patética que era su vida.

Había muchos días en los que deseaba que la señora Quigley le diera más láudano del que su consumido cuerpo podía tolerar. Sería maravilloso cerrar los ojos y no volver a despertarse. Pero no podía estar seguro de que la medicina fuera tan benigna. También era posible que le produjera vómitos, temblores y convulsiones y en vez de matarle le dejara peor de lo que ya estaba.

Esa posibilidad era inconcebible.

—¡Oiga! —gritó de repente la señora Quigley corriendo por el pasillo—. ¡Si no se detiene inmediatamente llamaré a la policía!

—Hágalo —gruñó una voz despectiva.

—¡No puede entrar ahí! —El mayordomo de Edward parecía más asustado que decidido—. ¡Deténgase!

La puerta de su habitación se abrió violentamente mientras cogía las mantas e intentaba taparse apresuradamente. El orinal vacío se cayó rodando de la cama y se hizo pedazos contra el suelo.

—Perdone, señor —gimoteó Neil Dempsey con un puñal en la garganta empuñado por un joven alto con el pelo de color café y unos fríos ojos grises—. ¡Se ha vuelto loco!

—Siento importunarle a estas horas, lord Hutton —dijo Jack con tono sarcástico—, pero pensé que podría ahorrarle la molestia de hacer que el señor Dempsey me siga viniendo yo mismo a verle. Es un modo mucho más eficaz de averiguar lo que quiere saber, ¿no cree?

Edward miró a Jack asombrado.

—¡Suelte el puñal o le volaré la cabeza!

La mirada de Edward se desvió hacia la puerta, donde su mayoral estaba apuntando a Jack con un rifle mientras la señora Quigley, su mayordomo y una docena de criados vagamente familiares se apiñaban atemorizados detrás de él.

—¡Lárguense! —les ordenó irritado—. ¡Ahora!

El mayoral le miró estupefacto, preguntándose si su patrón había perdido el juicio.

—Disculpe, señor, pero está en un grave peligro...

—¡He dicho que se larguen antes de que los despida a todos! —rugió.

El grupo de criados se retiró a toda prisa.

—Usted también, Dempsey. Ya no le necesita. —Edward miró a Jack tranquilamente.

Jack entrecerró los ojos mientras observaba al anciano decrépito que yacía en la cama delante de él. Estaba claro que lord Hutton no le tenía miedo. Si acaso había en él cierta anticipación, como si llevase mucho tiempo esperando ese momento.

Entonces soltó bruscamente a Neil Dempsey, que jadeó aliviado y salió corriendo al pasillo.

—Cierre la puerta. —Edward juntó los dedos mientras observaba a Jack—. No quiero que nos molesten.

Jack metió el puñal en su bota y cruzó la enorme habitación para cerrar la puerta.

—Siéntese. —Lord Hutton señaló una butaca tapizada en seda y oro que había junto a su cama.

—Me quedaré de pie.

Edward asintió. Sintiendo que necesitaba un refuerzo, buscó a tientas la petaca debajo de la almohada.

—¿Brandy? —Su mano tembló un poco al ofrecerle la petaca.

—No.

Forcejeó con el tapón, reacio a mostrar su debilidad desenroscándolo con la boca. Tras un rato de inútiles esfuerzos hizo una pausa, pensando si debería meter de nuevo la recalcitrante botella debajo de la almohada para no humillarse más.

Jack se acercó a la cama, abrió el tapón y le devolvió la petaca.

—Gracias. —Debidamente fortalecido después de un par de tragos, Edward bajó su bebida y miró a Jack con interés—. Así que por fin se ha dado cuenta de que le estaban siguiendo. Siempre he sabido que Dempsey era demasiado estúpido para que no le descubrieran.

Jack no dijo nada. Lord Hutton le desagradaba profundamente, desde su recargada habitación pestilente hasta su frágil cuerpo acurrucado entre las ostentosas sábanas de su cama. No pensaba quedarse allí ni un segundo más de lo necesario. Mientras arrastraba a Dempsey por la finca de lord Hutton le había parecido opulenta. Y a juzgar por la cantidad de criados que habían acudido a auxiliarle no parecía necesitar ayuda. Sin embargo, Jack sabía que de algún modo Hutton había averiguado la relación entre la desaparecida Amelia Belford y la joven viuda americana que vivía en su casa.

Diez mil libras era mucho dinero para un aristócrata empobrecido, como Percy Baring había dejado bien claro.

—¿Qué quiere de mí, Hutton?

El viejo conde le observó durante un rato. Jack tenía la sensación de que le estaba analizando, como si quisiera ver más allá de su ropa y su postura, más allá de los años de educación y refinamiento. Jack le miró con desprecio. Estaba harto de que le escrutaran los hombres y las mujeres de la clase de lord Hutton. Si el anciano que tenía delante creía que era superior a él, si se atrevía a hacer algún comentario...

—Tienes los ojos de tu madre.

—¿Se supone que es una broma?

—Nunca hago bromas —le informó lord Hutton—. Estoy demasiado cansado y cerca de la muerte para esas tonterías. Si te digo que tienes los ojos de tu madre es porque así lo creo.

—Debe haberme confundido con otra persona.

—No —respondió lord Hutton impasible ante la hostilidad de su invitado—. Eres Jack Kent, criado desde los catorce años por los marqueses de Redmond. Lady Redmond te encontró cuando aún se llamaba Genevieve MacPhail, en una miserable celda de la prisión de Inveraray, donde te habían encerrado por robar. Mientras estuviste en la cárcel entablaste amistad con lord Redmond, a quien habían acusado de asesinato...

—No tengo tiempo para esto —gruñó Jack dirigiéndose hacia la puerta.

—Tu madre se llamaba Sally Moffat, y trabajaba como doncella en casa del conde Ramsay.

Se quedó paralizado.

Eres Jack Moffat, cariño —le decía su madre pasándole los dedos por el pelo—. *Y cuando crezcas te llamarán señor Moffat, y te tratarán con respeto como el caballero que eres.*

—¿No te acuerdas de ella? —insistió lord Hutton—. ¿Aunque sea un poco?

Jack se dio la vuelta despacio para mirarle.

—Sí, ya veo que sí —decidió Edward—. Quizá no muy bien, porque no iba a verte demasiado cuando te dejó con esa horrible pareja después de nacer. Pero supongo que sí lo suficiente para tener algún recuerdo de ella antes de que muriera de sífilis.

Entonces sintió un violento arrebato de ira. Si lord Hutton no hubiese estado tan débil le habría agarrado por los hombros y le habría lanzado al otro extremo de la habitación.

—¿Por qué? —Jack apretó los puños para controlar su furia—. ¿Por qué está haciendo esto?

Lord Hutton le miró durante un largo rato, observando su rabia y su dolor. Luego centró su mirada en su retrato, que estaba colgado en la pared detrás de su furioso invitado.

—Hubo una época —comenzó a decir con tono soñador—, en la que yo era como tú. Joven, fuerte y bastante apuesto. Tenía toda la vida por delante. Y en la arrogancia de mi juventud pensaba que lo único que debía hacer era divertirme todo lo posible. En mi incesante búsqueda de placer pasé muchas temporadas en la finca de lord Ramsay. ¿Le conoces?

—No.

—Es una lástima —dijo lord Hutton moviendo la cabeza—. Ramsay era casi tan idiota como yo, pero organizaba unas buenas fiestas.

—Una suerte para usted —comentó Jack con ironía.

—La verdad es que sí —respondió Edward, cansado ya de la actitud despectiva de Jack—. Porque fue en una de esas fiestas, hace alrededor de treinta y siete años, donde conocí a tu madre.

De repente le asaltó un terrible presentimiento. «Dios mío», pensó mientras le invadía un torbellino de oscuras emociones.

—Era la doncella de la joven esposa de Ramsay —continuó Edward—. Según recuerdo la señorita Moffat era muy hermosa, y a pesar de su relativa falta de educación, o quizá por eso, yo la encontraba muy atractiva. —Miró a Jack fijamente, sin disculparse, esperando que comprendiese el significado de aquella afirmación.

Jack no quería oír nada más, y sin embargo se quedó donde estaba, con las piernas clavadas al suelo y los puños apretados con impotencia.

«Cállate. Cállate antes de que te dé un puñetazo en tu maldita boca.»

—Unos meses después tu madre vino a verme a mi casa —prosiguió lord Hutton—. La habían despedido porque para entonces ya era evidente que estaba embarazada. Afirmaba que yo era el padre, y me preguntó si podía ayudarla. Pero no había forma de saber con certeza si yo era el padre de su bebé —se apresuró a añadir—. Ésa es la ventaja y el inconveniente que tenemos los hombres respecto a la procreación. Es asombroso lo dispuestos que estamos a disfrutar cuando nos place y cómo nos resistimos a aceptar las consecuencias. Es, lamento decirlo, una de las cualidades menos admirables de nuestro sexo.

Jack había oído suficiente. No sabía por qué motivo le estaba contando aquella fantástica historia, y no le importaba. Tenía que marcharse antes de que el impulso de estrangular al viejo bastardo por hurgar en su pasado y jugar con él fuera irresistible.

—No sé por qué cree que puede interesarme nada de esto —gruñó deseando escapar de la sofocante habitación y de las divagaciones de lord Hutton—. Me importan un comino sus sórdidas aventuras, Hutton. Si vuelve a contratar a Dempsey o a cualquier otro para seguirme lamentará haber oído hablar de mí, ¿está claro?

Sin esperar a que le respondiera se volvió hacia la puerta.

Y se quedó paralizado.

—Como te he dicho —murmuró lord Hutton con una resignación casi melancólica—, tienes los ojos de tu madre.

Jack miró el retrato horrizado, incapaz de hablar. Salvo por los ojos y el pelo, que el joven del cuadro llevaba más largo al estilo de hacía algunas décadas, podría estar contemplando su propio retrato. Los escarpados rasgos de la nariz, la mandíbula y la barbilla eran casi idénticos, igual que sus gruesos labios. En su juventud lord Hutton había sido más corpulento que Jack, puesto que toda su vida había comido bien y había hecho ejercicio sólo por placer. Aparte de eso había una autosuficiencia en su expresión sonriente con la que no se identificaba. Suponía que a su manera también él era arrogante, pero su arrogancia se debía a que siempre le habían tratado con desdén, excepto en la familia que le había proporcionado Genevieve. La vanidad de lord Hutton era el resultado de haber nacido conde y haber sido educado para creer que era muy superior a la mayoría de la gente.

—Aunque no podía estar seguro de haberla dejado embarazada, decidí ayudar a la señorita Moffat —dijo por fin lord Hutton rompiendo el tenso silencio—. Le di sesenta y cinco libras pensando que con eso podría mantenerse durante un año más o menos, y le aconsejé que volviera a casa de sus padres y se quedara con ellos. Fui un ingenuo, desde luego. Me imaginé que regresaría al campo, donde unos padres afectuosos la acogerían con los brazos abiertos y se ocuparían de su hijo, si llegaba a sobrevivir, mientras ella seguía trabajando como doncella. Era muy hermosa, y pensé que acabaría encontrando un joven honesto que se casaría con ella y cuidaría al niño como si fuera suyo. Creía que había hecho todo lo que se podía esperar de mí, teniendo en cuenta que no había forma de saber si el niño era realmente mío. Supuse que todo acabaría saliendo bien. Al fin y al cabo las criadas se han quedado embarazadas durante cientos de años, y de alguna manera consiguen salir adelante.

«Por supuesto», pensó Jack amargamente. «Se dedican a robar y acaban en la cárcel, como la madre de Jamie, o venden lo único que les queda por vender. En cualquier caso, sus vidas quedan destruidas...»

—¿Eso fue todo? —intentó que en su voz no hubiera ninguna emoción—. ¿Le dio sesenta y cinco libras y se libró de ella?

—No exactamente. Mi mujer nos oyó hablar, y vino a mi despacho para ver quién había venido a visitarme tan tarde. Cuando vio a Sally se dio cuenta inmediatamente de su estado —dijo antes de añadir con expresión consternada—: Mi mujer también estaba embarazada entonces.

Jack no se molestó en ocultar su indignación.

—¿Qué hizo?

—En un gesto propio de su naturaleza cándida, aceptó mi explicación de que la señorita Moffat había sido despedida por los Ramsay y había venido simplemente a pedirme dinero para volver a casa, donde el padre de su hijo la esperaba para casarse con ella. Le horrorizó que los Ramsay hubieran tratado a Sally de aquella manera, e insistió en darle un baúl lleno de ropa, incluidas mantas y prendas para su bebé. Todo eso lo prepararon mientras Sally tomaba el té en la cocina. Cuando lo cargaron en uno de mis carruajes mi mujer ordenó a nuestro cochero que la llevara a casa de sus padres, que estaba en el campo al sur de aquí, a unas veinticinco millas de Inveraray. Regresó unos días más tarde y nos aseguró que había llegado bien.

Jack esperó.

—Después de eso no volví a saber nada de Sally Moffat. Jamás supe si el niño que llevaba estaba vivo o muerto, o si ella había sobrevivido al parto. —Lord Hutton tenía la mirada distante mientras contemplaba por la ventana la oscuridad de la noche—. Traer un hijo al mundo puede ser muy difícil para algunas mujeres —reflexionó en voz baja—. Pero entonces yo no lo sabía. La verdad es que no sabía nada de muchas cosas.

A Jack le sorprendieron sus remordimientos. Aunque se negaba a reconocer que la historia de lord Hutton tuviera algo que ver con él, no pudo evitar interesarse por la única persona que se había compadecido de su madre.

—¿Sobrevivió lady Hutton al parto?

—Sí —respondió el conde con expresión grave—. Pero fue muy duro. Desgraciadamente se le adelantó por una discusión que tuvimos cuando descubrió que le era infiel. Y cuando todo terminó me encontré con una esposa que me despreciaba profundamente y que no podía tener más hijos.

A Jack le daba igual el niño. No le importaba si estaba vivo o muerto. Pero preguntó con la boca extrañamente seca:

—¿Y el niño?

—Una niña, que acabó siendo tan hermosa como su madre y odiándome con la misma pasión.

Así que era eso. Lord Hutton se estaba muriendo y sólo tenía una hija que le odiaba. Aquella mujer era su hermanastra, pero teniendo en cuenta que él aborrecía a Hutton no era una relación muy plausible. Y ahora el conde estaba buscando a los vástagos de sus aventuras pasadas con la esperanza de... ¿qué exactamente? Jack conocía bien las leyes de la aristocracia para saber que un hijo bastardo no podía heredar ni un título ni una finca. Sin embargo, quería dejar claro que no necesitaba nada del conde.

—No quiero nada de usted.

Lord Hutton esbozó una sonrisa resignada.

—Claro que no. Me desprecias, como siempre has despreciado a todos los aristócratas, excepto a lord y lady Redmond, por supuesto. Son los únicos que nunca te han juzgado por tu infortunado pasado. Lo que han hecho es admirable. Aunque estés furioso con Dempsey por haberte seguido, sus informes indican que eres un joven extraordinario.

Jack le miró con expresión cáustica. No le interesaba en absoluto lo que opinara de él.

—Me importa un comino lo que pienses de mí o de mi vida —añadió lord Hutton reflejando inadvertidamente los sentimientos de Jack—. No necesito tu amistad a estas alturas, y no soy tan tonto como para creer que puedo ganarme tu respeto. Os fallé a ti y a tu madre, y eso es algo que jamás podré reparar. Lo sé.

Jack no dijo nada.

—Tampoco me importa que mi mujer no me diera un heredero —prosiguió—, en el caso de que estés pensando que por eso me he molestado en encontrarte. Mi título y esta finca pasarán al hijo mayor de mi hermano; tu primo, si prefieres considerarlo así. Es un canalla que se ha pasado la mayor parte de su vida temiendo que mi mujer se quedara embarazada de repente, y que después de su muerte pudiera volver a casarme. Estoy seguro de que encajará bien en su papel de conde. Que así sea. Ya no me importa nada de esto —dijo extendiendo una mano encogida por la lujosa habitación que le rodeaba.

Había hablado como un auténtico aristócrata, pensó Jack con desprecio. Sólo alguien que nunca había sabido lo que era pasar frío y hambre podía desdeñar de aquel modo los privilegios de la riqueza.

—Entonces ¿qué quiere de mí?

Edward miró al joven hostil que tenía delante con una calma deliberada.

—Al principio lo único que quería era averiguar si habías sobrevivido, y saber qué había sido de ti. Pensé en tu madre y en su bebé durante años, convencido de que de algún modo habría logrado salir adelante. Pero cuando enfermé supongo que me dio por pensar en lo poco que he conseguido a lo largo de mi vida. No hay nada que acredite el tiempo que he pasado aquí.

—Tiene esta finca —dijo Jack con ironía.

—No puedo atribuirme el mérito de algo que existía mucho antes de que naciera —respondió lord Hutton—. Añadí unas cuantas piezas a la colección de arte y mantuve la finca, pero eso apenas tiene importancia. Nuestras propiedades valen mucho menos hoy que cuando yo nací, como consecuencia de la depreciación de la tierra y mi constante lucha contra la reducción de las rentas. A mi sobrino le costará mantener la finca, y es una tarea que no envidio. En realidad sólo he sido el poseeedor de un título y unas tierras que ni creé ni gané. Tuve una mujer que podía haberme querido si no hubiese destrozado sus sentimientos antes de comprender lo valiosos que eran. Y engendré dos hijos. Una hija que heredó el odio de su madre y ahora se niega a visitarme aunque esté muriéndome. Y un hijo que tuvo que soportar una infancia terrible y hasta hace un momento ignoraba mi existencia, porque fui demasiado necio para asumir la responsabilidad de mis acciones. No es una lista de logros muy estimable —concluyó con amargura.

Jack le miró sin inmutarse. Si el viejo bastardo esperaba que le contradijera no iba a conseguirlo.

—Lo único que quería era averiguar qué te había ocurrido —prosiguió Edward—. Saber qué había sido de tu vida. No fue fácil dar contigo. Uno de mis investigadores encontró por fin al viejo Dodds, el miserable al que tu madre pagaba por cuidarte. Es un tipo repugnante, que no tenía nada bueno que decir de ti...

—Se equivoca —afirmó Jack con frialdad—. Dodds está muerto.

—No —replicó lord Hutton—, pero si hubiese justicia en el mundo debería estarlo. Vive en una choza mugrienta a las afueras de Inveraray, y según mi investigador es un borracho desvergonzado, que hablaba de ti como si...

Un zumbido ensordecedor le impidió oír lo que decía Hutton. Dodds estaba vivo. Después de creer durante tantos años que le había matado el día que se escapó, saber que había sobrevivido era algo impresionante. Respiró profundamente, liberándose del terror infantil que le había encogido el pecho al escuchar su nombre.

Después de veintisiete años, por fin había descubierto que no era un asesino.

—... así que contraté a Dempsey para que te vigilara cuando volvieses, sin estar seguro de que fueras el hijo de Sally Moffat —dijo lord Hutton—. Me interesé por todo lo que hacías, incluidos tus negocios. Creo que la North Star Shipping Company tiene potencial para convertirse en una gran empresa, si consigues superar los problemas que están sufriendo tus barcos y poner en orden tus finanzas. —Hizo una pequeña pausa—. En ese aspecto creo que puedo ayudarte, si me lo permites —añadió con tono vacilante—. Aunque no puedo concederte un título ni una parte de esta finca, puedo ayudarte económicamente, y me gustaría hacerlo.

—No.

—La ira y el orgullo te impiden ser razonable —comentó lord Hutton—. Necesitas ayuda con tu negocio, y yo puedo proporcionártela. Además, mi deber como padre es ayudarte, y quiero hacerlo. Espero que estos factores influyan en tu decisión.

—No lo harán —le informó Jack bruscamente—. Si está intentando lavar su culpa por lo que nos hizo a mi madre y a mí, no se moleste. Ella vino a pedirle ayuda, y usted le dio exactamente lo que pensaba que se merecía por el placer que obtuvo de ella: sesenta y cinco libras. Creía que sería capaz de sobrevivir, y lo hizo. Sobrevivió lo suficiente para tenerme a mí y buscar un sitio donde dejarme. Lo suficiente para buscar un trabajo decente con el que mantener a su hijo, y descubrir enseguida que no había ninguno. Lo suficiente para dedicarse a la prostitución, supongo que de forma desesperada, porque si no hubiera conseguido el dinero para pagar a Dodds y su mujer me habrían echado. Lo suficiente para que acabara derrotada, borracha y vieja, aunque tenía poco más de veinte años. Lo suficiente para perder todo eso que a usted le parecía tan atractivo con una vida miserable y los malos tratos de los bastardos que la utilizaban. Así que guárdese su maldito dinero, Hutton. No lo necesito, ni le necesito a usted.

—Soy tu padre —objetó lord Hutton debatiéndose entre la ira y una necesidad angustiosa de enmendar la situación.

—No —dijo Jack con tono rotundo—, no lo es. Es el hombre que embarazó a mi madre y la abandonó. Mi padre es Haydon Kent, marqués de Redmond, al que un día casi matan a palos mientras intentaba evitar que me encarcelaran. Y mi madre es Genevieve MacPhail Kent, que me sacó de mi infortunada existencia en las calles y me dio una familia.

—No quiero entrometerme en tu relación con los miembros de tu nueva familia —le aseguró lord Hutton—. Sólo quiero...

—No son mi nueva familia —le interrumpió Jack—. Son mi única familia.

Edward a miró su hijo, ocultando su dolor tras una expresión de furia. Puede que el joven que tenía delante compartiera los mismos rasgos atractivos que él había disfrutado en su juventud, pero ahí parecían acabar las similitudes. Si hubiese estado en su lugar habría aceptado su oferta sin ningún problema. Podría haber despreciado a su padre, pero el dinero era el dinero, y habría pensado que sólo estaba recibiendo lo que le correspondía. Sin embargo, Jack Kent había sido moldeado por unas fuerzas desconocidas para Edward. Su hijo había sufrido de niño todo tipo de abusos y privaciones, sin saber nunca cuándo iba a comer o qué tendría que arriesgar para encontrar un sitio para dormir. Edward no podía imaginar lo terribles que habían sido esos primeros años. Pero al parecer el hecho de no tener absolutamente nada le había dado una fuerza y una determinación increíbles.

Que le mantendrían fuera de su vida, sin ninguna esperanza de que le perdonara.

—Lo siento —dijo con dificultad, sabiendo que Jack jamás comprendería lo mucho que le costaba reconocerlo. Temiendo de repente que el picor de sus ojos pudiera convertirse en lágrimas, tosió y miró hacia otro lado.

Jack cambió de postura con incomodidad.

Era demasiado para asimilarlo de una vez. Todo había cambiado en el instante en que vio sus rasgos reflejados en el retrato de lord Hutton. De pronto tenía una identidad que no le gustaba, e información sobre un pasado que había intentado olvidar toda su vida. Aquello no tenía nada que ver con la vida que Genevieve le había dado, en la que tanto se había esforzado para superarse a sí mismo. Lo que lord Hutton quería era perdón, pensó con impotencia.

Sólo Sally Moffat podía habérselo concedido, y estaba muerta.

—No quiero su dinero, Hutton. —Jack hizo una pausa, sin saber cómo explicárselo—. No porque quiera castigarle, sino porque no puedo aceptar un dinero que no he ganado. ¿Lo entiende?

Edward se volvió hacia él.

—No del todo —reconoció—. Pero no soy tan tonto como para no darme cuenta de que aún hay muchas cosas sobre el mundo que no sé. Desgraciadamente, ya no tengo el tiempo que tenía antes —observó a Jack durante un rato con aire pensativo—. Si no puedes aceptar mi oferta, permíteme al menos que te dé otra cosa. Un regalo.

—Depende de lo que sea.

—Información sobre los intentos de sabotaje a tu compañía naviera.

La expresión de Jack se endureció.

—¿Cómo puede saber eso?

—He pasado los últimos seis meses intentando averiguarlo todo sobre ti —respondió Edward—. Cuando comenzaron a ocurrir los misteriosos accidentes me interesé mucho por ese asunto.

—Ni siquiera la policía ha sido capaz de determinar quién es el responsable de los ataques a mis barcos.

—La policía se considera más justa que la mayoría de la población, y por lo tanto no le interesa ayudar a nadie con un pasado delictivo —resumió Edward haciendo un gesto de desdén con la mano—. Además, los hombres que contrataste para custodiar tus barcos eran unos inútiles. Vigilaban tus barcos menos de la mitad del tiempo del que se suponía que debían hacerlo, y cuando se dignaban a trabajar combatían su aburrimiento con grandes cantidades de alcohol, con lo cual les daba lo mismo lo que ocurriera a su alrededor.

—Pensaba que sólo me estaba siguiendo.

—Mis investigadores tenían la obligación de informarme de todo lo que tuviera que ver contigo. Quería enterarme de todo.

Y eso incluía a Amelia, pensó Jack con inquietud. Aunque lord Hutton no la había mencionado aún, debía saber que vivía en su casa.

Lo que quedaba por ver era si sabía quién era realmente.

—¿Aceptarás eso de mí? —preguntó lord Hutton con cautela—. ¿Me permitirás al menos que te ayude a salvar tu negocio?

Jack vaciló.

La ira y el orgullo le impedían aceptar ningún favor del viejo moribundo que tenía delante. Pero era consciente de que su compañía se estaba hundiendo rápidamente. Si no podía parar la caída de inmediato tendría que declararse en quiebra. Su fracaso destruiría cualquier esperanza de llegar a conseguir su propia fortuna. Le considerarían un paria en el mundo empresarial, y los socios a los que Haydon había convencido con tanto entusiasmo para que invirtieran en la North Star Shipping se negarían a tocar nada que llevara su nombre. Fallaría a todo el mundo, desde los marineros que dependían de él para su subsistencia hasta los clientes cuyos contratos ya no podía cumplir, sus inversores y su familia.

Y fallaría a Amelia, que dependía de él para tener un lugar seguro mientras trabajaba para construir una nueva vida para Alex y para ella.

—Muy bien —accedió por fin—. Me interesa cualquier información que tenga respecto a los ataques a mis barcos.

Edward asintió, inmensamente complacido de poder ofrecerle algo.

—Me imagino que has oído hablar de la Great Atlantic Steamship Company.

Jack le miró con incredulidad.

—¿Está sugiriendo que son los responsables?

—¿Por qué te parece tan raro?

—La Great Atlantic es una de las compañías navieras más prestigiosas de Inglaterra —dijo Jack—. Llevan más de cien años en este negocio, y tienen contratos para navegar por todo el mundo. Es imposible que se sientan amenazados por mi empresa como para intentar destruir mis barcos. Mi volumen de negocios es insignificante comparado con el suyo.

—Estás pensando sólo en el presente —replicó Edward—. La mayoría de las grandes líneas navieras de esta década tuvieron unos orígenes igualmente modestos. En 1815, Brodie McGhee Wilcox comenzó como simple agente marítimo en Londres. En treinta años él y su antiguo recadista crearon la Peninsula & Oriental Steam Navigation, que viajaba a la India, Ceilán, Singapur y Hong Kong a la mitad de precio que la gran East India Company, con lo cual tenía más posibilidades de obtener contratos gubernamentales. Cualquiera puede ver que tu compañía ha crecido a una velocidad extraordinaria. Hasta que comenzaron esos lamentables incidentes, te estabas creando una estimable reputación por proporcionar un servicio rápido y eficaz a unos precios más competitivos que la media del sector. Algunos de tus contratos habían sido adjudicados previamente a la Great Atlantic, que con su precaria situación económica no puede permitirse el lujo de perder más, sobre todo desde que sus acciones han caído estrepitosamente. Si sigues expandiéndote y minando sus tarifas, en unos años serás un rival formidable para gran parte del negocio que ahora detenta la Great Atlantic. No son tan miopes como para no darse cuenta, y a sus inversores les está entrando el pánico. Muchos han puesto toda su fortuna en la compañía con la esperanza de salvar su reducido patrimonio. Todo el mundo sabe que lord Philmore está terriblemente endeudado a pesar de su próxima boda con una heredera americana, mientras que lord Spalding...

—¿El vizconde Philmore es uno de los inversores?

—¿Le conoces?

Jack apretó la boca mientras se acordaba de Percy acunando su mano en el suelo en el baile de los Wilkinson.

—Nos vimos una vez.

—Entonces sabrás que es un idiota. —Edward frunció el ceño—. En realidad todos son unos idiotas. Por eso tú juegas con ventaja.

—¿Cómo puede estar tan seguro de que la Great Atlantic es la responsable de los ataques a mis barcos?

—Coge una llave que hay en este cajón y abre la puerta de ese armario —le indicó Edward—. En él encontrarás los informes de los investigadores que contraté para vigilar tus barcos mientras estuvieron atracados en Londres y Edinburgo. Está todo ahí.

Jack cogió la llave y abrió el armario. Una rápida hojeada al primero de los cuatro libros con tapas de cuero que había dentro confirmó que contenían una gran cantidad de valiosa información. Página tras página, las notas cuidosamente escritas describían la situación de los barcos de Jack durante los últimos meses, con fechas y horas de llegadas y salidas, datos sobre los miembros de la tripulación, listas pormenorizadas de las mercancías, trabajos de mantenimiento realizados y entradas especiales cuando Jack subía a bordo. También había notas que detallaban cualquier actividad inhabitual o sospechosa relacionada con los barcos.

Era evidente que los hombres que lord Hutton había contratado se habían tomado su trabajo en serio.

—La noche del sabotaje al *Shooting Star,* mi investigador señaló que tres hombres que no pertenecían a la tripulación subieron a bordo hacia las dos de la madrugada —dijo Edward—. No los siguió cuando desembarcaron porque su trabajo consistía en controlar el barco. Después del incidente redoblé la vigilancia. De ese modo, si había más visitantes misteriosos un hombre podía seguirles mientras el otro se quedaba junto al barco. Así es como descubrimos la conexión con la Great Atlantic. Fueron cautelosos, pero no lo suficiente.

Jack sintió un arrebato de ira mientras echaba un vistazo al segundo diario.

—En el estante inferior del armario hay otro informe que quizá encuentres también interesante —prosiguió Edward—. Describe la delicada situación económica de la Great Atlantic, que han intentado ocultar por todos los medios. Tuve que pagar una suma sustancial para conseguirlo. —Le dirigió una mirada significativa—. Estoy seguro de que harás un buen uso de esa información.

Intrigado, Jack cogió el oscuro libro del estante inferior y comenzó a hojear sus páginas. La sección inicial detallaba la flota de la Great Atlantic y sus bienes, que a primera vista parecían considerables. Pero enseguida advirtió que muchos de sus barcos tenían más de veinte años, lo cual significaba que eran más lentos y necesitaban continuas reparaciones. Al menos una docena de ellos estaban a punto de ser desguazados, pero la compañía no tenía medios para sustituirlos.

—Han intentado fortalecer la empresa centrándose en el transporte de lujo para pasajeros, para lo cual han adquirido una serie de barcos más grandes, rápidos y elegantes —explicó Edward—. Desgraciadamente, lo han hecho hipotecando sus bienes, y endeudándose peligrosamente con bancos e inversores privados. El año pasado uno de esos bancos quebró, y sus préstamos a la Great Atlantic fueron cancelados. Otro está al borde de la quiebra, lo cual será desastroso para la compañía. Están a punto de recibir un nuevo buque de pasajeros que encargaron hace más de dos años, pero no tienen fondos para pagarlo. Y eso te da a ti una oportunidad única.

Jack comenzó a pasar las páginas más rápido, analizando velozmente las caóticas finanzas de la Great Atlantic. lord Hutton tenía razón. Con la inmensa deuda que la empresa había acumulado, no tenía ninguna posibilidad de conseguir los fondos necesarios para pagar el último barco. Tendría que renunciar a su entrega o venderlo inmediatamente.

—Como el lógico, tardarás un tiempo en reunir el dinero, suponiendo que puedas conseguir el barco a un buen precio —comentó Edward observando a Jack—. Sin embargo, si me permites ayudarte…

—No me interesa comprar su barco —le interrumpió Jack cerrando el libro de golpe—. No voy a comprar toda la maldita compañía.

Edward le miró asombrado.

—Si su información es correcta y la quiebra del segundo banco es inminente, la Great Atlantic estará al borde de la bancarrota. —La idea comenzaba a seducirle—. Si consigo suficientes inversores puedo proponerles un trato para comprar la compañía a una fracción de su valor, fusionarla con la mía, vender o desguazar los barcos obsoletos y crear una empresa más pequeña que proporcione un servicio de transporte más rápido a la mitad de los precios estándar del mercado. Eso es lo que yo creo que va a exigir la industria en las dos siguientes décadas —prosiguió—. Y para asegurarme de que se tomen mi oferta en serio, les diré que tengo pruebas que demuestran que son los responsables del sabotaje a mis barcos. Si esto trasciende, además de enfrentarse a la censura pública me encargaré personalmente de que todos ellos sean sometidos a una investigación criminal. Dudo mucho que los miembros del consejo como Philmore o Spalding tengan agallas para arriesgarse a ir a la cárcel.

El placer que le invadió a Edward hizo que se sintiera más animado que desde hacía meses.

—Si hay algo más que pueda hacer por ti... Podría ser uno de tus inversores...

Jack movió la cabeza.

—Esto es suficiente. Gracias.

Edward intentó ocultar su decepción. No era suficiente, y ambos lo sabían. Nada podría compensar jamás que hubiese fallado a su hijo y a Sally Moffat de aquella manera.

—¿Volveré a verte? —preguntó intentando sonar como si no le importara demasiado.

—No creo que quiera que la gente murmure que de repente he empezado a visitarle. Ya le he causado bastantes molestias irrumpiendo aquí esta noche con un puñal en el cuello de un hombre.

—Me importa un comino la gente —gruñó Edward—. Que digan lo que quieran. Si decides volver a visitarme me sentiré muy honrado.

—Ya veremos.

Edward asintió. Sabía que no iba a conseguir un compromiso más firme.

—Dime algo —miró a Jack atentamente—. ¿Es la heredera desaparecida?

Jack mantuvo una expresión neutra.

—¿Quién?

—No juegues conmigo. Soy un viejo enfermo, y es probable que no pase de esta noche. Te doy mi palabra de que conmigo tu secreto estará a salvo. ¿Es Amelia Belford?

Jack vaciló. No conocía a Hutton lo suficiente para confiar en él. Y aunque lo hiciera, no podía estar seguro de que algún criado curioso no tuviera la oreja pegada a la puerta. Sin embargo, por alguna razón tampoco podía mentirle.

—No importa. —Edward se recostó en las almohadas y cerró los ojos fatigosamente—. Diles a mis criados que no te maten al salir si no quieren que me ponga furioso.

Le estaba despidiendo. Al comprender que no había nada más que decir, Jack recogió los libros que le había dado, fue hacia la puerta y se detuvo al agarrar el pomo.

—Buenas noches, lord Hutton.

Edward asintió brevemente, fingiendo estar demasiado cansado para ver cómo salía de la habitación.

Sólo cuando oyó cerrarse la puerta y supo que estaba por fin solo abrió los ojos, liberando las dolorosas lágrimas que le habían impedido decir adiós a su hijo.

Amelia se levantó con el pecho agitado.

Estaba tumbada sobre la cama de Jack, completamente vestida. El suave resplandor de la lámpara de aceite que había a su lado iluminaba débilmente los confines de la habitación. Una profunda tristeza le embargaba el alma mientras contemplaba el montón de baúles apilados en una esquina.

Al oír el chasquido de la puerta principal supo que Jack estaba por fin en casa. Una rápida mirada al reloj de la chimenea reveló que eran casi las tres de la mañana. Le sorprendió que fuera tan tarde. Desde que Jack les había invitado a ella y a Alex a quedarse con él había procurado volver a casa por las noches a una hora razonable. Así podía cenar con todos y pasar un rato con Alex y Amelia antes de retirarse a descansar.

Como había prometido, Jack intentó que la pequeña ladrona que Amelia había llevado a su casa se sintiera cómoda y segura. Incluso se ofreció a enseñar a Alex los números. La pobre niña había soportado con resignación los intentos de Amelia de enseñarle a escribir las letras del alfabeto. Pero con los números Jack consiguió mantenerla entretenida. Oliver y él se ponían unos abrigos holgados con los bolsillos llenos de cosas diferentes. Luego se paseaban de un lado a otro del despacho, silbando y fingiendo estar distraídos, mientras Alex les saqueaba los bolsillos con una gran habilidad. Al final tenía que contar los objetos que había reunido, que luego volvían a meter en los bolsillos del abrigo. Después ella se ponía el abrigo mientras Jack y Oliver trabajaban juntos para volver a robar las cosas, preguntándole cada vez cuántas le quedaban tras mostrarle lo que habían conseguido robar.

Aunque Amelia no estaba convencida de que fuera un juego muy apropiado para enseñar a una niña a sumar y restar, era evidente que a Alex le gustaba, y estaba avanzando en aritmética mucho más que con la lectura y la escritura.

También estaba mejorando en el arte de desvalijar bolsillos, lo cual a Oliver le parecía estupendo.

Alisándose el vestido con las manos, Amelia fue corriendo a la puerta, ansiosa por hablar con Jack antes de que desapareciera en la pequeña alcoba al final del pasillo. Con Alex en el cuarto de invitados y Amelia en su dormitorio, Eunice y Doreen habían insistido en preparar otra habitación para que Jack dejara de dormir en el sofá del despacho. Así que limpiaron un cuarto que se utilizaba como almacén y compraron un armario y una cama sencilla. Aunque Amelia se sentía culpable por haber sacado a Jack de su bonita habitación, él le aseguró que no le importaba en absoluto.

Se asomó al pasillo.

—¿Qué ocurre? —preguntó Jack en cuanto la vio.

Tenía la mirada firme y el gesto serio, señal de que no había probado ni una gota de alcohol. Se quedó a unos centímetros de ella, llenando con su poderosa presencia las sombras ondulantes que les rodeaban. Sintiéndose de repente pequeña y desvalida, se echó a llorar mientras la fachada de calma que había conseguido mantener durante el día comenzaba a derrumbarse.

Las lágrimas de Amelia le partieron el corazón. Olvidando que había jurado no volver a tocarla, abrió los brazos y la atrajo hacia él, formando un escudo protector a su alrededor mientras el pánico le atenazaba el estómago.

—Dime, Amelia.

—Mi madre se está muriendo —gimió con la cara hundida en su pecho—. Se está muriendo, y es culpa mía.

—¿Cómo sabes que se está muriendo? —preguntó tranquilamente—. ¿Y cómo es posible que sea culpa tuya?

Ella se libró de su abrazo remisamente para coger el periódico que estaba extendido sobre la cama.

—Estaba leyendo el periódico con Eunice y Doreen, porque les gusta que les comente dónde dicen que me han visto, e incluso a Alex le parece divertido ahora que sabe quién soy realmente. Y entonces vi este titular: *«Esposa de magnate ferroviario americano gravemente enferma»* —acercó el periódico a la lámpara y leyó—: «La señora Belford se encuentra en estado grave después de sufrir un ataque cardiaco, provocado al parecer por el trauma de la desaparición de su única hija. Según las declaraciones que hizo anoche el señor John Henry Belford, aunque el estado de la señora Belford es crítico, la familia espera que pueda sobrevivir. El señor Belford ruega a los secuestradores de su hija que se muestren compasivos y la liberen para que pueda ver a su madre quizá por última vez. La señorita Amelia Belford fue misteriosamente abducida en su boda con el duque de Whitcliffe el pasado agosto, y aún no ha sido liberada. El señor Belford ha ofrecido una recompensa por cualquier información sobre el paradero de su hija, que ha ascendido recientemente a veinticinco mil libras...»

—¿No estarás pensando en volver a Londres? —preguntó Jack al ver de repente los baúles apilados en la esquina.

—Por supuesto. Me iré mañana en el primer tren. Espero que no sea demasiado tarde.

—Escúchame, Amelia —le suplicó cada vez más tenso—. No sabemos nada de la situación de tu madre, excepto lo que pone aquí, y los periódicos no son la fuente de información más fiable. Fíjate en los testimonios de la gente que dice haberte visto en todas las grandes ciudades, desde París hasta Ciudad del Cabo.

—Ese artículo hace referencia a unas declaraciones que ha hecho mi padre. ¿Insinúas que está mintiendo para que vuelva a casa?

—Sólo te digo que deberíamos esperar un día o dos para averiguar lo que está ocurriendo.

—Puede que a mi madre no le queden un día o dos —replicó con vehemencia—. No puedo creer que menosprecies tanto a mi familia como para pensar que recurrirían a una estratagema tan cruel para conseguir que vuelva.

—No estoy diciendo que tu madre no esté enferma. —Jack se dio cuenta de que se estaba adentrando en un terreno muy delicado—. Pero tu familia lleva varias semanas buscándote desesperadamente.

Puede ser un truco para que regreses con ellos. Si me das un par de días puedo localizar a alguien en Londres para que investigue...

—No te molestes —respondió Amelia con frialdad—. Mi madre me necesita y voy a ir con ella. No hay nada más que hablar.

Jack comenzaba a estar furioso.

—Si vuelves a Londres tu familia no te dejará marcharte —dijo con una certeza absoluta—. Te obligarán a casarte con Whitcliffe, o con cualquier otro petimetre que te hayan comprado, para que el escándalo de tu desaparición y la vergüenza que les has causado estas últimas semanas se desvanezcan bajo la sagrada institución del matrimonio.

—No pienso casarme con nadie —le aseguró Amelia con tono contundente—. Lo único que quiero es ver a mi madre y aliviar la terrible angustia que debe estar sufriendo sin saber qué ha sido de mí. Quiero que ella y mi padre sepan que estoy bien, y que he aprendido a cuidar de mí misma. Quiero que vean que tengo algunas capacidades que me han permitido ganarme la vida, por modesta que sea.

—¿Crees que después de saber que has estado trabajando en un hotel de tercera categoría y que has estado viviendo en una casa mal amueblada de Inverness con un grupo de antiguos ladrones y carteristas te darán su bendición y te dejarán volver? ¿Qué podrás coger un tren para regresar? —dijo antes de concluir con dureza—: ¿Crees sinceramente que querrás volver?

Tenía la mandíbula tensa y la frente arrugada. Pero lo que captó la atención de Amelia fueron sus ojos, porque en sus aceradas profundidades vio un destello de algo que no había visto desde la noche en que se entregó a él gustosamente.

La noche en la que él creyó que iba a abandonarle.

—¿De qué tienes miedo, Jack? —le preguntó en voz baja.

¿Qué podía decirle? ¿Qué tenía miedo de que se fuera y no regresara? ¿Qué aunque sus padres no la obligaran a casarse con Whitcliffe era muy probable que decidiese por sí misma que su pequeña aventura con una pobreza que ella debía considerar virtual había terminado? El atractivo de Londres, con sus fiestas y sus bailes, le parecería maravilloso comparado con la vida que llevaba en Inverness. Cuando volviera a casa de sus padres y comenzara a ponerse tres vestidos parisinos al día mientras sus criados corrían de un lado a otro llevándole todo lo que quisiera, la novedad de levantarse a las seis de la mañana todos los días y ponerse un sencillo traje para ir a trabajar al Hotel Royal dejaría de interesarle. Se convertiría de nuevo en la bella y malcriada Amelia Belford.

Y la perdería para siempre.

Amelia observó cómo se debatía con su respuesta. Jack Kent jamás podría reconocer que tenía miedo a nada. Después de haber pasado su infancia en las calles y de haber soportado durante años el desprecio de la gente le resultaba imposible mostrarse débil, incluso ante ella. ¿Qué esperaba? ¿Qué le declarase su amor incondicional y le suplicase que se quedara? Su mundo eran sus barcos y el mar, y conseguir la fortuna que creía que necesitaba para asegurar su posición en la sociedad y ganarse el respeto de los demás, aunque fuera a regañadientes. La había ayudado a escapar de una vida que detestaba, y había abierto su casa generosamente tanto a ella como a Alex. Pero nunca le había prometido convertirla en su esposa, a pesar de la increíble pasión que había surgido entre ellos.

Tragó saliva y miró hacia otro lado.

Jack apretó los puños con frustración.

—Te estoy pidiendo que confíes en mí, Amelia. Si en dos días no puedo confirmar que tu madre está enferma te llevaré yo mismo a Londres.

—En dos días mi madre puede estar muerta. Si de verdad crees que debes protegerme ven conmigo a Londres mañana.

Entonces pensó en la Great Atlantic y en su plan para destruir su empresa. El *Shooting Star* debía zarpar en cuatro días, lo cual significaba que ya estaban cargando la mercancía. Cualquier sabotaje en ese momento supondría unas terribles pérdidas y la cancelación de su contrato, que simplemente no se podía permitir. Tenía que dedicar los días siguientes a organizar la seguridad de sus barcos antes de que la Great Atlantic atacase de nuevo. Y debía comenzar a aplicar su estrategia para desbancar a la compañía de su frágil pedestal económico y dejarla fuera de combate.

—No puedo marcharme ahora —le dijo—. Tengo que ocuparme de algunos asuntos muy importantes.

—Entonces no tenemos más que hablar. Buenas noches. —Se dio la vuelta para no ver cuánto la había herido.

Jack se quedó paralizado, observando la orgullosa rectitud de la espalda de Amelia. La espalda que habían obligado a crecer derecha con un aparato de tortura que le ataban con correas cuando era una niña. Se dio cuenta de que la estaba perdiendo. No parecía importar que no la mereciera, o que no pudiera darle la vida para la que había nacido. No importaba que fuera el hijo bastardo de una pobre criada convertida en prostituta y un conde irresponsable que jamás pudo reconocerle públicamente. No importaba que hubiera tenido una vida tan miserable y violenta que Amelia se quedaría horrorizada si llegaba a saber la verdad. No importaba nada excepto que le estaba abandonando.

Estaba abandonándole, y no creía que pudiera soportarlo.

Le invadió una terrible desesperación que eliminó el aparente control que había mantenido desde que llegó. La agarró por los hombros y le dio la vuelta, obligándola a mirarle.

Y entonces apretó sus labios contra los suyos y hundió su lengua en el calor oscuro de su asustada boca.

Un grito de furia salió de su garganta mientras se revolvía contra él, golpeándole con sus puños para intentar librarse de su violento abrazo. Pero él continuó besándola mientras la cogía en brazos y la llevaba a la cama. Sus manos arrancaron los botones de su sencillo traje, tan diferente a los suntuosos vestidos que llevaba en su antigua vida. No había ninguna duda de que era mejor que él, pero el hecho de saberlo le impulsaba aún más a poseerla. Luego le quitó las voluminosas capas del vestido, las enaguas y el corsé, hasta que acabó desnuda debajo de él, con las muñecas apoyadas en la suave manta y los senos clavados con furia contra su pecho. No dijo nada, pero le miró con esos ojos deslumbrantes que le recordaron a una tormenta de verano, ahora llenos de fuego y desafío.

Te haré mía, juró Jack febrilmente mientras bajaba la cabeza para lamer la encarnada punta de su pecho. Amelia dejó escapar un leve gemido de placer y cerró los ojos. Él gruñó y siguió descendiendo por su cremoso vientre antes de introducir la lengua en los pétalos rosados de sus muslos. Ella jadeó y se quedó quieta, con el cuerpo suspendido entre el agravio y una creciente necesidad. Él volvió a explorarla, torturándola de placer mientras pasaba la lengua por sus dulces pliegues en una larga y ávida caricia. La probaría y la tocaría hasta que perdiera el sentido, juró con amargura. La llevaría al borde del éxtasis más exquisito que había conocido, hasta que estuviera temblando y le suplicara que lo dejase. Y luego iría más allá, uniéndola a él irremediablemente y echándola a perder para cualquier otro hombre.

Amelia contuvo la respiración mientras los últimos vestigios de su control se rompían como tensos hilos de seda. Su cuerpo se estaba deshaciendo ante el asalto erótico de Jack como un cerco de nieve junto a una hoguera. La sangre le ardía por todo el cuerpo, agolpándose en los labios, los pechos y la cálida humedad de sus muslos, haciendo que su necesidad fuera cada vez mayor. Deseaba a Jack con una desesperación sorprendente, que borró las melladas huellas del decoro virginal que podría había tenido. Entonces se rindió a su tierno asalto, sintiendo la aspereza de sus mejillas entre sus muslos mientras su lengua hurgaba y exploraba y sus manos recorrían las colinas y los valles de su cuerpo. El calor se extendió por todo su ser hasta que no pudo resistirlo más. Cogió a Jack por los hombros, le levantó un poco e intentó desabrocharle los pantalones. Él se incorporó y se arrancó la ropa, tirándola al suelo. Finalmente se tendió desnudo sobre ella con su musculoso cuerpo bronceado, cubriéndola con su fuerza y su calor.

Jack observó a Amelia rodeándole las mejillas con sus manos. Ella le miró fijamente, con sus ojos de color turquesa brillantes de deseo y una emoción que no reconocía. Quería decirle muchas cosas, pero temía equivocarse, porque nunca se le había dado bien expresar sus sentimientos. Sólo la amargura y la ira salían de su boca con naturalidad. Pero en ese momento su corazón estaba lleno de ternura y un miedo tan insoportable que le parecía que se estaba desgarrando.

—No me abandones —dijo con una mezcla de súplica y exigencia en su voz. Después, sabiendo que lo haría, añadió desesperado—: Por favor.

Amelia le abrazó y cubrió sus labios con los suyos. Sintió que estaba dudando, como si no estuviese seguro de su respuesta. Entonces deslizó las manos por su espalda para estrechar sus firmes caderas. Y luego le atrajo hacia ella mientras se erguía para que penetrase en lo más profundo de su ser.

Jack la besó apasionadamente y comenzó a moverse dentro de ella. *Te quiero*, confesó en silencio intentando unirla a él en cada embestida. *Cuidaré de ti*, prometió esperando que pudiera sentir la grandeza de sus sentimientos en la avidez de sus besos, el anhelo de sus caricias, el incesante ritmo de su cuerpo moviéndose en su interior. *Intentaré hacerte feliz*, prometió, aunque no creía que hubiese hecho feliz a nadie en toda su vida. Se adentró cada vez más rápido en sus oscuras profundidades, llenándola y complaciéndola, hasta que sus cuerpos se fundieron y resultó imposible saber dónde terminaba el suyo y comenzaba el de ella. Quería quedarse allí para siempre, hundido en la dulzura y la luminosidad de Amelia. Intentó ir más despacio, controlar la intensidad de su pasión, pero ella comenzó a jadear mientras se arqueaba contra él. La poseyó una y otra vez, sintiéndose como si estuviera cediéndole una parte de su alma que jamás podría reclamar.

De repente ella lanzó un grito y le abrazó, besándole febrilmente mientras el placer desgarraba los últimos jirones de su moderación. Conteniendo el sollozo que le subía por el pecho, Jack se hundió en su interior, llenándola con toda la fuerza de su necesidad y su temor. Se entregó totalmente mientras intentaba tomar una pequeña parte de ella, para que cuando por fin le abandonara pudiera soportarlo.

Cuando su respiración se relajó y sus cuerpos comenzaron a enfriarse se apoyó sobre sus codos y le apartó un mechón de pelo de la frente. Era plenamente consciente de que no había respondido a su súplica, pero no importaba.

Nunca podría cumplir las promesas que había hecho.

Bajó la cabeza y envolvió sus labios con los suyos, besándola con una dolorosa ternura mientras comenzaba a excitarla de nuevo. Cuando empezó a moverse y agitarse debajo de él se unió a ella una vez más.

Y durante un breve instante sintió que le amaba, y que su alma estaba llena de su gloriosa luz.

Capítulo 13

Amelia se llevó el pañuelo a la nariz y respiró varias veces. El reconfortante olor del jabón de Eunice y el sol escocés llenó sus fosas nasales, aliviando temporalmente la náusea que la invadía.

Desde que el tren la dejó en Londres se sintió como si no pudiera respirar. Suponía que al acercarse al West End y Mayfair el aire sería más agradable. Para su sorpresa, el sofocante hedor de las chimeneas, el estiércol, las alcantarillas y la insuficiente higiene corporal persistía incluso en los distritos más elegantes de la ciudad. En Inverness el aire que venía del Moray Firth y las montañas de las tierras altas era siempre fresco y limpio. Cuando llegó por primera vez a la pequeña ciudad escocesa le pareció remota y provinciana. Pero mientras avanzaba por las ruidosas y contaminadas calles de Londres se preguntó cómo había podido vivir en un lugar tan sucio y abarrotado.

—Ya hemos llegado, señora Chamberlain —anunció el conductor abriendo la puerta del carruaje.

Amelia bajó despacio y contempló la impresionante fachada de piedra de la casa que sus padres habían alquilado. Las ventanas no estaban cerradas, lo cual habría significado un reciente deceso. Su madre seguía viva.

Desesperada por verla, subió corriendo la escalera y abrió la puerta principal.

—Oiga, ¿qué cree que está haciendo? —preguntó un mayordomo que estaba colocando un enorme jarrón de flores en el vestíbulo—. No puede entrar aquí...

—Soy Amelia Belford. ¿Dónde está mi madre? —A Amelia no le sorprendía que el mayordomo anterior se hubiera ido. Pocos criados lograban soportar mucho tiempo las severas pautas de su madre—. ¿Está en su habitación?

El hombre la miró asombrado.

—¿Es la señorita Belford?

—Sí. ¿Dónde está?

—La señora Belford está en el comedor —comenzó a decir intentando recobrar la compostura—. Si quiere seguirme...

Amelia pasó por delante de él e irrumpió en el comedor.

—¡Dios santo, Amelia! ¿Eres tú de verdad? —exclamó su padre mirando por encima del periódico.

Rosalind Belford estaba sentada en la mesa tomando el desayuno, con un magnífico vestido de brocados de oro y coral y un grueso collar de perlas alrededor del cuello. En su hombro izquierdo brillaba un gran broche de diamantes, y se había puesto unos enormes pendientes de rubíes y diamantes que resultaban excesivos para una hora tan temprana. Llevaba el pelo grisáceo peinado con elegancia y los labios bien pintados.

Parecía la personificación de la buena salud.

—Gracias a Dios que has vuelto. —El alivio que iluminó su cara suavizó sus rasgos mientras miraba a Amelia—. No puedes imaginar lo preocupados que hemos estado por ti. ¿Estás bien?

—Creía que estabas enferma. —Amelia no podía creer que su familia la hubiese engañado de aquella manera. Su voz estuvo a punto de quebrarse al concluir—: Decían en el periódico que te estabas muriendo, mamá.

Rosalind dejó con cuidado su taza de té y evitó la mirada acusatoria de su hija.

—Desgraciadamente no se nos ocurrió otra forma de conseguir que regresaras a casa.

—¡Amy! ¡Has vuelto!

Al darse la vuelta vio a Freddy corriendo hacia ella con una copa de oporto en la mano, y dio la espalda al resto de la familia para darle un fuerte abrazo.

—Querido Freddy —murmuró conteniendo las lágrimas que amenazaban con caer por sus mejillas—. Dime que tú no has tenido nada que ver en esto.

—Tú me conoces mejor que yo, Amy —comentó su hermano levantándole la barbilla con el dedo—. Les dije que no lo hicieran. Sabía que estarías muy afligida al pensar que mamá se estaba muriendo.

—No queríamos recurrir a ningún truco para que volvieses a casa, Amelia —le aseguró su padre—. Al principio pensamos que recobrarías enseguida el juicio y regresarías por voluntad propia. Pero cuando pasó el tiempo y vimos que no lo harías tu madre y yo decidimos que había llegado el momento de tomar medidas más drásticas. Después de todo, no podíamos permitir que estuvieses escondida para siempre.

—¿Dónde diablos has estado? —William la miró con curiosidad—. Dicen que te han visto por todo el mundo, y no te imaginas la escoria que ha pasado por aquí para intentar cobrar la recompensa.

—También he recibido más de una docena de cartas de sinvergüenzas que afirmaban haberte secuestrado —añadió su padre frunciendo el ceño—. Si Freddy no hubiese estado tan seguro de que te fuiste con ese tipo del baile voluntariamente me habría gastado toda mi fortuna para intentar recuperarte. —Estaba furioso, pero en su voz había un inconfundible hilo de angustia—. ¿Tienes idea de lo preocupados que hemos estado, Amelia?

—Siento haberos hecho pasar por esto, papá. —Sintiéndose culpable de verdad, Amelia se agachó y le dio un beso en la mejilla—. Pero como puedes ver estoy bien. —Le apretó la mano.

—No tienes muy buen aspecto. —Rosalind se levantó de la mesa y se acercó a su hija; necesitaba verla mejor para asegurarse de que estaba realmente bien—. Estás horrible. Pálida, cansada y... ¡Dios mío! ¿Qué te has hecho en el pelo?

—Es sólo un tinte provisional. —Amelia se metió un mechón de pelo oscuro debajo del sombrero—. Se quita al lavarlo.

—Pareces más mayor. —Su padre tenía la frente arrugada—. ¿Has estado enferma?

—Llevo un maquillaje que me hace parecer mayor para que la gente no me reconozca.

Agarrando su mano con firmeza, John continuó observándola.

—No es sólo eso, Amelia. Hay algo diferente en ti.

—Soy diferente, papá —le dijo muy seria—. He aprendido muchas cosas mientras he estado fuera; cosas de las que no sabía nada. Incluso he aprendido a cocinar.

—Estupendo. —William dejó el cuchillo y el tenedor y apartó su plato, incapaz de comprender el extraño comportamiento de su hermana—. Ya estoy viendo el titular: *«Heredera americana rebajada a fregona»*. Por Dios, Amelia, ¿no has degradado bastante ya nuestro nombre?

—No te preocupes, William —dijo Freddy animadamente—. Enseguida te tocará a ti.

—Si alguien puede avergonzar más a esta familia eres tú, Freddy —replicó William—. Todo Londres sabe que eres un borracho...

—¡Ya es suficiente! —ordenó su padre—. Estoy harto de vuestras peleas. Si no podéis trataros de forma civilizada será mejor que tengáis la boca cerrada, ¿lo oís?

William miró a Freddy airadamente.

Freddy levantó su copa hacia William en un brindis sarcástico y luego bebió el oporto de un solo trago.

John Belford movió la cabeza, incapaz de entender qué había hecho con sus dos hijos, que eran todo un enigma para él. Freddy era un chico agradable, pero le faltaban la disciplina y la ambición que había tenido John toda su vida. William era ambicioso, pero también intolerante y sin sentido del humor, lo cual le impedía disfrutar de la vida que tanto se había esforzado para darle. Lanzó un suspiro y se volvió para observar a su encantadora hija, intentando comprender los cambios que intuía en ella.

—¿Dónde has estado, Amelia?

—Con unos amigos —respondió evasivamente—. Me han ayudado y me han cuidado muy bien, pero también he aprendido a cuidar de mí misma. —Su voz se llenó de orgullo al anunciar con tono solemne—: Incluso he conseguido un trabajo.

Rosalind se quedó horrorizada.

—¿De verdad? —Freddy la miró fascinado—. ¿Haciendo qué?

—Organizando acontecimientos especiales. —Amelia sabía que debía tener cuidado con lo que revelase a su familia—. Es muy satisfactorio, y he descubierto que no se me da nada mal.

—Estupendo —comentó William—. Si Whitcliffe se entera pensará que te has vuelto loca y no querrá saber nada más de ti.

—Trabajar para mantenerse a uno mismo no es ninguna vergüenza —afirmó John con severidad—. Yo he trabajado toda mi vida, y no siempre sentado en una maldita oficina como tú, William. Cuando era poco más que un niño cargaba y descargaba pescado en el puerto de Nueva York. Hasta tu madre trabajaba cuando era joven en la tienda de su padre. Tenía los dedos manchados de apilar tanta fruta.

—¡John, por favor! —Rosalind se agarró las perlas nerviosamente, con miedo a que alguno de sus criados pudiera estar escuchando. Odiaba cualquier referencia a su condición trabajadora. Se había esforzado mucho para conseguir una posición respetable en la sociedad, pero no era tan ingenua como para no saber que los que conocían su origen humilde la despreciaban en secreto. A los ojos de los criados y de la sociedad no era más que una dependienta de clase baja vestida con ropa cara.

—Amelia no debe sentirse avergonzada por haber trabajado durante su pequeña aventura —insistió John—. Ha demostrado que tiene muchos recursos al disfrazarse y conseguir un trabajo. Ha confirmado de qué está hecha, y estoy orgulloso de que mi hija estuviera dispuesta a trabajar. Ése es el espíritu de los Belford.

—Si no miras a Freddy —se burló William.

—Al menos yo sé divertirme con mis amigos —replicó Freddy—. Tú eres tan esnob que no tienes ningún amigo.

—Tus amigos están todos comprados —rebatió William—. Si no tuvieses dinero no querrían saber nada de ti.

—¡Ya basta, por el amor de Dios! —vociferó John.

—Lord Whitcliffe no debe enterarse de que Amelia ha estado trabajando —dijo Rosalind—. La esposa de un duque no debe trabajar, ni siquiera antes de casarse.

Amelia miró a su madre asombrada.

—¿No estarás pensando que aún voy a casarme con lord Whitcliffe?

—Por supuesto que sí —afirmó con un suave tono protector, como si cualquier idea de lo contrario fuera absurda—. Y no creas que ha sido fácil convencerle. Aunque tu padre y yo hemos dicho a todo el mundo que te habían abducido, lord Whitcliffe estaba desolado por la desgracia de que su prometida desapareciera el día de su boda. Por no hablar de tu extraño comportamiento en el baile de los Wilkinson, y la cuestión de dónde y con quién has estado estas pasadas semanas…

—¿Dónde has estado, Amelia? —preguntó Freddy.

—Con una gente muy amable a las afueras de Londres.

—No serían tan amables si han puesto a trabajar a una joven inexperta de tu posición social —objetó Rosalind—, y han permitido que te escondas de tu familia, que sólo quiere lo mejor para ti. ¿Quiénes son?

—No importa, mamá. —Amelia no pensaba hablarles de Jack y su familia—. No los conoces.

Rosalind parpadeó, sorprendida de que su hija se negara a responder a su pregunta.

—Bueno, sólo me queda rezar para que no hayas hecho nada más que pueda avergonzarnos. Tu padre tuvo que aumentar tu dote en otras cincuenta mil libras para que lord Whitcliffe accediera a cumplir con su compromiso cuando por fin regresaras.

—Me sorprende que no pidiera también acciones de la empresa de papá, teniendo en cuenta lo que le he hecho sufrir —comentó Amelia con tono sarcástico.

—Lo hizo. —Su padre frunció el ceño—. Pero le dije que tendrían que estar a tu nombre. No le gustó, pero acabó aceptándolo. Me dijo que según la ley inglesa lo que es tuyo es también suyo, el muy canalla.

—Tenemos que estar agradecidos de que no rompiera el compromiso, cosa que podía haber hecho dadas las circunstancias. —Rosalind quería que comprendiera lo cerca que había estado de destruir su futuro.

—Habría sido lo mejor —dijo Amelia—, porque no pienso casarme con él.

Rosalind la miró desconcertada.

—¿Te has vuelto completamente loca, Amelia?

—Nunca he querido casarme con lord Whitcliffe, mamá. Lo decidiste tú, no yo.

—No seas ridícula. —Rosalind no entendía qué le había ocurrido a su hija—. Siempre has sabido que una joven de tu posición no puede tomar sus propias decisiones a la hora de elegir marido. Eres una Belford, y todos los hombres que te han pretendido lo han hecho esperando beneficiarse de eso.

—Incluido ese idiota, Philmore —resopló su padre con desprecio—. Te llenó la cabeza de tonterías, y al minuto siguiente andaba por ahí persiguiendo a todas las herederas de Londres.

—Tu padre y yo queremos lo mejor para ti, y tenemos que protegerte para que no se aprovechen de ti —prosiguió Rosalind—. Lord Whitcliffe es el único hombre que ha pedido tu mano que tiene algo sustancial que dar a cambio: el título de duquesa, una finca estupenda y títulos que heredarán tus hijos y tus nietos. Tu matrimonio con él también proporcionará a tu padre muchas posibilidades comerciales tanto aquí como en el continente. Es perfecto.

—No tiene nada de perfecto —protestó Amelia—. No le quiero. Ni siquiera me gusta.

—Eso es porque no le conoces bien. Es un hombre impecable con una sólida educación. Estoy segura de que cuando os caséis y hayáis pasado un tiempo juntos descubrirás que estáis hechos el uno para el otro.

—Yo no lo creo —replicó Amelia con vehemencia—. Que los dos seamos de clase alta no es la base de un matrimonio feliz.

—¿Qué te ha ocurrido, Amelia? Durante años te hemos dicho que algún día te casarías con un aristócrata, y siempre te ha parecido bien.

—Porque pensaba que conocería a alguien maravilloso, alguien a quien quisiera. —Miró a su madre con expresión suplicante—. ¿Tú no querías a papá cuando te casaste con él?

Rosalind se quedó perpleja ante una pregunta tan personal.

—Las cosas fueron muy diferentes para nosotros —dijo con cautela—. Yo veía que tu padre era muy trabajador y ambicioso, y él sabía que tampoco a mí me asustaba trabajar. Nuestros orígenes eran similares, y los dos queríamos lo mismo: dar una vida mejor a nuestros hijos. Eso es lo que deberías querer tú también.

—Pero ¿no os queríais?

Rosalind lanzó a John una mirada desesperada, intentando buscar una respuesta que no contradijera su propio argumento.

—Nuestra relación fue muy diferente, Amelia —señaló su padre—. Tu fortuna hace que resultes muy atractiva para cualquier hombre soltero que te conozca. No puedes casarte con alguien pobre, como yo cuando conocí a tu madre, ni con cualquier granuja que te llene la cabeza de fantasías, como hizo Philmore.

—Pero lord Whitcliffe sólo quiere casarse conmigo por mi dote —replicó Amelia apelando a él.

—Me temo que eso ha ocurrido con todos los hombres que te han pretendido, Amelia —John suavizó un poco su voz. No le agradaba revelar a su idealista hija lo injusta que era la vida—. Y con todos los que se han interesado alguna vez por ti. Te guste o no, no puedes librarte de lo que eres y lo que representas. Tu madre y yo sólo intentamos darte un marido que pueda ofrecerte lo mejor para tu posición y el futuro de tus hijos.

—Y ese hombre es lord Whitcliffe —concluyó Rosalind con tono enfático. Observó a Amelia un momento, apenada por su evidente desdicha pero absolutamente segura de que estaban haciendo lo más apropiado—. No te faltará de nada, Amelia. Tu padre y yo nos aseguraremos de eso.

—Lo que quiero es volver a la vida que me he creado yo misma —suplicó Amelia—. Allí tengo amigos, gente a la que le importo, y no podéis obligarme a quedarme aquí...

—Cualquiera que ayude a una joven impresionable y confundida a impedir que regrese con su familia y cumpla con su compromiso con un duque mientras la pone a trabajar no es un amigo, ni una compañía adecuada para ti. —Al darse cuenta de que no iban a conseguir nada con persuasivas razonables, Rosalind decidió que había llegado el momento de adoptar una postura más firme—. Si intentas volver con ellos haré que te sigan. —Resuelta a quitarle de la cabeza cualquier idea que pudiera tener de escaparse de nuevo, añadió—: Cuando averigüe quiénes son, te prometo que tu padre y yo haremos todo lo posible para destruirles económica y socialmente, ¿está claro? —suavizó un poco su expresión—. Ahora vamos a preparar un baño para que puedas quitarte esa ropa y ese color espantoso de tu pelo. He encargado otro vestido de novia, que habrá que ajustar inmediatamente para que esté listo en dos días. Eso me dará el tiempo que necesito para organizar la ceremonia y una pequeña recepción aquí. Cuando estés casada y te instales en la finca de lord Whitcliffe podemos planificar una celebración más lujosa. —Hizo sonar la campanilla para llamar al mayordomo.

—Siento decepcionarte, mamá, pero no voy a casarme con lord Whitcliffe. —Amelia respiró profundamente para que su voz sonara firme al desafiar a sus padres—. No puedo decirlo con más claridad. He venido aquí porque pensaba que te estabas muriendo y te reconfortaría verme. Ahora que sé que estás bien tengo la intención de marcharme en el primer tren que encuentre.

—No vas a ir a ninguna parte, Amelia Belford. —Rosalind no entendía el comportamiento de su hija, pero no iba a permitir que le arruinara la vida—. Te lo prohíbo.

—No puedes retenerme aquí en contra de mi voluntad.

—Claro que puedo. Eres mi hija, y tu padre y yo decidiremos lo que es mejor para ti y esta familia, aunque tenga que encerrarte en tu habitación hasta el día de la boda.

—Entonces volveré a huir.

—Tienes menos sentido que una niña, Amelia. —William la miró exasperado—. ¿De verdad crees que puedes salir de aquí y regresar a donde hayas estado escondida estas últimas semanas? Mientras estamos hablando, la noticia de que Amelia Belford ha vuelto a casa se está extendiendo como la pólvora por todo el barrio.

Miró a su hermano desconcertada.

—Nadie sabe que estoy aquí.

—Perkins, el mayordomo, lo sabe, y ya se lo habrá contado a todos los sirvientes. A estas horas lo sabrán los criados de los vecinos, los chicos de los recados y la gente de las tiendas a las que hayan ido corriendo las criadas. En este momento estarán viniendo hacia aquí un montón de periodistas para conseguir la historia. Para esta tarde todo Londres sabrá que has vuelto, y para mañana el resto del mundo. Dentro de cinco minutos no podrás poner un pie fuera sin que se te echen encima. Desde que desapareciste eres aún más famosa, y todo el mundo querrá verte para comprobar que estás sana y salva.

Amelia se dio cuenta de que William tenía razón. En su desesperación por ver a su madre no había considerado la expectación que provocaría su regreso.

—No permitiré que salgas de esta casa —afirmó Rosalind. Acordándose de la embarazosa fuga de su hija de la iglesia, añadió—: Daré instrucciones a los criados para que vigilen todas las salidas por si acaso decides hacer alguna tontería, como saltar por una ventana.

Amelia miró a su padre con expresión suplicante.

—Por favor, papá...

—Me temo que tu madre tiene razón. —Le dolía verla tan afligida, pero no tenía ninguna duda de que estaban haciendo lo más adecuado. Aunque comprendía que su inocente hija podía haber disfrutado con su pequeña aventura, él debía impedir que tomase una decisión de la que llegaría a arrepentirse—. Algún día lo entenderás.

Amelia lanzó a Freddy una mirada desesperada.

—Ni se te ocurra implicar a tu hermano en otra de tus locuras, Amelia —le advirtió Rosalind—. Sé que te ayudó la última vez. Si se atreve a hacerlo de nuevo, o si tú intentas huir o hacer algo para evitar tu boda con lord Whitcliffe, os desheredaré a los dos. Con los gustos que tiene Freddy y la cantidad de facturas que ha acumulado aquí dudo mucho que le agrade.

La ira ensombreció el rostro de Freddy.

—Podría buscar un trabajo como Amelia.

—Como no haya trabajos que te permitan estar borracho para el mediodía, no sé a qué podrías dedicarte —comentó William.

—Si alguno de los dos se atreve a desobedecerme tendrá que afrontar las consecuencias, Frederick —dijo Rosalind—. ¿Está claro?

Freddy miró a Amelia con impotencia.

—No importa, Freddy. —Amelia adoraba a su hermano, y no podía soportar la idea de que le castigaran por su culpa—. No te preocupes. Todo saldrá bien.

—Perkins, acompañe a la señorita Belford a su habitación y mande subir a su nueva doncella —ordenó Rosalind mientras el mayordomo entraba en el comedor—. Necesita un baño caliente, y hay que recoger su vestido de novia de la modista para que puedan ajustárselo. Diga a mi doncella que la necesito inmediatamente para hacer una lista de todo lo necesario y preparar las invitaciones para el correo de esta tarde. De ese modo llegarán mañana por la mañana.

—Sí, señora Belford —dijo Perkins—. Fuera hay un grupo de periodistas que desean saber si el señor Belford estaría dispuesto a hablar con ellos respecto al retorno de la señorita Belford. También les gustaría ver a la señorita Belford, si es posible.

—Diles que Amelia está descansando y preparándose para su próxima boda con lord Whitcliffe —indicó Rosalind a John—, que tendrá lugar pasado mañana. No queda mucho tiempo, pero al menos deberían mencionarlo en las páginas de sociedad. Si quieren verla tendrán que esperar fuera pacientemente hasta que se recupere de su aventura, y de momento no sabemos cuándo podrá ser.

Amelia se dio cuenta de que su madre estaba invitando a los periodistas a acampar en la puerta de su casa a la espera de que hiciera su aparición. La última posibilidad que podía haber tenido de escaparse y regresar a Inverness se había esfumado.

Volvía a ser Amelia Belford, y estaba atrapada.

—Por todos los santos, ¿cuánto has bebido? —preguntó Oliver apartando las cortinas.

Jack abrió un ojo con dificultad e hizo una mueca al ver la luz que entraba por la ventana.

—No mucho —murmuró con la cabeza a punto de estallar—. Estuve trabajando hasta muy tarde —añadió al darse cuenta de que tenía la mejilla apoyada sobre una montaña de papeles y diarios en la mesa de su despacho.

—¿Ah, sí? Pues a mí me parece que has estado emborrachándote hasta caerte rendido.

—No estoy borracho —insistió Jack levantando la cabeza con cautela.

—Entonces no te importará tener visitas, ¿verdad?

—No quiero ver a nadie —se preguntó si era posible que el cráneo se abriera de dolor—. Di a quienquiera que sea que vuelva mañana.

—Dice que tendrán que volver mañana —informó Oliver al grupo que estaba en la puerta.

—No veo por qué —comentó Haydon.

Genevieve miró a Jack preocupada.

—Deberíamos haberle enviado una nota para que supiera que íbamos a venir.

—Le he visto peor. —Jamie entró dentro, echó un vistazo a su hermano y frunció el ceño—. Pensándolo bien, quizá no.

—Jack, ésta no es manera de comportarse cuando tienes invitados en casa —le regañó Annabelle—. Tienes un aspecto horrososo.

—Puede que no se sienta bien —repuso Charlotte entrando en el despacho detrás de ella.

—Yo tampoco me sentiría bien después de beber todo ese whisky —afirmó Grace olfateando el aire.

—Necesita comer algo —sugirió Simon uniéndose a sus padres y sus hermanos—. ¿Tendrá Eunice el almuerzo preparado?

—Perdón. —Alex rozó a Haydon mientras se abría paso por el abarrotado estudio—. Lo siento, tengo que ver a Jack. —Se disculpó tropezándose con Jamie.

Preguntándose cuándo habían declarado su despacho lugar de encuentro público, Jack hizo un esfuerzo para incorporarse y estrechó los ojos para mirar a Alex, que estaba delante de él con una sonrisa de satisfacción en la cara.

—Devuélvelo —le ordenó.

Ella le miró con aire inocente.

—¿Qué quieres decir?

—Sabes muy bien a qué me refiero. Devuélvelo inmediatamente.

Alex resopló indignada.

—¿Podemos contarlo antes?

—No. Si no lo devuelves ahora mismo esta noche te quedarás sin postre.

Con expresión de enfado, metió la mano en la manga de su nuevo vestido y sacó un monedero de cuero.

—Tenga —dijo tirándoselo a Haydon—. Sólo quería contar lo que hay dentro.

Haydon cogió el monedero sorprendido.

—Gracias.

—Ya está. —Alex lanzó a Jack una mirada furiosa—. ¿Estás contento?

—No del todo.

Ella volvió a resoplar con fuerza.

—Vamos a esperar hasta que se dé cuenta.

—No.

—Hoy no estás nada divertido —se quejó.
—No lo tires —le advirtió Jack.
—No iba a hacerlo —protestó sacando de la otra manga un reloj de oro con una cadena—. Sólo lo he cogido prestado —le dijo a Jamie devolviéndole el reloj.
—Eres muy buena —comentó Jamie impresionado—. No he notado nada.
—¿Algo más? —Jack miró a Alex con recelo.
Ella se encogió de hombros.
—Si estabas mirándome deberías saberlo.
—Alex... —le advirtió.
—Eso es todo lo que ha mangado aquí —afirmó Oliver—. La he estado vigilando.
—Bueno, parece que voy a necesitar un buen rato para ponerme al día —dijo Genevieve quitándose los guantes—. Como por lo visto no te apetece venir a casa a cenar, Jack, y obviamente has estado muy ocupado para enviarnos una invitación, Haydon y yo hemos decidido venir a verte hoy. Estamos deseando conocer a tu invitada, la señorita Belford. Hemos oído hablar mucho de ella a tus hermanos. ¿Sigue trabajando en el hotel?
—Se ha ido —respondió Jack bruscamente.
Annabelle le miró sorprendida.
—¿Adónde?
—A Londres, con su familia. Se fue ayer en el tren, y habrá llegado allí esta mañana.
—Pero volverá. —Alex frunció el ceño a Jack por decirlo de un modo tan terminante—. Me lo dijo antes de marcharse, mientras tú estabas durmiendo.
—Puede ser. —Se encogió de hombros. No quería desengañar a Alex tan pronto. A pesar de su actitud indiferente, Jack sabía que le había cogido mucho cariño a Amelia.
—¿Cómo has podido dejar que vaya sola? —preguntó Charlotte preocupada—. Debe haberse ido al oír que su madre estaba enferma. ¿Por qué no la has acompañado?
—No podía —contestó poniéndose a la defensiva—. Insistió en salir inmediatamente, y yo tenía que atender unos asuntos...
—Jack... —En su voz había un suave tono de reproche.
—No podía ir con ella, Charlotte.
—Entonces deberías habérnoslo pedido a alguno de nosotros —dijo Annabelle—. Podría haber ido yo, o Jamie, o Simon...

—No quería que nadie fuese con ella. —Charlotte miró a su hermano con aire comprensivo—. Esperaba que decidiese quedarse con él.

—Amelia es libre para hacer lo que quiera —replicó—. Me importa un comino lo que haga. Le pedí que no se fuera y lo hizo. Supongo que si quiere volver lo hará.

—No podrá —señaló Grace—. Sus padres no se lo permitirán. Sabes lo desesperados que están por casarla con lord Whitcliffe. Su desaparición ha sido muy embarazosa para ellos. Estoy segura de que en cuanto la tengan allí no la dejarán escapar de nuevo.

—Puede que no quiera volver a escaparse —objetó Jack—. Puede que cuando vuelva a vivir rodeada de lujos recobre el juicio y se dé cuenta de lo que se estaba perdiendo.

Alex le miró desconcertada.

—¿Qué se estaba perdiendo? Aquí tenía todo lo que necesitaba.

—El que debería recobrar el juicio eres tú —afirmó Charlotte.

—¿Qué quieres decir con eso?

—Que ya es hora de que dejes de compadecerte de ti mismo. Ya es hora de que te olvides del pasado y te des cuenta de que no estás condenado a pasar el resto de tu vida solo, amargado y resentido con el mundo.

—Eso no es cierto.

—Sí lo es —insistió Charlotte—. Y si no haces algo ahora puede que acabes pasando el resto de tu vida solo. Pero no será por Amelia, sino por ti.

—Olvídate de las estúpidas ideas románticas que puedas tener, Charlotte. —Le irritaba que su vida fuera diseccionada delante de toda su familia—. No hay nada entre Amelia y yo. Era una amiga a la que ayudé a escapar de un matrimonio que no le interesaba y di alojamiento durante un tiempo. Nada más.

—Jack, por favor. —Los ojos de Charlotte estaban llenos de tristeza—. ¿Cómo puedes mentirme a mí?

Se produjo un tenso silencio.

—Si no os importa dejarnos un momento —dijo Genevieve tranquilamente—, me gustaría hablar con Jack a solas.

—Venga pues. —Oliver puso en marcha al pequeño grupo—. Vamos a ver si Eunice puede prepararnos una taza de té.

Genevieve esperó a que salieran todos y se cerrara la puerta para sentarse en el sofá.

—Siempre me ha gustado ese cuadro de Charlotte —comentó observando el retrato que había pintado muchos años antes—. Cuando te lo di me pareció que te gustaba tanto como a mí.

—Es muy bonito —se limitó a decir Jack.

—Supongo que sí. Pero no es eso lo que te atrajo de él al principio. Te gustaba porque era de Charlotte.

No lo negó.

—Antes de que fueras a la universidad me preocupábais Charlotte y tú. Era evidente que había un vínculo especial entre los dos, y temía que confundiérais vuestros sentimientos con otra cosa. Por mucho que os quisiérais, habría sido un error que te casaras con ella. ¿Sabes por qué?

—Porque pensabas que no sería lo bastante amable con ella —respondió Jack—. Sabías que yo había tenido un pasado violento, y creías que Charlotte se merecía algo mejor después de todo lo que había pasado, y lo consiguió.

—No era por eso, Jack. Habría sido un error porque siempre la habrías visto como una víctima. Después de ser su hermano mayor durante tantos años y considerarla una niña tímida y asustada que necesitaba protección, te habrías pasado la vida intentando protegerla del resto del mundo, e incluso de ti mismo. Nunca la habrías tratado como a una igual. Al quererla tanto y pretender mantenerla a salvo le habrías puesto muchos límites que le habrían impedido ponerse a prueba y descubrir todo lo que era capaz de hacer.

»Y Charlotte te habría agobiado —continuó Genevieve—, aunque no de forma intencionada. Como marido te habrías sentido culpable cada vez que la dejaras para hacer uno de tus largos viajes, aunque necesitaras desesperadamente salir de Escocia para ver mundo. Habrías acabado muy resentido. También te habría obligado sin darse cuenta a reprimir tu temperamento y tus emociones, porque te habría dado miedo que fuese demasiado frágil para soportarlas. Necesitabas una mujer que pudiera aceptar tus pasiones y tus cambios de humor. Además, si te hubieras casado con Charlotte habrían aumentado tu ira y tu desprecio hacia el mundo. Siempre habrías creído que la juzgaban por su infortunado pasado, y los dos habríais sufrido mucho por ello.

—No veo qué tiene que ver eso ahora. —Jack estaba tenso—. Charlotte se casó con Harrison, y yo me alegré por ella cuando supe qué tipo de hombre era.

—También te sentiste aliviado, porque no podías ser responsable durante más tiempo de su felicidad.

Jack no dijo nada.

—Dime, ¿quién crees que es responsable de tu felicidad?

—Nadie.

—Te equivocas. Sólo tú puedes decidir lo que te hará realmente feliz.

—Soy feliz.

—Nunca te había visto tan desdichado.

—No soy desdichado.

—Entonces ¿por qué me parece que estás sufriendo?

—Supongo que porque has estado escuchando a Charlotte, y ella cree que soy infeliz.

Hubo un largo momento de silencio antes de que Genevieve preguntara:

—¿Quieres a Amelia Belford, Jack?

Lanzó una violenta carcajada.

—Aunque así fuera da igual. Nunca se casaría con un hombre como yo.

—¿Y qué tipo de hombre es ése?

—Un bastardo —dijo apesadumbrado—. Un pillo. Un ladrón. Un pendenciero. Un presidiario. Un empresario sin éxito. Elige tú misma. Nada de eso es lo que espera ella de un marido.

—¿Qué espera ella?

—Alguien rico, preferiblemente un aristócrata con una gran finca y mucho dinero. Alguien que esté dispuesto a llevarla a un montón de fiestas y bailar con ella y participar en todos esos estúpidos juegos de sociedad.

—A mí me parece que ya ha tenido eso con lord Whitcliffe, y lo dejó para huir contigo.

—No huyó conmigo —puntualizó Jack—. Simplemente huyó, y yo la ayudé porque subió por casualidad a mi carruaje. Pensaba que iba a casarse con el vizconde Philmore, pero resultó que el muy canalla ya estaba comprometido con otra persona —resopló con desprecio.

—Y entonces se quedó contigo. Vino a Inverness, y por lo que me han contado tus hermanos adoptó una nueva identidad, consiguió un trabajo e incluso trajo aquí a esa niña. No parecen las acciones propias de una heredera malcriada que está deseando volver a casa.

—No importa —replicó Jack—. Ahora que ha vuelto se dará cuenta de la cantidad de cosas que echaba de menos. Es una mujer que nació con una fortuna que ni tú ni yo podemos imaginar, Genevieve, muy superior a lo que Haydon ha podido heredar o ganar en toda su vida. Siempre ha vivido rodeada de lujos y privilegios, y no comprende el mundo real. Cree que todos los delincuentes son como Oliver y Alex, por el amor de Dios. —Se volvió para mirar por la ventana antes de concluir con voz áspera—: Y no sabe la verdad sobre mí.

—¿Qué verdad?

—Sobre mi pasado —respondió secamente.

—Yo creo que sí, y con todo detalle. Annabelle me dijo que hablaron mucho sobre tu infancia mientras Amelia estuvo en su casa. Pero no fue la primera en mencionárselo. Por lo visto Oliver, Eunice y Doreen ya le habían hablado del asunto.

Jack la miró boquiabierto.

—¿Lo sabe?

—¿Por qué te sorprende?

—Porque nunca ha actuado como si lo supiera.

—¿Cómo crees que debería haber actuado?

«Como si fuera mejor que yo. Como si no la mereciera.»

Pero Amelia nunca se había comportado como si fuese mejor que él, ni que ninguna otra persona. A pesar de todos sus privilegios y su educación, a pesar de los viajes, las joyas, los vestidos y sus expectativas de casarse con alguien con una gran fortuna o un título nobiliario, Amelia siempre le había tratado de la misma manera.

Como un igual.

—Cuando me enamoré de Haydon pensé que jamás se casaría con alguien como yo —reflexionó Genevieve—. Era un marqués, y yo era una pobre soltera marginada que decían que estaba loca por haber renunciado a una vida respetable para cuidar a niños abandonados a los que nadie quería. ¿Cómo iba a querer casarse un hombre rico y atractivo como Haydon con una mujer así?

—Tú eras fuerte, buena y generosa. —Jack se puso furioso al recordar cómo había denigrado la sociedad a Genevieve—. Tuvo mucha suerte al encontrarte.

—Los dos tuvimos suerte al encontrarnos —precisó Genevieve sonriendo—. Pero mientras yo pensaba que no le merecía, él creía que no era digno de mí por los errores que había cometido en el pasado. Estábamos demasiado consumidos por las dudas y la culpabilidad para darnos cuenta de lo que sentía el otro. Si no nos hubiéramos atrevido a hablar de nuestros sentimientos no habríamos conocido el inmenso amor y la felicidad que hemos compartido durante veintidós años.

Jack movió la cabeza.

—Amelia Belford no está enamorada de mí, Genevieve.

—¿Cómo lo sabes?

«Porque una mujer tan extraordinaria como ella no puede enamorarse de un bastardo egoísta como yo.»

—Por lo que he oído sobre ella es una joven muy especial —prosiguió Genevieve observándole—. Soy tu madre, y por lo tanto creo que cualquier mujer con un poco de sentido sería tonta si no se enamorara de ti. Pero en este momento lo único que importa es si la quieres lo suficiente para averiguarlo. Porque si tus hermanos tienen razón ahora está atrapada por la ambición de su familia, como tú estás atrapado por tu empeño de no dejar atrás tu pasado para mirarla sólo con el corazón.

Jack se acercó a la ventana y miró hacia fuera, sopesando las palabras de Genevieve.

Había dejado irse a Amelia. Siempre había sabido que le abandonaría. Pero durante un breve instante pensó que había conseguido unirla a él, que le había hecho comprender con su tacto lo que era incapaz de expresar con palabras. Se puso tan furioso al descubrir la nota que le dejó que apenas se inmutó cuando Oliver regresó esa noche diciendo que no estaba en el hotel cuando fue a recogerla. A Walter Sweeney, el director, pareció sorprenderle que Oliver no supiera que había cogido un tren para Londres por la mañana para atender un asunto familiar urgente. Jack se retiró a su despacho para estudiar los libros que le había dado lord Hutton, diciéndose a sí mismo que le daba igual lo que hiciera. Se refugiaría en su trabajo como había hecho siempre. Se dedicaría a hundir la Great Atlantic y a transformar la North Star Shipping en una compañía próspera. Pero no podía.

Amelia se había ido, y de repente no importaba nada más.

—¡Oliver! —llamó de pronto. Al abrir de golpe la puerta de su despacho se encontró con toda su familia apiñada en el pasillo.

—¿Estábais escuchando? —preguntó.

—Por supuesto que no. —A Alex le costó menos que a los demás fingir que le había ofendido su sugerencia—. Sólo veníamos a preguntarte si querías que te trajéramos el té.

—No tengo tiempo para tomar té —respondió Jack—. Necesito que me suban las maletas a mi habitación, Oliver. Voy a coger el siguiente tren para Londres.

—Bien. —Alex asintió con satisfacción—. Siempre he querido ver Londres.

—Tú no vas a venir, Alex.

—No puedes impedírmelo —repuso ella—. Si no me compras un billete lo mangaré o conseguiré el dinero para comprarlo. Voy a ir de todas formas.

—Yo te lo pagaré, Alex —dijo Jamie—. Así te ahorraré la molestia de robarme la cartera. Podemos sentarnos juntos en el tren —propuso animadamente—, para que me digas cómo desplumarías a los demás pasajeros.

—Es una idea estupenda, Jamie —comentó Annabelle—. Hace tiempo que estaba pensando en ir a Londres. Tengo que hablar con mi editor, y podríamos ver una obra de teatro mientras estemos allí.

—Yo también voy —decidió Simon—. Puedo aprovechar el viaje para hacer los bocetos de mi último invento.

—Yo tenía intención de ir Londres para ver la nueva moda de otoño —reflexionó Grace.

—A mí me gustaría visitar la National Gallery y el British Museum —añadió Charlotte.

—Y yo debería comprobar cómo está la casa y cómo se las arreglan Lizzie y Beaton. —Genevieve miró a Haydon con expectación.

Él suspiró.

—Estoy seguro de que tendré algo que hacer allí —dijo agarrándola por la cintura.

—Bueno, no puedo permitir que os lleve por Londres ese viejo borracho, Beaton. —Oliver frunció el ceño—. Es capaz de olvidar dónde os ha dejado.

—No vais a venir conmigo —afirmó Jack con tono tajante.

Simon le miró con una sorpresa fingida.

—¿Quién ha dicho nada de ir contigo?

—Vamos de viaje, eso es todo —le aseguró Grace.

—¿Ah, sí? —Eunice entró en el despacho con una fuente enorme de galletas de jengibre—. Yo también pensaba hacer un pequeño viaje un día de estos.

—Londres es un sitio tan bueno para ir como cualquier otro —opinó Doreen—. Además, no creo que la pobre Lizzie pueda atenderos a todos ella sola.

—Supongo que no te opondrás a que viajemos en el mismo tren —dijo Annabelle con amabilidad.

—Ni siquiera te darás cuenta de que estamos allí —le prometió Charlotte.

Jack estaba muy serio.

—Lo dudo.

—No podrás entrar en casa de Amelia y salir con ella sin más, Jack —señaló Simon comiendo una galleta—. Aunque quiera irse contigo sus padres se lo impedirán.

—Recuerda lo que ocurrió en el baile de los Wilkinson —dijo Annabelle.

—Si las cosas se ponen feas puedes necesitarnos —añadió Jamie.

Grace asintió para mostrar su acuerdo.

—Cuanta más confusión podamos crear mucho mejor.

Tenían razón, pensó Jack conmovido por su deseo de ayudar.

—Muy bien —accedió—. Pero haréis exactamente lo que yo diga, ¿está claro?

La pequeña banda de antiguos ladrones asintió solemnemente.

Capítulo 14

Amelia levantó el borde de la gruesa cortina de terciopelo para echar un vistazo a la multitud de borrachos escandalosos que se apelotonaban debajo de su ventana.

Habían empezado a congregarse desde que la noticia de su vuelta se extendió por las calles de Londres unos dos días antes. Al principio había sobre todo periodistas, fotógrafos y curiosos que no tenían nada mejor que hacer que esperar allí todo el día para ver a la famosa Amelia Belford, la heredera americana fugitiva. A pesar de los intentos de su madre de controlar los detalles de su desaparición y su regreso, que los periódicos sobornados habían presentado como una abducción, el consenso popular era que Amelia había huido.

Las historias de lo que había ocurrido durante su desaparición eran de lo más extravagantes, desde que se había enamorado de un príncipe árabe que la había convertido en la favorita de su harén, hasta que había regalado todas sus joyas a los pobres de los muelles de Londres antes de retirarse a un convento italiano para vivir en la pobreza. En cualquier caso, todo Londres se alegró de que hubiera vuelto con su familia a los acogedores brazos de su prometido. Cuando su padre informó a la prensa que la boda de Amelia con el duque de Whitcliffe se celebraría después de todo, la muchedumbre que abarrotaba el elegante barrio aumentó en varios miles de persones. El día de su boda tuvieron que contratar a un ejército de policías para mantener el orden entre la ruidosa multitud y asegurarse de que el carruaje nupcial pudiera recorrer el corto trayecto hasta la iglesia antes de regresar a casa, donde se celebraría una recepción para unos ciento cincuenta invitados.

Dejó caer la cortina y volvió despacio a la cama. Después de tumbarse sobre la colcha de seda bordada se frotó los ojos doloridos con el dorso de las manos. *No voy a llorar más*, se dijo a sí misma. *No lo haré*. Apretó los ojos con fuerza y respiró profundamente para contener la angustia que le subía por el pecho.

Al principio había logrado controlar sus lágrimas, incluso cuando su madre comenzó a dar órdenes y a preocuparse por todos los detalles de la precipitada boda. Un contingente interminable de doncellas, modistas, floristas, cocineros, criados y repartidores invadió la casa, llenando todas las habitaciones con una actividad frenética mientras se realizaban los preparativos de la lujosa recepción que seguiría a la ceremonia. En medio de todo esto Amelia se comportó como si no pasara nada. Diecinueve años soportando muchas cosas con estoicismo pesaban demasiado para actuar de otro modo.

Su madre había frustrado con gran habilidad cualquier intento de huida. Más eficaz que la vigilancia de los criados y la multitud que se agolpaba fuera había sido la amenaza de que si hacía cualquier cosa para evitar su matrimonio con Whitcliffe les desheredaría a ella y a Freddy. Aunque Amelia sabía que podría sobrevivir sin el apoyo de sus padres, estaba completamente segura de que Freddy no lo haría.

Desde el día que nació, ni una gota de la disciplina de su padre o la ambición de su madre parecían haber calado en la personalidad alegre y despreocupada de Freddy. Su querido hermano estaba encantado de vivir como el hijo de un millonario, sin necesidad de molestarse en hacer nada para ganarse la vida. Desconcertado ante la falta de motivación de su hijo menor, John Belford se había esforzado en preparar a William para que un día asumiera la dirección de su empresa ferroviaria. Mientras Rosalind intentaba educar a Amelia para casarse con un aristócrata, a Freddy le habían permitido hacer lo que había querido. El resultado era un joven apuesto y encantador al que le costaba levantarse al mediodía, porque normalmente estaba de juerga hasta el amanecer.

Freddy jamás podría sobrevivir sin la ayuda de su familia.

También estaba la amenaza de lo que harían sus padres a cualquiera que se atreviera a ayudarla en su nueva vida. Con varios miles de admiradores delante de su casa, y un montón de policías y periodistas, Amelia no tenía ninguna posibilidad de escapar sin ser vista. La seguirían donde fuera, con lo cual sus padres no tendrían ningún problema para encontrarla en Inverness. Rosalind había prometido destruir a cualquiera que la ayudara, y Amelia sabía que la fortuna y la influencia de su padre hacían que fuera una amenaza muy poderosa. Jack y su familia serían víctimas de un terrible ataque del que no se libraría nadie, ni económica ni socialmente. Si sus padres descubriesen que estaba trabajando en el hotel Royal, su madre pediría a su padre que lo comprara y la despidiera junto con el señor Sweeney. Todos los que habían sido tan amables y generosos con ella sufrirían por haberle ofrecido su amistad.

No permitiría que eso ocurriera.

Podía soportar casarse con Whitcliffe, se dijo a sí misma conteniendo la repulsión que sintió al pensar que compartiría su cuerpo con él como lo había hecho con Jack. Podía soportar cualquier cosa para proteger a la gente que quería. Aprendería a vivir como una esclava, encarcelada en una finca remota, casada con un anciano al que no le gustaba, y al que ella casi despreciaba. No tendría amor, pero le quedaría su recuerdo.

Y la remembranza de una pasión increíble que durante un breve instante había ardido con tanta intensidad que se había sentido como si pudiera ser feliz para siempre.

Era mucho más de lo que la mayoría de las mujeres de su clase había tenido, pensó limpiándose una lágrima que le caía por la mejilla. Se abrazó y se puso de costado, amortiguando sus sollozos en la almohada.

Era mucho más de lo que la mayoría de las mujeres de cualquier clase había tenido nunca.

—Disculpe, señora —dijo Perkins entrando en el comedor con dos guapas doncellas bien almidonadas—. Han llegado las nuevas doncellas de la señorita Belford para ayudarla a prepararse: la señorita MacGinty y madmoiselle Colbert.

—Llegan veinte minutos tarde —se quejó Rosalind.

Una de ellas era alta y delgada, con un pelo rubio bien arreglado que reflejaba su habilidad con el peine y las horquillas. La otra tenía el pelo oscuro y los ojos aterciopelados, con una figura un poco más ancha. Ambas tenían un abanico de finas arrugas debajo de los ojos, lo cual sugería que habían pasado de los veinte.

—¡Oiga! —advirtió Rosalind a uno de los tipos escuálidos que arrastraban las mesas alquiladas por el comedor—. ¿No ve que está rayando el suelo? ¡Haga el favor de levantar la mesa!

—*Pardonnez-moi* —dijo la doncella rubia mirando a Rosalind

con la arrogancia por la que eran famosas las doncellas francesas—, pero no ha sido fácil llegar aquí con esa multitud tan desagradable. Si ya no necesita nuestra ayuda...

—Claro que necesito su ayuda —se apresuró a responder Rosalind.

Lo último que le hacía falta era que las doncellas que había contratado para vestir y peinar a Amelia se fueran en un arrebato de orgullo. Esa tarde llegarían ciento cincuenta personas para una gran recepción cuya comida no estaba aún preparada, que se iba a servir en vajillas, cristalerías y manteles que todavía no habían llegado, sobre las deterioradas mesas que ahora abarrotaban el comedor, el salón y el vestíbulo. Las flores que habían enviado un rato antes eran rojas y amarillas, cuando Rosalind había indicado expresamente que debían ser de color marfil y melocotón; los únicos músicos que había podido conseguir con tan poco tiempo eran un violinista y un gaitero, que ni siquiera sabía cómo sonaba; las esculturas de hielo estaban ya medio derretidas por el insólito calor que hacía; y en la cocina se quemaba algo que estaba llenando la casa con un olor repugnante. Los preparativos iban fatal, y Rosalind sabía que si fallaba algo en la boda de Amelia toda la sociedad londinense estaría cotilleando durante meses.

—Perkins las llevará a la habitación de la señorita Belford —dijo a las doncellas—. La señorita Belford debe estar lista para ir a la iglesia a las dos en punto. He dejado una foto sobre su tocador para que vean cómo quiero que la peinen, y espero que sean capaces de reproducirlo. Intenten ajustarle bien el corsé para que el vestido quede lo mejor posible. ¿Han traído sus accesorios para arreglarle el pelo?

—Por supuesto. —Madmoiselle Colbert, la doncella francesa, parecía ofendida ante la sugerencia de que hubiera podido olvidar algo tan esencial.

—Yo he traído también mis cosméticos especiales —dijo la señorita MacGinty señalando el maletín de cuero que llevaba—, por si quiere que la ponga aún más guapa en un día tan especial.

—No quiero que lleve colorete ni demasiados polvos —respondió Rosalind—, pero tendrá que hacer algo con sus ojeras. Intente dejarla lo más natural posible.

—Muy bien, señora. —Manteniendo el aire de superioridad incluso para hacer una reverencia, madmoiselle Colbert añadió—: Se hará exactamente como dice.

• • •

Amelia se levantó de la cama al oír que llamaban a la puerta y fue a la jofaina para ponerse un paño húmedo sobre los ojos hinchados. Fuese quien fuese, no quería que la vieran llorando.

—Adelante.

—Siento molestarla, señorita Belford —se disculpó Perkins mientras entraba en la habitación en penumbra—. Han llegado sus doncellas para ayudarla a prepararse. La señorita MacGinty y madmoiselle Colbert.

—Gracias, Perkins. —Amelia apenas miró a las dos mujeres.

—¿Necesita algo, señorita Belford? —preguntó con una amabilidad nada habitual antes de marcharse.

Sí, pensó Amelia al borde de la histeria. *Necesito ir a casa.*

—No, gracias.

Él asintió y salió de la habitación, cerrando la puerta tras de sí.

—Bueno, yo creo que necesitas un poco de luz —dijo Annabelle dejando el acento francés mientras iba a la ventana y abría las oscuras cortinas de terciopelo—. Esto tiene un aspecto siniestro, Amelia. Te juro que he representado escenas de muerte con más luz.

—Yo estaba pensando lo mismo. —Cuando Grace abrió las cortinas de la segunda ventana la luz del sol inundó la habitación—. Así está mucho mejor, ¿no te parece?

Amelia miró a las dos mujeres asombrada.

—Annabelle... Grace... ¿Qué estáis haciendo aquí?

—Oímos que estabas en Londres y hemos venido a ver cómo te va —dijo Annabelle alegremente.

—Estábamos preocupados por ti. —Grace la miró con inquietud—. ¿Cómo estás, Amelia?

—Bien —respondió intentando controlar el temblor de su voz—. Ya sabéis que voy a casarme.

—Sí, lo hemos oído —afirmó Annabelle—. Está en todos los periódicos.

—¿Lo sabe Jack?

—Sí.

Amelia tragó saliva con dificultad. Podía imaginarse lo traicionado que se sentiría.

—No quiero que sepa que me habéis encontrado llorando. No se lo diréis, ¿verdad?

—Por supuesto que no —le tranquilizó Grace—. No si tú no lo quieres.

—Sé que se enfadaría si supiera que me obligan a casarme. Es mejor que crea que he cambiado de opinión. Que al volver a casa me di cuenta de que echaba de menos mi antigua vida y decidí que quería casarme con lord Whitcliffe después de todo.

Grace se acercó a ella y le apartó un mechón de pelo de la cara.

—¿Quieres casarte con lord Whitcliffe, Amelia?

—No importa lo que quiera —dijo Amelia desolada—. Nunca ha importado.

—Claro que importa —replicó Annabelle—. ¿Quieres casarte con Whitcliffe o no?

—No tengo elección. Mi madre ha prometido desheredarnos a mí y a mi hermano si no acepto esta boda. Yo puedo sobrevivir sin el dinero de mi familia, pero el pobre Freddy no.

—¿Tiene algún trastorno grave? —preguntó Grace.

—No. Es que Freddy no está acostumbrado a trabajar, y me temo que no está preparado para hacer muchas cosas.

—Eso mismo decías de ti —señaló Annabelle—, y conseguiste un empleo.

—Porque vosotros me ayudásteis.

—También ayudaremos a Freddy si es necesario —le aseguró Grace—. No debes permitir que tu preocupación por él te obligue a hacer algo que no quieres.

—No sólo me preocupa Freddy. Mi madre ha amenazado con destruir a cualquiera que intente ayudarme a escapar y comenzar una nueva vida en otro sitio. Si descubre lo de Jack y vuestra familia hará que mi padre os arruine a todos, tanto económica como socialmente.

Annabelle lanzó una carcajada.

—No tiene poder para hacer eso.

—Es inmensamente rico, Annabelle —repuso Amelia—. Puede comprar lo que quiera.

—La riqueza no lo compra todo en Inglaterra y Escocia —dijo Grace—. Tu padre es americano, y no tiene los beneficios de las relaciones que se establecen por haber nacido aquí, o por poseer un título.

—Que es en parte la razón por la que tus padres están tan ansiosos porque consigas uno para la familia —añadió Annabelle—. Aunque para eso tengan que sacrificar la felicidad de su única hija.

—Piensan que acabaré siendo feliz cuando viva como una duquesa. Mi madre cree que el amor no es necesario para un buen matrimonio. —Amelia intentó mantener la voz firme—. Cree que mientras el marido y la mujer tengan intereses similares y sean civilizados el uno con el otro es suficiente.

—Supongo que para algunos puede ser suficiente. —Grace la miró fijamente—. Pero se trata de gente que nunca ha sabido lo que es estar enamorada.

Amelia sintió que se le encogía el corazón.

—Si quieres casarte con lord Whitcliffe, Grace y yo te arreglaremos el pelo, te ayudaremos a vestirte y nos aseguraremos de que estés radiante para tu boda. —Annabelle le cogió una mano—. Pero si no quieres casarte con Whitcliffe tienes que decírnoslo ahora para que podamos hacer otros planes.

—Si vuelvo con Jack mis padres harán todo lo posible para hundirle a él y su compañía naviera —afirmó Amelia desmoralizada—. Os equivocáis si creéis que mi padre no tiene medios para hacerlo. No puedo permitir que eso ocurra. No quiero que Jack sufra por intentar ayudarme. No podría vivir sabiendo que he sido la causa del fracaso de la North Star Shipping, porque sé lo importante que es para él.

—Quizá deberías dejar que Jack decida si está dispuesto a correr ese riesgo.

Amelia abrió bien los ojos.

—¿Está aquí?

—Él y toda la familia. Se llevó un disgusto terrible cuando descubrió que habías venido a Londres sin él, y me parece que quiere hablar contigo de eso.

—Tampoco creo que le agrade mucho que vayas a casarte —comentó Grace echando un vistazo a la multitud que abarrotaba la calle.

—Pero ¿cómo voy a verle? —preguntó Amelia—. No puedo salir de casa, y mi madre no le permitirá hablar conmigo.

—Si quieres verle lo harás, pero tenemos que darnos prisa.

Amelia dudó. Jack nunca le había declarado su amor incondicional ni le había pedido que se casara con él. Nunca le había llenado la cabeza de promesas románticas que en el fondo no significaban nada, como había hecho Percy. Pero era la primera persona que se había preocupado de verdad por lo que quería: la libertad para hacer su propia vida. Y en la medida de lo posible había intentado dárselo.

No me abandones, le había rogado la última noche mientras llenaba su alma y su corazón con una angustiosa ternura. Entonces sintió que la necesitaba, que le estaba dando una parte de él. Sin embargo le había abandonado. Había ignorado su súplica desesperada y se había marchado, diciéndose a sí misma que podría regresar cuando quisiera. Pero había acabado atrapada en la trampa de su familia.

Y Jack había venido a buscarla.

—Sí, quiero verle. —Pasara lo que pasara ese día, tenía que ver a Jack.

Aunque sólo fuera para pedirle perdón antes de decirle adiós.

—Qué sorpresa, lord Whitcliffe. —Freddy miró de mal humor al prometido de su hermana por encima de su copa—. ¿Ha venido a ver si puede sacarnos un poco más de dinero antes de sellar esta sórdida unión? ¿O ha tenido un repentino ataque de consciencia que le ha impulsado a cancelar este despreciable asunto?

—Freddy, es demasiado temprano para beber y hacer bromas estúpidas —le regañó su madre.

Rosalind entró con una sonrisa resplandeciente en el salón, donde sus hijos y su marido estaban esperando a que llegara la hora de ir a la iglesia. A su alrededor revoloteaban un enjambre de criados que estaban poniendo las mesas, sacando brillo a la plata y preparando los jarrones rebosantes de flores. Rosalind llevaba un vestido de satén con ribetes de piel que le daba mucho calor, y se había puesto un enorme sombrero con tantos lazos y flores de seda que temía que la gente pensara que llevaba en la cabeza la tarta nupcial.

—No está acostumbrado a levantarse tan pronto —comentó William parapetado tras el periódico—. Necesita beber para mantenerse despierto.

—Lo que necesito es algo que me ayude a soportar tu presencia —replicó Freddy.

—Callaos de una vez. —John Belford miró a sus dos hijos como si fuera a levantarse de repente para darles una bofetada—. Estoy harto de escucharos.

—Perdónenos, lord Whitcliffe —se disculpó Rosalind espantada de que el duque hubiese presenciado esa escena. No quería que pensara que iba a emparentar con una familia de americanos maleducados, como temía que les consideraban la mayoría de los aristócratas ingleses—. Como puede ver, estamos un poco nerviosos con los preparativos de la recepción. ¿Qué le trae por aquí antes de la ceremonia?

Lord Whitcliffe la miró como si estuviese chiflada.

—Usted, y espero que sea algo importante para hacerme pasar entre esa repugnante multitud de borrachos el día de mi boda. Cuando venía por la calle unos rufianes han estado a punto de volcar mi carruaje.

Rosalind frunció el ceño desconcertada.

—Lo siento. No sé a qué se refiere.

—Me envió una nota pidiéndome que viniera inmediatamente para hablar de un asunto de suma importancia antes de la boda. El pilluelo que la trajo insistió en que debía entregármela en mano. Luego tuvo el descaro de darme la espalda antes de que le despidiera, y cuando le recriminé por ello eructó. Eso es lo que pasa por contratar a un golfillo para realizar las funciones de un lacayo.

Lord Whitcliffe le escupió las palabras con furia. Le desagradaban los Belford en general, pero sentía un desprecio especial por Rosalind, a quien veía como una simple dependienta ambiciosa vestida con ropa llamativa. John Belford era menos pretencioso, pero también era un patán que no dejaba de sorprender a la sociedad londinense con sus historias sobre su origen humilde, como si fuese algo de lo que pudiera estar orgulloso. Freddy era un borracho, pero al menos era más tolerable que William, que trataba con arrogancia a toda la gente que conocía. Si no fueran extraordinariamente ricos, lord Whitcliffe no habría querido saber nada de ellos. Cuando se casara con su estúpida hija y la llevara a su finca esperaba que el resto de la familia regresara a América para siempre.

—Si está pensando en modificar la cantidad que acordamos para compensar la humillación que me ha causado su hija estas últimas semanas puede ahorrarse la molestia —añadió bruscamente—. Cincuenta mil libras no es nada si consideramos cómo ha mancillado el nombre de los Whitcliffe.

—Un nombre muy ilustre. —Freddy levantó su copa hacia él—. Estoy deseando decir a todo el mundo que soy su cuñado, Whitcliffe. Supongo que no le importará que vaya a verles a Amelia y a usted a su finca y lleve a algunos amigos.

Lord Whitcliffe puso mala cara.

—Disculpe, lord Whitcliffe, pero me temo que no sé de qué está hablando —dijo Rosalind cada vez más nerviosa—. Yo no he enviado...

—*Pardonnez-moi, madame.* —Annabelle irrumpió en el salón desplegando todas sus dotes dramáticas—, pero la señorita está muy enferma.

—¿Qué quiere decir? —preguntó lord Whitcliffe mirándola airadamente—. Espero que no sea otro de sus trucos...

—Será simplemente un ataque de nervios —intervino Rosalind para aplacar la ira de lord Whitcliffe—. A todas las novias se les altera un poco el estómago el día de su boda. Es perfectamente normal...

—*Non, non*, no es el estómago. —Annabelle movió la cabeza con vehemencia—. Tiene manchas.

—¿Manchas? —John Belford se incorporó con expresión preocupada—. ¿Qué diablos quiere decir?

—Quiere decir que a Amelia le han salido algunas manchas como consecuencia de los nervios —le aseguró Rosalind reacia a considerar que su hija pudiera estar realmente enferma—. Muy bien —dijo volviéndose hacia Annabelle—. Cúbraselas con maquillaje.

—No son los nervios —repuso Annabelle con firmeza—. Está muy débil, y tiene la piel caliente, llena de manchas. Deben llamar a un médico *immédiatement.* —Decidiendo que debía impresionar un poco más a su audiencia, añadió con tono grave—: Lo he visto antes, con la varicela.

—¡Dios mío! —Lord Whitcliffe se quedó horrorizado, con sus arrugados ojos fuera de sus órbitas.

Annabelle se llevó una mano al corazón y le miró con aire comprensivo, como si creyera que adoraba a su prometida.

—Lo siento, *monsieur.*

—Tenemos que avisar a un médico inmediatamente —dijo Freddy alarmado levantándose para llamar al mayordomo.

—Espera un momento. —Rosalind se dio cuenta de que los criados estaban mirándose con nerviosismo. Lo último que quería era que el pánico se extendiera por la casa, o que corriera el rumor de que Amelia estaba enferma—. Iré a verla antes para decidir cómo está. Es muy probable que sólo sea un pequeño sarpullido producido por los nervios, que se le pasará enseguida con un poco de agua fría y una pomada. No hagáis nada hasta que yo vuelva —ordenó con firmeza.

Freddy dejó su copa.

—Yo también quiero verla.

—Y yo —dijo lord Whitcliffe poco convencido.

—Lord Whitcliffe, todo el mundo sabe que trae mala suerte ver a la novia antes de la boda —comentó Rosalind animadamente para reforzar su teoría de que a Amelia no le ocurría nada grave—. Además, puede que no esté debidamente vestida para recibirle.

Una expresión de alivio recorrió su cara.

—Muy bien.

—Volveré en unos minutos —gorjeó como si fuera a hacer un recado trivial.

Subió a toda prisa por la escalera en una ráfaga de pieles y satén mientras Annabelle y Freddy corrían detrás de ella.

—A ver, Amelia —dijo abriendo la puerta de la habitación—, ¿qué es esa tontería de que tienes un sarpullido?

Freddy se puso pálido de repente.

—Dios mío.

Amelia se encontraba en la cama, cubierta con una sábana empapada, mientras Grace le ponía un paño húmedo en la frente con aire preocupado. Las cortinas estaban cerradas de nuevo, sumiendo la habitación en una oscuridad sofocante.

Para representar una escena de enfermedad mortal, le había dicho Annabelle mientras le pintaba manchas rosas en la cara, la garganta y el pecho, *la iluminación y el ambiente son muy importantes.*

—No es nada, Freddy —murmuró Amelia—. Estoy bien —giró despacio la cabeza para mirar a su madre con la mirada perdida.

—¿Qué te pasa, Amelia? —preguntó Rosalind asustada—. ¿Cuándo te has puesto enferma?

Para interpretar el papel de alguien que está muy enfermo, le había indicado Annabelle, *ante todo hay que negar la enfermedad. Es mucho más convincente que quejarse y gemir.*

—No estoy enferma —le aseguró Amelia con debilidad—. Sólo necesito descansar un poco, y luego me pondré el vestido. —Suspiró y cerró los ojos.

—Pero ¿cómo ha ocurrido esto? —Rosalind miró a Grace y a Annabelle desconcertada.

—Cuando llegamos la señorita nos dijo que no se sentía bien —respondió Annabelle en voz baja—. Dijo que tenía dolores y mucho calor desde ayer. ¿No se lo comentó?

—No, se quedó en su habitación casi todo el día, y yo estuve muy ocupada. Supuse que estaba simplemente un poco cansada —se justificó Rosalind.

—Cuando abrimos las cortinas para que entrara la luz nos dimos cuenta de que comenzaban a aparecer las manchas —dijo Grace con suavidad poniendo otro paño en la frente de Amelia.

—¿Qué manchas? —Amelia no se molestó en abrir los ojos.

—No es nada, Amy —le aseguró Freddy—. Sólo una pequeña erupción por el calor. Descansa y no te preocupes por nada.

—Pero tengo que vestirme... Mi boda...

—Tienes tiempo, Amelia —repuso Freddy—. Es pronto aún.

Rosalind se acercó a la cama y observó consternada el espectro febril de su hija.

—Te pondrás bien, Amelia —murmuró intentando convencerse a

sí misma de que era cierto—. Descansa un rato. —Después de ajustarle la sábana se dio la vuelta bruscamente y salió de la habitación.

—Tienes que llamar a un médico ahora mismo, mamá —insitió Freddy uniéndose a ella en el pasillo.

—¿Y la boda? —Rosalind estaba aturdida.

—¡Al diablo con la maldita boda! —A Freddy le temblaba la voz de furia—. ¿Mientras Amelia puede estar muriéndose a ti te preocupa la boda? ¡Si se muere no podrás casarla con nadie!

—Quizá el médico pueda darle algo para que mejore, *madame* —sugirió Annabelle—. En ese caso la boda sólo se retrasará un poco.

Rosalind la miró esperanzada.

—¿Usted cree?

—Sólo el médico sabrá lo que se puede hacer.

—No hemos necesitado ningún médico desde que estamos en Londres —dijo Rosalind—. Le preguntaré a Perkins si puede recomendarnos uno.

—Deberían llamar al doctor Chadwick —señaló Annabelle—. Atiende a las familias más distinguidas de Londres. Tiene una gran reputación, y es muy discreto. Eso es *très important*.

—Sí, por supuesto. —Rosalind agradecía que la doncella estuviera resultando tan útil—. ¿Sabe si vive cerca de aquí?

—No está lejos —le aseguró Annabelle.

—Tendrás que ir a buscarle, Frederick —decidió Rosalind—. Hasta que sepamos lo que le pasa a Amelia no quiero que los criados se enteren de que está enferma.

—Si salgo por esa puerta los periodistas se me echarán encima —replicó Freddy—. Y seguirán mi carruaje hasta casa del médico, con lo cual daremos pie a que sospechen y cunda el pánico.

—*Monsieur* tiene razón —afirmó Annabelle con resolución—. Si me lo permite estaré encantada de ir yo misma a buscarle. Puedo ir a pie. Será más rápido que pasar por esas calles abarrotadas en un carruaje. Nadie seguirá a una doncella.

Rosalind se sintió aliviada por su sugerencia.

—Gracias, *madmoiselle* Colbert. Le compensaré generosamente por las molestias.

—*Ce n'est pas nécessaire* —le informó Annabelle. Luego se volvió hacia la escalera para que Rosalind no la viera sonreír mientras añadía en voz baja—: Lo hago por la señorita Amelia.

Capítulo 15

La multitud que se agolpaba ante la mansión londinense de los Belford comenzaba a impacientarse.

De acuerdo con los periódicos, la boda de la señorita Amelia Belford y Su Excelencia el duque de Whitcliffe debía celebrarse en la iglesia de St. George de Hanover a las dos y media en punto. Pero eran más de las dos y no había aún ninguna señal de la novia ni de ningún miembro de su familia. Además, el propio duque de Whitcliffe había llegado en su carruaje hacía un rato con expresión furiosa. ¿Qué estaba haciendo el novio allí?, se preguntaba todo el mundo. ¿Había habido algún cambio de última hora en el contrato matrimonial? ¿Estaba Su Excelencia pidiendo más dinero? ¿O el padre de la novia, John Henry Belford, quería más de un título a cambio de su hija? Puede que la estúpida muchacha hubiera huido de nuevo. O que la hubieran abducido. O que se hubiera intentado suicidar arrojándose por la escalera o tomando veneno. Quizá había perdido su virginidad durante su desaparición y lord Whitcliffe se negaba a casarse con ella. No, eso no era razonable, acordaron todos inmediatamente. Al fin y al cabo, se rumoreaba que la dote de la señorita Belford ascendía a quinientas mil libras.

Ningún hombre se negaría a casarse con una fortuna tan extraordinaria, aunque la novia llevara un bastardo en su vientre.

De repente llegó un carruaje oscuro que se detuvo delante de la casa. La multitud contuvo el aliento mientras el viejo cochero bajaba del pescante y abría la puerta del vehículo. De él salió la guapa doncella rubia que había salido poco antes por la puerta de servicio. La sorpresa se extendió por la multitud. ¿Qué o a quién había ido a buscar para tener que volver en un carruaje? Antes de que pudieran considerarlo apareció una enfermera con la cara oculta por la capucha gris de su capa. Era evidente que se sentía incómoda ante tanta gente, porque mantuvo la cabeza agachada y la cara escondida mientras se daba la vuelta para ofrecer su ayuda al siguiente pasajero.

Un anciano con gafas y una maraña de pelo blanco asomando por debajo del ala de su sombrero bajó despacio del coche. Iba vestido de negro de arriba abajo, lo cual podría haber indicado simplemente que no le gustaba la ropa de color, pero todo el mundo lo interpretó como una mala señal. Cuando la enfermera sacó del carruaje su pesado maletín de cuero la multitud se quedó boquiabierta. Un médico, como habían sospechado. Sólo podía significar una cosa.

Alguien se estaba muriendo.

Los periodistas le preguntaron a gritos: ¿Cómo se llama? ¿Quién está enfermo? ¿Qué le ocurre? ¿Espera que viva?, como si pudiera ser capaz de hacer un diagnóstico antes de ver al paciente. El anciano les ignoró mientras subía la escalera acompañado por la doncella y la enfermera, que al parecer cojeaba. Cuando se abrió la puerta principal les hizo pasar el severo mayordomo de los Belford, que lanzó a la multitud una mirada de indignación antes de volver a cerrar la puerta de golpe. Infatigables, los periodistas rodearon al conductor del carruaje para preguntarle los nombres de sus pasajeros y qué sabía de su visita. El viejo chófer levantó su látigo y lo chasqueó amenazadoramente sobre sus cabezas, diciéndoles que se apartaran y que si se atrevían a respirar sobre su carruaje o sus caballos se arrepentirían. Entonces intervino la policía, pero los periodistas ya se estaban retirando mientras tomaban notas apresuradamente en sus libretas. Sabían dos cosas con absoluta certeza:

El conductor tenía muy mal genio.

Y era escocés.

—Gracias por venir tan pronto, doctor Chadwick —dijo Rosalind recibiéndole en el vestíbulo.

—Estaba en una operación —gruñó el anciano arrugando sus cejas blancas—. Extirpando un absceso de un hígado. Tenía una pinta horrorosa, todo verde y lleno de bilis. En cuanto lo abrí reventó y puso perdido a mi joven ayudante. Supongo que aún estará intentado limpiarse. Claro que no ayudó que vomitara por todas partes. Eso es lo que ocurre a veces con la cirugía —añadió frunciendo el ceño a Freddy y William—. Es una profesión muy sucia. Le dije que se pusiera un gorro, pero ya no se puede decir nada a la gente joven. Su abuelo sabe de qué estoy hablando, ¿verdad? —gritó tras haber decidido que lord Whitcliffe estaba sordo—. No se llega a los ochenta sin aprender un par de cosas, ¿eh?

—No tengo ochenta años —protestó lord Whitcliffe ofendido—. Sólo tengo sesenta.

—Por supuesto —el médico le guiñó un ojo—. Y se conserva muy bien, como atestiguan sus nietos.

—No son mis nietos. —Lord Whitcliffe se estaba poniendo morado.

—No se preocupe, los episodios de demencia de su padre son bastante habituales a su edad —dijo al padre de Amelia—. Síganle la corriente y no le dejen beber. En cuanto me descuide me dirá que es el novio. —Se rió a carcajadas.

—Lo cierto es que es el novio —le informó William muy serio.

El doctor Chadwick parpadeó asombrado.

—¿De verdad? Bueno, entonces es un tipo con suerte —gritó—. Veámos qué podemos hacer por su encantadora novia. —Se volvió hacia Rosalind—. Dígame, señora, ¿cómo fue su última deposición?

—¿Cómo dice? —preguntó Rosalind desconcertada.

—*¿Cómo fue su última deposición?* —vociferó—. Parece que la novia de su padre también tiene un pequeño problema de oído —comentó al padre de Amelia antes de gritar de nuevo a Rosalind—: ¿Dura o blanda?

—Frederick —dijo ella intentando mantener la compostura—, ¿podrías acompañar al doctor Chadwick a la habitación de Amelia?

—Por aquí, doctor. —Freddy hizo un gesto para que le siguiera—. Le llevaré a ver a mi hermana. Es ella la que está enferma.

—Entonces ¿qué diablos estamos haciendo aquí? —preguntó el médico con impaciencia—. No se preocupe por su nieta —gritó a lord Whitcliffe—. Enseguida la tendré lista para que le vea casarse con esta madura dama. —Inclinó la cabeza hacia Rosalind.

Rosalind se quedó boquiabierta.

—Lo que necesita usted, señora, es un buen purgante —le aconsejó el doctor Chadwick—. Es un poco engorroso, pero merece la pena intentarlo. Recuérdeme que le dé uno antes de marcharme.

Luego siguió a Freddy por la escalera sin importarle el escándalo que había causado.

—Necesitaré mucha agua caliente, jabón, toallas, un vaso y una buena botella de whisky, señorita Cuthbert —ordenó a su enfermera mientras Freddy abría la puerta de la habitación de Amelia—. Seguro que estas dos amables damas pueden ayudarla —sugirió para reclutar a Grace y Annabelle—. Usted, joven, vaya abajo e intente tranquilizar a su abuelo —dijo a Freddy—. El pobre está muy alterado. Sería una lástima que muriera de un ataque cardiaco antes de su noche de bodas. Claro que con su avanzada edad y el peso que tiene no me sorprendería que cayera muerto después.

—Lo único que podemos hacer es esperar. —Freddy miró preocupado a Amelia, que estaba tumbada en la cama con un aspecto muy débil—. Hará todo lo que pueda por ella, ¿verdad?

—Tendrá todas las ventajas de la medicina moderna —afirmó el doctor Chadwick dejando en el suelo su enorme maletín negro—. Sanguijuelas, transfusiones de sangre, cirugía... cualquier cosa que necesite. Procure que nadie me moleste mientras estoy con mi paciente.

Después de cerrar la puerta se dio la vuelta.

La habitación estaba a oscuras e iba muy bien disfrazado, pero no importaba. Amelia sintió su poderosa presencia llenando el dormitorio como podía sentir los violentos latidos de su corazón. Se incorporó en la cama y le miró fijamente.

—Hola, Jack —dijo en voz baja.

Jack se quedó junto a la puerta, indeciso de repente. Tenía que decirle muchas cosas, pero no sabía por donde empezar, así que no dijo nada. Permaneció allí, observándola en medio de la oscuridad. Llevaba un camisón de color marfil con abundantes encajes y lazos de satén. El amplio escote y las mangas que apenas le llegaban a los codos mostraban la palidez de su piel, que estaba cubierta de alarmantes manchas rosadas. Annabelle y Grace habían hecho un buen trabajo para que pareciera que estaba gravemente enferma, con el pelo empapado por la fiebre y multitud de pequeñas heridas por todo el cuerpo. Incluso un médico de verdad se lo habría creído, al menos a cierta distancia. Quería abrazarla y hundir su cara en su garganta aterciopelada, aspirar su dulce fragancia mientras la estrechaba contra él. Pero la inseguridad le mantenía paralizado. Le había rogado que no le abandonara, y lo había hecho.

No soportaría perderla por segunda vez.

—Lo siento. —Su voz estaba llena de arrepentimiento.

Amelia le miró sorprendida.

—¿Por qué?

—Por todo. —Se encogió de hombros con impotencia, sabiendo que eso no era una respuesta. Luego respiró profundamente intentando buscar las palabras adecuadas.

—El día que te encontré en mi carruaje me preguntaste si sabía lo que era estar tan desesperado como para arriesgarlo todo por la posibilidad de tener otra vida. Lo cierto es que lo sabía, Amelia. Pero no podía reconocerlo, no a ti. Porque pensaba que era como el resto de los invitados a tu boda: gente privilegiada que no ha tenido que vivir en las calles luchando por sobrevivir. No sabías quién era. Por supuesto, sabía que era cuestión de tiempo que lo averiguaras. Estoy seguro de que sospechaste algo la noche que te agarré la muñeca con tanta brusquedad en mi despacho. Pero todos los días encontraba alguna razón para ocultarte la verdad. Porque pensaba que cuando lo supieras me mirarías de un modo diferente, y no quería que ocurriera eso. Quería que me miraras como siempre.

—¿Cómo te miraba? —preguntó Amelia.

Él movió la cabeza, sin saber cómo expresarlo.

—No como si estuviera por debajo de ti, como si creyeras que podía ser peligroso, aunque cuando estaba borracho tenías motivos para pensarlo.

—Entonces ¿cómo?

Se encogió de hombros y miró hacia otro lado.

—La mayor parte del tiempo me mirabas como si te gustara. Como si fuera tu amigo. Y a veces...

—¿Sí?

—Hacías que quisiera ser el hombre que creía que estabas viendo —dijo con torpeza, deseando ser capaz de explicarlo mejor—. Hacías que quisiera ser mejor de lo que era.

Amelia le miró atentamente.

—Siempre te he visto como eres, Jack. Bueno, valiente y generoso. Cuando necesité tu ayuda me la diste, como a Charlie la noche que se quedó atrapado en el *Liberty*, y a Alex cuando necesitaba un lugar donde quedarse. Eres fuerte, y no te da miedo que los demás dependan de esa fuerza. Eres honrado, y lo que tuviste que hacer de niño para sobrevivir no hace que lo seas menos. Eres disciplinado y trabajador, porque has tenido que esforzarte para conseguir lo que quieres. Y te preocupas por los demás, porque sabes lo que es estar solo y desesperado. Te veo como el hombre que eres, Jack —afirmó midiendo sus palabras—. No como eras de niño, aunque sé que es una parte importante de lo que eres ahora. No como creo que podrías ser. Te veo exactamente como eres.

—Soy un bastardo —confesó apesadumbrado deseando que no fuese así—. Mi madre era una pobre criada que se acostó con uno de los invitados de su patrón y más tarde tuvo que prostituirse para mantenerme a mí —añadió con una expresión sombría—. Y cuando era un crío tuve que hacer cosas terribles para sobrevivir...

—No me importa —le interrumpió ella levantándose de la cama—. ¿Me escuchas, Jack? Puedes contármelo todo si quieres, o dejarlo enterrado con tu pasado. Da igual. No voy a fingir que puedo entender lo que has sufrido, pero te prometo que nada cambiará jamás cómo te estoy mirando ahora. Nada.

Sintiéndose como si le estuvieran arrancando el corazón, hizo un esfuerzo para mirarla.

Y de repente comprendió lo que pretendía decirle.

—Te quiero, Amelia —susurró con rudeza—. Si me lo permites pasaré el resto de mi vida intentando hacerte feliz. Y siempre te querré. —Apretó los puños y esperó, preguntándose si podría soportar que le rechazara.

Ella se acercó a él en silencio.

—¿Harías algo por mí?

Jack asintió.

Amelia le cogió una mano, fuerte y cálida contra la suya. Luego se la llevó a los labios y la besó con ternura antes de apoyarla sobre su corazón.

—¿Podrías llevarme a casa?

Sus ojos estaban empañados en lágrimas.

—Sí —respondió Jack emocionado—. Te llevaré a casa, Amelia.

La abrazó con fuerza y unió su boca con la de ella mientras recorría posesivamente su cuerpo, sintiendo la suavidad de sus hombros, sus pechos y sus caderas y hundiendo sus dedos en la cálida humedad de su pelo. Sabía que no la merecía. Era demasiado elegante y refinada para él. Pero en ese momento no le importaba. La amaba. No tenía intención de enamorarse de ella, pero se había enamorado. Y ella quería que la llevara a casa, a su pequeña y deteriorada casa, con sus viejos muebles, sus cuadros de barcos y las espadas oxidadas colgadas en las paredes. La llevaría allí. La llevaría donde quisiera ir. Ya no le importaba. Su casa estaba donde pudiera estar con Amelia.

—Doctor Chadwick —dijo Rosalind de repente llamando a la puerta—. ¿Puedo entrar?

Jack soltó a Amelia apresuradamente.

—¡Vuelve a la cama! ¡Rápida!

Amelia cruzó a toda prisa la habitación y se cubrió de nuevo con la sábana.

—¡Ponte bien la peluca!

Jack se ajustó rápidamente su casquete blanco y adoptó una expresión grave antes de abrir la puerta. Fuera estaba toda la familia de Amelia, esperando con ansiedad un informe.

—Lo siento, doctor Chadwick —se disculpó Freddy—, pero se han negado a quedarse abajo.

—¿Cómo voy a quedarme abajo? —protestó Rosalind intentando mantener una calma aparente—. Quiero saber cómo está mi hija, y si podrá casarse hoy. —Miró con ansiedad sobre el hombro de Jack hacia la penumbra de la habitación—. ¿Se encuentra mejor?

—No sea idiota —gruñó—. Soy médico, señora, no milagrero. Su hija está muy enferma.

Lord Whitcliffe parecía muy contrariado por la desagradable noticia.

—¿Qué diablos le ocurre?

—*Tiene varicela* —vociferó Jack con las manos alrededor de la boca.

—*¡Mon Dieu!* —exclamó Annabelle, que subía por la escalera con Grace y Charlotte llevando una jarra de agua caliente.

—Que Dios se apiade de nosotros. —Grace dejó su bandeja e hizo la señal de la cruz.

—¿Voy a buscar un letrero de cuarentena para la puerta principal, doctor Chadwick? —preguntó Charlotte.

—Me temo que sí, señorita Cuthbert —respondió Jack con expresión solemne—. Los que han estado en contacto con la joven pueden estar ya infectados sin saberlo. Esta enfermedad es muy contagiosa, como todos sabrán.

—¿Cuarentena? —Rosalind parpadeó desconcertada, sin advertir el silencio que se había extendido por toda la casa—. ¿Qué quiere decir con eso de la cuarentena? —dijo con voz chillona.

Durante unos instantes todo se quedó paralizado.

Y luego se produjo una estampida en los pisos de abajo. Abandonando sus puestos de trabajo, docenas de criados corrieron hacia las puertas tropezando con muebles y jarrones en su desesperado intento de escapar de la mansión infectada, asustando a la multitud de curiosos que había fuera mientras salían en una monumental oleada de pánico.

—¡Es la viruela! —gritaban aterrorizados—. *¡Amelia Belford tiene viruela!*

Una explosión de gente borracha salió disparada en todas direcciones, arrastrando a los agentes de policía que hasta ese momento habían intentado mantener el orden valerosamente. Incluso los periodistas reaccionaron ante aquel espantoso suceso. Movidos por su instinto de conservación, comenzaron a correr con la marea humana, desechando la posibilidad de quedarse para entrevistar a la familia. Amelia Belford tenía viruela. Con eso era suficiente.

—Dios mío —gimió Rosalind—. ¿Cómo ha podido ocurrir?

—La habrá contraído mientras ha estado por ahí estas últimas semanas —respondió William indignado—. Dios sabe con qué gentuza se habrá mezclado.

—¿Adónde va, lord Whitcliffe? —preguntó Freddy de repente.

El duque vaciló con expresión culpable en lo alto de la escalera.

—No es necesario que me quede aquí —explicó con la mano en la barandilla—. Después de todo, apenas he tenido contacto con ella. No la he visto desde que regresó, y me temo que en mi caso la cuarentena está fuera de lugar.

—Es su novia —señaló John furioso—. Lo menos que puede hacer es quedarse junto a mi hija y ver cómo se encuentra, puesto que estaba a punto de convertirse en su esposa.

Jack arqueó sus cejas blancas con cara de asombro.

—¿La muchacha es su novia? —vociferó—. Entonces no puede dejar de verla. Estoy seguro de que la presencia de su querido novio la ayudará a tranquilizarse, pero le advierto que debe estar preparado. La varicela no es muy agradable, ni siquiera en una joven tan guapa como ella. De hecho puede ser terrible. Será mejor que la vea ahora, porque mañana estará peor. Cuando las pústulas revientan los pacientes tienen un aspecto horroroso.

Con los ojos llenos de terror, lord Whitcliffe hizo un esfuerzo para acercarse a la puerta de la habitación y mirar dentro.

—¿Es usted, lord Whitcliffe? —susurró Amelia extendiendo una mano hacia él—. Venga a coger mi mano, por favor. No me encuentro muy bien. —Se levantó apoyándose sobre un codo para que pudiera ver bien las grotescas manchas que le cubrían la cara, el pecho y los brazos.

Lord Whitcliffe se quedó paralizado, con su cara venosa sin una gota de sangre.

Y luego corrió hacia la escalera atropellando a su futura familia política.

—¡Lo siento, pero no puedo quedarme aquí! —gritó bajando la escalera tan rápido como se lo permitía su gordura—. ¡No puedo!

Jack se contuvo para no sonreír mientras veía por encima de la barandilla cómo se deslizaba por el pulido suelo de mármol del vestíbulo. Cuando se cerró de golpe la puerta principal terminó oficialmente el compromiso de Amelia con el ilustre duque de Whitcliffe.

—Un tipo excitable —comentó rascándose la cabeza.

—Menudo alivio —afirmó John irritado—. De todas formas nunca me gustó ese viejo presuntuoso.

—¡Esto es un desastre! —Rosalind estaba a punto de sufrir un ataque de histeria—. Los criados se han ido, la boda ya no se va a celebrar y estamos aquí atrapados mientras Amelia se encuentra gravemente enferma. ¿Qué vamos a hacer?

—Podría bajar a la cocina para ver qué se puede hacer para conservar la comida que estaban preparando para la recepción de hoy —sugirió Jack con tono pragmático—. Tendrán que quedarse aquí unas cuantas semanas. La señorita Cuthbert tiene experiencia atendiendo pacientes con enfermedades contagiosas —dijo señalando a Charlotte—. Ella y yo hemos tenido ya la varicela, y por lo tanto somos los únicos que podemos entrar y salir de la casa. Nos aseguraremos de que la señorita esté limpia y cómoda, y le daré su medicina para el dolor y una pomada para los picores. Los demás deberían verla lo menos posible para no cansarla y reducir su exposición al mínimo.

—Disculpe —preguntó Freddy dudando si había oído bien—, ¿ha dicho que mi hermana tenía varicela?

—¿Por qué? ¿La ha tenido usted?

—No —intentó no reírse—. Pero me parece que todo el mundo ha entendido que tenía viruela.

—Es difícil establecer la diferencia entre ambas enfermedades, sobre todo los dos o tres primeros días —respondió Jack—. Sin embargo, he visto cientos de casos, y estoy convencido de que éste es un caso de varicela. Lo sabremos con toda seguridad en unos cuantos días, quizá en una semana. Hasta entonces la casa estará en cuarentena por precaución.

—¡Eso es imposible! —protestó William—. Yo no puedo estar aquí encerrado una semana. ¡Tengo que dirigir un negocio!

—En realidad es *mi* negocio —puntualizó John—. Y mientras pueda enviar y recibir correo puedo dirigirlo yo mismo sin problemas.

—Vengan, caballeros —dijo Annabelle sonriendo a William y

Freddy—. Vamos a la cocina para organizar la comida. Quizá podamos preparar un buen almuerzo, *¿non?*

Freddy lanzó a Annabelle una encantadora sonrisa.

—No sé mucho de cocina, pero estoy seguro de que bajo su tutela aprenderé todo lo necesario, *madmoiselle*.

—Yo también iré a ayudar —afirmó Grace.

—Y yo.

Todo el mundo miró a Rosalind con expectación.

—Yo sí sé cocinar —les informó animadamente—. Aunque tengo que reconocer que hace muchos años que no he tenido que hacerlo. Iré antes a mi habitación para quitarme este asfixiante vestido.

—Avisadme cuando esté la comida servida —murmuró William dirigiéndose hacia la escalera.

—Tú también vas a venir, William —dijo Rosalind a su hijo mayor—. Éste es un momento de crisis, y en esos casos tenemos que trabajar todos unidos. No podemos esperar que *madmoiselle* Colbert y la señorita MacGinty cocinen y nos atiendan a todos. Son las doncellas que han venido a ayudar a Amelia a vestirse, y debemos estarles agradecidos por su amabilidad.

—Yo no puedo trabajar en la cocina. —William estaba aturdido ante la sugerencia de su madre—. Nunca he estado en la cocina.

—Eso ha sido una negligencia por mi parte —decidió Rosalind—. No hay ninguna razón para que un joven inteligente como tú no sepa preparar una comida sencilla. Hasta tu padre sabía hacer huevos fritos y galletas cuando le conocí.

—Es cierto —dijo John—. Y eran las mejores galletas que tu madre ha probado en su vida. Yo no nací con todas estas tonterías, doctor Chadwick —comentó a Jack señalando su lujoso entorno—. Me crié en una pequeña granja con ocho hermanos. No podíamos permitirnos el lujo de tener criados, así que mi madre insistía en que trabajásemos todos en la cocina como teníamos que trabajar en el granero o en el campo. Si no cocinábamos no comíamos. Era así de simple.

—Una buena filosofía —razonó Jack.

—De niño jamás tuve unos zapatos que me quedaran bien —prosiguió John convencido de que estaba impresionando al médico con sus orígenes humildes—. Si le enseñara los pies vería que tengo los dedos completamente torcidos...

—John, el doctor Chadwick tiene cosas más importantes de las que preocuparse ahora mismo —le interrumpió Rosalind.

—A mí me parece muy interesante —le aseguró Jack sintiendo un pequeño vínculo de solidaridad con el padre de Amelia. También él había pasado la mayor parte de su infancia con zapatos que le quedaban mal, por lo general robados y casi siempre demasiado grandes. En otras circunstancias él y John Belford podrían haber compartido un respeto mutuo. Sin embargo, estaba a punto de robarle a su hija delante de sus narices.

Dudaba que el rico magnate ferroviario sintiera simpatía por él después de eso.

—Señorita Cuthbert, necesito que me ayude con la paciente —dijo a Charlotte.

—Por supuesto, doctor Chadwick. —Charlotte entró cojeando en la habitación de Amelia.

—Aquí tiene el jabón, las toallas y el whisky —señaló Grace entrando con la bandeja.

—Y aquí está el agua —añadió Annabelle dándole la jarra—. ¿Necesita algo más? —Miró a Jack de forma significativa.

—Cuando la señorita Cuthbert y yo atendamos a la enferma les diré si hay algo más. Luego tengo que volver al hospital para ver si el operado del hígado sigue vivo. No es muy probable con la avería que tenía.

—¿No va a quedarse con mi hija? —Rosalind quería asegurarse de que Amelia recibiera todos los cuidados posibles.

—La señorita Cuthbert volverá más tarde para verla —prometió Jack—. Y yo vendré todos los días para tomarle la fiebre y ver cómo evolucionan las heridas. De momento lo que necesita es descanso, comida y bebida, y medicamentos para que se encuentre cómoda. —Desapareció en la habitación de Amelia y cerró la puerta.

—Muy bien —dijo Rosalind—. Si no hay nada que podamos hacer por ella, vamos a la cocina para preparar el almuerzo.

Con eso llevó a su familia, Annabelle y Grace a la cocina, dejando a Amelia en manos del doctor Chadwick y su discreta enfermera.

—¿Adónde vas? —preguntó William inesperadamente.

Sobresaltada, Charlotte esbozó una inocente sonrisa.

—El doctor Chadwick me ha pedido que vaya a buscar unas cosas al carruaje.

—Permítame que lo haga yo por usted.

—Gracias, pero no es necesario. —Charlotte intuyó que no lo hacía por galantería, sino porque sospechaba que pasaba algo raro con la repentina enfermedad de su hermana—. Soy perfectamente capaz de ir al carruaje y volver yo sola, señor Belford.

—No quería insinuar que no pudiera —le aseguró William al darse cuenta de que se había ofendido—. Pero he pensado que con el calor que hace hoy agradecería no tener que subir y bajar tantas escaleras.

—El ejercicio me sienta bien.

—Por supuesto. —Tomó un trago de brandy.

Charlotte vaciló con la mano en el pomo de la puerta. Ella y Jack creían que toda la familia de Amelia estaba ocupada en la cocina con Annabelle y Grace. Por lo visto, William había encontrado el modo de escabullirse después de todo.

—Lleva una capa impresionante —comentó—. La mayoría de la gente no se pondría una prenda tan gruesa un día de calor, sobre todo con la capucha puesta.

—Forma parte de mi uniforme cuando salgo fuera. Me pongo la capucha para protegerme la cara del sol y del polvo que hay en el aire.

—Señorita Cuthbert, ¿qué diablos hace ahí? —gritó el doctor Chadwick desde el piso de arriba—. No tenemos todo el día para que usted pierda el tiempo hablando de moda.

—Enseguida voy —respondió Charlotte.

—Dese prisa, y diga a esas doncellas si pueden hacer un poco de té. Quiero que la señorita Belford beba algo antes de marcharme.

—¿Sería tan amable de bajar a la cocina y pedir a la señorita MacGinty que haga una taza de té? —preguntó Charlotte a William con tono suave—. Así podré coger lo que necesito del carruaje y llevárselo al doctor Chadwick con más rapidez.

Habría sido poco caballeroso negarse, aunque William había intentado evitar la cocina por todos los medios para que su madre no le pusiera a trabajar.

—Muy bien. —Tras dejar la copa vacía en una de las mesas alquiladas que los criados habían abandonado en su huida, bajó despacio la escalera.

—El doctor Chadwick quiere que le haga a mi hermana una taza de té —dijo a Annabelle.

—¿No ves que *madmoiselle* Colbert está ocupada, William? —Rosalind estaba acalorada y un poco exasperada mientras pinchaba con un tenedor unas patatas demasiado cocidas. Los criados se habían ido dejándolo todo de cualquier manera, y no sabía qué hacer con tanta comida abandonada—. Estoy segura de que podrás hervir un poco de agua y hacer tú mismo el té.

—Eso me gustaría verlo —dijo Freddy cortando con torpeza un gran pastel de frutas mientras Grace ponía los trozos en una bandeja.

—*Non*, será mejor que lo haga yo. —Annabelle dejó los medallones de carne que estaba echando en una sartén—. Señor Belford, ¿podría vigilar esta carne un momento? Sólo tiene que darle la vuelta cuando se dore. —Le dio un tenedor largo, se limpió las manos con un trapo y fue a la despensa para buscar el tarro de té con la mezcla de azúcar y nitrato de potasio que Simon y Jamie habían puesto allí un rato antes.

—Por lo menos no vamos a pasar hambre. —Era evidente que el padre de Amelia se estaba divirtiendo mientras cortaba una enorme pierna de cordero en mangas de camisa—. Cuando era niño nos alimentábamos una semana entera con un asado como éste.

—Qué exagerado eres, John —le regañó Rosalind sin saber qué hacer aún con las patatas—. ¿Cómo van a comer catorce personas una semana con un solo asado?

—No lo comíamos así —explicó cortando con habilidad otra loncha—. Lo troceábamos para comerlo estofado, o con patatas, o hervido en tiras en una sopa...

—¡Fuego! —gritó Annabelle saliendo de la despensa entre una espesa nube de humo.

—¡Hay que echar agua! —dijo Grace.

Freddy cogió el puchero de patatas de Rosalind, corrió a la puerta de la despensa y las tiró dentro. El humo continuó saliendo alegremente de la pequeña estancia.

—¡Tenemos que sofocarlo! —John agarró un enorme cuenco de harina y se adentró en la niebla grisácea.

—¡John! —exclamó Rosalind—. Sal de ahí ahora mismo, ¿me oyes?

Él respondió con un violento arrebato de tos.

—¡William, entra ahí y saca a tu padre antes de que le dé un ataque al corazón!

William siguió a su padre a regañadientes.

—¿Qué diablos estás haciendo? —bramó John mientras su hijo le sujetaba—. ¡Suéltame!

—Mamá me ha dicho que te saque —insistió William—. ¡Vamos, por el amor de Dios!

Salieron los dos tambaleándose cubiertos de harina.

—¿Qué se está quemando ahí abajo? —vociferó el doctor Chadwick malhumorado—. ¡No hay quien respire aquí arriba!

—El humo debe estar subiendo —señaló Grace—. *Madmoiselle* Colbert y yo abriremos las ventanas para ventilar la casa.

Las dos mujeres se fueron corriendo, dejando a la familia de Amelia con la humareda que seguía saliendo de la despensa.

—Parece que empieza a apagarse —dijo Freddy arrojando otro puchero de agua. Luego entró con cuidado en la pequeña habitación, parpadeando ante la neblina cada vez más débil.

—Qué raro —comentó observando el humeante tarro de té—. ¿Es posible que *madmoiselle* Colbert haya prendido fuego al té accidentalmente?

John, Rosalind y William se apiñaron en la despensa y miraron desconcertados el hilillo de humo gris que salía del bonito bote.

—El té no puede echar tanto humo. —John se acercó para examinar mejor el tarro—. Huele a nitrato sódico. —Frunció el ceño al ver el cable retorcido que asomaba por la tapa—. ¿Qué diablos es eso? ¿Una mecha?

William lo comprendió al instante.

—¡Dios santo! —Con la cara contraída de furia, salió corriendo de la cocina y subió la escalera.

—¿Han controlado ya ese humo pestilente? —preguntó el doctor Chadwick, que se estaba poniendo el sombrero junto a la puerta principal—. Ya saben que no es bueno para los pulmones. Los deja negros, y tienen un aspecto horroroso cuando se abren. —Frunció el ceño—. ¿Por qué está manchado de blanco?

—¿Dónde está mi hermana? —dijo William convencido de que el incidente de la cocina formaba parte de un plan para ayudar a Amelia a escapar.

El doctor Chadwick le miró como si hubiera perdido el juicio.

—¿Ha estado bebiendo, joven?

—No intente tomarme el pelo, viejo chiflado. ¿Dónde está?

—Su hermana está en su habitación, descansando tranquilamente —respondió el doctor Chadwick con tono suave, como si estuviese hablando a un paranoico—. Como estoy seguro de haber dicho tiene varicela. En cuanto termine de atender a los demás pacientes enviaré a la señorita Cuthbert para ver cómo se encuentra.

William vio a través de la puerta abierta el carruaje del doctor Chadwick. Un viejo cochero estaba ayudando a subir a la señorita Cuthbert, que se protegía del sol bajo la capucha de su capa.

—¿Dónde están esas dos doncellas? ¿La señorita MacGinty y *madmoiselle* Colbert?

—Están arriba, abriendo las ventanas. —El doctor Chadwick estrechó sus ojos grises—. ¿Ha estado tomando opio?

—¡Por supuesto que no!
—Muy bien —cogió su maletín—. Entonces le sugiero que descanse un poco, joven. Los miedos súbitos e irracionales suelen indicar un principio de encefacilitis, que es un trastorno muy desagradable, se lo aseguro. El cerebro hierve en sus propios jugos, provocando un estado de locura antes de una muerte lenta y muy dolorosa. A veces hago un agujero en el cráneo para extraer el líquido, pero tiene efectos secundarios adversos, incluida la demencia. Es difícil saber hasta dónde hay que perforar antes de que el cerebro reviente. Será mejor que se acueste un rato.
—¡Yo no tengo encefalitis!
—Puede que tenga razón. —El doctor Chadwick se encogió de hombros—. Tal vez sean los primeros síntomas de la varicela. —Salió a toda prisa por la puerta.
William se aflojó la corbata, sintiéndose de pronto terriblemente acalorado. Es por el calor que hace, se dijo a sí mismo de mal humor. Además había un ambiente irrespirable en toda la casa por el maldito humo. Comenzó a subir despacio la escalera. Quizá debería tumbarse unos minutos.
Para cuando llegó al piso de arriba se sentía como si estuviera derritiéndose. Se quitó la chaqueta y se abrió la camisa, que estaba empapada de sudor. ¿Era demasiado pedir que hubiera un poco de brisa en aquella casa asfixiante infectada de varicela?, se preguntó furioso. Luego se acercó a las ventanas, desesperado por respirar una bocanada de aire fresco.
Estaban cerradas.
—¡Señorita Colbert! —gritó—. ¡Señorita MacGinty!
No hubo respuesta.
Fue dando zancadas por el pasillo hasta la habitación de Amelia. Suponía que las doncellas habían ido allí para ver si necesitaba algo. Era comprensible, pero al menos una de las dos podía haberse ocupado de las ventanas. Llamó a la puerta y esperó. Prefería hablar con ellas en el pasillo para no correr ningún riesgo. Al cabo de un rato volvió a llamar.
Silencio.
Entonces le asaltó un terrible presentimiento. Dejando a un lado su considerable temor por la enfermedad de Amelia, abrió despacio la puerta.
Y se quedó atónito al ver la habitación vacía envuelta en sombras y el camisón abandonado apresuradamente en el suelo.

Capítulo 16

—... Luego la muchacha subió al carruaje muy despacio con aspecto de moribunda, yo cerré la puerta y nos fuimos de allí —gorjeó Oliver encantado con su última aventura.

—Jack tuvo a Oliver dando vueltas durante más de una hora para asegurarse de que nadie nos seguía —continuó Charlotte.

—Pero las calles de Mayfair estaban desiertas después de que los criados salieran gritando que Amelia tenía viruela. Jamie y Simon debieron estar muy convincentes cuando echaron a correr hacia la puerta. —Grace miró a sus hermanos divertida.

—En cuanto oí a la señora Belford decir «cuarentena» comencé a chillar con expresión aterrorizada, como me enseñó Annabelle. —Jamie abultó los ojos y estiró la boca todo lo que pudo.

—Cuando subí arriba después de esconder el tarro en la despensa no sabía si los criados huían de la viruela o de él —dijo Simon con tono sarcástico.

—Yo no te he enseñado a hacer eso, Jamie —repuso Annabelle.

—Parece que te va a estallar la cabeza —añadió Alex frunciendo el ceño.

—O eso o necesita un buen laxante —comentó Doreen riéndose.

—Por fin Charlotte, Grace y yo convencimos a Jack de que Amelia estaba a salvo y nos dejó volver a casa —concluyó Annabelle.

—Y menos mal que habéis venido —dijo Eunice llevando un plato de mantecados—. Estábamos a punto de ir a la casa de la señorita Amelia para rescatarla nosotros mismos al ver que tardábais tanto.

—Si hubiera estado yo allí le habría dado a Whitcliffe una buena paliza —resopló Beaton mientras servía el café en las tazas de porcelana—. Salir corriendo de esa manera cuando la señorita Amelia estaba en su lecho de muerte.

—Pero ella quería que el viejo avaricioso se fuera, Beaton. —Lizzie miró a Amelia cariñosamente—. La pobre sólo quería volver a casa.

Genevieve se acercó a Haydon y le estrechó la mano, profundamente aliviada de que sus hijos estuvieran bien. Su pequeña pandilla de huérfanos había crecido, pero seguía preocupándose por su seguridad y su felicidad. Miró a Amelia a través del abarrotado salón, preguntándose cómo se iba a adaptar una privilegiada heredera americana a una familia tan pintoresca.

—A Jack siempre le ha preocupado mucho que me sigan —afirmó Amelia sonriendo—. Pensaba que cualquiera que fuese detrás de nosotros en Inverness intentaba capturarme, aunque no ocurrió nunca. El pobre Oliver tuvo que impedir muchas veces que saltara del carruaje para abordar a la gente.

—Sí, es cierto —respondió Oliver—. Pero una noche parece que sí nos siguieron, ¿verdad, muchacho?

Jack estaba apoyado contra la pared, con los brazos cruzados sobre el pecho. Sabía que Oliver sospechaba que lord Hutton le había revelado algo importante durante su visita. Jack quitó importancia al asunto diciendo que se trataba de información relacionada con los ataques a sus barcos. Oliver le miró con escepticismo, pero no insistió. Algún día hablaría a su familia de su relación con el conde, pero sólo cuando él aceptara la situación. Aunque se alegrarían de que hubiera resuelto el misterio de su padre, nada cambiaría en su vida. Su familia seguiría siendo la gente que le rodeaba, que haría cualquier cosa por ayudarle, como él por ellos.

Incluida Amelia.

—No lo recuerdo —se encogió de hombros.

—Ahora que Amelia ha vuelto a abandonar a su familia supongo que su padre aumentará la recompensa por su rescate —especuló Haydon—. Deberíamos seguir teniendo cuidado, incluso en Inverness.

—Yo no estoy tan seguro —replicó Jack—. Su padre parecía muy indignado con Whitcliffe cuando salió corriendo por la puerta. Ahora que se ha ido yo creo que los padres de Amelia dejarán de intentar casarla con quien ellos quieran.

—No podrán hacerlo —afirmó Amelia categóricamente—. Tú y yo nos casaremos y mis padres ya no tendrán ningún control sobre mí.

Todo el mundo centró su atención en Jack, que de repente se quedó sin habla.

—¿Qué te ocurre? —Amelia miró a Jack con expectación—. Vas a casarte conmigo, ¿verdad?

—Será mejor que respondas enseguida, muchacho —le recomendó Oliver.

—A las chicas no les gusta que los hombres duden en los asuntos del corazón —comentó Eunice.

—Pregunta a cualquiera de tus hermanas —añadió Doreen.

—Si Jack no se casa contigo lo haré yo —dijo Jamie intentando ayudar—. Estoy seguro de que nos llevaremos bien.

—¿Cómo va a casarse con un médico que está siempre corriendo para atender enfermos? —objetó Simon—. Será mucho más feliz conmigo. Podríamos desarrollar juntos nuevos inventos.

—No digáis tonterías. —Annabelle fingió estar enfadada—. Si Jack no se casa con Amelia ella y Alex vendrán a vivir conmigo. Podemos escribir juntas un nuevo libro: *Los huérfanos de Argyll y la heredera fugitiva.*

—Yo creo que Amelia y Alex deberían quedarse conmigo —dijo Grace—. Amelia sabe mucho de moda, y podríamos diseñar unos modelos maravillosos para la próxima primavera.

Charlotte miró a Jack con aire comprensivo y divertido a la vez.

—No creo que a Jack le importen esas sugerencias.

—Entonces ¿por qué no dice nada? —Alex frunció el ceño—. ¿Vas a casarte con ella o no?

Jack lanzó una mirada exasperada a su familia.

—Pensaba pedírselo cuando estuviéramos por fin solos —balbuceó.

—¿Para qué vas a pedírselo si ya te lo ha pedido ella? —resopló Alex con impaciencia.

—La muchacha tiene razón —aseguró Oliver animadamente.

—La señorita Amelia se lo ha pedido antes porque es americana —explicó Lizzie a todo el mundo con gran autoridad—. Las chicas americanas son muy directas en su forma de hablar por el modo en que las han educado.

—A mí siempre me ha gustado cómo habla la señorita Amelia. —Beaton la miró con adoración—. Es fabulosa.

—Yo creo que ya es hora de que demos las buenas noches a Jack y Amelia —sugirió Genevieve pensando que agradecerían tener un poco de privacidad.

—Es una buena idea. —Haydon ofreció el brazo a su mujer y la atrajo hacia él—. Ha sido un día muy largo. Buenas noches a todos.

—Tengo hambre —protestó Alex sin ganas de ir a la cama.

—Pobrecita mía. —Eunice chasqueó la lengua—. Ven conmigo a la cocina y te prepararé un buen plato de copos de avena con queso.

—Yo también tengo hambre —dijo Simon.

—Muy bien, te pondré otro a ti.

—Yo estaba pensando en unas tortitas con mermelada. —La miró con aire suplicante.

—¿Ha sobrado algo de ese relleno? —preguntó Jamie.

A Annabelle se le iluminó la cara.

—¿Con mantequilla y pimienta?

—Podríamos calentar también un poco de salmón —propuso Grace.

—Por todos los santos, ¿no os he dado bien de cenar? —Eunice apoyó las manos en sus rechonchas caderas y miró al pequeño grupo con una severidad fingida.

—Sí, y nunca había probado un pudin de dátiles tan rico. —Alex tenía una expresión angelical—. Nadie hace el pudin como tú, Eunice.

—Bueno, eso no voy a negarlo —respondió Eunice visiblemente halagada—. Vamos pues. —Los sacó del salón con el resto de los criados por detrás—. Veremos qué puedo hacer para llenaros la barriga hasta mañana.

—Buenas noches, Amelia. —Charlotte se agachó para darle un beso en la mejilla—. Me alegro de que estés aquí —dijo con suavidad—. Hace mucho tiempo que te esperábamos.

Jack esperó con impaciencia a que salieran todos del salón. Cuando él y Amelia se quedaron por fin solos cerró las puertas y se volvió hacia ella.

—Siento haberte puesto en un aprieto ante tu familia. —Amelia se daba cuenta de que no debía haberle preguntado si iba a casarse con ella delante de todo el mundo—. Lizzie tiene razón, tengo la manía de decir todo lo que se me pasa por la cabeza. Pero pensaba que las cosas estaban claras entre nosotros, y después de lo que me dijiste... —Se detuvo de repente—. Era cierto, ¿verdad? —preguntó con miedo a haberlo entendido mal.

—Quise decir todo lo que dije, Amelia. Pero tengo que estar seguro de que comprendes lo que estás dejando. —Comenzó a pasearse por el salón, sintiendo que necesitaba distanciarse un poco de ella para intentar explicarse.

—No puedo darte las cosas a las que estás acostumbrada —dijo sin rodeos—. La North Star Shipping es una compañía pequeña. Aunque espero que acabe siendo rentable, no puedo garantizar que vaya a tener el éxito que ha alcanzado tu padre. Naturalmente, me aseguraré de que tengas todo lo que necesites, pero no podrás gastar miles de libras en arte, muebles o vestidos y sombreros de París...

—No quiero esas cosas —respondió ella—. No son importantes para mí.

—También está la cuestión de dónde vamos a vivir —prosiguió Jack poco convencido—. Con casi todo mi dinero invertido en mi negocio, no puedo permitirme el lujo de comprarte una casa más grande...

—No necesitamos una casa más grande —afirmó Amelia—. En la tuya hay sitio suficiente para que Alex, tú y yo vivamos cómodamente, y si Oliver, Eunice y Doreen deciden quedarse con nosotros también hay sitio para ellos.

—Tú no estás acostumbrada a vivir en una casa tan pequeña.

—Tienes razón. Freddy y yo solíamos andar en bicicleta por los pasillos de nuestra mansión de Nueva York, para espanto de los criados. Un día que estábamos echando una carrera y yo tuve que desviarme para no atropellar a una doncella acabé cayéndome y rompiéndome el brazo —dijo riéndose antes de añadir—: Te prometo que no haré eso en tu casa.

—Hablo en serio, Amelia. —Dejó de pasearse, convencido de que no comprendía la importancia de lo que estaba haciendo—. Mi compañía naviera me exige viajar a menudo. No viajaré tanto como ahora, e intentaré hacer viajes que no duren más de una semana o dos, pero habrá veces en las que no estaré contigo.

—Estoy segura de que con Alex, Oliver, Eunice, Doreen y el resto de tu familia no estaré nunca sola, si es eso lo que te preocupa. Y también estaré ocupada con mi trabajo en el hotel.

—No tienes que seguir trabajando en el hotel. Aunque no soy rico, puedo proporcionarte una vida lo bastante cómoda para que eso no sea necesario.

—Pero yo quiero trabajar —repuso Amelia—. Me gusta mi trabajo, Jack. Me da una sensación de realización e independencia. Sé que el señor Sweeney y todos los demás se quedarán atónitos cuando se enteren de que en realidad soy Amelia Belford, pero espero que cuando lo superen las cosas sigan siendo como antes. Tengo un montón de ideas estupendas para las próximas celebraciones del Hotel Royal.

—No tienes que hacer esto, Amelia. —Tenía que darle la oportunidad de que le dejara antes de que tomase una decisión de la que sin duda alguna se arrepentiría—. No tienes que renunciar a todo lo que conoces para vivir conmigo en una casa decrépita, rodeada de viejos ladrones y una familia a la que la sociedad finge aceptar, y un marido al que desprecian abiertamente. No tienes que condenar a tus hijos y a ti a que te miren por encima del hombro...

—Tienes razón, no tengo que hacerlo. —Se levantó del sofá y le cogió las manos, obligándole a mirarla—. Pero puedo elegir, Jack. Y he decidido pasar mi vida contigo. Me da igual cuánto dinero tengamos. Quiero que la North Star Shipping vaya bien, por supuesto, pero sólo porque sé lo importante que es para ti. No necesito una casa enorme ni cientos de vestidos; eso ya lo has visto. Respecto a lo que diga la sociedad de nosotros, francamente me da lo mismo. Olvidas que la sociedad británica me miraba por encima del hombro mucho antes de conocerte. Me despreciaban por ser rica y americana incluso antes de pisar Inglaterra. Y nuestros hijos tendrán la suerte de tener un padre tan fuerte, bueno y valiente como tú. Eso es mucho más importante que la riqueza o los títulos. —Le miró a los ojos para intentar disipar sus temores.

—Te quiero, Jack —dijo fervorosamente—. Y siempre te querré. Puedes creerme ahora o pasar los próximos cincuenta años dejándome que te lo demuestre —afirmó antes de concluir con tono burlón—: Pero creo que deberías casarte conmigo si quieres proteger la poca reputación que me queda.

Jack la miró asombrado, sin poder creer que tuviera a su alcance algo tan glorioso. Comenzó a invadirle una vaga sensación de dicha, lenta al principio, como un chorro de agua derritiendo la superficie de un estanque helado. Amelia le amaba. Y quería compartir su vida con él.

Era tan simple y tan increíble como eso.

—Cásate conmigo, Amelia. —La atrajo hacia él y bajó la cabeza hasta que sus labios rozaron su boca aterciopelada. Después susurró con una angustiosa ternura—: Por favor.

Amelia le abrazó el cuello y se estrechó contra él, rodeándole con su suavidad y su amor.

—Sí —dijo, condensando en esa palabra la inmensa dicha que sentía al comprometerse con él. Luego le besó apasionadamente, eliminando los últimos vestigios de su incertidumbre y su temor. Y cuando notó que su cuerpo se endurecía y que sus poderosos músculos comenzaban a reaccionar puso una mano en su corazón, sintiendo cómo latía con fuerza y seguridad—. Sí.

Sobre la autora

KARYN MONK ha escrito desde que era una niña. En la universidad descubrió su pasión por la historia. Después de trabajar varios años en el estresante mundo de la publicidad comenzó a escribir romances históricos. Está casada con un marido maravillosamente romántico, Philip, que según afirma es el modelo para sus héroes.